KB253079

욕망 이론

욕망 이론

자크 라캉 지음
권택영 엮음

민승기 · 이미선 · 권택영 옮김

문예출판사

책머리에

왜 새삼 프로이트인가. 왜 라캉인가. 20세기 후반부 철학과 예술에서 프로이트가 되돌아오는 것은 주로 라캉에 의해서다. 일찍이 프로이트가 발견한 무의식은 소쉬르언어관과 합쳐져 (후기)구조주의 정신분석을 낳고 그것은 독자적 인식주체에 대한 반성이기에 타자의식으로 이어진다. 왜 모던시대보다 포스트모던시대에 프로이트가 많이 언급되는가.

철학에서는 모더니즘이 18세기 계몽주의 이래 20세기 전반까지의 사상을 가리키고 문학과 예술에서는 20세기 전반의 사상과 기법을 가리킨다. 그러므로 이 둘의 공통점은 중심주의, 합리주의, 절대이성 등이고 차이점은 문학과 예술에서는 세분화되었기에 모던시대에 이미 불확정성이나 절대이성에 대한 회의가 일어났다는 점이다. 포스트모더니즘은 철학에서 모더니즘의 중심주의에 반발하고 문학과 예술에서 모더니즘의 형식주의, 엘리트주의에 반발하여 일어난 20세기 후반부 사상이요, 예술의 기법이다. 주체의 해체를 통해 중심주의에 반발하고 본능과 에로티시즘을 부활시켜 건조한 형식주의에서 벗어나려 했던 그들의 의도는 프로이트를 되짚어보게 한다. 그가 발견한 무의식은 절대이성에 의문을 품고 본능과 에로티시즘을 부활시키는 데 주요한 근거를 제공하기 때문이다. 모던시대의 에고중심주의 정신분석에서 그를 구출해낸 라캉의 이론이 최근 욕망이론, 주체해체, 여성이론, 이미지이론, 문학

비평 등 여러 영역에서 고루 응용되는 것은 바로 이런 배경에서다.

　외국 이론에 대한 비판적 수용을 위해서라도 라캉의 글이 소개되면 좋을 텐데…… 우리는 최소한 누군가가 《에크리(Écrits)》라도 우리말로 옮겨주기를 바랐다. 그러나 그의 글이 난해하고 파편적인 탓인지 쉽사리 엄두를 못 내는 듯했다. 1986년 가을, 버클리에서 라캉의 주요 글들을 접한 후 돌아와서 몇 번 대학원 세미나를 가졌다. 토론을 통해, 국내외에서 발간되는 비평문들을 통해 그의 이론에 조금씩 접근해갔다. 그러던 어느날, 세미나에서 큰 관심을 보였고 석사논문도 라캉에 관해서 썼던 민승기, 이미선 두 강사와 함께 번역을 해보자는 데 합의를 보았다.

　이 책은 라캉의 세미나 모음집인 *Écrits*(Jacques-Alain Miller 편집, Alan Sheridan · Jeffrey Mehlman 등 영역)을 비롯하여 *Four Fundamental Concepts of Psychoanalysis*(Alan Sheridan 영역), *Feminine Sexuality* (Jacqueline Rose 편 · 영역) 가운데서 핵심이 되는 글을 뽑아 우리말로 옮긴 것이다. 워낙 원문이 파편적이고 난해하여 세 사람이 몇 번씩 읽고 수정하고 독자의 이해를 돕기 위해 주를 달고 그림을 덧붙였다. 그러나 원문의 흔적은 지울 수도 없고 지워서도 안 되기에 앞에 긴 해설을 붙이기로 했다. 라캉의 글은 그가 세미나에서 강의한 것을 타인이 받아 적은 것이어서 주석은 라캉 자신의 것이 아니다. 따라서 이 편역서의 주석은 영역자의 것이 아니고, 한글 번역자의 것임을 밝힌다.

　갈증을 해소하는 한 그릇의 물 정도랄까, 이 편역집은 결코 완벽하지도 충분하지도 못하다. 다만 라캉이라는 커다란 산을 이해하는 작은 안내서 역할을 할 수 있으면 족하리라.

　이 난해한 책의 출판을 맡아주신 문예출판사 전병석 사장님께 감사드린다. 그리고 늘 도움을 아끼지 않는 김혜숙 편집장님, 열심히 교정

을 보아준 편집부 여러분께도 고마움을 전하고 싶다. 그동안 번역과 토
론에 아낌없이 시간을 바친 민승기 선생과 이미선 선생의 앞날에 더 큰
발전이 있기를 빈다.

1993년 권택영

차례

라캉의 욕망이론

인간을 살아가게 하는 동력은 무엇일까. 실패해도 다시 일어서고 좌절 속에서도 버티게 하는 힘은 무엇일까. 사막을 걷는 나그네는 오아시스를 보고 지친 발걸음을 옮긴다. 그런데 그가 찾아온 오아시스는 저만큼 물러나 다시 그를 손짓한다. 인간의 꿈도 신기루처럼 허망한 것은 아닐까. 그러나 허망할지라도 오아시스를 보지 않으면 인간은 사막을 걷지 못한다. 꿈이 없으면, 목적이 없으면, 얻으려는 대상이 없으면 그는 살지 못한다. 그것만 얻으면 아무런 욕망도 없으리라 생각했다. 그런데 그것을 쥐는 순간 욕망의 대상은 저만큼 물러난다. 학문, 돈, 권력, 성의 추구도 이런 맥락에서 이해될 수 있다. 대상이 욕망을 충족시키지 못하고 조금씩 상승되는 것. 그녀는 나의 잃어버린 반쪽이지만, 막상 그녀를 얻고 난 후에도 욕망이 여전히 남는다면, 그녀는, 반쪽이라 여겼지만 그렇지 않은, 그것을 넘어서는, 허상이다. 실재처럼 보였지만 베일을 걷었을 때는 그렇지 못한 것. 그러나 대상이 허상이기에 욕망은 남고 욕망이 있는 한 인간은 살아간다.

프로이트는 《쾌락원리를 넘어서》에서 욕망을 충족시키는 유일한 대상은 죽음뿐이라고 했다. 그렇다면 욕망은 인간을 살아가게 하는 동력이다. 그렇지만 허상을 실재라고 믿기에 그것을 얻으려 수단과 방법을 가리지 않을 때, 특히 남을 조정하고 제도를 만들어 자신의 욕망을 대의명분 속에 숨기려 들 때, 욕망은 권력자의 눈길처럼 음험해진다. 인간은 대상이 허상임을 알 때 그것을 향한 집착에서 벗어날 수 있고, 자신의 시선 속에 타인을 억압하는 욕망의 시선이 깃들어 있음을 깨달을 때 좀 더 쉽게 타인을 이해할 수 있다. 욕망이론이 지닌 미덕이다.

20세기 후반부 세계문화의 흐름 가운데 한 가지 특징은 모더니즘의 건조하고 메마른 추상적 엘리트주의에서 탈출하여 인간과 역사를 보는 시각에 일상과 감흥을 불어넣으려는 시도이다. 여기에서 욕망, 권력, 담론, 지식, 주체의 문제가 부상되고 특히 그동안 억눌려 온 에로티시즘이 부활한다. 형식이나 기법만을 중시하는 이론에서 벗어나 텍스트에 역사와 욕망을 끌어들이려는 움직임은 분야별로 조금씩 달리 나타나면서 공통된 분위기를 형성한다. 해체론이 형식주의에 상황을 끌어들여 억압된 것, 주변으로 물러나 있던 음성을 복원시킨 것이나, 푸코가 권력과 지식을 연결시켜 역사를 새롭게 본 것, 바타이유의 에로티시즘의 부활, 벤야민의 알레고리론의 부활, 바흐친의 대화론의 부활 등, 전 시대에 억눌려 있던 음성이 부활하는 20세기 후반부 상황에서 욕망은 주체의 문제와 함께 주요한 지적 동기가 된다.

진리란 하도 써서 무늬가 다 지워진 동전처럼 관습의 산물이요, 그 자체로는 진리가 아닌 담론이 지식에의 의지와 결부되어 세워진 자의적 체계라고 니체는 말했다. 니체는 이 시대 학문을 개념 그 자체를 보는 것에서 담론을 누가 조정하는가, 그리하여 어떻게 진리가 세워지는가라는 담론의 결정과정에 초점을 맞추는 쪽으로 옮아가게 만든다. 이런 경향은 철학뿐 아니라 소설을 보는 시각이나 예술의 양식에도 스며들어 있다. 한 작품의 주제나 내용을 직접 논의하지 않고 담론조정자인 서술자(narrator)가 인물을 어떻게 조정하는가에 의해 어떤 효과와 어떤 의미가 산출되는지 살피는 서사론, 인물의 내적 독백에 의해 억압됐던 저자를 다시 귀환시켜 그의 서술을 부활시키는 동시에 그를 권위 있는 저자에서 담론조정자인 서술자로 하락시키는 포스트모던 소설들은 모두 절대논리, 거대서사, 단 하나의 재현을 거부하며 탈이념과 다원화를 지향하는 쪽이다. 그리고 언어, 이념, 절대논리, 재현에 대한 반성은 인간의 사유하는 이성, 즉 로고스에 대한 반성이기도 하다.

"나는 생각한다, 고로 존재한다"라는 데카르트식 사유체계에서 주체는 환상이 조금도 개입될 수 없는 완벽한 에고이다. 그가 꿈꾸는 세계와 대상은 정확해서 그가 말하는 언어는 이성의 명령이다. 이런 통합된 이성에 대한 의문은 데카르트 이후 철학에서도 제기되어 왔으나 19세기 말, 프로이트의 정신분석에서 성본능이라는 욕망과 어우러져 과학이 아닌 문학의 영역, 아니 그 이상으로 확산된다. 신경증환자를 치료하면서 프로이트는 연구보고서, 사례연구, 그외 많은 저술을 통해 후세 정신분석 이론가들에게 지적인 자산을 남겨주었고 그가 발견한 무의식은 코페르니쿠스의 지동설만큼이나 혁명적인 발견이라 일컬어진다. 인간은 유아기를 지나 사회적인 존재로 영입되면서 사회가 금기하는 욕망을 어떻게 처리하는가. 프로이트는 이런 욕망들이 깨끗이 사라져버리지 않고 억압되어서 무의식으로 남아 의식에 영향을 준다고 말한다. 신경증환자는 어릴 적에 받은 상처가 흔적으로 남아 반복되는 증상으로 나타나고, 분석자는 환자가 억압하고 있는 욕망이 무엇인가를 밝히기 위해 의식의 고리를 헐겁게 만든다. 최면을 걸거나 꿈 이야기를 듣고 원인을 찾아내는 것이다. 프로이트는 꿈의 분석뿐 아니라 말실수처럼 정상인의 경우에도 억압된 욕망이 표출되는 것을 다룬다. 또한 남녀가 성차를 지니고 사회화되는 과정을 오이디푸스 콤플렉스와 거세 콤플렉스로 설명했고, 도라의 경우에서는 여성도 남성과 동일시하려는 경향을 지닌다고 하여 앞의 이론에 모순을 암시하는가 하면, '늑대인간'의 경우에서는 증상의 원인을 찾는다는 게 환상이 아니냐고 암시하는 등 방대한 이론이 수정과 변모를 거치기에 그가 남긴 자료들은 후세인들에 의해 재해석되고 있다.

정신분석은 환자가 하는 말을 듣고 분석자가 증상의 원인을 알아내려는 것이었기에 비평이론으로 적용된다. 환자의 말은 텍스트요, 분석자는 독자(혹은 비평가)요, 증상의 원인은 저자의 심리라는 식으로 텍스트의 주제와 관련을 맺기 때문이다. 그리고 이런 관계는 한 시대의 지배적인 담론체계와 같은 맥락에서 변모된다. 19세기 말에는 작품을 읽고 저자가 그런 작품을 낳게 된 심리적 동기를 추적하는 이드심리학, 20세기 모던시대에는 자아가 어떻게 스스로를 상황 속에 적응시켜가는지를 보는 에고심리학 등 당대의 이데올로기를 반영하는 것이다. 20세기 후반부에 프로이트는 어떻게 귀환하는가, 특히 모던 시대에 억압되어온 무의식은 누가 어떤 식으로 재해석하는가. 그가 바로 프랑스의 정신분석가인 자크 라캉이다.

라캉은 프로이트가 발견한 무의식을 다시 끌어들인다. 그러고는 소쉬르의 언어관을 적용하여 구조주의(종래는 후기구조주의)이론을 만든다. 프로이트는 소쉬르언어관이 나오기 전에 꿈 작용을 은유와 환유로 풀이했다. 사회에서 금기된 욕망은 의식의 고리가 약한 틈새를 밀고 들어와 꿈으로 나타나는데 이 때 꿈 내용은 대략 두 단계를 거쳐 변형된다. 첫 단계는 내용이 압축된 어떤 것으로 바뀌고 그것으로도 마음이 안 놓여 다시 인접된 어떤 것으로 바뀌는데 이것이 압축과 전치(displacement), 혹은 은유와 환유다. 야콥슨이 소쉬르언어학으로부터 구조주의 시학을 만들 때 사용한 게 바로 이 은유와 환유의 두 축이었다. 그러니까 프로이트는 소쉬르가 나오기 이전에 꿈 작용을 언어의 구조처럼 분석했던 것이다. 라캉이 암시를 얻은 것은 바로 이곳이었다.

"무의식은 언어처럼 구조되어 있다"라는 말은 라캉의 이론을 가장 분명하게 표현한다. 이 때 '언어처럼'은 바로 은유와 환유로 구조된 '차이'의 체계인 언어를 말하기도 하고, 언어는 기표와 기의로 이루어진다는 소쉬르언어관을 일컫는 것이기도 하다. 〈무의식에 있어 문자가 갖는 권위〉라는 유명한 글에서 라캉은 어떻게 기표와 기의가 대응관계를 벗어나 기표가 절대적이 되는지 보여준다. 무의식에 언어체계를 끌어들임으로써 프로이트의 무의식은 의식의 차원으로 부상된다. 인간은 언어를 통하지 않고는 존재할 수 없기 때문이다. 또 소쉬르언어관으로부터 기표의 절대적 우위성을 끌어내었기에 라캉은 구조주의를 넘어서 후기구조주의에 이른다. 이제 대표적인 그의 글들을 통해 욕망과 주체의 문제를 좀 더 자세히 알아보자.

1. 주체는 결핍이요, 욕망은 환유다

생후 6개월에서 18개월 사이의 아기는 거울 속에 비친 자신의 모습을 보고 환호성을 올리며 반가워한다. 아이는 그 속에 비친 모습을 자신과 완전히 동일시하는데 라캉은 이 단계를 '거울단계(mirror stage)'라고 하여 주체의 형성에 원천이 되는 모형으로 제시한다. 이 단계에서 아이는 자신의 몸을 가눌 수는 없지만 거울에 비친 자신의 이미지를 총체적이고도 완전한 것으로 가정한다. 이 형태는 정신분석 용어로 이상적 자아(ideal-I)라 불리는데 타자에 의해 보여짐을 모르는 객관화되기 전의 '나'에 해당된다. 이 '보여짐'을 모르고 '바라봄'만이 있는 단계는 생물학적 실험에서도 드러나는데 예를 들어 암비둘기의 생식선은 성에 관계 없이 같은 종류의 비둘기를 '바라볼 때' 성숙한다. 아니 거울 속에 비친 자신의 모습을 바라보는 것만으로도 충분하다. 홀로 사는 메뚜기가 모여 사는 메뚜기로 변할 수 있는 것도 바라보기만 하는 것에 의해 일어난다.

거울단계는 '상상계(the Imaginary)'라고도 하는데 이 단계는 '상징계(the Symbolic)'로 진입하면서 사회적 자아로 굴절된다. 언어의 세계요, 질서의 세계인 상징계로 진입하면서 이 거울단계는 사라지거나 프로이트의 경우처럼 억압되는 것이 아니라 변증법적으로 연결된다. 상상계는 거울 속에 비친 영상과의 동일시 혹은 원초적인 질투가 벌이는 극적 사건에 의해 이루어진다(double 관계). 이제 유아는 타자와 자신을 동일시하기에 자신의 욕망을 타자의 욕망에 종속시킨다. 라캉에게 '실재계(the Real)'는 상상계와 상징계가 뫼비우스의 띠처럼 변증법적으로 연결되어 이루어진다. 따라서 의식은 출발을 상상계라는 오인(méconnaissance)의 구조로부터 시작하기에 자아를 완벽하게 조정하는 절대적 주체란 없다. 그러므로 주체의 형성에서 거울단계의 설정은 데카르트의 이성절대주의는 물론이고 실존주의나 현상학이 암시하는 실존적 자아까지도 거부한다. 그들은 모두 이 오인의 구조를 바탕에 깔고 있지 않은 흠집 없는 이성, 혹은 현실원칙에만 굳건히 서 있는 의식의 체계를 고집하기 때문이다.

거울단계는 비활동성 혹은 고착이라는 특성을 갖는다. 신경증환자는 모두 이 단계에 머물러 자아와 상황을 구별하지 못하고 소외된다. 그는 대상과 자신을 일치시키고 타자의 욕망과 자신의 욕망을 구별하지 못하는 오인 혹은 환상의 단계에서 빠져나오지 못하기에 타자의식이 전혀 없다. 여기에 광기가 존재한다. 그 광기는 수용소의 경험으로 남아 있는 광기뿐 아니라 세상을 귀먹게 하는 광기까지도 포함한다. 오인의 구조를 실재계의 한 부분으로 편입시킴으로써 라캉은 의식이 지닌 환상을 강조하기에 히틀러와 그 외 자기 의견만이 절대적인 진실이라고 착각하는 독선적인 정치가 혹은 사람들을 환자의 범주에 넣는다. 이런 의미에서 정신분석학은 허구적 이미지에 사로잡힌 주체를 인정함으로써 고착에서 빠져나오게 하고 존재의 본질을 읽을 수 있는 열쇠를 제공한다. 물론 분석가 자신도 신경증의 원인을 진리로서 규명해내지는 못한다. 다만 거울단계에서 빠져나오게, 고착으로부터 해방되게 만들 수 있을 뿐이다.

라캉은 사유의 체계에 언어의 구조를 끌어들인다. 그는 프로이트가 발견한 무의식이나 성본능을 억압하고 자아의 자율성만을 강조한 모던 시대 정신분석학이 보수적인 엘리트주의로 흐르고 있다고 생각했다. 그래서 프로이트의 무의식과 성본능을 귀환시키면서 이것에 소쉬르언어학을 적용하여 주체가 어떻게 언어(혹은 기표)의 지배를 받는지 보여준다. 소쉬르는 언어는 사물을 지칭하는 기표와 지칭당하는 대상인 기의로 이루어져 있다고 했다. 그리고 언어는 차이(혹은 관계)에 의해 변별의 기능을 갖는 자의적 체계라고 했다. 이 두 가지 정의는 각기 기호학과 구조주의로 가는 토대가 되는데 앞의 것은 기표와 기의의 관계가 일대일의 정확한 대응이 되지 못하고 기의가 미끄러져 의미가 수없이 확산되는 언어의 비유성 쪽으로 나가고, 뒤의 것은 은유와 환유의 두 축으로 정립되어(예를 들면 bill과 pill에서 b와 p는 대치 · 압축 · 은유이고, ill은 인접 · 전치 · 환유이다) 정 · 반의 대립항이라는 구조주의 시학을 낳는다. 라캉은 이 두 가지를 모두 적용하여 주체와 욕망을 해석한다.

'신사', 혹은 '숙녀'라는 단어가 무엇을 뜻하는지는 모두 안다. 그런

데 이 단어가 나란히 어떤 문 위에 씌어 있을 때 의미는 어떻게 달라지는가. 그 때 이 두 단어는 관계, 혹은 차이에 의해 남·녀가 각기 달리 사용하도록 관습지어진 화장실을 의미한다. 그렇다면 기표는 단 하나의 기의에 고정되지 않고 관계 속에서 또 다른 의미를 낳는다. 어린 소년과 소녀가 기차를 타고 어느 역에 들어선다. 마주앉은 두 아이는 유리창에 비친 팻말을 보고 말한다. "이 역은 신사역이야" "아니야, 숙녀역이야" 같은 역을 놓고 두 아이는 서로 반대 이야기를 하고 있다. 형제지간에도 이념의 차이로 얼마나 큰 불화를 겪는가. 라캉은 철도는 기표와 기의 사이에 있는 의미의 저항선이라고 말한다.

기의는 의미의 저항선 아래로 끊임없이 미끄러진다. 그렇다면 언어에는 기표만이 있을 뿐이다. 의미의 연쇄, 기의의 미끄러짐은 기표의 절대적인 우위를 암시한다. 기표들의 차이가 기의를 가능케 하면서도(은유), 그 기의는 꼬리를 물고 연결된다(환유). 이것이 라캉이 말하는 기표의 두 가지 특성이다. 따라서 "기표들간의 관계에 의해 진리가 만들어진다"는 말은 의미를 낳는 은유와 그 의미가 끊임없이 자리를 바꾸는 환유의 두 가지 특성을 함축하며 인간은 자신의 의도를 언어를 통해 정확히 전달할 수 없다는 뜻이다. 두 아이가 같은 역을 놓고 반대 기표를 주장했듯이 말은 의도와 다르게 전달될 수 있다는 것이다. 이것이 언어의 비유적 속성이다. 그리고 이 비유성 속에는 은유와 환유가 들어 있는 것이다.

언어가 한 가지 의미에 고정되지 못하고 의미가 고리를 물 때, 즉 기표만이 존재할 때 그 언어를 통해 생각을 표출하는 인간은 이 기표에 절대적으로 종속되지 않을 수 없다. 인간이 언어의 세계 속에 사는 한, 주체는 기표의 지배를 받기에 그것은 "언어처럼 구조된다"는 것이다. 주체는 언어처럼 구조되어 있다. 그런데 그 언어는 은유와 환유라는 비유적 속성을 지닌다. 그러므로 주체는 은유와 환유로 구조되어 있다. 여기에서 다시 한번 프로이트의 꿈 작용을 되돌아보자.

의식의 고리가 헐거워진 틈새를 비집고 억압된 무의식은 꿈으로 나타난다. 이 때 꿈의 내용은 닮은 형상으로 대치되고(압축, 혹은 은유) 이것도 들킬까 염려되어 그 옆에 인접한 것과 자리를 바꾼다(전치, 혹은 환유), 그렇다면 프로이트의 무의식은 은유와 환유라는 언어의 구조와 같은 게 아닌가. 다만 프로이트의 시대에는 언어과학이 본격적으로 시작되기 전이었기에 그는 이것을 무의식의 영역으로 억압시켜 의식과 분리시키는 오해를 범했다는 게 라캉의 말이다. 소쉬르의 언어관으로 인해 인간이 기표에 의해 지배받고 그 기표는 은유와 환유로 이루어졌으니 주체는 곧 프로이트의 무의식에 해당된다. "무의식은 언어처럼 구조되어 있다"라는 말은 인간이 언어를 통해 존재하는 한 "인간의 의식은 은유와 환유로 구조되어 있다"는 뜻이고, 이것이 바로 라캉이 시도한 프로이트의 재해석이다. 그리고 이런 재해석에 의해 프로이트의 정신분석학은 라캉에 와서 정치, 사회, 문화예술의 분야로 확대된다. 그 모든 영역이 의식에 의해 이루어지기에 이제 문제는 단지 신경증환자 치료로 한정되는 게 아니기 때문이다. 그렇다면 욕망은 어찌 되는가. 무의식과 똑같은 원리에 의해 욕망 역시 표층으로 올라온다.

욕망은 환유이다. 대상은 신기루처럼 잡는 순간 저만큼 물러난다. 대상은 욕망을 완전히 충족시킬 수 없기에 인간은 대상을 향해 가고 또 간다. 죽음만이 욕망을 충족시키는 유일한 대상이다. 욕망은 기표이다. 그것은 완벽한 기의를 갖지 못하고 끝없이 의미를 지연시키는 텅 빈 연쇄고리이다. 그렇다면 기표의 특성이 은유와 환유이듯 욕망의 구조도 은유와 환유가 아닌가. 욕망의 구조를 들여다보자. 주체는 대상에게 욕망을 느낀다. 그것이 자신의 결핍을 완전히 채워줄 것이라고 믿기 때문이다. 그것만 얻으면 아무것도 욕망하지 않으리라 믿는다. 그러나 그 대상을 얻어도 욕망은 여전히 남는다. 아무것도 욕망하지 않는 것은 곧 죽음이다. 그렇다면 대상은 실재처럼 보였지만 허구가 아닌가. 대상을 실재라고 믿고 다가서는 과정이 상상계요, 그 대상을 얻는 순간이 상징계요, 여전히 욕망이 남아 그 다음 대상을 찾아나서는 게 실재계다. 그리고 이 때 실재라고 믿었던 대상이 대타자이고 허구화된 대상이 소타자이다. 그래서 $\not{S} \diamondsuit a$라는 욕망의 공식이 나온다. $\not{S}$는 주체이고 a(오브제 아, 혹은 프티 아)는 주체로 하여금 욕망을 끊임없이 불러일으키는 허구적 대상이다. 마름모꼴 $\diamondsuit$는 대상이 결코 주체의 욕망을 충족시키지 못한다는 결핍이다. 실재계에 나타나는 틈새요, 구멍이다. 이 말을 조금만 바꾸어보자. 주체의 욕망을 충족시킬 것처럼 보이는 대상, 즉 대체가 가능하리라 믿는 단계, 이것이 압축이요, 은유다. 그러나 충족시키지 못하고 다시 또 그 다음 대상으로 자리를 바꾸는 전치, 이것이 환유다. 그러므로 욕망 역시 언어처럼, 무의식처럼, 은유와 환유로 구조되어 있다. 그리고 프로이트는《쾌락원리를 넘어서》에서 죽음만이 욕망을 충족시킬 뿐이라고 하여 이미 이것을 암시했던 것이다.

도대체 라캉은 이런 분석을 통해 무슨 말을 하려는 것일까. 이렇게 주체를 결핍으로 보는 것에 무슨 미덕이 있다는 것인가.

"나는 거짓말을 하고 있다"라는 문장이 있다. 이 말은 물론 내가 하는 말이다. 그렇다면 자신이 거짓말을 하고 있음을 지켜보는 또 하나의 '나'가 있다는 게 아닌가. 이 말을 하고 있는 '나'와 언급된 '나', 즉 말하는 주체와 언급당하고 있는 주체는 다르다는 것이다. 말하는 '나'는 바라보는 주체요, 말해진 '나'는 바라봄을 당하는 주체다. 거짓말을 하는 '나'를 바라보고 있는 '나'. 그렇다면 '나'라는 주체 속에는 바라봄과 보여짐이라는 두 개의 주체가 있다. 그래서 라캉은 "나는 생각한다,

20

고로 존재한다"는 데카르트의 통합된 주체를 "나는 내가 생각하지 않는 곳에 존재한다"는 식으로 바꾼다. 바라보기만 하는 '나'가 아니라 보여짐을 당하는 '나'도 있다는 주체의 객관화이다. 그렇다면 데카르트식 주체는 보기만 하는 주체, 즉 보여짐을 당하는 주체를 상정하지 않은 셈이다. 보여짐을 모르는 주체는 왜 위험한가. 그것은 아직도 거울 단계에 있는 주체이기 때문에 대상을 실재로 믿고 그것에서 벗어나지 못하기 때문이다. 고착상태에 머물러 상황과 자신을 구별하지 못하고 소외된 신경증환자에 해당되기 때문이다. 이 고착에서 벗어나 대상이 허구임을 깨닫고 다시 또 연기된 대상을 향해가는 것, 대상으로부터 탈출하는 것, 끊임없이 대상에서 벗어나는 '반복' 없이 삶은 지속될 수가 없는 것이다. 이것이 프로이트의 오이디푸스 콤플렉스에 대한 문화사적 해석이다. 부친살해의 욕망은 개인의 삶뿐만 아니라 인류문화사가 지속되는 동인이기도 하다. 아버지를 살해해야 자신이 일어설 수 있던 아들은 또다시 아버지가 되어 아들에게 전복된다. 그리고 문화사는 바로 이 전복의 힘 없이는 이어질 수가 없다.

라캉 역시 당대의 실존적 자아와 현상학적 자아를 전복하기 위해 자아를 해체하고 있다. 자아가 근본적으로 오인의 구조에서 출발한다는 것, 바라봄은 보여짐에 의해 분열된다는 것을 모르는 독선적인 주체, 타자를 인정치 않는 고립된 주체는 심한 경우 히틀러처럼 역사를 광기로 몰아넣는다는 것이다. 그래서 라캉은 주체를 결핍으로 보고 욕망을 환유로 본다. 그것은 주체를 대상에 대한 왜곡된 집착에서 벗어나게 할 뿐 아니라 스스로도 어쩔 수 없는 오인의 구조를 지니고 있다는 것을 깨닫게 하여 '타자의식'을 갖게 한다. 그리고 이 타자의식이 라캉의 이론이 지닌 미덕이요, 그의 이론이 문학, 정치, 사회, 여성이론으로 확장되는 근거다.

2. 페미니스트이론

사랑에 빠진 두 연인은 서로에게 인정받고 싶어 한다. 그러나 이 사랑의 요구는 연인들의 갈망을 채워주기는커녕 점점 더 큰 욕망의 회로 속으로 밀어넣어 두 사람을 외롭게 만든다. 인정받고 싶을수록 갈망이 클수록 외로움은 더욱 커질 뿐이다. 사랑은 구체적으로 그 모습을 드러내지 않기에 손안에 넣을 수가 없다. 그것은 원초적인 힘이요, 대상을 향한 요구(demand)다. 그러나 연인이 얻을 수 있는 것은 오로지 성적 욕구(need)의 충족일 뿐이다. 요구는 추상적인 것이요, 욕구는 구체적인 것이기에 그 차액은 늘 남아 연인을 외로움에 떨게 하고 결핍에 시달리게 하고 끝없이 욕망 속을 헤매이게 한다.

프로이트가 중요시했던 성본능은 무의식과 마찬가지로 자아의 자율적인 능력을 강조하던 모던시대에 와서 억압되었다. 라캉은 성본능을 다시 귀환시켜 새롭게 해석해낸다. 특히 남녀 사이의 차별이라는 당대 사회를 반영했던 프로이트이론이 남녀평등 혹은 여성이론이 부상되는 라캉의 시대에 어떻게 재해석되는지는 중요하다. 라캉은 페미니스트들에게 많은 이론적 근거를 제공하기 때문이다.

프로이트는 오이디푸스 콤플렉스로서 유아기의 성심리를 설명했다. 남아는 어머니의 남근이 되려는 갈망으로 아버지를 증오하고, 여아는 반대로 남근을 선망하여 아버지를 원하고 어머니를 증오한다. 이런 증상은 유아기를 벗어나 남근기로 접어들면서 사회성을 얻게 되는데 이때 작용되는 것이 거세 콤플렉스다. 거세공포를 느낀 아이는 어머니의 남근이 되려는 갈망을 포기하고 아버지와 자신을 동일시하여 또 하나의 아버지를 꿈꾼다. 여아는 자신이 결핍의 존재임을 깨닫고 어머니를 질투하고 아버지(남근)를 선망한다. 그런데 프로이트는 이런 성본능과 성차별이론이 '도라의 경우' 어긋남을 보게 된다. 도라는 여성이었지만 아버지와 자신을 동일시했고 남성적 요소를 내보였기 때문이다.

라캉은 남근을 생물학적인 성의 기관이 아닌 다른 것으로 바꾸어버림으로써 이런 모순과 성차를 해결한다. 남근은 남성의 상징으로서 여성에게는 없는 결핍이 아니다. 만약 그렇다면 태곳적부터 남녀는 왜 끊임없이 대상을 찾아 헤매고 사랑의 욕망은 결코 충족되지 못하는가. 왜 성적 결합 이후에도 욕망은 여전히 남아 있는가. 오이디푸스 콤플렉스와 거세 콤플렉스는 라캉에 오면 상상계와 상징계가 되고 이 둘은 변증법적으로 연결되어 욕망은 여전히 남는다. 주체(아들)는 대상(타자, 어머니)을 남근으로 믿고 자신의 욕망을 타자의 욕망에 종속시킨다(상상계). 그러나 거세 콤플렉스 즉 상징계에 진입하면서 이 타자가 남근이 아닌 허상인 것을 깨닫는다. 결코 자신이 타자의 남근이 아닌 것을 알게 되면서 그는 다시 대상을 추구하고 상상계로 들어선다. 이런 변증법에 의해 대상의 추구는 거듭되고 사랑에의 욕망은 지속된다. 그러면 이때 상상계, 혹은 오이디푸스 단계는 타자가 자신의 남근이요, 자신이 타자의 남근이 되리라고 믿는 단계이므로 은유에 해당되고 그것이 허구였음을 알게 되는 순간, 즉 상징계로 들어서는 순간 다시 타자에 대한 욕망이 시작되므로 실재계는 환유이다. 은유와 환유로 이루어진 것, 그것은 기표요, 무의식이요, 그리고 여기에서 보듯 남근이다. 그렇다면 남근은 생물학적 기관이 아니라 기표이고 이것은 남녀 모두에게 똑같이 작용한다. 주체는 기표에 종속되기 때문이다. 따라서 여성도 똑같이 남근이 되고 싶고 남근을 소유하고 싶어 하는 것이다.

남근은 보이지 않을 때만 기능을 발휘한다. 그것은 드러나면 허상이요, 억압되면 기능을 발휘하는 진리와 같다. 스스로를 감출 때만(veiled) 기능하는 진리의 모순, 남근이 보이지 않을 때, 그것이 기능을 발휘할 때가 상상계요, 그것이 제 모습을 드러내 기능을 상실하는 순간이 상징계다. 그러므로 성욕망은 단 한 번의 성적 결합으로 영원히 종식되는 일회성이 아니다. 그것은 계속 남아 대상을 갈구한다. 따라서 남녀는 정·반의 대립관계가 아니라 영원히 흘러넘치는 '희열(jouissance)'의 관계다. 남녀는 각기 하나(혹은 전체)가 아니고 더구나 둘이 합쳐 '하나'가 되지도 않는 넘침의 관계다. 그래서 라캉은 여성이란 단어 앞에 정관사(the)를 붙였다가 지운다. The는 정관사가 아예 안 붙는 경우와는 다르다. 있다고 믿지만 씌어지는 순간 지워지는 상상계와 상징계의 변증법적 연결이다. '전체 혹은 하나'인 줄 알았는데 얻는 순간 넘치는 것, 즉 욕망의 또 다른 기호이기도 하다. 그것은 설명되지 않고 설명할 수도 없이 그저 경험할 수밖에 없는 여성의 '희열'이며 진리 그 자체다. 그래서 사유는 '희열'이다. 그리고 사랑 편지(Love Letter)는 진리가 허구임을 보이는 분석담론이요, 과학적 담론으로는 설명될 수 없는 사랑의 문자, 즉 사랑의 기표다.

"왜 너는 내가 생각하는 곳에서 나를 생각해주지 않는가." 타자의 욕망과 자신의 욕망이 일치하리라고 믿는 연인은 이렇게 묻는다. 그녀의 모습 속에서도 자신의 모습만을 보는 연인. 신을 사랑하면서도 우리가 생각하는 것은 우리 자신이요, 먼저 자신을 사랑하면서 신에게 충성을 바치기에 우리는 신에게서 또 하나의 내 모습만을 볼 뿐이다. 14세기에 유럽을 휩쓸던 궁정풍 사랑이 동성애가 극도로 타락한 지경에 이르렀을 때 나왔다는 것은 무엇을 의미하는가. 궁정풍 사랑은 여성을 닿을 수 없이 높은 곳에 신처럼 위치시키고 변함없이 사랑을 바치는 이상화된 사랑이다. 라캉은 이런 식의 사랑이 유행했던 것은 남녀 사이에 성관계가 없는 것을 은폐하려는 의도 때문이었다고 말한다.

그러나 가장 숭고하고 절대적인 듯 보이는 신에 대한 사랑도 이기적인 자기애라는 것을 깨닫고 내가 생각하는 곳에서 그녀가 생각해주지 않는다는 것을 깨닫는 순간, 그녀는 신의 모습으로 나타나고 베르니니가 조각한 〈성 테레사의 '희열'〉은 신의 얼굴이 된다. 신비주의자들의 증언처럼 오직 경험할 뿐 설명되지 않는 것, 남근을 넘어서 희열을 향해 가는 것은 상상계를 넘어서 상징계를 경험하는 것이고 신은 주체와 대상의 정점에 위치한 거세자로서 둘이 하나됨을 막는다. 그래서 사랑의 욕망은 영원히 지속되는 $\not{S} \diamondsuit a$로서 표시된다. 에로스가 하나가 됨을 막기 위해 프로이트도 죽음의 신 타나토스를 둘 사이에 놓았다.(《쾌락원리를 넘어서》에서)

남녀가 합쳐서 하나가 된다는 환상, 즉 주체가 상상계에 머무는 것을 거부하고 상징계의 중요성을 부각시키는 라캉의 분석담론은 남성을 남근으로 여성을 결핍으로 보는 대립적 성차별론을 극복한다. 그리고 여성의 '희열'을, 드러내면 허상이 되고 마는 진리와 같은 차원으로 놓아 전통적인 남근중심주의를 넘어선다. 여성의 희열도 남근도 똑같이 기표요, 무의식이요, 스스로를 감출 때만 기능하는 진리이다.

이처럼 라캉의 주체와 욕망에 관한 이론은 페미니스트이론으로서 주요한 원리를 제공한다. 그리고 문학작품 분석에서, 시각예술 영역에서도 이런 논리는 다르게 '반복'된다. 마치 '반복충동'을 실천하듯이.

3. 비평이론

에드거 앨런 포의 단편 〈도난당한 편지〉는 라캉의 세미나에서 주체의 자리를 바꾸고 무의식적 반복충동을 일으키게 하는 기표, 즉 '도난당한 기표'가 된다. 이 과정을 살펴보자. 여왕은 왕이 알면 안 되는 편지를

받는데 그 때 왕이 들어온다. 그녀는 편지를 그냥 탁자 위에 드러내놓
는 방식으로 숨긴다. 그러나 그 방식을 아는 장관은 그것이 중요한 편
지임을 알아차리고 자신의 호주머니에 있던 편지를 꺼내 몰래 바꿔친
다. 여왕은 경감에게 편지를 찾아달라고 호소하고 경감은 장관이 없는
사이 집안의 숨길 만한 곳을 샅샅이 뒤진다. 책갈피, 심지어는 타일을
뜯어내고까지, 그러나 찾지 못한 경감은 탐정인 뒤팽에게 의뢰하고 그
때까지의 얘기를 들은 뒤팽은 장관이, 여왕이 한 것처럼 편지를 드러내
놓았을 것을 알기에 장관이 훔치는 방식으로 편지를 훔친다. 그는 돈을
받고 그 편지를 경감에게 내준다.

이 요약된 스토리에서 라캉은 반복되는 장면들을 끌어낸다. 첫 장면
은 원초적인 장면으로 다음과 같은 삼각형이다.

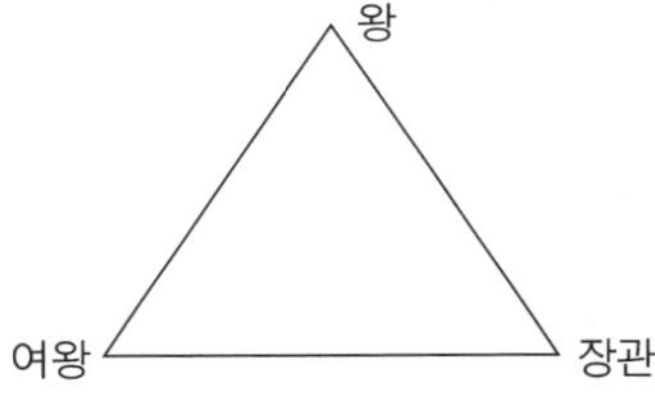

이것은 다시 아래와 같은 모양의 삼각형으로 반복된다.

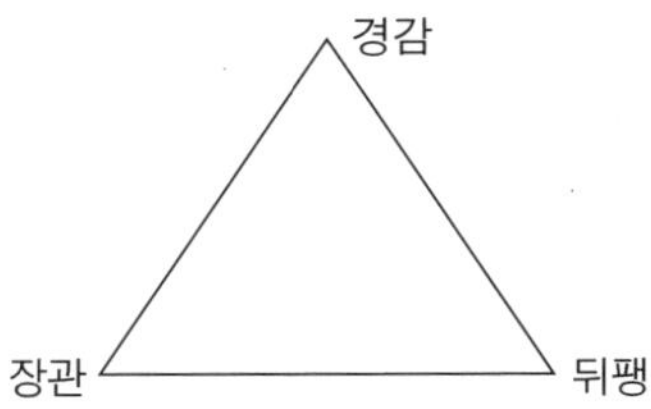

첫 장면에서 편지는 여왕의 손에서 장관에게로 옮아가고 두 번째 장
면에서는 장관에게서 뒤팽에게 옮아간다. 즉 편지가 누구에게 있느냐
에 의해 주체가 상호 자리바꿈을 일으킨다. 그러면 편지는 무엇인가.

26

편지는 발신인이 누구인지 그 내용이 무엇인지 밝혀져 있지 않다. 또한 내용은 이미 장관이나 경감에게 보여지게 되어 있으니 중요한 게 아니다. 다만 그것이 여왕의 명예를 위협하는 것이기에 그것을 가지고 있는 것 자체가 권력이다. 마치 연애편지를 되돌려 받을 때 그 내용이 중요해서가 아니라 편지 자체가 둘 사이의 인연을 맺거나 끊는 권표가 되는 것과 같다. 그러기에 편지는 가지고 있는 그 자체가 권력이지 사용되고 나면 권능을 잃는다. 여왕 역시 그 편지를 왕이 모르게 간직하는 한 자신의 권위를 유지할 수 있다. 드러나기 전까지는 권능이요(상상계, 은유), 드러나고 나면 허구인 편지(상징계, 환유). 그렇다면 편지는 기표이다. 기표는 주체의 자리를 바꾸고 그에 따라 반복이 일어난다. 이처럼 반복충동은 상상계와 상징계가 변증법적으로 연결된 탈중심적 구조에서 일어난다.

이제 다시 위의 삼각형으로 돌아가 주체가 어떻게 기표에 종속되는지 보자. 삼각형에는 세 가지 시선이 있다. 아무것도 보지 못하는 시선(왕, 경감), 첫째 시선이 못 보니 숨긴 게 드러나지 않으리라 믿는 시선(여왕, 장관), 그리고 앞의 두 시선이 숨기는 데 실패한 이유를 알고 드러내놓는 게 숨기는 것임을 아는 시선(뒤팽). 라캉은 이것을 타조의 정치학에 비유한다. 첫째 타조가 머리를 박고 있으면 두 번째 타조는 보이지 않는 줄 알고 방심할 때 세 번째 타조가 그의 꼬리털을 조용히 뽑는다는 것이다. 왕이나 경감은 진리(편지)가 어딘가에 깊숙이 숨겨져 있으리라 믿기에 상상계에 머물러 있다. 여왕과 장관은 드러나 있음은 알지만 자신도 보여지고 있음은 모르기에 상징계에서 상상계로 빠진다. 그리고 편지를 손안에 넣은 뒤팽은 상징계에 잠시 머문다. 편지는 상징계 속에서만 찾아진다. 뒤팽은 경찰이 수색을 마친 곳에서 편지를 찾는다. 그는 진리는 스스로를 숨길 때 자신을 가장 잘 드러낸다는 하이데거식 진리의 현현방식을 알고 있기에 편지가 드러나 있음을 안다. 그러나 뒤팽은 영원히 상징계에 머물지는 못한다. 편지는 다시 여왕의 손으로 넘어가고 여왕도 잠시 그것을 소유할 뿐 그 다음 권한은 왕이 쥐고 있다. 그녀 역시 편지에 의해 좌우되고 왕의 판결에 종속된다. 이처럼 기표는 주체를 훑고 지나가면서 장관, 뒤팽, 여왕이 그것을 쥐는 순간 빼앗기는 욕망의 회로 속에 몰아넣는다.

편지는 여자(여왕)를 나타내는 기호다. 장관은 훔친 편지를 여성에게서 온 것처럼 꾸민다. 글자찾기 놀이에서 무의식이라는 글자를 찾을 때처럼 그것은 어딘가에 깊숙이 숨겨져 있지 않고 지도 위를 가로질러 길게 누워 있다. 무의식은 여성의 육체처럼 장관의 벽난로 가에 길게 누워 있다. 그러므로 편지는 기표요, 여성의 육체요 무의식이다. 그것은 또 사용하면 권력을 상실하기에 남근이다. 남근은 보이지 않을 때만 기능을 할 뿐 제 모습을 드러내는 순간 능력을 잃는 가려진(veiled) 존재이기 때문이다.

그러면 이제 반복이 일어날 때 무슨 일이 나타나는가 보자. 장관은 여왕의 편지를 자신의 편지와 바꾼다. 뒤팽은 장관의 편지를 자신의 편지와 바꾸면서 언젠가 비엔나에서 모욕당한 일에 대한 복수의 말을 적어넣는다. 뒤팽이 적어넣은 내용은 아트레와 디에스트의 관계였다. 아트레 왕은 어느 날 디에스트 형이 자신의 아내와 관계를 맺어 아들을 낳고 자신이 속아왔음을 알게 된다. 그는 아내를 유혹하여 그 아들의 요리를 형에게 바치게 한다. 뒤팽의 편지는 디에스트를 위해 마련된 아트레의 훌륭한 요리로서 장관은 자신의 폭력을 그런 식으로 되돌려 받는다. 그것은 "너의 현존재를 먹어라"라는 기표의 대답이었다. 장관과 뒤팽은 거울단계에서 일어나는 쌍둥이관계로서 서로 견딜 수 없는 증오의 사이다. 누가 아트레고 디에스트인가. 뒤팽은 다시 상상계로 들어서며 편지를 가장 만연된 기표인 돈과 바꾼다. 반복은 되풀이되지만 '다르게' 되풀이된다. 포의 글(편지, 기표)은 라캉에 의해 도난당했고, 라캉의 글은 또 누군가에 의해 도난당할 것이다. 반복, 환유, 자리바꿈(displacement)은 인간을 계속 살게 하는 욕망의 동인이다.

햄릿은 왜 복수를 지연하고 망설이고 미친 척하고 끝내는 자신의 생명을 희생시키고서야 복수를 행동으로 옮기는가. 오필리아는 어떤 역할인가. 셰익스피어 《햄릿》은 정신분석비평에서 종종 다루어져왔다. 라캉은 햄릿의 복수가 지연되는 이유, 욕망을 지속시키는 동인(오브제 a)으로서의 오필리아, 그리고 남근의 현시라는 세 단계 분석을 통해 《햄릿》을 욕망이 빚어내는 비극으로 분석한다.

햄릿은 자신의 욕망을 타자에 종속시키며 줄곧 타자의 시간에 머무름으로써 복수를 지연시킨다. 우선 복수 자체도 아버지가 불어넣은 욕망이다. 또한 어머니의 욕망에 전적으로 종속되어 아버지와 삼촌 어느 쪽도 택하지 못한다. 클로디어스가 극중극을 보고 불안한 마음으로 기도할 때 햄릿에게는 좋은 기회였으나 죽이지 않는다. 기도 중에 죽이는 것은 죄가 만발할 때 죽은 아버지의 복수로서 정당한 대응이 아니라고 생각해서였다. 아버지의 욕망에 의해 움직이는 예다. 또 의부의 욕망에 의해 영국으로 떠난다. 덴마크에 있을 때는 부모의 시간, 복수를 지연시킬 때는 아버지의 시간, 영국으로 떠날 때는 의부의 시간, 우연히 로젠크란츠와 길덴스텐을 죽일 때는 그들의 시간, 묘지에서 레어티즈와 싸울 때는 오필리아의 시간, 마지막 결투의 복잡한 의식은 의부와 레어티즈가 설치한 덫이므로 그들의 시간이다. 햄릿은 클로디어스가 내건 물건들을 위해 그의 의장을 달고서 그의 명예를 위해 결투에 임한다. 그의 행동은 처음부터 끝까지 타자의 시간에 머무르며 자신의 욕망을 타자의 욕망과 일치시킬 뿐 스스로 결단을 내리지 못한다. 마지막 치명적인 상처를 입을 때까지 그는 줄곧 상징계가 '배제'된 상상계에 갇혀 있는 것이다. 그러므로 레어티즈의 독묻은 칼날은 거세의 상징이고 이 치명타에 의해 햄릿은 상징계로 들어서며 클로디어스를 죽이게 된다. 자신을 희생하고서야 복수를 하는 것이다.

햄릿과 오필리아의 관계는? 오필리아는 햄릿의 욕망을 지속시키는 동인이다. 상상계와 상징계가 연결되면서 욕망이 지속되는 공식 $ \$ \diamondsuit a $ 의 a에 해당된다. 우선 햄릿은 다른 대상과 동일시하기 위해 오필리아 로부터 거리를 둔다. 소원함(estrangement)의 단계다. 그런 다음 환상에 서 대상이 강조될 때 발견되는 도착증으로서 그녀를 거칠고 잔인하게 대한다. 그녀로부터 빠져나가려는 몸부림이다. 그녀가 더는 그의 삶의 기준이 아니므로 파괴시키고 손실을 주어야 한다. 그녀는 거부된 남근 (O Phallus)이다. 그리고 그녀는 죽는다. 오필리아의 죽음은 햄릿에게 다시 그녀를 갈망하게 만든다. 욕망은 대상이 허구화될 때, 사라졌을 때 다시 불타오른다. 햄릿에게 욕망은 대상이 닿을 수 없을 때 다시 일 어난다. 욕망은 근원적으로 결핍이다. 따라서 죽음으로부터 나오는 애 도는 배제로부터 상징계로 들어섰다는 증거이며 실재계에 난 구멍이다.

햄릿은 묘지에서 레어티즈의 슬픔을 본다. 그는 다시 욕망의 대상이 된 오필리아를 위해 레어티즈와 경쟁관계에 들어선다. 레어티즈는 거 울에 비친 자신의 모습이며, 뒤팽과 장관의 관계처럼 쌍둥이(double)이 다. 참을 수 없는 이상적 자아이기에 증오의 대상이다. 주체가 상상계 에 있을 때 자신의 욕망을 타자와 동일시하는 경우, 어머니의 경우엔 사랑을, 라이벌인 경우엔 증오라는 두 가지 양상으로 나타난다. 그러므 로 햄릿은 다시 상상계로 들어서며 오필리아를 위한 레어티즈와의 결투 에 임한다. 오필리아는 남근의 상징으로서 햄릿에게 상상계와 상징계 의 순환을 겪게 하는 욕망의 동인 a이다.

《햄릿》에서 남근은 어떻게 현시되는가. 이 극은 오이디푸스 콤플렉스의 소멸에 관한 극이다. 아들이 아버지를 죽이고 어머니와 결합하려는 욕망이 아니라 이미 무의식 속에 억압된 남근에 관한 이야기다. 아버지는 극의 시작부터 지워진 타자였고 남근은 엉뚱한 사람, 즉 클로디어스에게 있었다. 이것이 오이디푸스 콤플렉스를 지우고 거세 콤플렉스를 생각하던 1924년경 프로이트의 관심사였다. 오이디푸스의 비극과 햄릿의 비극은 몇 가지 측면에서 다르다. 전자에서 범죄는 주인공이 모르고 저지른 것이며 신탁에 의해 움직여진다. 후자에서 범죄는 이미 그 이전에 일어났으며 의도적이었고 기습적이었다. 따라서 아버지는 이미 지워졌다. 그런데 어머니의 욕망이 클로디어스에 옮아가 있다. 그가 남근을 소유한 것이다. 자기애적 상상계에 갇힌 햄릿은 아버지가 아닌 다른 인물이 남근을 소유한 것에 당황하며 자신의 욕망을 그와 동일시하여 기도하는 숙부를 죽이지 못한다. 마지막 결투에서 치명타를 입고 상상계적 집착에서 빠져나오게 되어서야 그는 숙부를 공격한다. 거세를 겪으며 상징계로 들어선 순간 숙부가 구현했던 남근은 허상이 된 것이다. "왕은 누구야?" "허구적인 무엇이지(a thing of nothing). 몸은 왕과 함께 있지만 왕은 몸과 같이 있지 않아." 이 대사에서 왕 대신 남근을 대치해보면 어찌 되는가. 남근은 있으나 오직 보이지 않을 때만 기능을 하니 있지만 없는 것이다.

4. 시각예술이론

실재계와의 행복한 만남이란 어떤 것일까. 이미지, 영상, 그림이란 과연 실재의 재현일까. 스스로가 더 이상 데카르트적인 '사유하는 주체'가 아니고 '욕망하는 주체'임을 인정할 때 인간은 실재와 불행하지 않은 만남을 이룰 수 있다고 라캉은 암시한다. 데카르트가 통합된 주체를 선언하고 평면광학이 논의되기 시작하던 르네상스 시대에 홀바인은 〈대사들〉이란 그림을 통해 그런 주체의 소멸을 보여준다. 두 남자가 서 있고 그 사이 책상 위에는 당대 과학을 상징하는 물건들이 놓여 있다. 그런데 그 밑에 길쭉하게 드러누운 것은 무엇인가. 몸을 왼쪽으로 옮기면서 돌아서 나가려다 힐끗 보았을 때 그것은 해골로 나타난다. 평면시각으로는 볼 수 없는 물체, 공간과 욕망이 개입되어야 드러나는 이 물체는 그 위에 놓인 과학의 상징물들을 허영이라고 비웃는 듯하다. 20세기에 와서 달리의 〈기억의 고집〉 역시 이 공간개념을 최대한으로 끌어들인 것이다. 우리가 평면적인 이미지를 입체적으로 느끼는 이유는 단순한 시선(eye)을 넘어서는 무언가가 있기 때문이다.

　제우시스와 패러시오스는 누가 더 실물처럼 그릴 수 있는가 내기를 했다. 새들이 날아와 제우시스가 그린 포도를 쪼아먹으려 들었다. 득의에 찬 그는 "자, 이제 베일을 걷고 당신의 그림을 볼까요?"라고 물었다. 패러시오스의 그림은 바로 그 베일이었다. 라캉에 따르면 이 우화는 모방에 대한 중요한 사실을 암시한다. 새들은 포도가 진짜같이 그려졌기에 달려든 게 아니고 그 그림에는 훨씬 단순한 어떤 기호가 있었기 때문이다. 마치 어떤 인물의 사진보다 캐리커처가 더 실물같이 느껴지는 것과 같다. 진정한 모방이란 평면적 시각으로 옮아간 그림이 아니라 그 속에 위장과 변장으로 과장된 그 무엇이 있다는 것이다. 남녀 사이의 유혹이 가면의 극치 속에서 이루어지고 성적 결합이 주체의 부활(자식)을 겨냥한 주체의 소멸이고 목숨을 건 투사가 상대를 겁주기 위해 부풀린 험상궂은 표정을 짓는 경우, 일차적인 자아는 또 다른 자아와 분열을 보인다. 보여지고 있는 나를 보는 주체. 이 두 개는 분리할 수 없이 맞물려 있다. 따라서 우리의 시각은 보기만 하는 시선(eye)이 아니라 보여짐(gaze)이 함께하는 중첩적인 것이다. '보여짐'을 강조하는 것이 라캉의 욕망하는 주체다. 상상계 못지않게 상징계를 강조하듯 그는 보여짐, 즉 '응시'가 대상을 허구화시키는 욕망의 동인(오브제 a)임을 보여준다. 데카르트식 사유는 상상계적 사유요, 시선만 있을 뿐 눈먼 사유라는 것이다.(라캉은 장님도 눈뜬 사람만큼 볼 수는 있으나 그들은 보여짐을 모른다고 비유한다.)

세계 속에서 인간은 보여지는 존재다. 우리는 무대 위에 올려진 배우들로 타인의 시선을 의식하며 행동한다. 그러나 세계는 모든 것을 보지만 그것을 드러내지 않는다. 그래서 인간은 스스로를 보기만 하는 존재라고 착각한다. 그러나 어느 순간 멀리서 바람이 스쳐가는 소리처럼 미묘한 어느 순간, 무엇인가 빠지고 달아났음을 느낀다. 꿈 속에서 주체는 "이건 꿈이야"라고 말할 수는 있지만 그 분리된 주체는 데카르트적 사유 주체는 아니다. 장자는 나비가 되는 꿈을 꾸었다. 그는 꿈에서 깨어난 후 나비가 장자의 꿈을 꾸는지 장자가 나비 꿈을 꾸는지 알 수 없다고 말했다. 꿈 속에서 그는 나비다. 현실 속에서 그는 나비에 의해 보여지는 자신을 본다.

응시란 우리가 시야에서 발견하는 것이다. 신비로운 우연의 형태로 갑작스레 접하게 되는 경험이다. 응시는 거세공포에 의해 주체가 상상계에서 상징계로 들어서듯 바라보기만 하던 것에서 보여짐을 아는 순간 일어난다. 그래서 실재라고 믿었던 대상이 자신의 욕망을 충족시키지 못함을 깨닫고 다시 욕망의 회로 속으로 빠져들게 하는 동인(오브제 a)이다. 기표를 작동시켜 주체를 반복충동으로 몰아넣는 중심의 결여, 즉 실재계에 난 구멍이다.

사르트르의 열쇠구멍으로 보는 남자는 어느 순간, 아마도 복도에서

들리는 발소리? 아니면 창문이 흔들리는 소리? 어느 순간에 자신이 누군가에 의해 보여지는 것을 깨닫고 놀라고 당황하고 수치심을 느낀다. 메를로-퐁티는 겨울장갑을 가지고 보이는 것과 보이지 않는 것의 관계를 이야기했다. 장갑의 겉은 매끈하고 속에는 털이 있다. 그런데 인간의 손가락은 매끈한 피부 위에 털이 나 있다. 둘은 서로 반대다. 장갑을 끼었을 때 어찌 되는가. 장갑과 피부는 서로 털을 사이에 두고 마주본다. 시선과 응시의 관계를 비유한 예다. 바라봄과 보여짐의 엇갈림, 그 속 어딘가에서 그림이 스크린 위에 그려진다.

라캉 자신이 겪은 작은 정어리통조림 깡통에 얽힌 에피소드를 보자. 바닷가 저편 물 위에 그 깡통이 햇빛 속에 떠 있었다. 아이는, 우리는 그것을 보고 있지만 깡통은 우리를 보고 있지 않다고 말하며 재미있어 했으나 라캉은 깡통이 빛의 점에서 그를 보고 있다고 느낀다. 시선은 평면시각이지만 응시는 빛의 유희이다. 빛은 직선으로 발산되지만 굴절되고 확산되고 넘친다. 눈은 그것을 담는 주발이어서 깡통은 그의 눈 깊은 곳에서 무엇인가를 채색시키며 그를 유혹하고 사로잡는다. 마치 새들이 제우시스의 그림에 사로잡히고 제우시스가 패러시오스의 그림에 사로잡히듯이. 사로잡힘. 유혹이란 베일이요, 시선에 대한 응시의 승리에서 오는 것이다. 연인은 안타까이 묻는다. "너는 왜 내가 생각하는 곳에서 나를 생각하지 않느냐"고. 둘은 장갑과 손가락처럼 서로 마주보며 동시에 서로에게 보여지고 있어 이미지는 그들이 정할 수 없는 어느 지점에서 이루어진다.

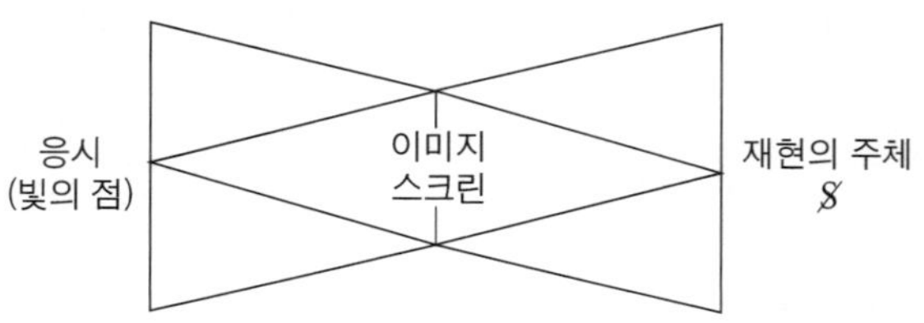

이 그림은 이렇게 옮겨질 수 있다.

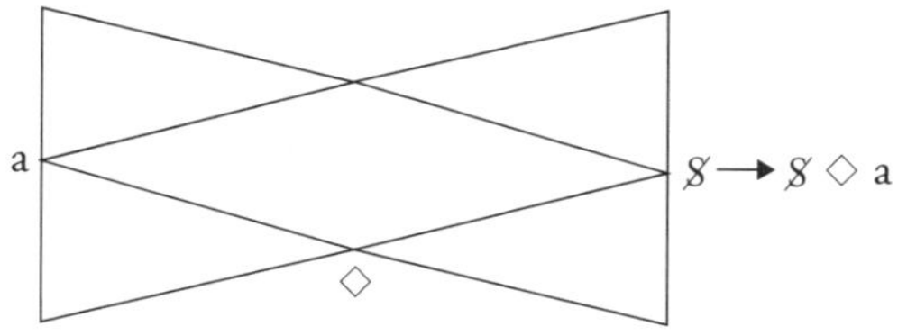

응시를 유도하는 빛 줄기는 원추모양 부옇게 쏟아져 내리고 그 속에서 우리는 대상을 볼 수 없다. 이 때 그 중간에 스크린을 갖다 대면 그림이 떠오른다. 위 그림을 180도 돌려 주체의 시선에서 대상을 향해 바라보자. 이런 모양이 떠오른다.

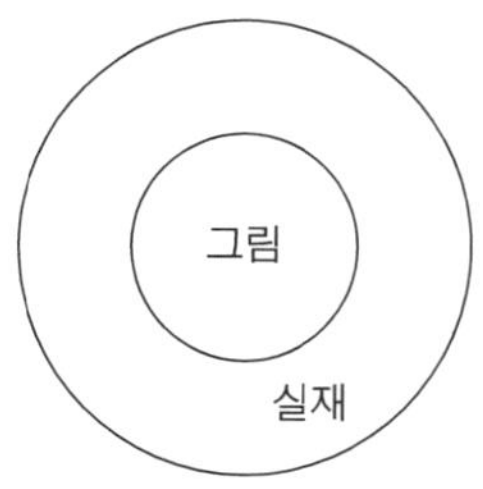

실재계는 중심을 비운 주변적인 것이다. 이것이 실재계에 난 구멍이요 반복을 일으키는 탈중심화이다. 프로이트는 '늑대인간'에서 신경증의 원인을 늑대인간이 어릴 적에 부모의 섹스장면을 본 것으로 추적한다. 그러나 분석자도 환자도 그 원초적 장면이 허구일 수 있다고 암시한다. 바로 그 허구가 실재계에 난 구멍이다. 원초적 장면은 이미지인 것이다.

모방이 시선에 의해서만 이루어진다는 믿음은 착각이다. 만일 그렇게 되면 인간은 대상을 실체와 일치시킬 수 있기에 욕망은 완전히 충족되고 그것은 곧 프로이트가 발견한 것처럼 죽음이다. 응시 때문에 인간은 끝없이 욕망하고 욕망은 삶을 영위시키는 동인이다. 따라서 그림(혹은 이미지)은 재현의 영역이 아니라 그 이상의 다른 목적을 갖는다.

그림에는 항상 응시가 나타난다. 단순히 시선에 의해서만 그려진 그림이나 풍경화에서조차 화가의 욕망이 보여진다. 그는 보는 자이며 동시에 보여지는 자다. 자화상에서 화가는 보여지면서 동시에 그 속에 들어가 바라보는 인물이다. 성화(聖畵)는 왜 화가와 관객을 기쁘게 하는가. 그림은 신의 응시 아래 놓이기 때문이다. 예수 그리스도나 신이 욕망하는 것을 그리는 화가는 신에 의해 보여지고 신의 욕망을 그리기에 충만해진다. 관객 역시 자신만의 사악한 시선을 벗어나 신의 응시 아래 놓이기 때문에 편안하다. 성화는 신과 인간을 연결짓는 중개자이다. 스크린이 시선과 응시의 중개자이듯이. 그러므로 그림은 프로이트의 말처럼 승화로서의 창조이다. 그것은 응시를 길들인다. 시선을 유혹하여 묻게 하고 그것이 허구임을 깨닫게 하여 고착을 벗어나 욕망하는 주체로 길들인다. 그것은 속임그림이 주는 기쁨과 같은 것이다. "자, 이제 베일을 걷고 당신의 그림을 볼까요?" 하고 물을 때 그는 베일이 그림인 줄 모르고 실재인 줄 알았다(상상계, 시선, 사유의 주체). 그러나 그것을 걷으려는 순간 그것이 그림인 것을 발견한다(상징계). 그는 속았지만 즐겁다. 대상에의 집착을 버릴 수 있기 때문이고 여전히 살아갈 동기가 있기 때문이다(욕망하는 주체). 길들여진 응시는 사물에 대해 집착을 버리고 마음을 비우는 자세다. 그리고 서로의 응시를 길들이는 것이 그림이 갖는 미덕이다.

사르트르의 열쇠구멍을 들여다보는 자는 누군가에 의해 보여짐을 알 때 당황과 수치심을 느낀다. 자신이 세상에 의해 보여짐을 의식할 때 주체는 분리되고 인간은 고립과 소외를 벗어나 무대 위에 서게 된다. 이것이 라캉의 타자의식이다. 그러므로 그의 타자의식은 사회의식이다. 그는 타자의식이 없는 시선을 사악한 것으로 보기 때문이다. '부러움'이란 단어는 '본다(videre)'라는 동사에서 유래되었다. 어거스틴의 책에는 아이가 느끼는 부러움이 묘사되어 있다. 어머니의 무릎에 앉아 행복하게 젖을 빨고 있는 동생을 형은 갈기갈기 찢을 것 같은 시선으로 바라본다. 그는 자신이 더는 어머니의 젖을 필요로 하지 않으면서도 동생의 행복을 부러워한다. 부러움이란 그 본질에 대해 아무것도 모르면서, 즉 자신에게는 충족의 대상이 아닌 것(a)을 타인이 소유할 때 느낀다. 자신의 결여를 떠올리게 하는 완벽한 이미지 앞에서 아이는 창백하고 떨리는 눈으로 동생을 보는 것이다. 그 창백한 떨림을 거두고 그것이 완벽함처럼 보이는 이미지일 뿐이라는 것을 깨닫게 하는 것이 응시다.

지금까지 자크 라캉의 주요 사상을 훑어보았다. 무의식, 은유와 환유, 기표, 남근, 상상계와 상징계, 시선과 응시의 분열을 통해 라캉은 데카르트식 중심주의를 해체하고 인간이 욕망의 주체임을 보여준다. 반복, 중심해체, 주체의 분열 등을 통해 단 하나의 재현을 거부하며 타자의식을 보여준다. 이것이 그의 이론이 20세기 후반부 철학과 예술의 기법과 공유하는 핵심사상이고, 이 '타자의식'에 그의 이론이 갖는 사회성이 있지 않을까 생각해본다.

권택영

I

욕망이론

정신분석 경험에서 드러난 '나'기능 형성자로서의 거울단계[1]

13년 전에 내가 국제 정신분석 학술대회에서 소개했던 거울단계라는 개념은 프랑스 분석가들 사이에서는 이제 다소 자리를 잡아가고 있는 것처럼 보인다. 그러나 오늘 우리가 이 개념에 다시 주의를 기울여야 하는 이유는 거울단계의 경험이 주체가 (이미 주어진 것이 아니라) 형성된다는 것을 보여주기 때문이다. 거울단계의 경험은 우리가 "전혀 의심할 수 없는 사고주체(Cogito)"에 근거한 어떤 철학도 반대해야 한다고 주장한다.

여러분 가운데 몇몇은 거울단계라는 개념이 비교심리학에 의해 사실로 입증된 인간행동의 특징에서 기원한다는 것을 기억하고 있을지 모른다. 도구를 사용하는 지적 능력에 있어 침팬지보다 못한 나이일 때도 아이는 이미 거울 속에서 자신의 이미지를 인식할 수 있다. 이러한 인식은 아하–경험(Aha-Erlebnis)을[2] 명확하게 흉내낼 때 가능한 것으로 쾰

---

1) 〈'나'기능 형성자로서의 거울단계〉는 밀러(Jacques-Alain Miller)가 편집한 불어판 *Écrits*에 "Le stade du miroir comme formateur de la fonction du Je"라는 제목으로 실려 있던 것이다. 셰리단(Alan Sheridan)은 1977년 *Écrits* 중 9개의 글들을 모아 영어로 번역하여 같은 제목으로 출판했는데 여기 이 글은 그가 영역한 "The mirror stage as formative of the function of the I as revealed in psychoanalytic experience"를 옮긴 것이다.
2) 아하–경험이란 전혀 관계 없어 보이던 개별적 요소들이 갑자기 하나로 통합되어 의미를 제시하는 순간, 다시 말해 무의식적 동기들이 순간적으로 파악될 때 주체가 갖게 되는 감정적 반응을 말한다.

러(Köhler)는 지적 행위의 근본단계를 이루는 이 경험을 상황을 인지하는 통각작용[3]의 표현으로 간주한다.

침팬지는 거울 속의 이미지에 익숙해지고 그것이 허상에 불과하다는 것을 알게 되면 자신의 이미지에 더는 관심을 가지지 않게 된다. 반면 아이는 일단 이미지를 습득하고 나면 그 이미지가 사라진 후에도 일련의 행동들 속에서 인식행위가 가져오는 즉각적인 반향들을 보여준다. 아이는 놀이를 통해서 자신의 이미지 속에서 가정되었던 행동들과 그 행동을 반영하는 주변상황이 갖는 관계를, 다시 말해 허구적인 합성물과 그것이 만들어내는 현실(자신의 신체와 주위의 사람들이나 사물들과 같은) 간의 연관성을 경험하는 것이다.

볼드윈(Baldwin)에 의해서 이러한 사건은 6개월 이후의 어린아이에게 일어난다는 것이 밝혀졌다. 또 그것이 반복된다는 사실이 나로 하여금 거울 앞에 서서 자신의 이미지에 놀라고 있는 어린아이를 다시 생각나게 한다. 아이는 걷거나 일어날 수 없고 심지어 다른 사람의 도움 없이는 똑바로 서 있을 수도 없지만 기쁨에 차 환호성을 올리며 안절부절하지 못한다. 그는 이러한 환호성 속에서 자신을 지지해주는 지지물들을 압도할 수 있는 것이다. 게다가 그는 거울 속의 이미지를 순간순간 잘 볼 수 있도록 자신의 몸을 앞으로 약간 기운 상태로 고정시킨다.

거울 속의 이미지 속에서 자신을 인식하는 행위는 18개월 때까지 계속된다. 이러한 행위는 인간세계의 존재론적 구조뿐 아니라 지금까지도 모호한 상태로 남아 있는 리비도의 역동성을 드러낸다. 존재론적 구조는 지식이란 모두 편집증적(paranoiac)인 것에 불과하다는 것을 보여

---

3) 통각작용(apperception)이란 대상이나 이념 등이 갖는 의미나 중요성을 기존의 지식이나 경험에 비추어 인지하는 과정 또는 더욱 단순하게 명확한 인지나 인식작용을 의미하기도 한다.

준다.

우리는 단지 거울단계를 완전한 의미의 동일화(identification)로 이해하면 된다. 동일화란 주체가 이미지로 나타났을 때 그에게 일어나는 변화를 의미한다. 정신분석이론에서 이미지가 불러일으키는 효과는 영상(imago)이라는 오래된 용어 속에서 충분히 설명될 수 있다.

거울단계의 아이는 스스로 움직이지 못하고 다른 사람의 양육을 받아야만 하며 아직 말도 하지 못한다. 그러나 이 아이가 거울에 비친 자신의 이미지를 (총체적이고도 완전한 것으로) 가정(assumption)하고 뛸 듯이 기뻐한다는 사실은 거울단계의 '나'가 이미 처음부터 상징계 속에 던져져(precipitated) 있다는 것을 잘 보여주고 있는 것처럼 보인다. 그러나 거울단계의 '나'는 타자와의 변증법적 동일시에 의해 객관화되기 이전, 언어가 그 보편구조 속에서 주체기능을 부여하기 이전의 '나'이다.

정신분석학적 용어를 빌리자면 이러한 형태는 이상적인 자아(Ideal-I)라고 불려야 할 것이다. 왜냐하면 그것은 리비도의 정상화 기능들과 연관을 맺고 있는 이차적 동일화(secondary identification)의 원천이 되기 때문이다. 이러한 형태는 자아가 사회화되기 이전에 허구적 성향을 갖도록 해준다. 바로 이 점이 중요하다. 자아가 갖게 되는 허구적 성향이 개별적 차원에서는 해결될 수 없는 것으로 남게 되어 주체가 끊임없이 점근선적으로만(asymptotically) 자신을 구현(coming-into-being)할 수 있도록 하기 때문이다. 주체는 거울단계의 나의 형태로 자신과 자신을 둘러싸고 있는 현실 간의 불일치를 해결해야 한다. 주체는 변증법적 종합이라는 형태로 불일치를 해결하려 하지만 그것이 성공한다 할지라도 여전히 그는 이미 완성된 것이 아니라 끊임없이 완성을 향해가는 자신에 만족할 수밖에 없다.

허상(mirage) 속에서 주체가 자신의 성숙함을 기대할 수 있도록 해주는 것은 신체의 통일적 형태(Gestalt)다. 통일적 형태는 이미 완성된 것이 아니라 완성을 향해 가고 있는 외면적 형태(exteriority)다. 거울 속에서 드러나는 통일적 형태는 생기를 불러일으키는 아이(주체)의 혼란스러운 동작과는 대조적으로, 고정된 이미지로 그리고 전도된 대칭적 형태로 아이(주체)에게 다가온다. 외재성과 고정된 영상을 특징으로 하는 통일적인 형태는 (비록 이러한 형태가 어떻게 그 영향력을 행사하는지 아직 완전히 알 수 없지만 통일적인 형태가 갖는 함축성은 종種들과 깊은 연관을 갖고 있는 것으로 간주되어야 한다) 정신적 측면에서 거울단계의 '나'가 계속된다는 것을 보여주고 동시에 그것이 소외를 불러일으킨다는 것을 예시해준다. 통일적 형태는 계속 거울단계의 '나'를 인간이 그 속에 스스로를 투사한 고정된 상(statue)이나, 인간을 지배하는 환상들과 결합시키려 한다. 또한 통일적 형태는 보다 더 모호하기는 하지만 거울단계의 '나'와 스스로 완성을 향해 가도록 되어 있는 자동인형(automaton)의 세계를 결합시키려는 대응물들로 가득 차 있다.

영상은 자신의 개별적인 특징들과 연관을 가질 수 있고 심지어 자신의 약점들을 보여줄 수도 있다. 또 그것은 대상에 대한 투사(object-projection)와 관련을 갖는다. 게다가 우리는 거울기제의 역할을 이질적인 정신분석학적 현실이 드러나는 짝패(double)의 면모 속에서 찾아볼 수 있다. 하지만 영상들이 어떤 것과 관련을 가지고 있든 간에 육체의 영상이 환상이나 꿈 속에서 거울이란 장치의 특성을 통해 자신을 드러낸다면 영상들에게 있어 (영상들의 가려진 얼굴을 그 윤곽이나마 볼 수 있다는 것은 우리의 특권이다. 우리는 일상경험이나 상징적 유효성symbolic efficacity을 가진 반음영penumbra 속에서 그것들을 본다) 거울이미지는 가시적 세계로 들어서는 시작이 될 것이다.

통일적인 형태가 유기체 내에서 개체형성의 효과들을 생성해낸다는 사실은 생물학적 실험에 의해서도 입증될 수 있다. 물론 이러한 실험은 그 자체로 심리적인 현상들을 인과론적으로 설명하려는 시도를 무력화하기에 충분하다. 왜냐하면 인과론적 설명 자체가 이러한 실험 결과들을 설명하거나 정식화할 수 없기 때문이다. 암비둘기의 생식선은 성에 관계 없이 같은 종류의 비둘기를 '바라볼 때' 성숙하게 된다. 아니 거울 속에 비친 자신의 모습을 '바라보는 것'만으로 충분하다. 우리가 바라는 결과는 바로 이 바라봄에 의해 생겨나기 때문이다. 이동성 메뚜기의 경우도 마찬가지다. 한 세대 내에서 홀로 사는 메뚜기가 모여 사는 메뚜기로 변화될 수 있는 것은 전적으로 바라보는 행위에 의한 것이다. 홀로 서식하는 메뚜기의 번데기는 같은 종류거나 비슷한 종류의 메뚜기를 바라보기만 하면 모여 사는 종류의 메뚜기로 변하게 된다. 이러한 사실은 같은 종류의 생물들에게 나타날 수 있는 동일시(identification)를 보여주지만 그 자체로 미(美)란 형성될 뿐 아니라 성욕을 자극하는 (erogenic) 것과 관계가 있다는 좀 더 광범한 문제를 야기시킨다.

그러나 다른 종류의 생물들과 자신을 동일시할 경우에도(hetero-morphic identification) 유기체에게 공간이 일으킬 수 있는 의미작용이 문제가 되는 한 모방의 문제는 여전히 중요하다. 이러한 문제에 대해 정신분석학적 개념들은 모든 것을 (환경에 대한) 적응이라는 법칙으로 단순화시키려는 어리석은 잘못을 범하지 않는가. 우리는 로제 카이와(Roger Caillois)가 이 문제를 어떻게 설명했는가를 살펴보기만 하면 된다. (이 말을 할 당시 그는 매우 젊었고 그가 훈련 받았던 사회학 이론과 막 결별한 후였다.) 그는 형태학적 모방을 비재현적 효과(dereailzing effect)를 일으키는 공간에의 집착으로 분류하기 위해 '믿기 어려운 정신쇠약 (legendary psychasthenia)'이란 용어로 이 문제를 설명했던 것이다.

인간적인 지식을 편집증적인 것으로 구조화시키는 사회적인 변증법을 통해서 내가 보여주고자 했던 것은 왜 인간지식이 동물의 지식보다 더 큰 자율성을 가지는가 하는 것이었다. 자율성은 욕망이 가지는 힘과 관련이 있는가? 왜 인간지식은 초현실주의자들이 끊임없이 인간지식의 한계라고 불렀던 '작은 현실(little reality)'에 의해 결정되는가? 이러한 생각들은 나로 하여금 거울단계에서 나타나는 공간적인 이미지가 유기적으로 완전하지 못하며 아직 인간적 현실을 구현하지 못하는(바로 이런 문맥에서 '자연'이란 단어가 어떤 의미를 가질 수 있다면) 주체에게 사회적인 변증법 이전의 단계에서도 어떤 영향을 미친다는 사실을 깨닫게 한다.

그러므로 나는 거울단계가 갖는 기능을 영상이 갖는 특별한 기능 가운데 하나로 간주하려 한다. 그것은 유기체와 유기체를 둘러싸고 있는 현실 간의, 다시 말해 정신세계(Innenwelt)와 주위세계(Umwelt) 사이에 어떤 관계를 수립하려는 것이다.

하지만 인간에게 있어 주위세계(혹은 자연)와의 연관은 유기체의 한가운데에 벌어져 있는 틈에 의해 변경된다. 이것은 원초적인 불일치 (primordial Discord)로서 신생아 기간에 나타나는 불안과 행동의 의존성에 의해 드러난다. 인간이라는 거대한 체계가 객관적으로 볼 때 해부학적으로 불완전하며 어머니의 잔재를 그대로 지니고 있다는 사실은 인간탄생이 가지고 있는 고유한 조숙성(불완전성)[4]을 보여준다.

우연히도 이러한 사실이 발생학자들에 의해 태형보유(foetalization)라는 용어로 인식되고 있다는 점을 주목해야 한다. 이 개념은 소위 월등한 신경기제, 특히 그 가운데서도 뇌 외과수술에 의해 유기체 내부를

---

4) 자기 몸을 가눌 수도 없으면서 자신을 통합된 이미지로 인식할 수 있다는 의미에서 즉 시각이 운동능력보다 먼저 발달한다는 의미에서 불완전하다 할 수 있다.

비추는 거울로 알려지게 된 대뇌피질(cortex)이라는 기제의 우월성을 결정짓는 것이기 때문이다.

이와 같은 발달은 개별적으로 형성된 인간을 결정적인 방식으로 역사 속에 투사(project)시키는 시간의 변증법(temporal dialectic)에 의해 경험된다. 거울단계는 본질적으로 불충분함으로부터 예기(anticipation)에로 내던져진 한 편의 연극이다. 그것은 거울 속에 비친 자신의 이미지에 매혹되어 이미지와 자신을 동일시하려는 주체를 만들어 내는 것이고 파편화된 육체의 이미지들로부터 내가 정형술과 관계 있다고 이야기한 통합적인 형태에 이르기까지 광범한 범위에 걸쳐 있는 일련의 환상들과 관련을 갖는다. 또한 이러한 일련의 환상들은 자기 동일성을 가정하는 자기방어적인 갑주의 형태를 띠고 주체를 소외시키는 역할을 하게 되는데 바로 이 소외구조가 그 엄밀성으로 말미암아 앞으로 주체의 전반적인 정신발전을 규정짓게 되는 것이다. 그러므로 정신세계와 주위세계 사이에서 완벽한 중개자 역할을 수행할 수 있는 자아는 존재하지 않는다. 자신과 주위세계를 명료하게 구별하여 그 차이를 확실하게 이론화시킴으로써 자신의 자기동일성을 증명하려는 자아의 작업은 원을 사각형으로 만드는 만큼이나 불가능하다.

파편화된 신체는 (이 용어 역시 내가 우리의 이론체계 속으로 이끌어들인 것이다) 개별주체 속에서 공격성을 띠고 분열된 형태를 취하고 있으며 항상 꿈 속에서 스스로를 드러낸다. 그것은 다시 절단된 사지의 형태로 또는 외골격(exoscopy)을 관찰할 때 드러나는 기관의 모습으로 나타난다. 파편화된 신체에서 날개가 자라나기도 하고 장(腸)의 고통으로 팔들을 붙잡고 있는 모습이 등장하기도 한다. 이것이 바로 환상을 쫓는 히에로니무스 보쉬(Hieronymus Bosch)가 그의 그림 속에서 15세기로부터 현대인의 가상적인 정점으로 날아오르는 파편화된 신체조각

46

으로 형상화하려 했던 이미지다. 그러나 이러한 분열된 형태가 유기체적 차원에서는 우리가 확실히 알 수 있는 형태로 나타나기도 하는데 정신분열증(schizoid)이나 히스테리(hysteria) 발작에서 드러나며 환상의 구조를 결정하는 일련의 정신현상약화과정(fragilization)이 그 예다.

이와 비슷하게 꿈 속에서는 거울단계의 '나'가 형성(formation)되는 과정이 요새나 경기장(stadium)으로 표상된다. 울을 둘러친 안쪽은 습지와 쓰레기더미로 둘러싸여 있으며 서로 갈등하는 두 개의 상반되는 장소로 나누어진다. 주체는 높이 솟아 있으며 멀리 떨어져 있는 내부의 성(城)을 찾아 진창 속에서 버둥거리고 있지만(내부의 성 모양은 때로 동일한 꿈 속에서 겹쳐져 나타나기도 한다) 놀랍게도 그 성은 이드(id)를 상징하는 것이 되고 만다. 마찬가지로 정신적인 측면에서도 우리는 성벽으로 둘러싸인 요새구조가 실현되어 있다는 것을 알 수 있다. 그 구조로부터 강박관념적인 신경증의 기제들, 즉 전도, 소외, 복제, 소멸, 전치 등을 설명하기 위해 은유가 마치 징후 자체에서 발원하는 것처럼 자발적으로 생겨난다.

그러나 이미 주어져 있는 주관적인 것에만 의존하게 되면 (물론 그러한 것들이 언어적 속성을 가지고 있다는 사실을 우리가 경험할 수 있지만) 우리의 이론적 작업은 상상할 수도 없는 절대적 주체에 의존하게 된다는 비난을 면하기 어려울 것이다. 이것이 왜 내가 객관적 자료와 관련하여 현재의 가설 속에서 상징적 환원이라는 방법을 주도적 방식으로 채택하는가에 대한 이유다.

상징적 환원은 거울단계에서 일어나는 발생학적 질서인 자아의 자기방어 속에서 확립된다. 그것은 안나 프로이트(Anna Freud)의 위대한 작품 전반부에서 공식화된 소망과 일치하는 것이며 흔히 제시되는 편견과는 달리 히스테리성의 억압과 그 회귀를 강박관념적인 반전이나 주체의 소외과정보다 더 기원적인 것으로[5] 제시한다. 거울단계에서의 소외는 편집증적 소외를 준비하는 것으로서 거울 속의 '나'가 사회적 '나'로 굴절됨에 따라 발생하는 것이다.

거울단계가 끝나는 바로 이 순간에 거울 속의 '나'를 사회적 상황과 연결시키는 변증법이 시작된다. 변증법은 거울 속에 비친 영상과의 동일시 또는 원초적인 질투가 벌이는 극적 사건에 의해 이루어진다. 샤로트 뷔러(Charlotte Bühler)학파는 이것을 유아가 행하는 타자와의 자기동일시 현상으로 매우 잘 설명하고 있다.

바로 이 순간에 인간의 모든 지식은 타자의 욕망을 통해 결정적으로 병합되며, 또 타자와의 협력에 의한 추상적 등가물 속에서 자신의 대상을 구하게 된다. 주체가 모든 본능적 자극에 대응하는 장치로 바뀌는 것도 바로 이 순간이다. 거울단계가 끝나는 순간은 인간이 자연스럽게 성장해간다는 사실을 보여줄 뿐이지만 바로 이러한 정상적인 성장이 문화적 중재에 의해 가능하게 된다는 사실이 중요하다. 성적 대상의 경우 오이디푸스 콤플렉스가 이 사실을 예증해준다.

거울단계란 개념에 비추어볼 때 1차적 자기애(primary narcissism)란 용어는 그 순간을 특징짓는 리비도 에너지의 소비(libidinal investment)에 의해 그 용어를 발명한 사람들에게 이 용어가 얼마나 많은 잠재적 의미를 가질 수 있는가를 철저하게 인식시켜준다. 1차적 자기애는 리비도와 성적리비도의 역동적 대립을 강조하는데 이것은 초기의 분석가들이 파괴적인 충동 즉 죽음의 충동을 설명하기 위해 이 용어를 사용했기 때문이다. 그들은 자기애적 리비도와 거울단계의 '나'가 갖는 소외기능 사이의 관계를 명확히 설명하기 위해, 다시 말해 주체가 타자와의 관계

---

5) 분열된 육체의 경험은 히스테리적인 억압을 가져오고 거울단계의 자아는 강박관념적으로 스스로를 요새화하는 자기방어를 행한다.

48

속에서 드러내는 공격성(특히 가장 도움을 많이 받는 사람에게까지도 드러내는)을 설명하기 위해서 죽음의 충동을 규정하고자 했다.

사실 그들은 존재론적인 부정성(existential negativity)에 직면하고 있었던 것이다. 현대의 존재와 무의 철학이 강력하게 주장하고 있는 것이 바로 이 존재론적으로 주어진 부정성이다.

그러나 불행하게도 존재와 무의 철학은 부정성을 의식의 자기충족성의 한계 내에서만 이해하려 한다. 존재와 무의 철학은 의식의 자기충족성을 자신의 가설로서 굳게 믿고 있기 때문이다. 그러나 의식의 자기충족성은 자아형성시 필연적으로 개입되는 오인(méconnaissance)으로부터 생겨난 환상일 뿐이다. 정신분석 분야에서 이러한 환상으로의 도피는 기이할 정도로 실존적 정신분석의 주장 속에서 그 절정을 이룬다.

실존주의는 사회란 실용적인 기능 이외에는 아무런 목적도 갖지 않는다는 것을 보여주려는 노력들이 절정에 이르렀을 때, 또 이러한 노력들을 최종적으로 성취하려는 것이 집단적인 사회제도로 나타났을 때 개인이 느끼는 실존적인 불안을 보여주고 그러한 상황 속에서 주관적 의식이 경험하는 파국을 드러낸다. 그러나 이러한 파국은 실존주의의 설명방식 자체로부터 초래된 것이다. 실존주의는 감옥 속에 갇혀 있는 자유가 가장 진정한 자유라고 이야기한다. 그것은 어떤 상황도 지배할 수 없는 순수의식의 무능을 보여주면서 동시에 상황에의 참여를 요구한다. 또 관음적이고 가학적인 성관계를 이상화하고 인간성은 자살 속에서만 실현된다고 말한다. 이제 타자에 대한 의식은 단지 헤겔철학의 살해를 통해서만[6] 성취될 수 있다. 그러므로 실존주의는 실존주의가 하고자

---

6) 라캉에게 의식의 자기에로의 귀환은 늘 이질적인 타자의 형태로 이루어진다. 그러나 이 때 타자는 종합을 이루기 위한 안티테제로서의 타자가 아니라(its other) 종합을 불가능하게 하는 무의식적(other stage) 타자다.

했던 설명방식에 의해 판단되어야 할 것이다.

우리의 경험에 비추어볼 때 실존적 가정들은 적합치 않다. 왜냐하면 자아란 인지-의식체계(perception-consciousness system)에만 한정된 것이 아니고 '현실원칙(reality principle)'에 의해 구성된 것도 아니기 때문이다. 현실원칙은 과학적 편견이며 지식을 변증법적으로 밝혀내는 데 있어 가장 적대적인 것일 뿐이다. 오히려 자아가 오인의 구조를 가지고 있다는 사실로부터 출발해야 한다. 오인의 기능은 이미 안나 프로이트에 의해 명확하게 지적된 바 있다. 자아기능을 명확하게 특징짓는 것이 부정(Verneinung)이라면 그것이 초래하는 결과들은 직접적으로 눈에 띄지 않은 상태로 남아 있을 뿐이다. 왜냐하면 이러한 결과들은 이드가 그 모습을 드러내는 죽음의 차원, 즉 무의식 속에서만 밝혀질 수 있기 때문이다.

거울단계의 '나'는 비활동성(inertia)이라는 특징을 가지고 형성되며 거기에서 신경증(neurosis)의 가장 광범한 정의가 발견된다. 이것은 마치 상황 속에 사로잡혀 있는 주체가 광기에 관한 가장 일반적인 공식을 제공해주는 것과 마찬가지다. 여기서의 광기는 수용소의 경험으로 남아 있는 광기뿐 아니라 음향과 분노로 세상을 귀먹게 하는 광기까지도 포함하기 때문이다.[7]

신경증과 정신병(psychosis)이 주는 고통은 우리가 영혼의 열정들을 배우는 하나의 교육과정이다. 이것은 마치 우리가 정신분석학이 사회에 미치는 위협을 산정하려 할 때 정신분석학적 척도를 가진 저울이 사회 속에서 열정들이 메말라가고 있다는 사실을 지적해주는 것과 같다.

---

7) 신경증환자는 거울단계를 특징짓는 허구적인 자기동일성을 고집한다. 마찬가지로 정신병환자는 상황 속에 사로잡혀 있다. 그는 자신을 에워싸고 있는 상황과 다른 종류의 자기동일성을 구현할 수 없다.

현대 인류학은 자연과 문화가 만나는 지점을 끊임없이 검토하고 있지만 바로 그 지점에서 정신분석학만이 사랑이 끊임없이 그 매듭을 풀거나 분리시키는 허구적인 노예상태를 인식할 수 있다.[8]

이러한 과업을 위하여 우리는 이타적 감정(altruistic feeling)을 믿을 것이 아니라 오히려 박애주의자의 행위의 기저에 있는 공격성을 드러내어야 한다. 이상주의자, 현학자 심지어 개혁가에게서조차 그들의 행동의 근간을 이루는 것은 공격성이기 때문이다.

주체를 허구적인 이미지에 사로잡힌 주체로 정립함으로써 정신분석학은 "당신은 무엇입니다"라고 규정할 수 있는 황홀한 지점, 환자의 죽음이 계시되어 있는 지점까지 환자를 동반할 수 있을지 모른다. 그러나 그를 진짜 여행이 시작되는 바로 그곳으로 안내해줄 분석가는 존재하지 않는다.

(민승기 옮김)

---

8) 사랑(분석자와 피분석자 사이의 전이관계와 같은)을 통해 정신분석학은 신경증환자를 노예 상태로부터 해방시킬 수 있고 정신병환자가 자신의 주위환경에 완전히 침몰해버리는 것을 막을 수 있다. 소외된 주체의 노예가 되거나 주위세계와 자신을 분리시키지 못하는 주체를 그 노예 상태로부터 해방시키는 것이 정신분석학의 임무다.

무의식에 있어 문자가 갖는 권위(주장)[1]
또는 프로이트 이후의 이성[2]

"배내옷을 입은 아이들에 대해"
오 이 바다의 도시들이여,
나는 당신들의 언어를 이해하지 못하는 사람들에 의해
팔과 다리가 꽁꽁 묶여 있는
당신네 사람들을 보고 있소.
슬픔이나 자유를 잃었다는 상실감은 눈물섞인 불평이나 한숨,
서로의 탄식 속에서만 그 모습을 드러내게 될 것이오.
당신을 결박하고 있는 사람들이 당신의 언어를 이해하지 못하고
당신 역시 그들을 이해하지 못할 것이기 때문이오.[3]

이 기고문은 크게는 《정신분석학》에 관한 세 번째 책이 갖는 주제와 관련을 맺고 있지만 개인적으로는 이 글이 글쓰기와 말하기 사이의 어느 지점 즉 그 두 장르의 중간 지점에 자리를 잡았으면 한다.

글쓰기는 텍스트에 중점을 둠으로써(듣는 것이 아니라 읽혀야 한

---

1) 불어의 instance와 가장 비슷한 뜻을 가지고 있는 것은 영어의 instance다. 그것은 간절한 부탁, 끈덕진 요구를 의미하기도 하고, 재판이나 법정이 갖는 권위를 뜻하기도 한다. instance의 라틴어 어원인 instare는 ~을 능가하다(to be above)라는 뜻으로 문자가 갖는 지배적이고도 우월한 위치 또는 결정을 내리는 데 있어 문자가 갖는 권위나 힘을 나타낸다.

2) 〈무의식에 있어 문자가 갖는 권위 또는 프로이트 이후의 이성〉은 1957년 5월 9일 문과대학 생들이 연합해서 만든 철학연구모임의 요청에 의해 파리 소르본대학 데카르트계단 강의실에서 행해진 연설이다. 불어 제목은 "L'instance de la lettre dans l'inconscient ou la raison depuis Freud"이고 여기 이 글은 셰리단의 영역인 "The agency of the letter in the unconscious or reason since Freud"를 옮긴 것이다.

3) Leonardo da Vinci, *Codice Atlantico*, 145쪽.

다 — 옮긴이) 자신의 변별성을 획득한다. 글쓰기가 갖는 이러한 특징들은 독자에게 입구와는 다른 출구를 제공해주지 않기 위해 의미를 고정시키는 역할을 한다. 그러나 (말하기가 갖는 의미의 단절이나 일탈을 배제하지 않는다는 의미에서 — 옮긴이) 나의 글 속으로 잠입하는 입구는 쉽지 않다. 그런 의미에서 이 글은 글쓰기가 아닐 수도 있다.

매번 강연할 때마다 새로운 것을 이야기하고자 하기 때문에 나는 연속물이 가진 성격에 비추어 보아 특별히 괄목할 만한 것이 없거나 단지 일반적인 설명만을 제시하는 글은(비록 한 번의 예외가 있긴 했지만) 피하려고 해왔다.

급하다는 것이 그러한 목적을 배제할 핑계거리가 되지 못한다. 내가 이 글에서 이야기하고자 하는 것이 말하기와는 너무 다른 방식으로 제시될 때 발생하는 문제점들이 급하다는 이유로 무시될 수 없기 때문이다. 글쓰기는 말하기가 갖는 효과 즉 단순히 기교적인 차원을 넘어 새로운 것을 형성하는 효과를 가져야 한다.

이것이 왜 내가 문학부 철학분과에서의 강연을 수락하게 되었는가에 대한 이유이기도 하다. 여러분은 모두 내가 이야기해야만 하는 것, 즉 정신분석학에 대해 비범한 관심들을 가지고 있고 나의 강연 제목에서 암시된 것처럼 정신분석학 역시 여러분이 가진 문학적 자질들과 만나기를 원하고 있다.

사실 문학에 관한 지식이 정신분석가의 (혁신적) 이론형성 (formation)[4]에 가장 필수적인 것이라고 끊임없이 강조했던 사람이 바로 (후기)프로이트가 아니었던가? 또한 그가 대학의 문학부가 그러한 역할을 할 수 있는 최적의 제도라고 주장했던 사실도 잊어서는 안 된다.

---

4) 라캉은 이론형성이 이미 확립된 규칙이나 절차, 가정들을 배우는 훈련(training)과는 다르다고 이야기한다.

그러므로 말하기가 갖는 혁신적 효과들을 되살려보려는 나의 글쓰기는 내가 그 효과를 보여주고자 했던 사람들뿐 아니라 전혀 염두에 두지 않았던 사람들에게도 그 효과를 여실히 드러내 보일 것이다.

내가 염두에 두지 않았던 사람들이란 정신분석학 논의에 있어 어떤 이유에서건 허구적인 자기동일성(false identity)에 매달려 있는 사람들이다. 이것은 잘못된 습관이지만 그 결과 진정한 자기동일성도 단순히 수많은 알리바이들 중 하나로, 즉 가장 예민한 사람만이 그 함축성을 감지할 수 있는 또 하나의 세련된 알리바이로 자신을 배가시켜버린다.

사람들은 《국제 정신분석학 잡지(International Journal of Psychoanalysis)》가 다루고 있는 언어와 상징성에 대한 논의를 호기심 있게 지켜 보고 있으며 꽤 완고한 많은 사람들도 사피어(Sapir)와 예스퍼센(Jespersen)의 책장을 넘겨보고 있다. 이러한 작업들은 아직은 미숙한 상태지만 무엇보다도 이제까지 시도되지 않았던 논의들을 불러일으킨다. 진실의 영역에서 진지함이란 항상 미소를 잃지 않기 때문이다.

오늘날의 정신분석가는 말하기가 진리에 이르는 길이라는 것을 인식하고 있다. 왜냐하면 그의 모든 경험은 말하기를 자신의 도구로, 문맥으로, 또 토대로 삼고 있기 때문이다. 경험은 말하기의 배후에서 자신의 불확실성을 증명하는 소음까지도 듣고 있는 것이다.

1. 문자가 갖는 의미

내 제목이 암시하는 바와 같이 정신분석 경험이 말하기를 넘어서서 무의식 속에서 발견하려 하는 것은 언어의 전반적 구조다. 무의식은 단지 본능적인 충동들의 집합에 불과한 것인가? 내가 지식인들에게 우선

적으로 충고하고 싶은 것은 바로 이 명제가 재고되어야 한다는 사실이
다. 하지만 우리는 '문자'를 어떻게 이해해야 할까? 아주 간단히 말해
서 (무의식이 말한 것을) 글자 그대로(literally) 주의 깊게 들어야 한다.
'문자'란 (개별주체에 의해 행해지는) 구체적 담화가 (공통성을 전제
한) 언어로부터 빌려온 물질적인 지주(material support)다.

이 단순한 정의는 언어가 언어습득을 위해 동원되는 주체의 다양한
심리적 육체적 기능과 혼동되어서는 안 된다는 것을 상기시킨다. 왜냐
하면 언어와 그것이 갖는 구조는 개별주체가 언어체계로 들어가기 위한
정신적 여행을 시작하기도 전에 이미 존재하고 있기 때문이다.

실어증(aphasia)은 순전히 정신상태를 규정하는 대뇌장치의 해부학적
손상에 의해 야기되지만 일반적으로 두 가지 언어장애를 포함하는 언어
적 문제로 간주될 수 있다. 즉 문자가 의미생성 과정에서 도출해내는
두 가지 효과들이 장애를 일으키는 것이다. 이 점은 뒤에 다시 명확하
게 논의할 것이다.

주체 역시 언어에 의존함으로써만 스스로를 드러낼 수 있다면 그에
게 부여되는 위치는 그가 태어나기도 전에 이미 보편적 운동으로서의
담론 속에 주어져 있는 셈이다. 주체는 자신의 고유한 이름으로 인해
사회가 아닌 언어구조에 종속되어 있는 것이다.

주체를 설명하기 위해 공동사회의 경험에 의존하거나 담론을 실체로
규정하려는 시도는 아무 문제도 해결해주지 못한다. 왜냐하면 공통경
험 자체도 근본적으로 담론이 만들어놓은 전통 속에 속해 있기 때문이
다. 담론의 전통은 그 옛날 역사가 시작되기 이전부터 이미 문화를 규
정하는 근본구조로 자리잡고 있었다. 바로 이 구조가 교환의 질서를 가
능하게 한다. 주체에게 무의식적으로 작용하는 이 질서는 언어의 권위
에 의존하지 않고서는, 언어가 초래하는 변화를 참조하지 않고서는 생

각할 수도 없는 것이다.

결과적으로 민족지학상의 이분법 즉 자연과 문화라는 대립구조는 자연, 사회, 문화라는 3분법에 자리를 내주게 된다. 이제 문화는 언어구조라는 용어로 대치되고 언어는 인간사회와 자연을 본질적으로 구별하는 근거가 된다.

그러나 나는 기표와 노동이 갖는 원초적 관계는 모호하게 내버려둔 채 이러한 구별을 또 다른 특정 논의의 출발점으로 삼으려는 것은 아니다. 역사 형성기에 '실천(praxis)'이 갖는 일반적 기능에 대한 나의 보잘것없는 비판은 다음과 같은 사실을 지적하는 것으로 족하다. 생산자에게 특권을 부여하고 생산과 이데올로기적인 상부구조가 갖는 인과론적인 위계질서를 정치적으로 완전하게 복원해내려는 사회 역시 국제 공용어를 만들어내지 못한다. 사회주의적 현실에 완전하게 상응하는 공용어가 가능하다면 어떤 문학적 형식주의도 불가능했을 것이다.

나는 단지 언어가 과학적 연구 대상이 될 수 있다는 사실을 입증함으로써 자신의 가치를 이미 인정받은 전제들만을 신뢰할 수 있다.

이러한 이유로 언어학이 중요한 위치를 차지하게 되고 언어학을 중심으로 과학을 재분류하고 재배치하려는 작업은 늘 그렇듯이 지식체계에 있어 하나의 혁명으로 간주되었다. 어떤 형태로든 이야기되어야 하겠기에 나는 이 책 첫머리의 표지 제목인《인간을 연구하는 과학으로서의 정신분석학》과의 혼동을 무릅쓰고서 언어학을 '인간을 연구하는 과학'이라고 쓴다.

언어과학의 등장을 명확하게 설명하기 위해서는 근대적 의미의 과학이 모두 그런 것처럼 구성과정을 연산식으로 공식화할 수 있어야 한다. 그 연산식은 다음과 같다.

$$\frac{S}{s}$$

이것은 다음과 같이 설명될 수 있다. 기표가 기의를 지배한다. 여기서 지배한다고 하는 것은 기표와 기의를 구분하는 저항성(bar)의 역할을 강조하는 것이다.

이러한 기호개념은 페르디낭 드 소쉬르(Ferdinand de Saussure)의 것인데 여러 도식들 가운데 이것과 정확히 일치하는 것이 나타나진 않지만 이러한 생각은 1906~1907년, 1908~1909년, 1910년에서 1911년 사이에 행해진 그의 강의의 도처에서 발견된다. 그를 존경하는 제자들이 《일반언어학 강의》라는 제목으로 그의 강의록을 출판했는데 이 책은 꼭 가르쳐야 하는 매우 중요한 책으로 알려져 있으며 이러한 명성은 언어체계를 이해할 수 있을 때에야 비로소 인정할 수 있는 것이다.

이러한 이유로 여러 학파들의 차이점에도 불구하고 S/s라는 연산식을 만들어 낸 소쉬르에게서 근대 언어학이 시작되었다고 생각하는 것이 정당한 것 같다.

언어과학이 내건 슬로건은 다음과 같다. 기표와 기의는 근본적으로 서로 다른 질서를 가지고 있다. 그것들은 의미작용에 저항하는 저항선에 의해 처음부터 분리되어 있는 것이다. 이러한 언어과학의 전제들은 기표의 특성을 정확하게 연구할 수 있는 길을 열어주고 기의를 생성하는 데 있어 어느 정도까지 기표가 그 영향력을 행사할 수 있는가를 생각하게 해준다.

기표와 기의가 근본적으로 구별된다는 사실은 고대 선조들이 처음으로 시작한 이래 계속 논의되어 왔던 언어의 자의성에 대한 단순한 토론들을 넘어선다. 그것은 또한 오랜 세월에 걸쳐 단어와 사물들 간의 완전한 일치를 주장하는 모든 토론들이 부딪힐 수밖에 없었던 난국들을 넘어선다. 이러한 난국은 사물의 이름을 부르는 행위 속에서도 쉽게 이해될 수 있다. 물론 해결은 검지가 대상을 지칭하는 것과는 완전히 반대되는 방식으로 이루어진다. 아이가 모국어를 습득할 때 전제되는 또는 소위 구체적 학습법이라 불리는 외국어 교수법이 사용하는 언어와 대상 간의 일치는 이제는 불가능한 것이 되어버렸기 때문이다.

언어는 사물을 지시하는 것이 아니라 또 다른 의미작용을 만들어낼 뿐이다라는 진술을 증명하지 않고서는 우리는 지금의 논의에서 한 발짝도 더 나갈 수 없다. 어떤 의미작용도 또 다른 의미작용을 참조하지 않고서는 지속될 수 없기 때문이다. 이 논의를 좀 더 극단적으로 밀고 나가면 언어(기표)가 기의의 전 영역을 대신할 수 있다는 명제가 생겨난다. 기의는 기표로서만 존재할 수 있으며(기의는 기표의 결과물이란 의미에서) 이 때 기표는 필연적으로 기의의 차원에서 행해지는 모든 욕구들을 충족시킨다. 우리가 언어 속에서 구성된 대상을 파악할 수 있다 할지라도 언어 속에서 구성된 대상은 단순히 지정된 대상이 아닌 개념이라는 것을 잊어서는 안 된다. 사물(thing)이란 기표 자체도 명사로 사용될 때는 이중적이고도 다양한 의미를 갖는다.[5] 예를 들어 불어에서 사물을 나타내는 chose의 어원은 '기원(causa)'이란 뜻을 함축하고 있고, 라틴어 옷(rem)은 (사물이 아닌) '무(rien)'와 연결된다.

철학자들에게도 매우 중요한 것으로 제기되는 기표들의 유희에 관한 고찰은 우리로 하여금 언어에 관한 본질론적 접근으로부터 등을 돌리게 한다. 기표는 기의를 재현하는 기능만을 가지고 있다라는 환상을 계속 추구하는 한, 문제는 해결되지 않는다. 기표가 자신의 존재를 증명하기 위해 의미작용이란 명목 하에 행해지는 모든 것을 책임져야 한다고 생

---

5) 사물(thing)이란 기표가 갖는 기의는 실제 사물이 아니라 또 다른 기표들이다. 그러므로 언어를 사물과 단어 간의 일대일 대응으로 설명하려는 어떠한 시도도 가능하지 않다.

각하는 것도 이보다는 낫지만 역시 환상에 불과하다. 기표가 모든 것을 책임질 때조차도 다른 견해(heresy)가 생겨난다. 그것은 '의미의 의미'를 구하는 논리실증주의(logical positivism)라는 이단이다. 논리실증주의는 광신적인 추종자들의 언어 속에서 연구대상을 찾는다. 그 결과 의미로 가득 찬 작품까지도 실증적인 분석을 거치고 나면 매우 보잘것없는 소품으로 전락하고 만다. 남는 것은 아무런 의미도 갖고 있지 않은 수학적 연산식일 뿐이다.

다시 S/s라는 공식으로 되돌아가자. 만약 우리가 이 연산식 속에서 기표와 기의가 나름의 정확성을 가지고 병치되어 있다는 점만을 강조한다면 기호는 아직도 총체적인 신비에 둘러싸여 있는 수수께끼 같은 것일 뿐이다. 물론 이것은 기호에 관한 올바른 설명이 아니다.

기호를 신비화하지 않고 그 기능을 파악하기 위해서 나는 전통적으로 유명하지만 잘못된 예를 다시 들어보겠다. 이 예가 왜 잘못되어 있는지 또 기호를 신비화하는 것이 어떤 문제점을 발생시키는지를 살펴보는 것이 우리의 목적이다.

내 강의에서 이 예는 다른 것으로 대체되어 있다. 어느 것이 더 정확한가를 따지기보다는 정신분석학자들이 아직도 완전히 포기하지 못한 적절하지 못한 차원을 보여주려는 데 대체의 목적이 있다. 정신분석학자들은 자신의 현실순응주의가 전적으로 가치를 인정받게 되는 바로 그 차원을 정당화하려 한다. 여기 또 다른 도식이 있다.

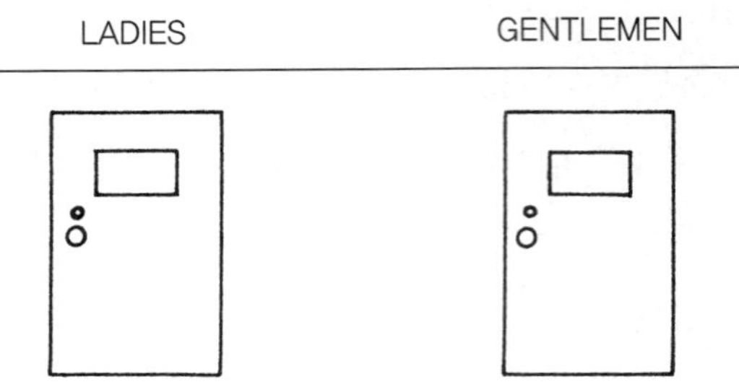

　이 논의에서 기표의 범주를 더 이상 확장시키지 않아도 좋다. TREE 라는 하나의 단어 대신 LADIES와 GENTLEMEN이라는 두 단어를 단순히 병치시키기만 해도 문제점이 드러난다. 두 단어는 스스로를 정의하기 위해 서로를 필요로 하기 때문에 기표의 분열이 초래한 결과는 전혀 예측할 수 없었던 의미를 급격하게 촉진시켜 우리를 놀라게 한다.[6] 두 문은 혼자서 사용하도록 제한되어 있으며 집으로부터 떨어져 있을 때 배설의 만족을 줄 수 있는 곳을 상징한다. 남녀가 다른 화장실을 사용해왔다는 점에서 서구인의 사회생활은 여전히 원시세계로부터 한 발짝도 더 나아갔다고 할 수 없다.(LADIES와 GENTLEMEN이라는 기표들의 차이가 기의로서의 사회법칙을 규정한다. 그러나 이 경우에도 문제가 되는 것은 사회법칙이 갖는 내용이 아니라 사회법칙을 가능하게 한 것이 기표의 연쇄라는 사실이다 — 옮긴이)

　유명론자들의 논쟁을 잠재우기 위해 조금은 그들의 허를 찌를 의향으로 이 예들을 사용했지만 정작 이 예들이 중요한 이유는 이 예들이 기표가 어떠한 형태로 기의에 침투하는가를 보여주기 때문이다. 기표는

---

6) 두 기표는 기의의 내용(서로 공통된 기의를 가지고 있다)이 아니라 역사적, 사회적, 문화적 관습이 개별적으로 또는 상호보완적으로 부여한 일련의 기표들의 연쇄 때문에 분열되어 있다.

비물질적이거나 추상적인 형태가 아닌 매우 구체적이며 실제적인 방식
으로 기의에 침투한다. 그러므로 구체적 현실 속에서 기표가 차지하는
위상을 생각해볼 필요가 있다.

지독한 근시안을 가진 사람이 기표가 새겨진 에나멜 간판을 뚫어지게
들여다보면서 이것이 과연 기표인가 하고 의아해하는 것은 아마도 당연
한 일인지 모른다. 왜냐하면 최종적으로 똑같은 문이 차이를 갖도록 만
드는 것은 문의 위쪽에 있는 두 개의 위엄 있는 기표들이기 때문이다.

그러나 진리를 실제로 경험하는 것보다 좋은 예는 없다. 그러므로 어
린시절의 기억을 되살려보는 것이 지금의 논의에 가장 큰 도움을 줄 수
있다.

기차가 역으로 들어선다. 오누이 사이인 소년과 소녀는 기차간에 서
로 마주보고 앉아 기차가 역에 들어설 때 차창에 스쳐 지나가는 건물들
을 쳐다보고 있다. 오빠가 말했다. "저것 봐 우리 지금 레이디즈(Ladies)
역에 도착했어" 그러자 누이가 대답했다. "무슨 소리야? 오빠 젠틀맨
(Gentlemen)이란 팻말이 보이지도 않아?"

이 이야기 속에서 철도의 레일은 소쉬르 연산식의 저항선에 해당된
다. 그러나 이 연산식은 (의미에의) 저항을 변증법과는 다른 방식으로
설명하고자 한다. 단지 사물을 왜곡되게 해석하는 사람만이(문자 그대
로 해석하면 구멍이나 결핍, 공백 등을 보지 못하는 사람만이) 이 이야
기 속에서 기표와 기의를 혼동하거나 기표가 어느 곳으로부터 자신의
빛을 불완전한 의미화 작용의 그늘 속으로 투사하는지 알지 못한다.[7]

---

7) 기표가 자신의 빛을 투사하는 곳은 바로 구멍이다. 기의라는 빛은 기표라는 구멍들이 갖는
어두움을 완전히 걷어내지 못한다. 오히려 기의가 갖는 빛 자체가 구멍으로부터 생겨난다.
이것은 마치 기표들의 차이가 기의를 가능하게 하는 것과 같다. 우리는 구멍을 볼 수 있을
때에야 비로소 대상을 볼 수 있는 것이다.

기표는 자신의 본질적인 불투명성을 늘 망각하도록 운명지어진 생물학적 차이를 넘어 두 아이들 간에 개입되어 있는 더욱 강력하고 규제할 수 없는 이데올로기적 차이를 드러낸다. 이념적인 불화는 가족들 사이에 끊임없이 진행되어 왔으며 신들에게도 골칫거리로 작용하는 것이다. 이제 두 아이들에게 Ladies와 Gentlemen은 영혼의 이탈적인 비약을 통해 각자 가고자 하는 두 나라처럼 보일 것이다. 아이들의 싸움은 근본적으로 중재할 수 없는 것이다. 왜냐하면 다른 두 나라처럼 보이는 것이 사실은 똑같은 나라이기 때문이다. 어떤 나라도 (어떤 의견도) 상대방의 명예를 더럽히지 않고서는 자신의 우월성을 주장할 수 없다.

그러나 이것으로 충분하다. 이러한 논쟁은 마치 프랑스 역사를 더듬어보는 것처럼 보인다. 그래도 그것은 스위프트의 소설에서처럼 달걀을 뭉툭한 쪽으로 깨야 하는가 아니면 뾰족한 쪽으로 깨야 하는가를 가지고 전쟁을 벌였던 영국의 역사보다는 좀 더 인간적인 것처럼 보인다.

대문자 S로 표시되며 복수의 형태로 나타나는 기표가 어떤 단계를 거쳐 표출되어야 하는가에 대한 논의가 아직 남아 있다. 찬 공기와 더운 공기를 배출하기 위하여 화장실 문 위에 부착되어 있는 통풍기처럼 기표가 저항선 위에서 기의를 향한 분개와 조롱을 분출하기 위하여 해야 할 일은 무엇인가?

한 가지는 확실하다. 저항선을 가진 S/s라는 연산식이 적절한 것이라면 영역간의 이질성은 쉽게 극복되지 않는다. 단순히 하나의 영역에서 다른 영역으로 접근한다고 해서 의미가 만들어지는 것은 아니다. 연산식 자체가 순수한 기표로 기능하는 한 그것은 단지 변화의 과정 속에서 드러나는 기표들의 구조만을 보여줄 뿐이다.

언어구조와 마찬가지로 기표들도 차이를 만드는 요소들로 구조되어 있다고 할 수 있다.

기표들은 의미생성을 위하여 다른 기표 속으로 침투하고 또 다른 기표를 포섭하기도 하며 상대방에게 서로 의존한다. 궁극적으로 기표들은 차이를 만들어내는 요소로 환원되고 동시에 완결된 체계를 이루려는 목적으로 서로 결합하기도 하는 이중운동을 수행한다.

언어학이 성취한 가장 중요한 발견 가운데 하나인 차이를 만들어내는 요소들은 음소(phoneme)라고 불린다. 음소는 가변적인 음성체계 속에서 변치 않고 나타나는 음성적 자질이 아니다. 그것은 소리를 구별해내기 위해 꼭 필요한 차이를 만들어내는 공식적 연결체계다. 바로 이 음소를 통해서 구어(spoken word)는 역동적 자질을 획득한다. 항상성을 지닌 음성적 자질이 아니라 차이를 만드는 공시적 체계라는 의미에서 음소는 역동성을 가지고 있다고 할 수 있다. 바로 이 역동적 자질들이 디도체나 게라몬드체 소문자들이 혼용되어 있는 가운데서 소위 우리가 '문자(letter)'라고 부르는 것을 가능하게 한다. '문자'란 통합된 의미를 불가능하게 하고 총체적인 의미를 분산시켜버리는 기표들의 구조이기 때문이다.

차이를 만들어내는 것 이외에 기표가 갖는 두 번째 특징은 체계적 연결성인데 이것은 내가 늘 언어의 기저를 이루는 필수적인 것으로 강조해왔던 의미연쇄를 이룬다. 기표들은 목걸이의 고리들처럼 연결되어 있지만 그 목걸이 자체도 이미 고리들로 만들어진 또 다른 목걸이 속의 고리일 뿐이다.

기표들의 이러한 연결방식이 문법과 어의학(lexicology)을 규정하는 구조적 조건이다. 이제 문법은 문장보다도 더 큰 범주의 단위에 이르기까지 상호침투적인 기표들이 구성하는 질서로 정의되고, 어의학은 관용어법의 차원에 이르기까지 기표들이 생성하는 포섭(inclusion)의 질서로 규정된다.

언어학적인 관용법을 이해하기 위해서는 문법과 어의학이라는 두 법칙이 규정되는 한계를 살펴보아야 하는데 여기서 가장 중요한 것은 기표와 기의 간의 상호관계가 의미화 작용을 연구하는 기준이 된다는 사실이다. 이것은 문법 특성(taxeme : 구문에서의 어순, 어형, 음형, 음조 등의 선택적 특징)이나 의의소(semanteme : 의미의 기본단위)가 보여주는 '어법(usage)'이란 개념에 의해 잘 설명될 수 있는데 바로 이 개념이 관련된 문법적 단위들의 문맥(context)을 이야기해주기 때문이다.

문법이나 어의학이 어떤 한계 내에서 완전하게 규정될 수 없다고 해서 의미가 이러한 한계들을 초월해서 존재해야 한다고 생각하는 것은 잘못이다.

왜냐하면 우리에게 의미를 기대할 수 있게 해주는 것이 바로 기표이기 때문이다. 기표는 본질적으로 기표들의 연결을 통해 의미를 가능하게 한다. 핵심이 되는 말이 끊겨버린 문장을 예로 들 수 있다. "나는 결코……하지 않을 것이다." "그것은 한결같이……이다." "그러나 그럼에도 불구하고……가 있을 것이다." 이러한 문장들은 결코 의미가 없는 것이 아니라 우리에게 더욱 더 의미를 강요한다. 왜냐하면 우리는 그 의미를 초조하게 기다릴 수밖에 없기 때문이다.

'but(~하지만, ~이지만)'이라는 접속사의 경우도 마찬가지다. "결혼식을 위해 치장한 흑인 여자지만 Shulamite처럼 아주 예쁘고 이슬처럼 정직한"이란 문장이나 "곧 경매대에 오를 불쌍한 여인이지만 매우 착한"이라는 문장들에서 사용되는 but은 앞의 부사들의 예와 마찬가지로 강박적으로 의미를 강요한다.

이러한 사실들로부터 우리가 알 수 있는 것은 의미는 어떤 특별한 기표에 의해 만들어지는 것이 아니라 기표들의 연쇄 속에서 비로소 가능해진다는 사실이다. 의미화 작용을 대신할 만한 어떤 초월적 기표도 존재할 수 없기 때문이다.

이제 우리는 기의가 끊임없이 기표 아래로 미끄러져갈 뿐이라는 사실을 받아들이지 않을 수 없다. 소쉬르는 이것을 마치 창세기의 축소판인 것처럼 높고 낮은 물들이 굽이치는 모양으로 예증한다. 굽이치는 무정형의 두 덩어리는 비와 같은 가는 줄로 표시되어 있고 수직으로 그어진 점선은 기표와 기의가 일치하는 부분을 규정하고 있다.[8]

그러나 소쉬르의 모델이 전제하고 있는 선형성(linearity)은 내가 전에 정신병(psychosis)에 관한 한 세미나에서 언급했었던 '의미가 만들어지는 지점(anchoring points)'에 관한 논의로 대체되어야 한다. '의미가 만들어지는 지점'은 대화가 만들어내는 극적 변환을 통해서 문자가 주체를 지배하고 있다는 것을 잘 설명해준다.

소쉬르에게 의미의 연쇄를 가능하게 해주는 것은 선형성이다. 그것은 단 하나의 소리를 내려 하고 글쓰기에서 수평적 위치를 차지하려 한다. 그러나 이 선형성은 꼭 필요한 것이긴 하지만 의미의 연쇄를 충분히 설명해내지 못한다. 선형성은 담론의 시간적 차원만을 설명할 수 있다. "Peter hits Paul"이란 문장 속에서 용어들이 뒤바뀔 때 시간도 역전되며 이 때 의미가 발생하는 것이다.

기표와 기의의 관계가 순전히 선형적인 것이 아니라면, 다시 말해 단일한 목소리가 기표를 시간적으로 배열해놓는 것만으로는 충분하지 않다면 우리는 소쉬르가 늘 그랬던 것처럼 시에 귀를 기울여야 한다. 왜냐하면 시에서는 다성음악이 들려나오기 때문이고 그 속에서 모든 담론은 악보의 보표처럼 복합적으로 배열되어 있기 때문이다.

사실 모든 의미 연쇄가 시간적(수평적) 요소로 종결될 수 있다고 생

---

8) Ferdinand de Saussure, *Course in General Linguistics*, trans. Wade Baskin(London : McGraw-Hill Book Company), 112쪽 참조.

각하는 것은 오류다. 의미 연쇄는 '수직적(vertically)'으로만 파악될 수 있는 적절한 문맥들도 전반적으로 규제할 수 있어야 하기 때문이다.

'tree'라는 말을 다시 살펴보자. 그러나 이번에는 'tree'라는 하나의 독립된 명사를 보는 것이 아니라 의미의 연쇄가 중단되는 한 순간 그 단어가 어떻게 소쉬르 연산식의 저항선을 가로지르는가를 살펴보는 것이다.(나무를 가리키는 'arbre'라는 단어와 횡선 또는 저항선을 나타내는 'barre'는 글자 수수께끼 또는 철자 바꾸기anagram의 관계에 있다.)[9]

모음과 자음이라는 허구적인 것으로 분리될 때조차도 '나무'라는 말은 식물이라는 문맥 속에서 힘과 위엄이라는 의미작용을 갖는다. 히브리 성경에 암시된 상징적 문맥들 속에서 나무는 황폐한 언덕 위 십자가 그늘에 서 있다. 곧 그것은 대문자 Y로 바뀐다. 이분법을 나타내는 기호 Y는 문장(紋章)에 그려진 그림으로 사용되는 경우를 제외하고는 계보학적으로 나무와 아무 관계가 없다. 순환하는 나무, 소뇌(小腦)를 가리키는 생명의 나무, Saturn(농업의 신)의 나무, 달의 여신 다이애나의 나무, 벼락맞은 나무에서 생겨나는 수정들, 불에 의해 깨어진 거북의 껍질 속에서 우리가 자신의 운명을 더듬어 보게 만드는 것은 바로 당신의 모습이 아닌가? 밀려오는 존재의 축 속에서 이름 붙일 수 없는 밤으로부터 조금씩 조금씩 모든 것은 언어로부터 온다는 생각으로의 전환을 유도하는 것은 바로 당신이 가진 번개가 아닌가?[10]

아니야! 나무가 말한다. 나무는 멋진 머리에서 쏟아져 나오는 불빛 속에서 아니야! 라고 말한다.

---

9) 철자 바꾸기는 일종의 해체작업으로 단어가 갖는 통일성에 문제를 제기한다.
10) 'tree'라는 기표가 만들어내는 다양한 의미연쇄는 자기동일성을 주장하는 주체가 지배할 수 없는 형태로 나타난다.

이 행은 음의 연속뿐 아니라 배음(harmonics)도 요구하고 있다.

　　폭풍우는 (나무를) 마치 풀 한 잎을 다루는 것처럼 평범한 것으로 다루고 있다.

이 현대시는 기표들의 병치법칙에 의해 조직되어 있다. 이것은 원시적인 슬라브 서사시나 가장 세련된 중국시에서도 볼 수 있는 조화로움을 만들어낸다.

"아니야"라고 말하는 것과 "~처럼 다루다"라는 표현들은 부정이나 차이를 통해 의미를 얻는 모순의 기호들이다. 이러한 모순적 기호들에 의해 나무와 풀 한 잎은 동일한 존재형태로 취급된다. 사물의 특이성을 보여주는 '멋진'이란 말과 그것과 정반대인 '평범한 것으로'라는 말은 명백하게 대조되어 나무와 풀 한 잎의 동일성을 더욱 강조한다. 모순과 대조라는 기표의 운동을 가장 명확하게 보여주는 곳은 '머리(tête)'와 '폭풍우(tempête)'이다. 이 두 단어는 유사한 음의 반복을 통한 압축으로 영원의 순간 식별하기 어렵게 쏟아져 나오는 불빛을 묘사하고 있다.

기표들은 모두 주체 속에 자리를 잡을 때에만 제 기능을 발휘할 수 있다. 여기서 제기되는 난점은 주체가 마치 기의처럼 기능해야 하지만 동시에 끊임없이 기표 아래로 미끄러진다는 사실이다.

주체는 기표와의 관계에서 생겨나는 부차적인 것이기 때문에 주체가 무엇을 어떻게 알고 있는가는 중요하지 않다(어린 소녀와 소년은 Ladies 와 Gentlemen이라는 글자를 알지 못하지만 그들의 논쟁은 전적으로 언어에 관한 것이며 의미작용은 주체의 인식과는 별개로 존재한다).

의미화의 연쇄구조는 주체가 언어를 사용하는 한, 다시 말해 주체가 다른 주체와 공유하는 언어체계 속에 있는 한, 자신의 말 속에서 주체의 의도와 전혀 다른 것이 나올 수도 있다는 것을 보여준다. 언어는 주체의 사상(대개는 명확하게 규정할 수 없는)을 전달하기 위한 도구 이상이다. 의미작용은 주체의 의도나 진리에 의존하기는커녕 오히려 언어체계 내에서 주체의 위치를 지정해주는 역할을 한다.

'나무'는 의미화의 연쇄 속으로 들어와 기표가 되고 기표가 갖는 음성론적 의미론적 복합성들을 가질 뿐 아니라 상징적 문맥들에 의해서 그 의미를 부여받는다. 진리가 언어에 의해서 만들어지는 한 진리의 의미작용은 의사소통이나 행간의 숨은 뜻에 한정될 수 없다. 'tree'라는 기표의 곡예가 보여주는 것처럼 진리는 언어 속에서 들려져야 하고 이해되어야 한다. 아무리 공식적이라 할지라도 기표는 의사전달이나 숨겨진 비난으로 환원될 수 없기 때문이다. 진리는 그것이 의미화의 연쇄 속에서 만들어진다는 것을 감지하는 사람에게만 그 모습을 드러낸다. 그렇지 않은 사람에게는 진리가 언어에 의존한다는 사실이 한갓 우스꽝스러운 장난으로 들릴 것이다.

언어가 갖는 의미화의 기능(진리는 기표들간의 관계에 의해 결정된다는 사실을 입증해주는—옮긴이)을 적절하게 나타내주는 것은 무엇인가? 그것은 무엇이라고 불리는가? 우리는 이것을 학교문법에서 배웠고 퀸틸리언(Quintilian)의 추종자는 "문체에 관한 최종적 고찰들"이란 정체불명의 장에서 책이 끝나기 전 못다한 말을 다하기 위해 목소리를 높이는 가운데 그것을 제시하고자 했다.

그것은 문체가 갖는 여러 수사법이나 비유 가운데서 발견될 수 있다(스스로를 발견하다, 자기의 참모습을 알다라는 뜻의 trouver라는 단어가 암시하는 바가 크다). 그것은 바로 환유다.

'30개의 돛(thirty sails)'이라는 표현을 예로 들어보자. 이 표현 뒤에 숨어 있는 것은 '배'라는 단어인데 배는 비유적 의미를 취함으로써, 즉 전통적인 예를 다시 반복함으로써 오히려 자신의 모습을 더욱 강하게 드러낸다. 그러나 앞에서 예증된 돛에 의해 이러한 효과들이 생겨나기는커녕 정의 자체가 오히려 그 효과를 모호하게 할 때 문제가 생긴다.

엄밀하게 말해 부분이 전체를 대신한다는 정의는 함대(fleet)에 대해 믿을 만한 정보를 주지 못한다. 왜냐하면 배 한 척이 하나의 돛을 가지고 있을 가능성이란 거의 없기 때문이다.

그러므로 배와 돛 간의 관계는 부분과 전체의 관계가 아니라 기표간의 관계로 간주되어야 한다. 환유는 단어와 단어 간의 연결(word-to-word)에 의존하고 있기 때문이다.

기표들에 의해 생성되는 의미화의 연쇄 한쪽 끝에는 환유가 있고 또다른 한쪽 끝에는 은유(metaphor)가 있다. 당장 예를 들어보자. 퀴레(Quillet) 사전의 예는 내 논의에 적절한 것이 되지 못하므로 빅토르 위고(Victor Hugo)의 잘 알려진 시행을 예로 들어보자.

그의 볏단(sheaf)은 인색하지도 심술궂지도 않다.

정신병에 관한 세미나에서도 나는 이것을 은유의 예로 제시한 바 있다.

현대시 특히 초현실주의 학파들은 오랜 전통을 따라 이미지들이 막대한 불균형을 초래할 가능성이 없는 한 두 기표가 결합하기만 하면 예외없이 은유가 형성될 수 있다고 주장했다. 이들에게 은유는 시적인 섬광(poetic spark)을 만들어내는 것이고 비유를 통해 새로운 것을 창조하는 것이다.

자동기술이라 불리는 그들의 실험은 이러한 생각을 기초로 해서 이루어지는데 그 선구자들이 프로이트의 발견에 고무되지 않았더라면 이 실험은 실행되지도 못했을 것이다. 그러나 이런 입장이 아직도 혼란스럽게만 보이는 이유는 그 입장의 전제 자체가 잘못된 것이기 때문이다.

은유가 가진 창조적 섬광은 단순히 두 이미지의 제시 즉 두 기표가 동시에 구현되어 생겨나는 것이 아니다. 창조적 섬광이 두 기표 사이에서 번득일 때 한 기표는 의미연쇄 속에서 다른 기표의 자리를 대신 차지하게 된다. 자리를 빼앗긴 기표는 억압되어 눈에 보이지 않게 되지만 아주 없어지는 것이 아니라 의미연쇄 속에 있는 다른 기표들과의 (환유적) 관계를 통해 여전히 남아 있게 된다.

또 다른 단어가 어떤 단어를 대체하는 것(one word for another) 이것이 은유의 공식이다. 시인은 스스로 즐기기 위하여 놀랄 만한 은유들을 끊임없이 만들어낼 수 있다. 그러나 그 결과가 장 타르디외(Jean Tardieu)가 쓴 것처럼 대화체가 갖는 일종의 중독성(intoxication)만을 보여준다면 그것은 단지 그가 부르주아 희극을 완벽하고도 설득력 있게 재현하려는 의도에서 모든 의미화 작용이 갖는 근본적인 흘러넘침(superfluousness)을 증명하고자 했기 때문이다.

위에서 인용된 위고의 시구에서 창조적 섬광은 "볏단이 인색하지도 심술궂지도 않다"라는 명제 자체에서 생겨나는 것이 아니다. 볏단이 이러한 자질을 가지고 있느냐의 여부가 문제되는 것은 아니기 때문이다. 창조적 섬광을 보여줄 수 있는 자질은 볏단과 마찬가지로 보오츠(Booz)에게 속해 있다. 보오츠 자신은 감정을 개입시키지 않은 채로 숨어서 볏단이 자신의 역할을 대신하게 한다.

그러나 우리가 보오츠에게 주의를 기울이도록 만드는 것이 그의 볏단이라면, 또 실제로 그러한 일이 발생한다면 그것은 단지 볏단이 의미화의 연쇄 속에서 보오츠를 대신하기 때문이다. 의미화의 연쇄 속에서 그는 탐욕과 악의를 다 버리고 즐거워하고 있다. 하지만 이제 보오츠 자신은 볏단에 의해 자신의 자리를 빼앗기고 어둠 속으로 쫓겨난다. 탐욕과 악의는 자신들의 결핍을 보여주는 어두움 속에서 그에게 피난처를 제공하고 있는 것이다.

일단 '그의' 볏단이 그의 자리를 빼앗은 후에 보오츠는 결코 다시 거기로 되돌아갈 수 없다. 보오츠를 볏단과 관련시키는 'hit'라는 아주 보잘것없는 단어 하나가 보오츠의 귀환을 막는 또 다른 장애물이 된다. 그것은 그를 소유의 개념과 연결시켜 그가 탐욕과 악의의 화신임을 잊지 않도록 하기 때문이다. 결국 시구에서 보여지는 '그의' 관대함은 볏단이 가지는 풍부함에 의해 무(nothing)보다도 못한 것이 된다. 자연의 이미지를 보여주는 볏단은 인위적인 유보나 거부를 알지 못하고 축적되어 있을 때조차도 마구 소비하는 것처럼 보인다.

그러나 이러한 풍부함 속에서도 풍부함을 주는 증여자가 자신의 재능과 함께 사라져버렸다면 이러한 사라짐은 그가 소멸되었던 비유 속에서 다시 태어나기 위해서다. 풍요로움을 의미하는 보오츠는 시가 경애해 마지 않는 놀라움을 전달하기도 한다. 그 놀라움은 보오츠가 성서에서 아버지의 역할(paremity)을 부여받는 데서 생겨난다.[11]

시적인 섬광은 인간의 고유한 이름을 가지고 나타나는 기표와 은유를 통해 그 고유성을 소멸시킨 기표 사이에서 만들어진다. 이 경우 아버지의 역할이 갖는 의미화 작용은 프로이트가 말한 신화적 사건에 비추어 이해되어야 한다. 아버지의 역할이 갖는 의미화 작용은 고유한 이름을 억압함으로써, 즉 부친살해를 통해서 가능하기 때문이다. 모든 사람은 무의식적으로 아버지를 살해하려는 욕망을 가지고 있으며 이것이 곧 문화를 가능하게 하는 힘이다.

현대적 용법으로 쓰이는 은유도 같은 구조를 가지고 있다. "사랑은

---

11) 기의로서의 보오츠는 다시 아버지, 남근, 다산적 정력 등과 연결되어 비결정적 기표로 작용한다.

햇볕 속에서 웃고 있는 조약돌이요"와 같은 시행에서 사랑은 자기애적인 이타주의(narcissistic altruism)라는 덧없는 희망 속으로 사라져버릴 위험에 직면하여 가장 견고한 차원으로 재창조되고 있다.

이러한 사실로부터 우리가 알 수 있는 것은 무의미(non-sense)로부터 의미(sense)가 발생할 때 은유가 시작된다는 것이다. ('인색하지도 심술궂지도 않은' 볏단은 무의미 상태로 있다가 보오츠가 기의의 위치로 내려가 다시 볏단 또는 아버지 등의 새로운 기표로 바뀌게 될 때 의미를 부여받게 된다 — 옮긴이) 은유가 발생하는 경계지역에서 단어가 생겨난다. 그러나 이 때 불어의 단어(Mot)라는 명사가 갖는 의미는 프로이트의 말대로 농담이라는 기표에 다름 아니다. (이것은 프로이트가 농담을 분석하면서 기의의 위치에 있는 무의미의 분출이 의식적 담화가 갖는 의미를 와해시킨다고 주장한 것과 같은 맥락에서 이야기될 수 있다 — 옮긴이) 의식과 무의식, 무의미와 의미의 경계선에서 기표를 비웃는 인간은 스스로의 운명에 반항하고 있는 것이다.

다시 우리의 주제로 돌아가자. 인간은 사회적 검열이라는 장애물을 우회할 수 있는 힘을 환유 속에서 찾는다. 그러나 환유가 보여주려는 진리는 억압을 통해서만 가능한 것인가? 환유는 자신 속에 내재해 있는 노예 상태(주체가 의미의 저항선이 갖는 무게에 짓눌려 있다는 의미에서 — 옮긴이)를 명시적으로 드러내지 않는다.

자유를 선택하고자 했던 사람들에게 전통적으로 피난처를 제공해주는 나라에서 씌어진 레오 스트로스(Leo Strauss)의 책이 시사하는 바는 글쓰기의 기술과 박해가 어떤 관계를 가지고 있다는 것이다. 박해가 글쓰기의 탄생과 더불어 시작되었다는 것을 극단으로 몰고 나감으로써 스트로스는 우리가 진리라는 형태로 욕망에 강요하는 어떤 것을 더듬어 볼 수 있도록 한다.

하지만 우리는 프로이트적인 진실을 찾기 위해 문자를 연구해오는
동안 우리가 점점 그 진실에 가까워지고 있는 것을 잠시라도 느끼지 못
했는가? 문자의 진실은 이미 우리를 불사르고 있는 것이 아닌가?

늘 말해왔던 것처럼 문자(letter)는 생명을 빼앗고 정신(spirit)은 생명
을 부여한다. 하지만 문자 속에서 정신을 구하려는 오류에 희생된 사람
들에게 경의를 표하면서도 우리가 인정하지 않을 수 없는 것은 문자 없
이 어떻게 정신이 스스로를 영위할 수 있는가 하는 것이다. 정신을 전
혀 개입시키지 않고서도 문자가 인간에게 가능한 진리효과들을 모두 만
들 수 있다는 것을 보여주지 않았더라면 정신이 내건 주장들은 난공불
락의 것으로 남아 있을 것이다. 다름 아닌 프로이트가 이런 사실을 발
견해냈으며 그는 자신이 발견한 것을 무의식이라 불렀다.

2. 무의식에서 문자(의 기능)

프로이트의 모든 저서를 살펴보면 세 페이지마다 한 번씩 문헌학에
관계된 언급이 나오고 두 페이지마다 한 번씩 논리적 추론들이 등장한
다. 경험은 모든 곳에서 변증법적으로 이해되고 무의식이 직접 언급되
는 부분에서는 언어에 관한 분석이 점차로 증가한다.

《꿈의 해석》에 오게 되면 모든 페이지에 문자에 관한 언급이 나온다.
담론 속에서, 텍스트 구조 속에서 또는 관용어법 속에서 문자가 차지하
는 위치가 논의되고 있다.《꿈의 해석》과 함께 프로이트는 무의식에 이
르는 왕도를 개척하게 된 것이다. 금세기 초 이 책을 쓰기 시작할 당시
프로이트가 가질 수 있었던 확신이란 단지 이 작업을 끝마칠 수 있을까
하는 것이었다. 사실 그의 모든 발견은 문자의 발견에 의존하고 있기

때문이다.

　첫 장, 첫 줄부터 그는 결코 설명을 나중으로 연기할 수 없는 급박하고도 중요한 것을 제시하고 있다. 그것은 꿈이 수수께끼(rebus)와 같다라는 것이다. 여기서 프로이트는 내가 처음부터 말해왔던 것을 규정하고자 한다. 그것은 글자 그대로(literally) 이해되어야 하는 것이다. 꿈의 기제는 차이를 만들어내는 기표가 담론 속에서 분석되는 방식과 꼭같은 방식으로 설명될 수 있다. 왜냐하면 꿈은 기표들로 이루어진 문자적 구조를 가지고 있기 때문이다. 프로이트가 특별히 언급했던 지붕 위의 배, 이마에 쉼표(comma)가 있는 사람 등과 같은 부자연스러운 이미지들은 모두 기표로서 간주되었을 때에만 의미를 가질 수 있다. 기표들은 꿈의 수수께끼 구조가 제시하는 비유들을 설명하도록 해준다. 우리로 하여금 꿈의 판독을 가능하게 하는 언어적 구조가 바로 꿈의 의미(또는 꿈의 해석)를 이루는 원칙이기 때문이다.

　프로이트는 온갖 방법을 다 동원해서 기표로서의 각 이미지가 갖는 (개별) 가치들이 의미화 작용과는 아무 관계가 없다는 것을 보여주려 했다. 그 예가 이집트 상형문자다. *aleph*라 일컬어지는 독수리(vulture)가 등장하는 빈도와 *vau*라 표기되는 병아리(chick)의 등장 횟수가 be동사의 형태나 단수 복수를 결정짓는다고 생각하는 것은 익살에 지나지 않는다. 텍스트는 조류학적인 표본들과 아무런 연관을 가지고 있지 않기 때문이다. 프로이트는 상형문자 속에서 한정사들의 사용과 같은, 이제는 쓰이지 않게 된 기표들의 특정한 용법을 발견한다. 예를 들어 절대적인 형상이 준동사에 글자 그대로의 형체를 부여하기 위해 덧붙여진다. 하지만 이러한 작업도 소위 표의문자(ideogram) 역시 문자라는 사실을 보여줄 뿐이다.

　그러나 언어학적 훈련이 결여된 정신분석학자들은 문자를 자연적인 유사성에 기초한 상징으로 혼동하고 있다. 물론 문자를 본능적인 이미지로 간주하는 것도 그들의 편견일 뿐이다. 반면 프랑스와는 다른 지적 풍토를 가지고 있는 곳에서는 커피찌꺼기를 읽는 법과 상형문자를 읽는 것은 분명히 구별되어야 한다는 논의가 전개되고 있다. 그러나 그들의 분석원칙 역시 무의식이 문자라는 사실을 염두에 두지 않고서는 결코 정당화될 수 없는 것들이다.

무의식에 관한 논의들은 상당한 어려움을 수반하지만 위에서 비난받은 바 있던 정신적 악을 수행하는 사람들은 나름대로 편애를 받고 있다. 그 결과 오늘날의 정신분석가는 프로이트와 함께 여행을 하기도 전에 암호를 해독할 수 있다고 이야기한다(안내자는 샹폴리옹[12]의 동상 앞에서 돌아서라고 이야기한다). 그러나 그가 무엇을 하고 있는지, 그가 해독한 것이 무엇인지를 가르쳐줄 수 있는 사람은 프로이트밖에 없다. 암호문은 우리가 잃어버린 언어 속에 존재할 때에만 비로소 자신의 완전한 의미를 드러낸다.

프로이트와 여행하기 위해서는 단지 《꿈의 해석》을 계속 살펴보기만 하면 된다.

프로이트에 따르면 꿈을 가능하게 하는 일반적인 전제조건은 왜곡 (distortion) 또는 변환(transposition)이다. 소쉬르식으로 말하면 담론 속에서 항상 작용하고 있는 기표 아래로 기의가 미끄러져 내려가는 것이 꿈이다. 무의식이란 기표의 활동을 가리키기 때문이다. 이제 기표가 기의에 미치는 두 가지 효과를 살펴보자.

압축(Verdichtung)은 기표들의 포개짐(superimposition)이다. 은유가 중요한 수사법으로 등장하고 Dichtung이란 말에 드러나는 것처럼 압축

---

12) 장-프랑수아 샹폴리옹(Jean-François chanpollion) : 고대 이집트의 상형문자를 처음으로 해독한 사람.

은 선천적이고도 고유한 시의 기능으로 간주된다.

전치(displacement)는 의미작용의 방향전환(veering off)과 관계가 있다. 독일어의 Verschiebung이 이러한 의미를 가장 잘 전달해준다. 방향전환은 환유 속에서 가능해진다. 환유는 프로이트가 말했던 것처럼 무의식이 검열을 피하기 위한 적절한 수단이기도 하다.

꿈 작업에서 주도적인 역할을 하고 있는 두 기제들은 담론 속에서 자신들이 갖는 기능과 어떻게 다른가? "재현 가능성에 대한 고려"를 제외하면 별반 다른 것이 없다. (왜곡의 가능성을 포함하고 있다는 의미에서 재현보다는 비유적 표현이라 할 수 있는— 옮긴이) (비음성적) 재현 가능성에 대한 고려는 글쓰기(writing) 체계 내에서 이루어진다. 꿈이 보여주는 글쓰기적 속성은 완전한 묘사가 가능하다고 주장하는 비유적 기호론(figurative semiology)까지도 불가능하게 한다. 이러한 사실은 그림문자기술법(pictography)과 연관된 새로운 문제들을 불러일으키는데 그림문자기술법이 이제까지 글쓰기라는 이유로 불완전하고도 진보적이지 못한 것으로 치부되었기 때문이다. 꿈이란 퀴즈게임과 같은 것으로 사람들은 무언극을 통해 제시되는 속담이나 그것의 변종들을 알아맞히게 된다. 꿈이 말을 한다고 해서 모든 것이 변화되지는 않는다. 왜냐하면 무의식에게 말은 단지 스스로를 재현하는 한 가지 방식일 뿐이기 때문이다. 게임이나 꿈을 조작하는 기제들은 인과성, 모순, 가설과 같은 논리적 조작만으로 설명되지 않는다. 이 사실은 꿈이 무언극이라기보다는 글쓰기의 형태를 가지고 있다는 것을 입증하는 것이다. 꿈 작업이 일반게임의 규칙보다 훨씬 덜 인위적인 방식으로 사용하는 미묘한 과정들이 프로이트의 특별한 연구과제였다. 그러한 과정들은 꿈 작업이 기표의 법칙을 따르고 있다는 것을 증명해준다.

꿈 작업의 나머지 단계는 이차수정이다. 이것은 꿈에 포함된 모든 것이 반드시 꿈 사상에서 유래한 것이 아니라는 사실을 확인시켜주는 나름의 가치를 지니고 있는 것이다. 이것들은 소망충족이라는 그들의 기능을 강조하기 위하여 프로이트가 공상이나 백일몽이라고 불렀던 것이다. 허구적 이미지들이 무의식 상태로 남아 있는 경우 그들의 변별적 특징들이 의미작용을 이룬다. 허구들은 꿈 속에서 무의식적 꿈 사상들을 진술하는 의미요소들로 사용되거나 이차수정을 통해 깨어 있는 상태의 생각과 구별할 수 없는 기능을 갖는다. 이러한 기능이 갖는 효과는 형판(stencil-plate)에 찍힌 색깔들과의 비교에서 쉽게 드러난다. 색깔은 그 자체로 스스로를 드러내는 것이 금지되어 있는 형판화된 형상들을 만들어내고 그러한 형상들은 마치 구상미술(figurative painting)과도 같은 상형문자나 수수께끼를 연상시킨다.

프로이트의 텍스트를 하나도 빼놓지 않고 전부 말해야 하는 것을 용서하시라. 프로이트의 텍스트를 편리한 대로 재단하지 않음으로써 얼마나 많은 것을 얻을 수 있는가를 보여주기 위해 또 정신분석학의 발전을 창시자의 의도에 따라 규정해보기 위해서 나는 프로이트의 텍스트를 판독하고 있다. 왜냐하면 프로이트의 생각은 정신분석학에 가장 근본적이며 결코 되돌릴 수 없는 지침을 제공하기 때문이다.

그러나 프로이트가 무의식에 부여한, 더욱이 가장 정확하고도 형식적인 방식으로 부여한 기표의 본질적 역할에 대해 처음부터 오해가 있어왔다.

오해를 하게 된 데에는 두 가지 이유가 있다. 그 중 하나는 불분명하긴 하지만 프로이트의 형식화(formalization)가 기표의 역할을 인식하기에 충분하지 않았다는 점이다. 왜냐하면 《꿈의 해석》은 그것이 보여줄 수 있는 진실을 충분히 설명해주는 언어학이 체계적으로 정립되기 훨씬 이전에 출간되었기 때문이다.

두 번째 이유는 결과적으로 첫 번째와는 정반대인데 정신분석학자들이 무의식 속에 드러난 의미작용에 매혹되어 전적으로 거기에만 매달려 있었기 때문이다. 그들은 상징적 이미지들에서 나타나는 의미의 변증법에 남모르는 유혹을 느끼고 있었던 것이다.

나의 세미나에서 계속 이야기된 것처럼 우리는 이러한 편견을 끊임없이 가속화하려는 경향에 반대해야 한다. 편견에 대한 반대만이 정신분석학의 방향전환을 가져올 수 있다. 무의식의 발견과 정신분석학에 대한 근본적인 수정작업을 통해 우리의 지식체계를 변화시켜야 하는 이유가 여기에 있다.

다시 말하지만 프로이트는 자신의 발견에 대응할 만한 것을 그 당시에 과학에서 찾아낼 수 없었다. 하지만 그는 무의식이 가질 수 있는 존재론적 위엄(ontological dignity)이 결코 상실되지 않도록 노력하였다.

그 이후의 작업은 소위 권위 있는 분석가들에 의해 이루어졌다. 그러나 오늘날의 분석은 분석가들이 불구로 만들어놓은 텍스트 속에서 그들의 편견에 거부하는 문체(resist-style)를 개발해야만 하고, 거부하는 문체라는 그 허구적 형태 속에서 자신의 위치를 확인해야 한다. 분석가들은 자신의 연구방향을 허구적 형태에 맞추어 조정하려 하지만 꿈에 대한 분석에서는 상형문자 속에서 상징만을 찾아내려 했다. 왜냐하면 상징해석 속에는 환상적인 해방감이 숨어 있기 때문이다. 또한 그들은 허구적 형태를 철저하게 조사하면 분석을 종결지을 수 있고 완벽하게 규제할 수 있다고 생각한다. 그들은 스스로를 퇴행(regression)을 완전하게 파악할 수 있는 목격자로 간주하고 자신들이 주체의 성격-전형(character-type)을 가능하게 하는 대상관계의 재편까지도 지켜볼 수 있다고 말한다.

이러한 입장들을 정당화시킬 수 있는 기법은 아주 다양한 효과들을 산출할 수 있다. 게다가 "치료의 목적 때문에"라는 말이 그 기법을 옹호하기 시작하면 기법에 대한 비판 자체가 불가능하게 된다. 그럼에도 불구하고 기법의 정당화 방식과 무의식을 지배하고 있는 오인(méconnaissance) 구조 사이에서 생겨나는 악명 높은 불균형이 내재적 비판(immanent criticism)을 가능하게 한다. 자유연상으로부터 시작된 모든 기제가 프로이트의 무의식 개념에 의존하고 있기 때문에 분석규칙이 필요하다고 주장하는 것과 무의식이 오인구조에 의존하고 있다는 생각은 서로를 빗겨가고 있는 것이다. 분석규칙을 가장 열렬히 추구하는 추종자들은 급선회를 통해서 두 경향을 화해시킬 필요도 느끼지 않는다. 하지만 분석규칙은 점점 더 종교적인 것이 되어버렸다. 왜냐하면 그것은 단지 운이 좋은 사건의 결말로 주어지기 때문이다. 프로이트는 자신이 무엇을 하고 있는지를 결코 알지 못했던 것이다.

그러나 정반대로 프로이트의 텍스트는 그의 분석기법과 발견 사이에 절대적인 일관성이 있음을 보여준다. 동시에 이러한 일관성은 우리가 그의 작업을 적절하게 평가할 수 있도록 해준다.

그러므로 정신분석을 새롭게 연구하려는 시도는 모두 필연적으로 프로이트의 발견이 제공하는 진리에 의존해야 한다. 프로이트의 발견은 근본적으로 무화될 수 없는 것이기 때문이다.

꿈의 분석에서 프로이트는 단지 가장 광범위하게 무의식의 법칙을 보여주고자 했다. 꿈이 무의식의 법칙을 드러내는 훌륭한 예가 되는 이유는 정상인의 꿈이나 신경증 환자의 꿈이 똑같은 법칙에 따라 기능하기 때문이다.

하지만 무의식이 갖는 효용은 깨어 있는 상황에서도 소멸하지 않는다. 정신분석학적 경험은 무의식이 우리 행동의 전 영역을 지배하고 있다는 것을 보여준다. 하지만 심리적 질서 다시 말해 개인의 관계기능들

(relation-functions) 속에서 무의식이 갖는 위치는 보다 정확하게 정의될 필요가 있다. 무의식은 심리학적 질서와 똑같은 것이 아니다. 왜냐하면 무의식적 동기유발(unconscious motivation)은 무의식적 효과뿐 아니라 심리적이고도 의식적인 효과들을 만들어내기 때문이다. 거꾸로 말하면 의식의 특징적 자질들을 배제한다는 의미에서 합법적으로 무의식이라 지칭되는 많은 심리적 효과들은 프로이트적 의미의 무의식과는 아무 관계가 없다. 무의식과 심리적 질서를 혼동하는 것은 무의식이라는 용어의 남용에 기인한 것이다. 심리적인 것은 사실 무의식이 육체 속에서 그 모습을 드러낸 것에 지나지 않는다.

무의식을 규정하기 위해 지형도(topography)를 그려보도록 하자. 그것은 아래와 같은 연산식으로 규정할 수 있다.

$$\frac{S}{s}$$

기표가 기의에 미치는 효과를 고려하여 이 연산식을 다음과 같이 바꾸어볼 수 있다.

$$f(S)\frac{I}{s}$$

의미연쇄를 보여주는 수평축과 기의의 역할을 수행하는 수직축의 요소들은 각각 환유와 은유라는 두 가지 근본구조를 만들어낸다. 이것들이 갖는 효과를 고려하여 연산식을 다시 써본다면 우선 다음과 같은 식이 만들어진다.

$$f(S\cdots S')S \cong S(-)s$$

이것은 환유구조를 보여주는 연산식이다. 환유작용은 기표와 기표의 연결구조 속에서 발생하는데 이 끊임없는 기표의 연결고리 속에서 대상은 스스로를 완전히 구현하지 못하고 결핍만을 드러낸다. (기표가 대상을 완전히 구현해내지 못하기 때문에 생기는 결핍은 주체에게 작용하여 주체는 스스로의 결핍만을 드러내는 기표가 된다 — 옮긴이) 바로 그 결핍을 메우기 위해 의미작용은 대상 대신에 욕망을 등장시킨다. 처음의 연산식에서 기표가 기의로 단순히 환원될 수 없음을 보여주던 저항선(—)은 그대로 남아 의미에 저항하는 저항선이 된다.

아래의 두 번째 연산식은 은유구조를 보여준다.

$$f(\frac{S'}{S})S \cong S(+)s$$

하나의 기표가 또 다른 기표를 대체할 때 창조적이고도 시적인 의미가 만들어진다.[13] 의미작용을 만들어내는 S'는 환유 속에서는 잠재해 있지만 은유 속에서는 그 모습을 드러낸다. +라는 기호는 저항선을 뚫고 의미가 생성되는 과정을 보여준다. 의미작용이 가능해지기 위해서는 기표가 어떤 방식으로든 기의와 연결되어야 하기 때문이다. 의미 저항선을 뚫고 나아가는 은유는 억압된 기표가 저항선 아래로 내려가 기의의 역할을 한다는 것을 보여준다. 주체 역시 예비적이긴 하지만 기의의 구실을 한다.

이제 우리가 처한 문제들 중 가장 핵심적인 위치를 차지하는 주체의 기능에 관해 이야기해보자.

"나는 생각한다. 고로 나는 존재한다"라는 데카르트의 명제는 역사적으로 과학을 가능케 하는 조건이 되었을 뿐 아니라 초월적 주체가 갖

---

13) 라캉이 시, 또는 은유를 옹호한다고 생각해서는 안 된다. 은유를 가능하게 하는 것 역시 환유이기 때문이다. 시란 결코 표현될 수 없는 것을 표현하려 한다는 점에서 은유와 연결되고 그 속에서 욕망은 스스로를 표현할 수 있는 탈출구를 찾는다.

는 투명성과 그의 실존적 확신을 연결시켜주는 것이기도 했다.

나는 단지 하나의 대상이고 기제에 불과할 뿐이지만 (즉 하나의 현상에 불과하지만) 나에 대해 생각하고 있는 내가 존재하는 한 나는 확실히 존재한다고 말할 수 있다. 의심할 바 없이 철학자들은 이 명제에 대해 중요한 수정작업을 해왔다. 누가 생각하는가? 나는 대상(object)으로 정립될 수 있을 때에만 내가 될 수 있지 않은가? 그러나 이런 수정작업에도 불과하고 초월적 주체는 더욱 극단적으로 순수함의 세례를 받게 되고 초월적 주체와 나의 실존은 아직도 현존이라는 누구도 반박할 수 없는 형태로 연결되어 있다. 내가 생각하는 곳 바로 거기에 나는 존재한다('cogito' ergo sum ubi cogito, ibi sum)라는 말은 발론들을 잠재우기에 충분하다.

물론 내가 나의 사고 속에 존재한다고 생각할 수 있을 때에만 나는 거기 존재하는 존재자가 될 수 있는데 그렇다면 나는 다른 사람과 구별되는 나의 변별성을 어느 정도까지 획득할 수 있는가?

철학적이라는 이유로 이 문제를 회피해버리는 것은 단순히 그 문제가 자신에게 금기임을 인정하는 것일 뿐이다. 주체개념은 모든 '주관주의(subjectivism)'를 극복하고자 하는 현대적 의미의 전략과 같은 것으로서 과학의 운용에도 꼭 필요한 것이기 때문이다.

주체의 확실성을 당연한 것으로 간주해버리는 것은 프로이트적인 우주(우리는 코페르니쿠스의 우주를 이야기하는 것과 같은 방식으로 프로이트가 우리의 세계관에 어떠한 영향을 끼쳤는지 이야기할 수 있다)에 접근하지 않겠다는 의지의 표현일 뿐이다. 프로이트의 (무의식의) 발견은 코페르니쿠스의 혁명과 견줄 수 있는데 이것은 다시 한번 우주의 중심에 선 인간의 위상에 의문을 제기하는 것이다.

기표로서의 나는 기의의 자리를 차지하고 있는 나와 동질적인

(concentric) 관계인가 아니면 이질적인(excentric) 관계인가? 바로 그것이 문제다.

내가 나의 실존에 적합하고도 고유한 방식으로 나에 대해 이야기할 수 있느냐의 여부가 중요한 것이 아니라 말하고 있는 나와 언어체계 속에서 언급되어진 내가 동일인인가의 여부가 문제된다. 여기서 '생각한다(thought)'라는 말이 전혀 부적절한 것은 아니다. 왜냐하면 프로이트는 무의식과 관련된 요소들을 가리키려고 이 용어를 사용했기 때문이다. 무의식은 의식으로 환원될 수 없는 '거기(there)'에 존재하는 의미화 기제들이다.

그럼에도 불구하고 데카르트적인 주체는 신기루(mirage)를 만들어낸다. 그 신기루 속에서 현대인은 자기애(self-love)의 덫에 걸려 자신의 확실성을 확신할 수 없을 때조차도 주체의 확실성을 믿어 의심치 않는다.

환유가 (기원에의) 향수를 불가능하게 하는 것이라면 동어반복(tautology)을 넘어선 어떤 의미도 기대할 수 없다. 그렇다면 "전쟁은 전쟁이다" "1페니는 1페니다"와 같은 동어반복 속에서만 나는 나임을 확신할 수 있다. 하지만 바로 이 순간에도 나는 동어반복이라는 행위에 종속되어 있다. 환유구조 속에 이미 사로잡힌 내가 어떻게 환유과정을 피할 수 있겠는가?

환유축과 마찬가지로 은유축의 의미추구도 주체의 인식과는 아무런 관계 없이 진행된다. 내가 나의 존재의 실현에 모든 주의를 다 기울일 때도, 또한 은유의 과정을 의식조차 하지 못할 때에도 나는 이미 은유의 과정 속에 들어와 있는 것이다.

경험적인 것에 의해 증거들이 파괴되어버리는 바로 이 지점에 프로이트적 전환이라는 속임수가 존재한다.

의미를 만들기 위한 은유와 환유의 놀이는 아주 능동적이고도 강렬

한 측면을 가지고 있어서, 횡선 아래로 억압되어 의미를 거부하는 기표
와 존재의 결핍 사이에서 나의 욕망을 불러일으킨다. 그것은 또한 내가
최종적으로 파멸할 것이라는 것을 알려준다. 결국 이 놀이는 돌이킬 수
없는 미묘함 속에서 그만이라고 선언될 때까지 계속된다. 그러나 이 놀
이 속에서 나는 내가 아니다. 왜냐하면 나는 놀이 속에서 나의 고유한
위치를 차지할 수 없기 때문이다.

"나는 내가 아닌 곳에서 생각한다. 그러므로 나는 내가 생각할 수 없
는 곳에 존재한다"라는 말은 여러분을 당혹하게 하기에 충분하다. 하지
만 우리는 이 이상을 필요로 한다. 붙잡기 어려운 애매모호함에 익숙한
귀만이 알아들을 수 있는 말들의 의미연결고리는 우리의 손아귀를 벗어
나 구문 속으로 도망가버리기 때문이다.

우리가 이야기해야 하는 것은 다음과 같다. 자유자재로 사고할 수 있
는 곳에서 나는 항상 내가 아니며 의식적으로 사고할 수 없는 곳에서만
나는 나일 수 있다.

모든 위대한 리얼리즘 작품은 환유로 인해 그 가치를 인정받을 수 있
다는, 다시 말해 진리는 현장부재증명(alibi)의 차원에서 도출되는 효과
에 불과하다는 사실은 바로 위와 같은 생각과 관련을 맺고 있는 것이다.
마찬가지로 의미는 은유의 이중적 뒤틀림 없이는 불가능하다. 우리가
가질 수 있는 유일한 원칙은 다음과 같은 것이다. 소쉬르 연산식에서 S
와 s, 즉 기표와 기의는 결코 같은 차원에 존재하지 않는다. 그 축들의
중심에 인간이 존재한다고 생각한다면 인간은 스스로를 속이고 있는 것
이다.[14]

무의식(Was)은 프로이트가 그것을 발견하기 전까지는 어느 곳에도

---

14) 기표와 기의의 행복한 결합은 어디에도 존재하지 않기 때문에 인간성을 진정으로 구현할
   수 있는 장소란 가능하지도 존재하지도 않는다.

존재하지 않았다고 할 수 있다. 프로이트가 자신이 발견한 것을 무의식이라 명명하지 않았더라면 그것은 대상이나 개념으로 규정되지 못했을 것이기 때문이다.

애매모호함으로 우리를 실망시키는 무의식은 주체에게 즉각적인 차원을 넘어선 일관성 있는 진실도 제공해주지 못한다. 무의식의 진실은 존재의 차원(dimension of being)에서 구해지며 프로이트는 무의식이 존재의 근간(Kern unseres Wesen)을 이루는 것이라고 이야기한다.

은유를 만들어내는 이중기제 속에서 정신분석학적 징후가 규정된다. 성적인 외상을 나타내는 수수께끼 같은 기표와 실제 의미연쇄 속의 외상을 대치하는 용어 사이에서 섬광이 번뜩인다. 그 섬광은 징후 속에서 고정되고 징후의 해결은 의식적 주체가 결코 접근하지 못하는 의미작용 속에서 이루어진다. 육체나 기능이 성적 외상을 대체하는 의미화 요소로 간주되는 한 징후는 은유적 구조를 가진다고 할 수 있다.

욕망은 수수께끼 같은 일들을 벌여놓음으로써 자연과학을 난처하게 만드는 것 같다. 욕망은 자연과학의 무한한 심연을 열정적으로 조롱하지만 향유(jouissance)와 함께 지식과 지배의 즐거움을 만끽하면서 자연과학과 비밀스럽게 공모하기도 한다. 주체는 끊임없이 뻗어 있는 욕망의 철길 속에 거의 광적으로 사로잡혀 있다. 욕망은 늘 다른 어떤 것을 끊임없이 추구하는 환유적 운동을 보여준다. 그러므로 의미의 연쇄가 한순간 멈추게 되는 바로 그 지점에서 '왜곡된' 집착(fixation)이 생겨난다. 거기서 기억의 영사막(memory screen)은 활동을 멈추게 되고 연물이 갖는 매혹적인 이미지도 빛을 잃게 된다.

무의식적 욕망은 결코 소멸될 수 없다. 결코 만족될 수 없으며 단순히 소멸되지도 않는 욕구가 없다면 욕망도 가능하지 않겠지만, 그러한 상태는 곧 유기체 자체의 파멸을 의미할 뿐이다. 현대적인 사유기구들

(thinking machines) (의미작용의 구성을 전자적으로electronic 인식하는)에서 기억이라고 불리는 것들과 견줄 만한 기억 속에서, 바로 이러한 기억 속에서 전이와의 연관 아래 스스로를 재생산해야 한다고 주장하는 의미연쇄가 등장한다. 이것은 이미 사라져버린 욕망(dead desire)이 갖는 의미연쇄이다.

환자가 징후를 통해 부르짖는 것은 욕망이 그 속에서 일구어온 진실이다. 이것은 마치 예수가 이스라엘 자손들이 기꺼이 부르짖으려 하지 않을 때 돌들로 하여금 부르짖게 한 것과 같다.

정신분석학만이 기억 속에서 회상(recollection)이 갖는 기능을 구분해줄 수 있는 것도 이러한 이유에서다. 정신분석학은 근본적으로 기표에 의존함으로써 인간에 있어 역사의 우월성을 주장하여 플라톤의 회상설이 갖는 아포리아를 해결한다.

프로이트가 (잃어버린 낙원에로의) 변증법적 귀환이란 측면에서 사물에 접근하는 예를 찾기 위해서는 〈성에 관한 세 가지 논문〉을 읽어보기만 하면 된다(물론 이 책에는 대중의 소비를 자극하기 위한 사이비 생물학적인 주석들도 많이 있다).

횔덜린(Hölderin)의 (기원에의) 향수로부터 자신의 논의를 시작한 지 채 이십 년이 못 되어 프로이트는 키에르케고르의 반복에 도달했다. 보잘것없어 보이지만 불변의 결과들을 초래하는 '언어 치료(talking cure)'에 전적으로 의존하면서도 그는 어쩔 수 없이 이성의 전제적 지배로부터 죽음에 관한 엠페도클레스적인 이율배반을 재고하기에 이른 것이다.

과학적 인간이 처한 절박한 상태를 해결해줄 수 있는 초자연력은 어디에서 오는가? 꿈이 위치하는 '타자의 무대(other scene)'가 아닌가? 무대 뒤에서 모든 것을 해결하는 장치가 있다는 것을 관중들이 알고 있기 때문에 그것은 덜 우스꽝스러울 뿐인가? 19세기 과학자들이 자신의 편견을 무력하게 하는 강력한 증거들 앞에 굴복해야 했을 때 프로이트의 저작들 중에서《토템과 금기(Totem and Taboo)》를 가장 높이 평가하였겠는가? 오이디푸스의 눈멂으로도 완전히 속죄될 수 없으며 오늘날의 민족학자가 마치 진정한 신화를 대하듯 고개를 숙이는 원초적 아버지의 외설적이고 사나운 모습은 어떻게 설명될 수 있는가?

절박하게 증가하는 상징적 창조물들, 예를 들어 아이들의 성에 관한 이론으로부터 신경증적인 강박관념의 세부사항에 이르기까지 이러한 상징들은 신화처럼 꼭 타자의 무대에서 이루어져야 한다.

논점을 정확하게 제시하기 위해 우리는 프로이트의 어린 한스 분석을 예로 들 수 있다. 한스는 5세 때 상징적으로 해결할 수밖에 없는 곤경에 빠져 갑자기 수수께끼 같은 성 또는 자신의 존재에 맞닥뜨리게 된다. 프로이트와 그의 제자였던 한스 아버지의 치료는 한스의 공포증이 만들어내는 의미작용의 결정체를 중심으로 신화적 형태를 띠고 전개되었다. 어느 정도 제한된 숫자의 기표들에 대해 가능한 모든 변환들이 연구되었다.

프로이트의 이러한 분석은 개인적인 차원에서조차도 기표들의 법칙이 만들어내는 의미작용에 의존할 때에만 불가능한 것들이 해결될 수 있음을 보여준다. 지금까지 불가해하고도 견고한 미로로 간주되었던 것들이 이제는 완전히 부서진 파편들의 원천을 제공할 뿐이다. 우리는 징후의 발전과 그 치료가 같은 차원에 속해 있으며 바로 여기서 신경증의 본질이 드러난다는 사실을 알고 더욱 놀라게 된다. 공포증, 히스테리, 편집증 등 어떤 형태로 나타나든 간에 신경증은 주체에게 다음과 같은 문제를 제기한다. "주체가 세상에 태어나기 전에 신경증은 어디에서 연유하였는가"(이것은 프로이트가 어린 한스의 오이디푸스 콤플렉스를 설명하면서 사용했던 문구다).

우리가 이야기하고 있는 존재(being)는 "……이 존재한다(to be)"라는 동사가 만들어낸 진공 속에서 순식간에 태어났다. 그러므로 이것 역시 주체의 문제를 야기한다. 주체의 문제를 야기한다는 것은 무슨 의미인가? 존재는 주체 앞에서 스스로를 제시할 수 없다. 왜냐하면 존재가 스스로를 드러내는 곳에 주체가 나타날 수 없기 때문이다. 오히려 존재는 주체를 대신한다. 존재는 주체의 위치에서 주체를 가지고 주체의 문제를 제기하는 것이다. 그것은 마치 우리가 펜 하나를 가지고 문제를 제기하는 것과 같고 아리스토텔레스식으로 말하자면 인간이 그의 영혼을 가지고 사고하는 것과 같다.

프로이트는 자아를 다른 것과 구별되는 고유한 특성을 가진 저항(resistance)으로 정의한다. 하지만 자아를 이런 식으로 정의하는 것은 자아의 함정에 걸려드는 일이다. 결핍된 부분을 채워주고 주변상황에 부드럽게 적응하는 환상적 자아는 동물행동학의 주장대로 동물의 자기과시나 생존투쟁에서 볼 수 있다. 인간의 경우 이러한 환상적 자아는 거울단계에서 나타나는 자기애적 관계 속에서 나타난다. 감각 근육들이 선택해놓은 것들을 통합하는 감각기능들을 다시 종합함으로써 자아는 전통적으로 현실을 재현하는 대표자 역할을 해왔다. 게다가 자아가 그려내는 현실은 모든 의무로부터 면제되어 있는 것이다.

자아는 상상계에서 드러나는 기만적인 비활동성(inertia)을 집결시켜 무의식이 발하는 메시지를 거부한다. 자아는 주체에 의해 형성되는 자리바꿈을 단순히 감추기 위해 기능한다. 이러한 위장은 저항을 통해 이루어지는데 이 저항이야말로 담론에 필수적인 것이다.

그러므로 방어기제란 무의식의 기제들을 단순히 전도시킨 것에 불과하다. 개업의인 페니첼(Fenichel)의 분석기법 연구(물론 그 스스로 인식하지 못했거나 직접 설명하진 않았지만)에는 이러한 사실들이 훌륭하게 예증되어 있다. 반면 신경증과 정신병에 관한 이론적인 논의를 전적으로 리비도의 발전에서 생겨나는 발생학적 이상(anomaly)으로 환원시키는 그의 논의는 진부함만을 보여준다. 완곡어법(periphrasis), 도치(hyperbaton), 생략(ellipsis), 이야기의 주요부분을 뒤로 돌리는 지연법(suspension), 기대, 취소(retraction), 부정, 탈선(digression), 아이러니 이러한 것들이 모두 퀸틸리언(Quintilian)이 말하는 수사법이다. 오용(catachresis), 곡언법(litotes), 환칭(antonomasia), 현시(hypotyposis) 등은 스스로가 무의식에 가장 잘 어울리는 명칭임을 자부하는 비유(trope)들이다. 실제로 이러한 비유들이 환자가 진술하는 수사적 담론의 역동적 구조로 작용하는데 어떻게 이런 비유들을 단순한 수사로 치부해버릴 수 있는가?

저항을 본질적 영원불변의 감정상태로 규정하여 담론과는 아무 연관이 없는 것으로 만들어버림으로써 오늘날의 정신분석가들은 프로이트가 정신분석을 통해 발견했던 근원적 진실을 상실해버렸다. 이제 새로운 진실을 발견하는 것은 조금도 즐거운 일이 되지 못한다. 우리는 항상 진실을 찾아 헤매야 하지만 이미 근원적 진실을 상실해버린 우리에게 그 진실은 괴로움만을 주기 때문이다. 현실에 안주해 있는 우리는 그 진실을 받아들이지 못하고 오히려 그 진실을 억압해버린다.

과학자나 예언가 심지어 돌팔이 의사까지도 자기만이 진리를 알고 있는 유일한 사람이라고 자처하고 싶어 한다. 그들에게는 가장 단순하고도 심지어 병적인 사람들에게도 의미 있는 어떤 것이 존재한다는 생각은 더욱 참을 수 없는 것이다. 그러나 꼭 알아야만 한다고 생각하는 진리를 다른 사람도 우리만큼 알고 있다면 상대방을 미개하고 비논리적이며 이미 낡았고 주술적이기까지 하다고 비난해선 안 된다. 오히려 비난받아야 할 것은 우리만이 그 진리를 알고 있다고 자처하는 오만이다.

우리가 비실체적인 것이라 비난했던 범주들이 너무 믿을 수 없는 수수께끼만을 가지고 우리를 숨막히게 몰아붙일 것이라고 생각하는 것은 잘못이다.

무의식을 해석하려면 프로이트가 그랬던 것처럼 예술과 문학에 관한 백과사전적 지식을 가지고 있어야 할 뿐 아니라 《소책자(Fliengende Blätter)》 같은 신문도 열심히 읽어야 한다. 하지만 분석가는 환자의 담화 속에서 드러나는 인유나 인용, 동음이의어, 다의성과 같은 사소한 것들을 해결하려는 데에 주의를 기울여야 한다.

이것이 우리가 할 수 있는 최선의 것이다. 왜냐하면 무의식은 기원이나 본능으로 설명할 수 없는 기표로 이루어져 있기 때문이다.

《꿈의 해석》《일상생활의 정신병리학》《농담과 그것이 무의식과 맺는 관계》와 같은 무의식을 다룬 대표적인 3권의 책은 연결(connection)과 대체(substitution)라는 언어의 두 축을 설명하는 예들로 가득 차 있다(물론 특별히 복잡한 부분이 없는 것은 아니지만 프로이트는 그런 부분을 도해를 통해서 증명한다). 연결과 대체는 전이 작용에서 기표에 주어지는 공식들이다. 실제로《꿈의 해석》에서 전이는 이러한 공식들에 의해 소개되고 있다. 물론 후에 전이는 분석자와 피분석자 사이의 상호주관적인 관계를 가리키게 된다.

이러한 공식들은 신경증의 각 징후들을 구성할 뿐 아니라 신경증의 행로를 이해하고 그 해결을 가능하게 한다. 프로이트의 위대한 사례분석이 그 예를 제공한다.

좀 더 제한적이긴 하지만 무의식적 사고의 본질을 최종적으로 보여주는 예는 1927년에 씌어진 연물주의(fetishism)에 관한 글이다. 성적인 만족을 추구하기 위해 환자는 반짝반짝 빛나는 코를 요구한다(Glanz auf der Nase). Glanz는 어린시절 환자가 사용했던 말인 영어로는 'glance'

이다. (Glanz와 glance가 갖는 음의 인접성이 환유를 이루고 코와 남근 사이의 형태적 유사성이 은유를 형성한다 — 옮긴이) 어머니의 남근, 즉 결핍을 불러일으키는 그 특권적 기표에 대한 성적 호기심은 반짝거리는 코(shine on the nose)가 아니라, 환자의 어린시절의 잊혀졌던 언어인 코를 흘낏 쳐다보기(glance at the nose)로 환치되어 나타난다.

흔히 이야기되는 것처럼 성(sexuality)이 아니라 무의식적 사고에 의해 야기되는 심연이 처음부터 정신분석학에 저항해왔다. 무의식적 사고는 심연 속에서 자신의 목소리를 듣는다. 성은 항상 문학을 지배해온 주체였다. 사실 최근의 정신분석학은 성을 도덕적인 것으로 만들려 하고 있다. 정신분석학은 성이란 성스러운 봉헌과 세속적인 매력이 교차하는 것이라고 우스꽝스럽게 억지를 부리고 있는 것이다. 여기서는 축복받아 밝게 빛나는 플라톤적 영혼이 낙원을 향해 곧바로 나아가고 있을 뿐이다.

프로이트의 성이 그 정당성을 획득하기 이전에 사람들에게 참기 어려운 스캔들로 받아들여졌던 이유는 그것이 너무나 '지적(intellectual)'이었기 때문이다. 성은 사회를 해칠 의도를 지닌 테러리스트들에게 나아갈 길을 제공해주는 것처럼 여겨졌다.

정신분석학이 자아의 자율성을 주장하며 보수적이 되려는 오늘날, 나는 잘못된 정신분석학자를 구별하는 방법을 여러분에게 이야기하고 싶다. 그들은 프로이트적인 경험을 진지하게 추구해보려는 모든 기술적이고도 이론적인 연구를 너무나 지적이라는 이유로 비난한다. 지적 능력(intellecturalization)은, 진리에 의해 시험당하고 진리에 의해 자신의 결핍을 드러내기를 두려워하는 사람들에게는 밉살스러운 용어일 뿐이다. 진리는 그들의 삶을 비웃는다. 왜냐하면 그들의 추종자들이 부풀리는 역할 말고는 사람들에게 아무런 영향도 주지 못하기 때문이다.

3. 문자, 존재 그리고 타자

내가 존재하는 곳에서 사유하는 것은 내가 아닌 또 다른 자아인가? 프로이트의 발견은 마니즘(Manicheism)[15]을 정신분석학적 경험의 차원에서 확증해보려는 것인가?

사실상 답은 명확하다. 프로이트의 연구목적은 다소간이라도 우리가 분열된 인간성의 면모를 호기심 있게 바라보게 하려는 데 있지 않다. 내가 이야기해왔던 위대한 순간, 즉 우화 속의 동물들처럼 성(sexuality)이 말을 할 때조차도 더러는 있음직한 악마적 분위기가 결코 구현된 적이 없기 때문이다.

프로이트의 발견이 목표로 하는 것은 그의 사상의 정점을 이루는 것이기도 한데 다음과 같이 결코 그 의미가 고정될 수 없는 용어들로 정의될 수 있다. "나는 무의식이 있던 바로 그 자리로 가야만 할 것이다(Wo es war, soll Ich werden)."

이것은 분열이 아니라 일치(reconciliation, Versöhnung)라고 불러도 좋을 만큼 재통합적이고 조화로운 것이다.

그러나 주체가 자기 내부에 자기가 의식하고 규제하지 못하는 이질성을 가지고 있다는 사실을 무시한다면 정신분석학적 통찰이 갖는 질서와 방법 모두가 잘못된 방향으로 나아갈 것이다. 이것이 바로 프로이트

---

15) 마니즘 : 서기 3세기에 페르시아에서 마니(Mani)에 의해 창시되었으며 이 원론을 그 특징으로 한다. 마니교의 신화에 따르면 과거에는 정신과 물질, 선과 악, 빛과 어둠 등 적대적인 두 요소들이 근본적으로 분리되어 완벽하게 이원론적 질서를 구현하고 있었다. 그러나 현재는 두 요소들이 혼합되어 인간은 근본적으로 악한 상황을 견디지 못하며 그 속에서 소외감을 느낀다. 미래에 구현될 최종적 구원은 원초적 분리가 재확립됨으로써 가능해진다. 마니교를 수용한다는 것은 서로 양립할 수 없는 두 요소가 존재하고 이것들이 세 단계를 거쳐 다시 원래의 분리상태에 이르고자 한다는 사실을 믿는 것과 같다.

가 발견했던 진리요 인간의 근본 존재조건이기 때문이다. 주체가 자기 내부에 스스로 지배할 수 없는 이질성을 가지고 있다는 사실이 고려되지 않을 때 정신분석학은 단순히 타협적인 전술(compromise operation)에 불과한 것이 되고 프로이트의 작업이 갖는 문자성과 정신적 측면 모두를 부인하게 되는 결과를 초래한다. 프로이트 자신이 타협을 모든 불행을 견뎌내고 완화시키기 위한 개념으로 계속 사용했기 때문에 명시적이든 암시적이든 타협이라는 개념에 의존하는 것은 필연적으로 정신분석학적 활동이 길을 잃고 어둠 속에 빠져버리는 결과를 낳게 된다.

그러나 '통합적인 인간성(total personality)'을 주장한다든가 우리 시대의 도덕적인 위선주의와 결합하는 것은 대안이 되지 못한다.

근본적인 이질성(radical heteronomy)에서 생겨난 인간 내부의 결핍은 결코 다시 회복될 수 없는 것이기 때문이다. 결핍을 회복하려는 어떤 시도도 자신의 부정직함만을 드러낼 뿐이다.

나는 나 자신보다도 이 타자에 속해 있는 것이 아닐까? 내가 스스로의 자기동일성을 확증하려는 바로 이 순간에도 나를 동요시키는 이 타자는 도대체 누구인가?

타자는 단순히 나와 다른 또 하나의 주체가 아니다. 타자의 존재는 타자성의 두 번째 단계에서만 이해될 수 있다. 타자는 또 다른 주체가 아닌 주체가 환원시킬 수 없는 이질성으로 이해될 때에야 비로소 나와 다른 주체 사이에서 중재 역할을 수행할 수 있는 것이다.

무의식이 타자(대문자로 표시되는)의 담론이라고 말하는 이유는 그것이 개별 주체들을 넘어선 어떤 차원을 가리키기 때문이다. 거기서, 욕망은 타자에게 인정받기를 원하는 욕망이 된다.

달리 말하면 타자란 그것이 없으면 거짓말도 가능하지 않을 내 속에 있는 진리의 보증자이다.

이러한 사실로부터 우리가 알 수 있는 것은 언어의 등장과 함께 진리의 차원이 열린다는 것이다.

여기에 대한 논의를 진전시키기 전에 우리는 동물의 행동을 관찰함으로써 쉽게 구별할 수 있는 정신분석학적 관계 속에서 다른 주체들의 존재를 인식할 수 있다. 인식은 일단의 정신분석학자들이 토막내기를 즐기는 망상(mirage)들을 투사함으로써 얻어지는 것이 아니라 상호주관성(intersubjectivity)의 명백한 현존으로부터 생겨난다. 숨어서 망을 보고 있는 동물에게서, 다른 동물들의 함정에 빠져 있는 동물에게서, 또 뒤에 처져서 무리를 뒤쫓는 육식동물을 다른 곳으로 유인해내는 동물에게서 짝짓기나 결투 이상의 흥미로운 양상이 나타난다. 그러나 거기에도 욕구를 충족시키기 위한 유혹의 기능을 넘어서는 것은 존재하지 않는다. 자연 전체의 의도가 의심받게 되는 장막 저편에 존재하는 것은 짐승들의 신호체계에서는 발견될 수 없다.

무언가가 문제(question)로 만들어지려면(우리는 이것이 프로이트가 《쾌락원리를 넘어서》에서 제기했던 문제라는 것을 알고 있다) 언어(language)가 꼭 필요하기 때문이다.

나는 나에게 반대하는 사람들을 실제 나의 계획과는 정반대의 미끼로 유혹할 수 있다. 이 미끼는 단지 내가 그것을 현실적으로 사용했을 때 또 나의 적에게 사용했을 때에야만 속임수가 될 수 있다.

그러나 내가 그와 평화로운 협상을 하고자 했을 때 나의 협상안은 나의 언어도 아니고 나의 적대자의 언어도 아닌 제3의 장소에 자리잡고 있다.

그곳은 다름 아닌 관습적으로 의미화 작용이 일어나는 곳이다. 그곳은 유대인이 그의 친구에게 슬픔어린 탄식을 하고 있는 희극의 장이다. "왜 너는 네가 정말로 크래코우로 가고 있을 때 크래코우로 간다고 말해서 나로 하여금 네가 렘베르크로 가고 있다고 믿게 하는가?"

물론 이러한 것들은 전통적인 게임전략의 문맥 속에서 이해될 수 있고 내가 나의 적을 속일 수 있는 규칙도 거기에 있다. 하지만 그 경우 나의 성공은 그 속에 이미 배반(betrayal)의 요소를 함축하고 있고 배반의 가능성에 의존하고 있다. 다시 말해 훌륭한 믿음(Good Faith)을 보증해주는 타자(Other)에 의존하고 있는 것이다.

타자가 갖는 이질성을 다른 주체들에 대한 인식(awareness of others) 정도로 환원시켜버리는 것은 큰 잘못을 범하는 것이다. 정신분석학에 있어 타자의 존재는 아미다스왕의 귀와 같다. 그것은 현상학의 우매함이 비밀스럽게 간직되어 있는 구멍을 보여줌으로써 정신분석학이 현상학으로 환원될 수 없도록 한다. 이제 갈대를 통해 비밀스럽게 간직되어오던 우매함이 알려진다. "마이다스, 마이다스왕 그는 자신의 환자의 타자이다. 그 자신이 그렇게 말했다."

어떤 돌파구가 생겨났는가? 타자라는 돌파구, 그렇다면 어떤 타자? 젊은 앙드레 지드는 어머니가 책임감 있는 사람으로 키워달라고 부탁했던 여주인에게 반항했다. 그는 여주인의 교육적 의도 속에서 귀중한 기표로 간주되었던 자물쇠를 열쇠로 열었고(똑같이 만들어진 자물쇠는 모두 다 열 수 있다는 점이 잘못된 것이다) 그러한 행위는 명백히 그녀를 (약올리기) 위한 것이었다. 그가 노리고 있는 타자는 어떤 타자인가? 그의 대담자이며 그에게 늘 간섭하는 그녀인가? "형편없는 자물쇠를 가지고 나를 꼼짝 못하게 복종시킬 수 있다고 생각합니까?" 저녁 때까지는 눈에 띄지 않고 조용히 있다가 그가 되돌아온 것을 반기면서 아이에게 하듯 다시 잔소리를 늘어놓는 그녀가 지드에게는 단지 분노의 얼굴을 한 또 다른 앙드레 지드인 것처럼 보였다. 그러나 이번에는 이전에 생각해보았거나 또는 앞으로 생각해보게 될 자신의 진정한 의도를 모르는 앙드레 지드였다. 지드 자신의 진실은 그의 훌륭한 믿음에 던져진 의심으로 인해 변경되었다.

모든 인간이 벌이는 오페라 부파(18세기 이탈리아 희가극)에 대해 잠깐 생각해볼 필요가 있다. 그곳에서는 혼란(confusion)이 절대적 지배권을 행사한다. 그러나 분석의 목적은 질서를 회복하기 위해서가 아니라 질서 회복을 가능하게 하는 조건들을 살펴보려는 데 있다는 것을 유의해야 한다.

무의식은 존재의 근원이다. 하지만 이것은 프로이트 이전의 많은 사람들이 생각했던 것처럼 "너 자신을 알라"라는 공허한 말로 환원될 수 없는 것이다. 오히려 프로이트가 보여주었던 무의식에 이르는 길을 다시 탐색해야 한다.

그가 발견해낸 무의식은 우리가 객관적으로 규정할 수 있는 지식의 대상이 아니라 (무의식이 지식의 대상이 될 수 없기 때문에 그도 우리에게 많은 것을 이야기할 수 없지 않았을까?) 우리를 인간주체로 만들어내는 것이다. 예의바른 성품뿐 아니라 변덕스러움, 정신이상, 공포증, 연물주의에서도 우리는 무의식의 흔적들을 볼 수 있다.

학자들이 자신이 갖는 공포를 극복하려고 광기라는 난공불락의 요새를 만들었다 할지라도 여러분은 이제 더는 애매모호한 찬사에 귀를 기울이지는 않을 것이다. 만약 그들이 거기서 어느 정도 견딜 수 있다고 한다면 그것은 바로 합리성이 광기를 작동하게 하는 가장 탁월한 동인이기 때문이다. 끊임없이 (광기의) 터널을 파고 있는 것은 합리성이며, 그런 의미에서 합리성과 광기 모두가 이성(Logos)에 봉사한다고 할 수 있다.

에라스무스(Erasmus)와 같은 학자가 그의 시대에 (물론 모든 시대에 다 그렇지만) 그에게 가장 매력적으로 보였던 현실참여(commitment)에

별뜻을 두지 않았으면서도 각 개인들뿐 아니라 모든 사람에게 엄청난 영향을 미친 종교개혁과 같은 혁명에서 중요한 위치를 차지하고 있는 이유는 무엇인가? 인간과 기표 간의 가장 미미한 변화가(에라스무스의 경우에는 주석에 있어 접근방식의 변화) 인간 존재를 고정시키는 정신적 지주를 변화시킴으로써 역사의 전 과정을 뒤바꾸어 놓는다.

똑같은 이야기가 프로이트에게도 적용될 수 있다. 프로이트주의가 아무리 오해를 받고 혼란스러운 결과만을 초래할지라도 우리의 삶을 관통하는 변화들을 인식하고 있는 사람이라면 누구나 프로이트주의가 파악하기는 어렵지만 근본적인 변혁을 가져왔다고 느낄 것이다. 그 사실을 증명하려고 자료를 모으는 것은 별 의미가 없는 일이다. 왜냐하면 인문학뿐 아니라 인간의 운명, 정치학, 형이상학, 문학, 예술, 광고, 선전, 심지어 경제학까지 모든 것이 프로이트주의의 영향을 받았기 때문이다.

프로이트가 분명하게 우리에게 보여주었던 것은 무한한 진리가 갖는 불협화음에 불과할 뿐인가? 아니면 그 이상의 무언가가 있는가? 분명히 말해두어야 할 것은 프로이트의 발견을 단순하게 심리학적 범주에 기초한 기술의 문제로 환원시켜서는 안 된다는 것이다. 그러나 오늘날 정신분석학계의 실상이 이러한 환원주의에 빠져 있으므로 우리에게 남은 과제는 프로이트의 발견이 갖는 통찰을 근본적으로 재고해보는 것이다.

프로이트의 발견은 실습에서 중요하게 취급되는 통속적 개념들로도 환원될 수 없다. 그러한 시도는 사이비 프로이트주의가 스스로를 치장하는 수단에 불과하고 나쁜 명성을 더욱 증가시킬 뿐이며 모두 다 프로이트를 근본적으로 배반하는 증거가 될 뿐이다.

프로이트는 과학과는 아무런 관련도 없어 보이는 존재와 대상의 관계를 무의식의 발견을 통하여 과학의 영역으로 끌어들였다.

이것은 지금까지 우리가 가진 모든 지식들이 자명한 것으로 전제하고 있던 인간의 현존 자체를 재고찰해보려는 시도의 서곡이요 징후였다. 하지만 제발 부탁하건대 이러한 시도를 또 다른 종류의 하이데거주의로 환원시키지 말기를! 신하이데거주의라고 이름을 붙여보았자 쓰레기 같은 문체만이 남을 뿐 아무런 변화가 생겨나지 않는다. 이미 만들어진 정신적인 표류물을 단순히 다시 사용하는 것은 진정한 사고와는 거리가 멀다.

내가 하이데거에 대해 이야기할 때, 아니 내가 그를 번역해낼 때 나는 적어도 그의 말이 최상의 중요성을 가질 수 있도록 노력해왔다.

마찬가지로 존재와 문자에 대해 이야기하며 타자와 대타자를 구분해보고자 하는 이유는 프로이트가 이야기한 것처럼 이러한 용어들이 저항과 전이의 효과를 설명하는 데 꼭 필요한 것이기 때문이다. 프로이트를 좇아 (근본적으로) 불가능한 과정이라는 정신분석학을 실행해온 지난 20년 동안 나는 늘 부당한 전쟁을 치러왔다. 우리가 나아갈 길을 잃지 않도록 하기 위해, 또 부당한 전쟁을 거부하기 위해 존재와 문자, 타자에 대한 논의는 계속되어야 한다.

정신분석학이 황폐화되지 않으려면 다음과 같은 사실이 이해되어야 한다. 징후가 은유라 할지라도 욕망이 환유이다라는 말이 은유가 아닌 것처럼 징후가 은유이다라고 말하는 것 자체는 은유가 아니다. 왜냐하면 우리가 좋아하건 그렇지 않건 간에 징후는 은유이기 때문이다. 마찬가지로 아무리 우스꽝스러운 사람이 이야기한다 해도 욕망은 환유일 뿐이다.

종교적 위선과 철학적 허세에 찌든 수세기가 지난 후에도 아직도 분개해야 할 일이 있다면 은유와 존재를, 환유와 결핍을 연결시킬 수 있는 유효한 담론이 아직까지도 존재하지 않는다는 사실이다. 그러한 분노에 대응하는 대상이 틀림없이 존재하고 있다. 그는 그 분노의 선동자이며 동시에 희생자이기도 하다. 그 대상은 바로 인본주의적 인간이며 절망적이긴 하지만 그가 자신의 의도라고 내세우는 신앙이기도 하다.

(민승기 옮김)

II
비평이론

〈도난당한 편지〉에 관한 세미나[1]

우리도 운이 트이고
잘만 되면
사상이 있다고 하겠지요[2]

이제까지의 작업에서 알 수 있듯이 무의식적인 반복충동(repetition automatism)은 의미화의 연쇄 속에서 자신의 모습을 드러낸다. 반복충동은 탈중심적 구조(eccentric place)와 연관되며 이 구조 속에서 우리는 프로이트가 말한 무의식적 주체(the subject of the unconscious)를 만나게 된다. 상상계가 그려놓은 것들이 정신분석학적 경험에 의해 가능해지는 탈중심적 구조 속에서만 이해되고 파악될 수 있듯이 (유기체적) 인간도 상징적 차원에 사로잡혀 있을 때에 자신의 본질에 가장 잘 접근할 수 있다.

이 세미나가 보여주려는 것은 상상계적 특질들이 상징적 연쇄와 관

---

1) "〈도난당한 편지〉에 관한 세미나"는 원래 불어판 *Écrits*의 맨 앞에 실려 있던 것으로 여기이 글은 멜만(Jeffrey Mehlman)이 *seminar on "The Purloined Letter"*라는 제목으로 1972년 *Yale French Studies* 48호에 영역한 글을 옮긴 것이다.

2) Und wenn es uns glückt,
Und wenn es sich schickt,
So sind es Gedanken.
괴테의 《파우스트》 제1부 "마녀들의 취사장" 장면에 나오는 말이다. 라캉이 이 부분을 인용한 이유는 무의식이 독일어의 es로 표기된다는 점에 착안하여 우리의 견해나 행동이 모두 무의식적 과정에 의해 지배된다는 것을 보여주기 위한 것으로 짐작된다. John P. Muller and William J. Richardson, eds. *The Purloined Poe*(London : The Johns Hopkins Univ. Press, 1988), 83~84쪽 참조.

련되지 않는 한 아무런 의미도 갖지 못한다는 것이다. 상상계적 특질들은 경험의 본질을 구현하기는커녕 그것들을 결합하고 방향지어주는 상징적 차원에 의존할 뿐이다.

의미화 연쇄 속에 각인된 상상계적 자질들은 부분적으로나마 상징계를 대체할 수 있다고 우리를 유혹한다. 하지만 주체에게 결정적으로 영향을 미치는 정신분석학적 결과들은 상징계가 갖는 특별한 법칙에 의해 지배된다. 배제(Verwerfung)나 억압(Verdrängung), 거부(Verneinujng)와 같은 정신분석학적 결과들이 기표들의 자리바꿈(Entstellung/displacement)에 의해 발생한다는 사실을 강조해야만 한다. 반면에 상상계적 요소들은 그들이 갖는 관성(inertia)에도 불구하고(상징적 과정을 지시하거나 규제하지 못하고 — 옮긴이) 상징적 과정 속에 그림자를 드리우거나 상징적 연쇄를 그저 반영할 뿐이다.

그러나 상징적 측면을 강조하는 것이 곧바로 추상적이고 보편적인 형태를 이끌어내려는 시도와 연결된다면 나의 작업은 무의미한 것이 되고 만다. 왜냐하면 보편성은 여전히 유효한 것으로 남아 있는 우리 작업의 특이성과 독창성을 인위적으로 왜곡시키려 하기 때문이다.

우리의 작업은 프로이트가 우리에게 보여준 진리를 예증해보기 위한 것이다. 프로이트가 보여준 진리는 주체가 상징계에 의해 형성된다는 것이다. 순환하는 기표는 결정적으로 주체의 나아갈 바를 규정한다. 우리가 이야기를 통해서 입증해보려는 것도 바로 이것이다.

기표의 연쇄가 주체를 형성한다는 바로 그 진리가 이야기를 가능하게 한다. 이런 경우 어떤 다른 서사형태보다도 우화(fable)가 진리를 드러내는 적절한 양식이 된다(물론 우화가 갖는 일관성이 와해될 위험을 무릅써야 한다). 그렇더라도 허구적인 이야기는 상징계가 꼭 필요하다는 것을 명확하게 예증해주는 이점을 가지고 있다. 유보해야 할 측면이 있긴 하지만 허구적 이야기는 우리가 너무 자의적이라고 생각할 정도까지 상징계의 필요성을 강조하고 있기 때문이다.

이것이 왜 우리가 더 이상 주저하지 않고 홀짝 게임의 변증법이 발생하는 바로 그 이야기를 예로 선택했는가(최근에 와서야 비로소 그 이야기에 주목하게 되었다)에 대한 이유다. 의심할 바 없이 우리의 작업에는 그것을 뒷받침해줄 이야기가 필요하며 그것은 우연한 일도 아니다.

여러분도 이미 알고 있겠지만 그 이야기는 보들레르가 〈도난당한 편지(La lettre volée)〉라는 제목으로 번역한 것이다. 우선 우리는 극적 장면과 그것의 서술, 또 그러한 서술을 가능하게 하는 조건들을 구분해볼 수 있다.

게다가 우리는 이러한 요소들이 모두 존재해야 하며 나름대로 의도를 가지고 있다는 사실을 알 수 있다.

사실상 서술(narration)은 주석(commentary)의 형태로 극적 장면에 겹쳐진다. 서술이 없다면 어떠한 극적 상황도 불가능하다. 행위는 가시화될 수 없을 것이고 대화는 아무런 의미도 갖지 못할 것이다. 청중들에게 영향을 미치는 극적인 표현과 필연성이 사라져버리기 때문이다. 서술이 각 장면에 부여하는 관점(point of view)이 없다면, 서술이 배우의 행위를 이해할 수 있는 가능성을 제공해주지 않는다면, 우리는 볼 수도, 들을 수도 심지어 극의 어떠한 요소도 이해할 수 없다.

두 개의 극적 장면이 있다. 하나는 우리가 조심스럽게 원초적 장면(primal scene)이라 불러야 할 것이다. 왜냐하면 두 번째 장면이 첫 번째 장면을 무의식적으로 반복하고 있기 때문이다.

원초적 장면은 궁중의 내실에서 일어난다. 고귀하신 분이라 불리며 궁중의 내실에 혼자 있을 때 편지를 받은 사람은 다름 아닌 왕비다. 마침 그 때 또 다른 고귀한 분이 들어왔으므로 왕비는 당황했다. 알다시

피 그가 편지를 보게 되면 왕비의 명예와 안전에 큰 손상이 되기 때문이다. 또 다른 고귀한 분이 정말로 왕일까 하는 의심은 D장관이 등장함에 따라 곧 사라진다. 왕비는 편지를 그대로 편 채 책상 위에 둘 수밖에 없었지만 주소 쓴 곳이 위로 나오고 편지의 내용은 가려져서 왕의 눈에 띄지 않았다. 하지만 편지는 장관의 괭이 같은 눈을 피할 수 없었다. 그는 왕비의 당혹스러운 안색을 보고 대뜸 그 편지에 무슨 비밀이 있다는 것을 알아차렸다. 그 이후로 모든 일은 자동적으로 진행되어갔다. 평상시와 다름없이 업무를 처리한 다음 장관은 문제의 편지와 매우 비슷하게 생긴 편지를 주머니에서 꺼내어 읽는 척하다가 그 편지 옆에 바싹 대놓았다. 그리고 재미나는 이야기를 좀 더 한 후 한 치의 주저함도 없이 문제의 편지를 가지고 가버렸다. 장관의 계략에 완전히 속은 왕비는 물론 장관을 책할 수가 없었다. 왜냐하면 바로 그 순간에 그의 옆에 있는 왕이 눈치채는 것을 두려워했기 때문이다.

그 이후에 일어나는 모든 것들은 누구나 수행할 수 있는 작업을 시행하는 가설적인 관찰자(hypothetical spectator)에 의해 눈에 보이지 않게 된다. 그 작업의 몫은 장관이 여왕의 편지를 훔쳤으며 여왕도 그것을 알고 있다는 것이다. 여왕은 장관이 지금 그 편지를 소유하고 있으며 그것도 매우 정직하지 못한 방식으로 소유하고 있다는 사실을 알고 있다.

그러나 중요한 것을 어떻게 다루어야 할지 늘 알지 못한다 할지라도 어떤 것이 중요한 것인가를 알고 있는 분석가라면 몫에서 남는 나머지를 결코 소홀히 취급할 수 없을 것이다. 장관에 의해 버려진 편지, 지금은 왕비의 손에서 둘둘말려 공처럼 되어 있는 편지가 바로 그 나머지이다.[3]

---

3) 라캉은 각 장면에 등장하는 훔치는 행위를 나눗셈이라는 연산식으로 표현하고자 한다. 각 장면에서 나눗셈이 갖는 몫은 편지 소유자의 자리바꿈이 될 것이고 나머지는 바뀌어진 편지가 된다. 두 장면에서 일어나는 행위는 이렇게 동일한 수학적 구조를 갖는다.

두 번째 장면은 장관의 집무실에서 일어난다. 집무실은 그의 저택 안에 있고 파리 경시총감이 뒤팽에게 들려준 설명에 의하면(여기서 포는 두 번째로 수수께끼를 해결하는 천재 뒤팽을 등장시킨다) 경찰은 장관이 밤새 집을 비워두는 습관을 이용해 집과 주변 건물들을 지난 8개월 동안 샅샅이 뒤져왔다. 그러나 아무 소용이 없었다. 물론 이런 상황에서 장관이 자신의 손이 미치는 가까운 곳에 편지를 감추어두었을 것이라는 것은 누구나 추측할 수 있다.

마침내 뒤팽이 장관을 방문하게 된다. 장관은 지루해서 견딜 수 없다는 듯이 태연히 그를 맞아들인다. 하지만 장관의 이러한 태도에 속지 않는 뒤팽은 색안경을 끼고 그의 주의를 피해 방안을 샅샅이 살펴본다. 그의 시선이 아주 더럽게 구겨져 있는 편지에 멈췄을 때 뒤팽은 그것이 자기가 찾는 편지라는 것을 알아차린다. 그 편지는 벽난로 한복판 아래, 겉만 번지르한 채 매달려 있는 아주 보잘것없는 마분지로 된 편지꽂이에 아무렇게나 던져져 있었다. 편지의 면적만이 일치할 뿐 편지가 총감이 설명한 것과는 판이하게 다르기 때문에 뒤팽은 오히려 이것이 자기가 찾고 있는 편지라는 것을 더욱 확신한다.

다음날 다시 찾아올 구실을 만들기 위해 뒤팽은 담배갑을 책상에 두고 일단 장관의 저택을 물러 나온다. 다음날 그는 그 편지와 똑같은 가짜 편지를 가지고 다시 장관의 집을 방문한다. 적절한 시기에 거리에서 소동을 일으켜 장관의 시선을 창문 쪽으로 돌린 다음 뒤팽은 도난당한 편지를 꺼내고 가짜 편지를 넣은 다음 아무 일도 없었던 것처럼 그 집을 떠난다.

약간의 소동이 없었던 것은 아니지만 이제 모든 것이 드러났다. 이번에는 장관은 더 이상 편지를 소유하고 있지 않으며 또 편지를 뒤팽이 가져갔으리라고는 생각도 못하고 있다. 이 점이 바로 훔치는 행위가 갖는 몫이 된다. 게다가 장관이 처해 있는 상황이 앞으로 벌어질 사건과 무관하지 않다. 뒤팽은 가짜 편지에 메시지를 남긴다. 어쨌든 장관이 그편지를 이용하고자 했을 때 그는 편지 속에 씌어진 글이 뒤팽의 필적이라는 것을 알아차릴 것이다. "이런 무참한 계획은 아트레에게는 적당치 않을지 몰라도 디에스트에게는 어울릴 것이다." 뒤팽이 말해주다시피 이 글은 크레비용의《아트레》중의 일절이다.[4]

우리는 이 두 장면의 유사성을 강조해야만 하는가? 물론 그렇지만, 이 경우 우리가 가질 수 있는 유사성은 차이점을 지우기 위해서 선택된 자질들의 집합이 아니다. 오히려 아주 보잘 것 없는 차이점이라 할지라도 그것이 진리를 드러내는 데 필요한 것이라면 어떤 것도 지워져서는 안 된다. 우리가 드러내고자 하는 것은 두 장면을 구조화하는 상호주관성(intersubjectivity)이다. 또한 상호주관성이 장면들을 지배하기 위해 사용하는 세 가지 용어들이 문제가 된다.

세 용어가 갖는 특별한 위상은 논리적으로 그 용어들에 상응하는 세 순간들로부터 생겨난다. 바로 이 순간들을 통해 결정이 이루어지고 결정은 스스로 선택한 주체들에게 세 가지 장소를 부여한다.

어떤 장소를 차지할 것인가를 결정하는 것은 시선이 갖는 시간성과

---

4) 아트레 왕은 왕비가 그녀의 연인이며 자신의 형인 디에스트에게 쓴 편지를 훔치게 된다. 편지에는 아트레의 아들이라고 알려져 있는 프리스테네가 사실은 디에스트의 자식이라는 사실이 적혀 있다. 20년 동안이나 그 편지를 고이 간직하면서 그 내용을 비밀에 부쳐온 왕은 프리스테네를 시켜 그의 아버지인 디에스트를 죽이려 하지만 여의치 않자 자신의 부인을 유혹하여 아이를 낳게 한 형 디에스트에게 그들의 부정의 산물인 아이를 요리하여 대접한다. 결국 디에스트는 자신의 메시지(자신이 행한 폭력)를 되돌려 받은 셈이다. 그러나 포의 텍스트는 섣부른 판단을 유보한다. 뒤팽과 장관 중 누가 아트레인가? 누가 디에스트인가? 한쪽에는 어울리고 다른 쪽에는 어울리지 않는다는 것은 무슨 의미인가? 〈도난당한 편지〉와 크레비용의 비극이 갖는 관계에 대한 좀 더 자세한 논의를 위해서는 Barbara Johnson, "The Frame of Reference", *The Purloined Poe*, 235~236쪽 참조, 또 같은 책에 실린 Ross Chamber의 글 "Narrational Authority"도 참조.

관련된다. 그러나 결정적인 순간에 뒤따르는 책략들은 그것들이 아무리 비밀스럽게 결정을 연기한다 하더라도 시선이 갖는 순간들에 아무런 영향을 미칠 수 없다. 게다가 두 번째 장면에서의 행동의 지연도 그 순간의 통합성을 깨뜨릴 수 없다.

시선은 두 가지 이질적인 것들을 전제한다. 시선은 이질적인 것들이 서로를 완전히 보충하지 못하고 드러내는 틈을 포용한다. 시선의 드러남 속에서 편지를 훔치는 행위가 예견되는 것이다. 결국 세 가지 시선을 구조화시키는 세 가지 순간들은 세 주체들에 의해 수행되며 매번 등장 인물들을 바꾸게 된다.

첫째, 아무것도 보지 못하는 시선이 있다. 그것은 왕과 경찰의 시선이다. 둘째로 첫 번째 시선이 아무것도 볼 수 없으니 자신이 숨겨 놓은 것이 드러나지 않으리라 여기는 스스로를 기만하는 시선이 있다. 왕비의 시선이 여기에 속하고 후에 장관의 시선이 여기에 편입된다.

세번째 시선은 앞의 두 시선들이 숨기는 데 실패한 이유를 알고서 누구나 볼 수 있도록 방치해 두는 것이 오히려 진정으로 숨기는 것이라고 믿는다. 장관 그리고 최종적으로 뒤팽이 여기에 속한다.

복합적인 상호주관성을 일관성 있게 이해하기 위하여 타조가 적의 공격으로부터 자신을 보호하는 기술을 예로 들어보겠다. 이 기술은 얼른 믿기 어렵겠지만 세 부류로 나누어지는 정치적인 입장을 대변하기도 한다. 첫 번째 타조가 모래 속에 머리를 파묻고 있기 때문에 두 번째 타조는 자신이 그 타조의 눈에 띄지 않을 것이라고 믿고 있지만 바로 그 순간 세 번째 타조가 조용히 와서 두 번째 타조의 꼬리털을 뽑는다. 편지에 관한 논의를 통하여 이 이야기가 갖는 함축성을 살펴보자. 타조의 정치학(la politique de l'autruiche)이란 말 속에서〔거기에는 타조(ostrich/autruiche), 타자(other people/autrui), 오스트리아(Autriche)의 정치학 등

108

이 압축되어 있다 — 옮긴이] 타조 자체가 늘 새로운 의미를 갖기 때문이다.

반복되는 행동이 상호주관성이라는 계수(modulus)를 가지고 있다면 그 속에서 우리가 인식해야 하는 것은 프로이트적 의미의 무의식적 반복충동이다.

물론 상호주관성은 "무의식은 타자의 담화"라는 우리의 공식에 어긋나지 않는다. 그렇다고 여기서 이르마의 주사의 꿈에서 소개된 바 있는 주체들의 혼합(immixture of subjects)을 이야기하려는 것은 아니다.

오늘 우리가 관심을 기울이고자 하는 것은 주체들이 서로 교체되는 방식이다. 주체들은 상호주관적 반복작용이 일어나는 동안 자리바꿈을 하게 된다.

자리바꿈은 순수한 기표인 도난당한 편지가 삼각구조 속에서 어디에 위치하느냐에 따라 결정된다. 기표에 따라 주체의 자리바꿈이 일어난다는 사실이 바로 무의식적 반복충동을 일으키는 기표를 설명해준다.

이 논의를 진전시키기 전에 이야기가 우리에게 보여주려는 것과 우리의 관심사가 일치하는지를 살펴보자.

이 이야기는 탐정 소설이다라고 단순히 합리화(너무 거칠게 들릴지 모르지만)시킬 수 있는가?

범죄와 연관된 탐정물이 갖는 모든 특징들이 각 이야기의 처음부터 의도적으로 제거되어 있다는 점에서 포의 이야기는 탐정물로 가름되지 않는다. 범죄의 본질과 동기, 범죄에 쓰이는 도구와 행위, 죄인을 발견하는 데 요구되는 절차, 유죄를 입증하기 위한 방법 등이 모두 생략되어 있기 때문이다.

편지를 가짜 편지로 바꿔치는 행위가 범죄자의 음모였다는 것이 이야기의 처음부터 명확하게 밝혀져 있고 그것이 편지를 빼앗긴 사람에게 미칠 영향도 이미 언급되어 있다. 소설은 도난당한 편지를 찾는 것과 그것을 반환하는 것만을 다룬다. 풀어야 할 문제들이 이미 해결되어 있다. 게다가 이것은 의도적인 것처럼 보인다. 그렇다면 소설은 어떠한 형태로 긴장감을 유지하는가? 전통적인 장르가 아무리 특별한 흥미를 불러일으킬 수 있다 할지라도 우리가 기억해야 할 것은 〈뒤팽의 이야기 (the Dupin tale)〉가 (〈도난당한 편지〉가 이 장르의 두 번째 이야기인데) 전통적 장르에 속할 수 없다는 사실이다. 뒤팽이 등장하는 첫 번째 이야기에서 어떤 장르가 확립되었다 할지라도 그것은 저자가 관습적인 장르를 비웃는 것일 뿐이다.

하지만 이 이야기를 도덕적 우화로 읽어내는 것도 똑같이 잘못을 저지르는 일이다. 부부간의 평온함을 유지하기 위해서 편지의 비밀은 지켜져야 하며 따라서 호기심 많은 장관의 눈으로부터 벗어나기 위해 편지를 그대로 둔다는(물론 내용이 드러나지 않게 뒤집어져 있지만)식의 해석이 생겨난다. 그러나 이러한 해석 역시 속임수에 불과하다. 이러한 해석이 가져오는 결과는 커다란 실망뿐이기 때문이다.

경시총감의 수색작업은 결국 실패로 끝나고 그는 자신의 무능만을 드러내지 않았던가? 거기 또 다른 속임수가 존재하는가? 속임수가 존재한다면 그것은 아마도 뒤팽에게서일 것이다. 뒤팽의 말과 행동은 일치하지 않는다. 자신의 방법을 설명하는 그의 말은 일반적으로 볼 때 틀린 것은 아니지만 항상 적절한 것처럼 보이지는 않는다. 실제로 그가 사건에 개입하는 방식과 자신의 행동을 설명하는 말 사이에는 불협화음만이 존재할 뿐이다.

이러한 불협화음으로부터 생기는 긴장감을 조금 더 추적해보면 우리는 곧 다음과 같은 사실을 알게 된다. 등장인물들을 보드빌 쇼의 차원에서 끌어올리는 첫 장면으로부터 장관까지도 비웃음의 대상이 되는 장면에 이르기까지 실제로 우리는 모든 사람을 속이는 속임수를 즐기고 있는 것이다. 그러나 우리 자신도 그 속임수를 벗어난 지점에서 즐거워할 수 없다. 우리 자신까지도 포함해 모든 사람은 언어에 의해 조롱당하고 있기 때문이다.

이러한 사실은 우리가 현대적 영웅을 "완전히 혼란스러운 상황 가운데서 우스꽝스러운 업적만을 쌓아가는 것을 즐기는 인간"으로 정의한 것과 마찬가지다.

그러나 우리 자신 역시 아마추어 탐정의 위선에 속고 있는 것이 아닌가? 아마추어 탐정은 허세부리는 사람을 다룬 소설에 등장하는 주인공의 원형이지만 무미건조함만을 보여주는 현대의 슈퍼맨과는 다르다.

하지만 정반대 측면에서 속임수는 그 완벽한 묘사로 말미암아 진리가 갖고 있는 허구성을 드러낸다.

완벽한 묘사가 갖고 있는 전략 속에서 우리는 상보적인 두 장면을 끌어낼 수 있다. 첫 번째 장면은 말이 없는 극으로 서술된다. 반면에 두 번째 장면(극)은 말이 갖는 서사적 전략으로 가득 차 있다.

'도난당한 편지'라는 극을 구성하고 있는 두 장면이 분명히 각각 다른 대화 속에서 서술되는 것이라면 사실의 매력적 제시가 아닌 대화 자체가 두 장면을 구분해준다는 것을 알 수 있다. 두 번째 장면에서의 대화는 단지 언술이 갖는 힘을 나타내는 것이 아니라 첫 번째와는 다른 극을 만들어내는 긴장을 의미한다. 우리는 이것을 이전의 논의에서 제기되었던 개념들을 통해서만 인식할 수 있는데 두 번째 장면이 상징계 속에서 스스로를 주장하기 때문이다.

첫 번째 대화는 경시총감과 뒤팽 사이에서 행해지는데 이것은 마치 귀머거리와 말을 알아듣는 사람 간의 대화와 같다. 다시 말해 이 대화는 일반적으로 의사소통이라는 개념으로 단순화되어버리는 대화의 실제적 복합성을 보여준다. 이것은 이 대화가 가장 혼란스러운 결과를 초래하는 데서 입증된다.

첫 번째 대화는 의사전달 행위가 어떻게 유일한 의미만을 전달하도록 허용하는가를 보여주는 예가 된다. 이것이 이론가의 주의를 끌게 되는 이유는 아무리 중요한 주석일지라도 자신이 이해할 수 있으면 체계 속으로 통합되고 그렇지 못할 경우 그것은 아무런 의미도 갖지 못하기 때문이다.[5]

대화가 보고의 기능만을 갖는다면 묘사의 정확성만이 문제된다. 하지만 여기서 대화는 훨씬 다양한 효과를 가져오는 것처럼 보인다. 우리는 첫 번째 장면에 주의를 집중함으로써 이 장면이 갖는 서사전략을 탐구해보도록 하자.

첫 번째 장면이 독자에게 제시되려면 이중·삼중의 주관적인 여과를 거쳐야 한다. 여왕이 경시총감에게 하는 이야기를 경시총감이 뒤팽에게 들려주고 다시 그 이야기를 뒤팽의 친구이자 동료인 서술자(이후로 그는 총괄적인 서술자general narrator라 불릴 것이다)가 서술한다. 그러나 서술이 아무런 이유 없이 이렇게 배열되어 있는 것은 아니다.

사실상 처음 서술자인 왕비가 처한 상황이 그녀로 하여금 아무것도 변경할 수 없게 한다면 경시총감이 왕비를 도울 수 있다고 생각하는 것은 잘못이다. 왜냐하면 경시총감의 가장 두드러진 특징은 상상력의 결핍이기 때문이다.

메시지가 재전달이라는 복합적 양태를 통해 전달된다는 사실은 결코 당연한 것으로 간주될 수 없는 어떤 것을 우리에게 일깨워준다. 그것은

---

5) 예를 들어 뒤팽이 우연한 기회에 장관이 시인이자 바보라고 의미심장한 말을 해주지만 경시총감은 귀머거리처럼 뒤팽의 말을 알아듣지 못한다. 결국 그 말의 중요성은 사라져버리는 것이다.

재전달이 (상징계적) 언어질서에 속해 있다는 것이다.

여기서 언어의 차원은 벌의 언어와 다르다. 벌은 자신의 메시지를 결코 재전달의 양식으로 드러낼 수 없다. 언어학자들의 연구에 의하면 벌의 언어 속에서 대상은 유일한 것으로 고정되어 있다. 다시 말해 일대일 대응이라는 상상계적 기능만이 두드러지게 나타난다.

물론 대상이 매우 덧없고 인간의 언어체계가 갖는 상징적 속성에 의해 분열되어버린다 할지라도 인간에게 이러한 상상계적 기능이 전혀 없다고 할 수는 없다.

두 사람이 하나의 대상을 함께 증오할 때 두 사람 사이에 벌의 언어와 같은 상상계적인 허구의 언어가 성립될 수 있다. 이 때 대상은 유일한 것이어야 하며 동시에 두 사람 모두가 증오할 만한 자질을 갖추어야 한다.

하지만 그러한 의사전달은 상징적 형태의 전달이 아니다. 대상과의 연관 하에서만 의사전달이 가능해지기 때문이다. 공통적인 이상 아래 있는 수많은 주체들을 가정할 수 있지만 거기서도 집단 내에서의 주체들 간의 의사전달은 말로 나타낼 수 없을 정도의 간접적인 방식으로 매개되는 것이다.

이렇게 우리의 주제와 조금 달라 보이는 이야기를 하는 이유는 비언어적 형태로 나타나는 의사전달을 고려하지 않는다고 우리를 비난하는 사람들에게 간접적인 방식으로 소개되었던 원칙들을 다시 상기하고자 하기 때문만은 아니다. 언어가 반복하는 것의 영역을 정함에 있어 문제가 되는 것은 징후가 반복하고 있는 것이기 때문이다.

첫 번째 장면에서 우리는 간접적인 전달방식을 통해 언어적 차원에 근접할 수 있게 된다. 총괄적인 서술자는 아무것도 첨가하지 않고 있는 그대로 간접적 전달방식을 반복한다. 하지만 두 번째 대화에서 간접적인 전달방식이 갖는 역할은 사뭇 다르다.

첫 번째 대화와 두 번째 대화는 언어의 두 축인 단어(word)와 이야기(speech)처럼 서로 대립되어 있다.

첫 번째 대화에서 두 번째 대화로의 전환은 정확한 현실묘사의 영역으로부터 진리의 영역으로 이동하는 것과 같다. 이제 진리는 지금까지와는 다른 영역 즉 상호주관성에 기초를 두게 된다. 상호주관성 속에서 인간은 절대적 타자와 연관을 맺게 되고 자신을 주체로 정립한다. 진리가 갖는 위상을 지적하기 위해서는 대화의 형태를 띤 유대인의 농담을 살펴보는 것만으로 충분하다. 그러나 경감과 뒤팽의 대화인 첫 번째 대화를 특징짓는 기표와 이야기(speech)의 관계는 진리의 결핍상태만을 드러낸다. 아직도 진리를 확증할 수 없는 상태에서 그것은 대화의 종결만을 요구하기 때문이다. "왜 나에게 거짓말을 하는 거야?" 누군가 숨을 헐떡이며 말했다. "그래, 왜 너는 크래코우로 갈 때 크래코우로 간다고 말을 해서 네가 렘베르크로 간 것처럼 믿게 하는 거야? 왜 너는 거짓말을 하는 거지?"

논리가 난국에 봉착했을 때, 논쟁을 불러일으키는 수수께끼들이나 역설들이 난무할 때, 우리는 비슷한 질문들을 할지 모른다. 거짓말에 대한 프로이트의 농담은 뒤팽이 자신의 방법을 설명하는 데 그대로 반복된다. 뒤팽의 방법은 우리를 부분적으로 속일 수 있는데 그 이유는 그 방법이 아마 제자라고 해야 할 사람에 의해 제시되기 때문이다. 제자의 대리 행위를 통해서 농담들이 전혀 새로운 차원의 의미를 획득하지 못할 때 증인은 이 대리인으로부터 명백히 마법적인 유산을 물려받는데 그것은 증인이 언어와 사물의 일대일 대응과 묘사의 정확성을 믿는 데서 드러난다. 그가 내미는 증거는 결코 비난받을 수 없는 것이기도 하지만 그러한 믿음은 오히려 두건이나 갓처럼 우리가 진리를 보지 못하게 한다.

테이블 위에 자신의 카드를 펼쳐놓는 것보다 더 확실하게 다른 사람을 설득시킬 수 있는 방법이 있는가? 결과적으로 카드가 펼쳐지는 만큼 우리도 설득당하게 되고 실제로 마법사는 그의 약속대로 자신의 속임수를 설명하게 된다. 바로 그 때 그는 훨씬 더 순수한 형태로 자신의 방법을 갱신하게 되며 그 지점에서 우리는 주체에 대한 기표의 우월성을 입증할 수 있게 된다.

홀짝게임에서 자기 친구들을 멋지게 속여넘기는 아이의 이야기를 뒤팽이 소개하는 이유가 여기에 있다. 아이는 상대방과 자신을 동일시하는 수법으로 게임을 승리로 이끈다. 그러나 두 사람의 관계를 기초로 하는 시각적 동일화만으로는 게임을 승리로 이끌 수 있는 고차적인 정신상태에 도달할 수 없다. 반복 없이는 상호주관적인 교체가 불가능하기 때문이다.

우리 모두는 속담이나 격언으로 유명한 라 로슈푸코(La Rochefoucauld), 라 브뤼에르(La Bruyere), 마키아벨리(Machiavelli), 또 캄파넬라(Campanella)의 명성에 또 속게 된다. 그러나 이들의 명성은 아이의 솜씨에 비하면 하찮은 것에 불과하다.

뒤팽은 샹포르(Chamfort)의 말을 인용하여 "많은 사람들의 동의를 얻는 개념이나 관습은 거의 어리석은 것에 불과하다"고 주장함으로써 통속적인 오류를 피하고자 하는 사람들을 만족시킬 수 있을 것이다.

그러나 분석이라는 말을 대수학에 적용시키려 한다고 프랑스인을 비난하는 것은 별 효과가 없어 보인다. 왜냐하면 분석이라는 말을 다른 의미로 사용한다고 해서 정신분석가의 개입과 자기 주장이 정당화되는 것은 아니기 때문이다. 계속해서 뒤팽은 라틴어를 사랑하는 사람이라면 매우 기뻐했을 문헌학적 언급을 시도한다. 그가 더 이상의 언급 없이도 ambitus가 ambition을 의미하는 것은 아니며 religio는 religion을, homines honesti는 honest men을 뜻하지 않는다는 사실을 떠올렸을 때 여러분 중 누가 이러한 말들을 기억해내는 즐거움을 만끽하지 않을 수 있겠는가?…… 이러한 말들은 키케로나 루크레티우스를 잘 아는 사람에게 어떻게 들리겠는가? 확실히 포는 스스로 즐기고 있는 것이다…….

그러나 한 가지 의심이 고개를 든다. 그저 박식함만을 보여주는 것 같은 일련의 예들이 사실은 이 드라마에서 가장 중요한 것은 아닐까? 요술쟁이는 우리 앞에서 자신의 책략을 펼쳐보이지만 자신의 비밀을 보여주었다고 우리를 속이지는 않는다. 하지만 우리가 보지 않고서도 알 수 있도록 정말로 우리에게 설명해줄 수 있는 사람이 요술쟁이가 아니겠는가? 그것이 바로 요술쟁이가 보여주는 요술의 정점이다. 허구적인 창조물을 통해서 요술쟁이는 '정말로 우리를 속이고' 있는 것이다.

바로 이러한 효과들이 아무런 악의 없이도 허구적 영웅들을 현실적 인물로 부를 수 있도록 해주지 않는가?

진리는 해설을 통한 설명의 형태로 스스로를 숨기면서 드러낸다. 이것은 마치 하이데거가 말한 진리의 현현방식과 같다. 진리는 스스로를 숨길 때 자신을 가장 진실하게 드러내는 것이다.

그러므로 뒤팽의 설명이 우리가 주제넘게 그것을 믿지 않도록 해준다 할지라도 우리는 정반대의 유혹에 넘어가지 않도록 그러한 시도를 계속해보아야 한다.

그의 자취를 따라갈 수 있는 지점에 이르면 그는 또다시 우리를 비켜간다. 우선 경감이 성공하지 못한 이유를 그의 입을 통해 들어보자. 우리는 경감의 외모 묘사에서 이미 은밀한 비웃음을 느낄 수 있다. 사실 그는 뒤팽과의 첫 번째 대화에서도 뒤팽의 비웃음을 간파하지 못하고 오히려 유쾌해할 뿐이다. 뒤팽이 넌지시 암시하는 것처럼 문제는 너무나 간단하고 너무나 명백해서 오히려 애매모호해 보인다. 이러한 말을 듣고 총감은 허파가 터지도록 웃을 뿐 뒤팽의 말이 의미하는 바를 이해하지 못한다.

모든 것은 등장인물의 우둔함을 드러내도록 구성되어 있다. 총감과 그의 부하들은 악당들이 훔친 물건을 숨겨놓을 만한 곳을 수색한다. 비밀서랍을 찾아내며 책상뚜껑을 뜯고 무엇을 감추지 않았나 조사해 본다. 또 의자의 쿠션을 바늘로 찔러보고 의자 다리 속에 무엇을 넣었는지 자세히 조사한다. 경대로부터 책의 제본상태까지 샅샅이 뒤졌으나 그들의 조사는 자기네들이 감출 만한 곳을 수색했을 뿐 스스로의 한계를 넘어서지 못한다.

총감이 조롱을 받는 이유는 장관이 시인이라는 이유로 그를 단순히 바보로 규정해버렸기 때문이다. 그러나 모든 바보가 어느 정도는 시인이라고 해서 모든 시인이 다 바보라는 결론이 나오는 것은 아니다.

정말 그렇다. 그러나 숨기는 데 있어서 시인이 가지는 우월성이란 도대체 무엇인가? 물론 그는 비난받는 수학자이기도 하다. 갑자기 우리는 수학자의 추론을 형편없이 무시해버리는 논의들을 만나게 된다. 하지만 나는 수학적 공식을 이성 자체와 동일시하려는 수학자를 아직 본 적이 없다. 적어도 포와는 다르게 이 문제를 생각해보자. 친절한 리귀에(Riguet)가 우리의 길잡이가 되어줄 것이다. 갑작스러운 공격을 받아 넘길 만한 아무런 준비 없이도 (여기서 우리는 포를 거짓말쟁이라고 비난할 수 있는데) $x^2 + px$가 절대적으로 q와 같지 않을 수도 있다는 사실을 부인해보는 진지한 일탈을 감행할 수 있다(물론 이러한 일탈은 포에게는 실제적인 비난으로 보여질 것이다).

이미 앞에서 지적된 사실, 즉 경찰이 모든 곳을 다 수색했다는 것으로부터 우리의 주의를 돌리기 위하여 너무나 많은 지력이 동원되고 있

지 않은가? 우리는 미쳤다고는 볼 수 없는 경찰이 이론적으로는 편지가
발견될 수 있으리라고 추측되는 모든 공간을 샅샅이 뒤져보았다는 것을
알고 있다. 하지만 이 이야기가 갖는 신랄함은 우리가 이 사실을 있는
그대로 받아들일 때 생겨나는 것이 아닌가? 집의 전 면적을 여러 구간
으로 나누어서 세밀한 자로 1라인의 1/50까지 조사했으므로 어떤 것도
수색자의 눈을 속일 수는 없다. 그렇다면 편지가 어떤 곳에서도 발견되
지 않았다는 사실을 어떻게 설명할 수 있는가? 편지의 은폐는 은폐라는
말을 어떻게 사용하든 그것으로 설명될 수 없기 때문이다. 그러나 뒤팽
은 실제로 경찰이 이미 수색을 마친 곳에서 편지를 찾아내었다. 그렇다
면 뒤팽의 발견은 결국 무엇을 입증하는 것인가?

모든 대상들 중에서 편지만이 무소부재(nowhereness/nullibiety)의 자
질을 부여받아야 하는 것인가? 로제 사전에 따르자면 무소부재란 윌킨
스 주교의 기호학적 유토피아에서 온 말이 아닌가?[6]

편지와 그것이 놓여진 장소는 이상하다고(odd)밖에 표현할 수 없는
관계에 있다. 그 관계는 너무나 자명해서 불어로는 적절히 표현될 수
없다. 보들레르는 이것을 '기괴한(bizarre)'으로 번역했지만 'bizarre'는
'odd'가 갖는 함축적 의미를 완전히 구현해내지 못한다. 불어로는 적
절히 표현될 수 없는, 너무나 분명해서 보이지 않는 이 관계를 우선 기
이함(singuliers)이라 해두자. 왜냐하면 이것은 기표에 의해 운용되는 것
이기 때문이다.

물론 우리의 목적은 편지와 장소와의 관계를 단순히 미묘한 것으로
환원시키려는 것이 아니다. 편지를 영적인 존재로부터 전달받았다 할지

---

6) 존 윌킨스(John Wilkins)는 영국의 수학자이며 철학자다. 그는 1648년 *Mathematical
   Magic*이란 책을 썼고 언어의 문제를 과학연구의 주요한 인식론적 주제로 제기하였다.
   Roger 역시 뒤팽이 등장하는 두 번째 이야기 〈마리로제의 비밀〉을 연상시킨다.

라도 우리는 물질성을 드러내는 문자 또는 편지와 영혼을 혼동할 수 없다. 기표가 사물의 죽음을 구현하는 한, 한편으론 죽음이, 다른 한편으론 소생이 교차하게 된다. 하지만 무엇보다도 기표가 갖는 물질성이 문제될 때 그것은 여러 면에서 분할을 허용하지 않는 기괴한 것으로 설명되어야 한다. 아무리 작은 조각으로 잘라내어도 문자는 다른 것으로 환원되지 않고 문자 그대로 남아 있다. 그러나 이 때 기표의 분할 불가능성은 게슈탈트 이론[7]에서 말하는 전체와는 전혀 다른 것이다. 기표의 분할 불가능성은 전체를 만들어내는 통합적인 활력으로 설명될 수 없다.

언어는 부분을 나타내는 불변화사인 관사를 운용함으로써 누구에게나 그 의미를 전달할 수 있다. 이 때 언어의 영혼(살아 있는 의미)은 언어가 갖는 물질성보다 훨씬 더 유용하게 수량화될 수 있다. 우리가 어떤 행위 속에서 그 의도(*de l'*intention)를 짐작해내거나, 또는 더 이상의 사랑(*plus d'amour*)이 가능하지 않다고 개탄하거나, 증오(*de la haine*)를 쌓아가거나 열정(*du* dévouement)을 바치고 무언가에 얼이 빠져 있을 때(*tant d'*infatuation) 이러한 행위들은 팔려가기를 기다리는 당나귀(*de la* cuisse)나 사람들의 떠들썩함(*du rififi*)과 같은 사실을 나타내는 진술과 쉽게 조화될 수 있다. 왜냐하면 이러한 언술들은 충만한 의미(*plein de* signification)를 가지고 있기 때문이다.

---

7) 게슈탈트 이론은 19세기 후반에서 20세기 초 에른스트 마흐(Ernst Mach), 막스 베르트하이머(Max Wertheimer) 등 일군의 유럽심리학자들의 연구에서 비롯된 게슈탈트 심리학에서 시작되어 곧 일반적인 과학적 방법으로 확립되었다. 게슈탈트 이론가들은 감각적인 경험이 시간적이고도 공간적인 통합적 전체로 조직되어 인식된다고 주장한다. 게슈탈트(Gestalt)라는 독일어는 통합적 전체나 형태를 가리킨다. 부분의 단순한 결합이 아닌 어떤 순간의 전체적 윤곽이나 형태가 중요성을 갖게 된다. 기계적으로 설명할 수 없는 인간 성격의 역동성과 상호작용은 통합구조로 이해되어야 한다. 레몬수의 맛은 차가움, 달콤함의 부분 요소로 분해될 수 있지만 목이 마른 사람은 이런 부분 요소들의 총계로는 설명할 수 없는 즐거운 형태나 자질을 총체적으로 경험하게 되는 것이다. 인지란 유기적 전체 내에서의 부분 요소들의 재통합으로 간주되어야 한다.

하지만 기표는 그것이 문자일 경우 '문자 그대로(à la lettre)' 이해되어야 하며, 편지일 경우 항상 우체국에서 당신을 기다리는 것(une lettre)이 될 것이고, 문학인 경우 우리에게 매우 익숙한 것(que vous avez des lettres)으로 남을 것이다. 중요한 것은 확실하고도 고정적인 의미를 가진 문자, 편지, 문학(de la lettre)은 어디에도 없다는 것이다. 어떤 문맥 속에서도 편지는 고정된 의미를 갖지 못하고 오히려 기한이 지난 우편물을 의미하기조차 한다.

기표는 어느 것으로도 환원될 수 없는 특이한 것이며 근본적으로 결핍만을 드러내는 상징이다. 이것이 도난당한 편지를 다른 대상처럼 특정한 장소에 존재해야 하거나 부재해야 하는 것으로 규정하지 못하는 이유다. 편지는 객관적 대상들과는 다르게 어느 곳에 있든지 현전하면서 동시에 부재하는 것이다.

경찰에게 일어났던 일을 좀 더 자세히 살펴보기로 하자. 어느 한 곳도 빠지지 않고 조사가 진행되었다. 가택을 부분부분으로 나누어 아주 미세한 부분이라도 그냥 넘어가지 않도록 철저하게 조사했다. 소리가 나지 않도록 가늘고 긴 바늘로 쿠션을 찔러보고 도가 높은 현미경을 사용하여 가구 중에 최근 뜯어본 자국이 있는가를 검사하기도 하며 가장 작은 틈까지도 세밀하게 살펴보았다. 책도 여느 경관들이 하듯 그저 흔들어보는 것으로 만족할 수 없어서 일일이 페이지를 열어보았다. 그러나 낙엽처럼 스스로를 벗어버리는 공간을 우리는 편지와 같은 객관적 대상으로 고정시켜 파악하려고 하지 않는가?

경관들이 실재(the real)를 파악하는 방식은 한결같은 것이어서 스스로를 벗어버리는 공간인 실재의 거주공간을 편지라는 객관적 대상으로 바꾸어버린다. 그들은 편지를 객관화시켜 대상화함으로써 그것을 다른 대상들과 구별할 수 있다는 가정 아래 일을 추진하고 있었던 것이다.

그들의 통찰력이 부족해서가 아니라 오히려 우리의 통찰력이 부족해서 그들에게 편지의 행방을 요구하는 것이 확실히 무리인 것처럼 보인다. 왜냐하면 그들의 바보 같은 행동은 개별적이거나 집단적이거나 실재의 다양한 파악과는 아무 관계가 없기 때문이다. 리얼리스트들은 객관적 사물을 강조하는 듯이 보이지만 그것은 곧 그들의 주관성에 기초한 것임이 드러나고 그들의 행동은 우스꽝스럽게 되어버린다. 그들은 한 손이 아무리 깊은 땅 속에 무엇을 숨겨놓는다 할지라도 또 다른 손이 항상 그것을 만회할 수 있기 때문에 사실은 아무것도 숨겨질 수 없다고 생각한다. 그러나 숨겨져 있는 것은 제자리에 있지 않다라는 진술과 다른 것이 아니다. 이것은 마치 열람표가 제자리에 있지 않은 책은 숨어 있는 것이라고 이야기해주는 것과 같다. 책은 옆의 선반에 있든지 아니면 다음 서가에 꽂혀 있을지 모른다. 그러나 어떤 형태의 가시적인 대상으로 존재하고 있을지라도 책이 제자리에 있지 않다면 그것은 거기 숨어 있는 셈이 된다. 자기의 공간(일대일의 고정된 관계에 매어 있는 공간)을 떠난 편지는 상징계(the Symbolic) 속에서만 찾아질 수 있다. 어떠한 변동이 있다 할지라도 실재계 자체는 다른 것과 아무런 관계를 맺지 않고 늘 그 자리에 있기 때문이다. 실재계는 처음부터 끝까지 어떤 것들이 다른 곳으로 망명해갔는지에 대해 전혀 관심이 없다.

경관들이 편지가 숨겨져 있는 곳에서 그 편지를 꺼냈다 할지라도 어떻게 그들이 그것이 문제의 편지라는 것을 알 수 있겠는가? 그들은 편지를 들여다보고도 그것이 자기들이 찾는 편지라는 것을 알지 못할 것이다. 더럽고, 구겨져 있고, 둘로 찢기어 있는 편지는 그들이 찾는 것과는 너무 달랐기 때문이다. 그들은 사실주의적인 환상에 사로잡혀 편지와 잡동사니가 같은 것일 수 있다고 주장하는 조이스의 동음이의어 '편지, 잡동사니(A letter, a litter)'를 이해할 수 없으리라. 경관이 문제의 편지가 아니라고 생각하는 또 다른 이유는 편지의 봉인 색깔이 다르고 필적이 다르기 때문이다. 이런 것들은 경관이 거의 파악할 수 없는 식으로 숨기는 방법이다. 그들의 눈이 그 당시에는 편지의 이면에 쓰도록 되어 있는 수신인의 주소에 멈추었다는 것은 그들이 편지를 전체적으로 파악하지 못하고 한 면만을 의식하고 있었다는 증거다.

그들이 편지의 또 다른 면에서 발견할 수 있는 것은 무엇이겠는가? 편지의 메시지였을 것이고 이러한 생각은 전달이론이 가져다주는 즐거움에 틀림없다……. 그러나 이 메시지는 이미 수신인에게 전달되었고 또 그녀 역시 알고 있지 않은가? 전혀 중요하지 않다는 듯이 구겨진 편지가 원래의 편지만큼 그것을 잘 드러내 보여준다.

편지란 전달의 기능만을 완수하면 그 임무를 다한 것이라고 생각한다면 연애편지를 돌려받을 필요는 없다. 연애편지를 돌려받는다는 행위는 사랑이 주는 기쁨의 불꽃을 깨뜨리는 흔치 않은 일이기 때문이다. 기표는 메시지를 단순히 전달하는 기능적 역할로 환원될 수 없다. 편지가 하나의 의미만을 갖는다면 고귀한 분들이 일으키는 야단법석 역시 별 의미가 없을 것이다. 왜냐하면 경관에게 편지의 존재를 알리는 것은 비밀을 유지하는 데 거의 적절하지 못한 수단이기 때문이다.

우리는 편지가 장관과 여왕에게 전혀 다른(여왕에게 더욱 절박하다는 의미에서가 아니라) 의미를 갖는다고 이야기할 수도 있다. 연속적으로 일어나는 사건들은 독자에게 완전히 이해될 수 없는 것은 아니라 할지라도 그들을 확고하게 납득시키지는 못한다.

확실히 모든 사람이 사건들을 이해할 수 있는 것은 아니다. 경감은 모든 사람을 조롱하듯 거만하게 우리를 납득시키려 한다. "이름을 밝힐 수는 없지만(그러나 그 이름은 늙은 우부 왕의 이 사이에 낀 돼지꼬리처럼 곧 눈에 띄게 된다) 제삼자에게 그 편지가 폭로되면 어떤 고귀하신 분의 명예에 치명상이 됩니다. 정말로 편지는 그 분의 명예와 안전을 크게 위협하고 있습니다." 경시총감의 말처럼 힘만 있고 어리석은 우부(Ubu)와 같이 왕은 편지를 읽었다 할지라도 그것을 이해할 수 없었을 것이다.

편지가 돌아다니게 되면 메시지가 갖는 의미뿐 아니라 메시지 자체까지 위협받게 된다. 아무런 해가 없을 것이라 생각할 때 더욱 위험해진다. 왜냐하면 편지 소유자들 중 누군가에 의해서 무심코 비밀이 누설될 위험이 항상 도사리고 있기 때문이다. 그렇다면 경찰들이 처한 곤경에서 그들을 구원해줄 만한 것은 아무것도 없다. 경찰이란 뭔가를 가르친다고 해서 변화되는 것도 아니다. "글은 남고 말은 날아가버린다." 훌륭한 휴머니즘적 격언이 주는 교훈을 배운다고 해도 소용이 없다. (오히려) 말이 남는 것처럼 글도 남도록 기원해보라. 말이 가지고 있는 지울 수 없는 빚은 우리의 행위가 전이의 덫에 걸려 있다는 것을 말해준다.

글은 날아다닌다. 상징적인 채무는 응당 그것을 받아야 할 수령인에게로 가지 않는다. 편지가 날아다니는 종이가 아니라면 도난당한 편지도 존재하지 않을 것이다.

도난당한 편지가 존재하기 위해서는 그 편지가 누구의 것인가 하는 물음이 제기되어야 한다. 우리는 앞에서 최근에 중요한 언질을 제공했었던 사람에게 편지를 되돌려주는 행위가 지닌 기이함을 강조했었다. 매우 동정할 만한 상황 속에서 샤를르 드 보몽(Charles de Beaumont)이 루이 15세와 교환한 편지들을 모은 서한집은 이 경우에는 적절치 않은 것 같다.

도난당한 편지는 소유자를 전제한다. 그러나 편지를 보낸 사람은 편지를 받는 사람이 가지지 못한 권리, 즉 편지가 자기의 것이라 주장할 권리를 가지고 있는가? 아니면 편지에 씌어진 수신인은 진정한 수신인(또는 소유자)이 될 수 없는가?

처음에는 문제를 모호하게 만들었던 것이 이제는 통찰력을 제공해준다. 포의 이야기 속에는 편지의 발신인도, 편지의 내용도 드러나 있지 않다. 우리는 단지 장관이 편지에 적힌 주소의 필체를 즉시 알아보았다는 것과 원래의 봉인이 S가의 공작문장이었다는 사실만을 알고 있다. 이 사실도 편지를 다른 것으로 위장하려고 하는 장관의 계획을 얘기하는 자리에서 우연히 알게 된 것이다. 편지의 의도에 관해서도 우리는 단지 이 편지가 제삼자의 손에 들어가면 위험하다는 것과 그것이 매우 위험할 정도로 정치적 목적에 사용될 수 있다는 것만을 알고 있다. 편지를 가지고 있으므로 생기는 권력은 모든 이해관계자들을 능가할 만큼 대단한 것이다. 그렇다고 해도 이 모든 것은 편지의 내용에 관해서는 아무것도 이야기해주지 않는다.

연애편지 아니면 공모의 편지, 배반, 특별한 임무, 설교, 고통의 편지 등 추측은 자유지만 확실한 것은 한 가지뿐이다. 편지는 왕에게 보여서는 안 될 내용을 포함하고 있는 것이다.

편지의 내용을 추측하게 해주는 이러한 항목들은 부르주아 희극에서 볼 수 있는 것과 같은 배신의 뉘앙스와는 아무 관계 없이 오히려 그녀의 주인인 군주와의 연관 아래 신분의 고귀함을 나타내는 맥락 속에서 사용된다. 왕비는 성실할 것을 약속하는 맹세에 의해 왕에게 묶여 있다. 이 속박은 어느 정도 이중적이다. 왜냐하면 배우자로서 그녀의 역할이 신하로서의 그녀의 역할을 면제해주지 않기 때문이다. 오히려 그녀는 법의 화신인 권력에 따라 왕실을 수호하는 위치에 있고 그것은 합법적인 것으로 간주된다.

이후로 왕비는 편지를 지배하기 위하여 갖가지 방법을 모색한다. 그러나 근본적으로 변하지 않는 것이 있다면 그것은 편지가 왕비에게 하나의 계약이라는 사실이다. 왕비가 그 사실을 받아들이지 않는다 할지라도 편지의 존재는 왕비를 이제까지와는 다른, 즉 왕과 명예로운 관계를 유지해오던 것과는 정반대의 상징연쇄 속에 위치시킨다. 두 관계가 서로 양립할 수 없는 관계라는 것은 편지를 소유하고 있다는 사실이 공개적으로 정당하게 제시될 수 없다는 데서 드러난다. 편지를 소유하고 있다는 사실이 낳는 불명예를 막기 위하여 왕비는 비밀을 유지할 수밖에 없다. 왕비가 누릴 수 있는 특권은 지금 편지가 와해시키려 하는 명예에 의존하고 있기 때문이다.

우아함과 권력을 동시에 구현하고 있는 왕비에게는 권력이 개입되지 않은 어떤 형태의 사적인 의사교환도 불가능하다. 그녀는 군주와의 관계에 있어 은밀한 형태를 취하지 않고서는 자신의 비밀을 유지할 수 없는 것이다.

이후로 편지를 소유하게 되는 사람은 누구나 왕비처럼 편지를 완전히 소유하는 것이 아니라 잠깐 손에 쥐고 있는 입장에 처하게 된다. 왕이 갖는 위엄을 무시하는 것은 대역죄로 이중의 죄를 짓는 것이다.

우리는 편지를 잠깐 손에 쥐게 된다고 했지 그것을 완전히 소유한다고는 이야기하지 않았다. 왜냐하면 편지의 수신인이 편지를 소유할 수 있다고 말하는 것은 다른 어느 누구도 편지를 소유할 권한이 있다고 말하는 것만큼 문제가 있기 때문이다. 왕이 없다면 편지에 관계된 모든 것은 제자리를 찾지 못할 것이다. 편지가 존재한다는 사실은 왕이 갖는 특권을 침해하는 것이지만 동시에 왕으로 하여금 편지에 관한 판단을 내리도록 한다.[8]

---

8) 결국 편지의 소유자 모두가 왕의 판단에 종속된다.

그러나 이 모든 것은 편지의 비밀스러움이 옹호할 만한 것이 되지 못하기 때문에 비밀을 누설하는 것이 명예로운 것일지도 모른다는 뜻은 아니다. 고귀한 사람들(honesti homines)은 편하게 지내려 하지 않는다. 엄격히 지켜야 할 한 가지 이상의 예의범절(religio)이 있고, 미래에 우리를 둘로 분열시키기 위하여 신성한 연대가 와해되지도 않을 것이다. 또한 에둘러가기(ambitus)도 항상 야망 때문에 생기는 것이 아니다. 도난당한이란 말도 결코 적절하지 않다. 왜냐하면 우리는 흔히 잘못 주장되고 있듯이 기표의 전통적인 본질을 드러내기 위해서가 아니라 기표의 기의에 대한 우월성을 강조하기 위하여 보들레르의 제목을 빌려왔기 때문이다. 그럼에도 불구하고 보들레르는 포의 소설 제목을 〈도난당한 편지(La lettre volée)〉라고 번역함으로써 포를 배신했다. 그러나 이 제목은 그 용법보다도 어원을 더욱 쉽게 규정할 수 있게 해주는 희귀한 단어 하나를 가지고 있다.

옥스퍼드 사전에 따르면 purloin이란 말은 앵글로-프랑스어로서 purpose, purchase, purport란 말에서 발견되는 pur라는 접두사와 고대불어인 loing, loigner, longé로 이루어져 있다. pur는 라틴어의 pro인데 자신의 근거나 보증으로서 나아가 담보나 징표로서 항상 뒤나 배후(rear)를 전제하고 있다는 의미에서 ante와 다르다. 반면 ante는 자신이 맞닥뜨리는 것에 직면하기 위하여 앞으로 나아가는 것을 말한다. 고대불어인 loigner는 장소를 지정하는 동사로서 멀리 떨어져 있다(far off)는 뜻이 아니라 ~와 나란히 있다는 뜻이다. 나아가 이것은 옆으로 제껴놓다(put aside)라는 뜻도 있고 왼편에 놓다, 일이 잘못되다라는 의미도 갖는다.

그러므로 우리는 우리를 유혹하는 바로 그 대상에 의해서 에둘러가게 되고 그런 과정 속에서 확신을 얻게 된다. 왜냐하면 우리는 단지 자신의 길에서 벗어난 편지를 다루고 있기 때문이다. 즉 행로가 지연된 편지(어원으로 볼 때 이 말이 소설의 제목이다) 또는 우체국에서 쓰이는 용어로 바꾸면 고통받는 편지(a letter in sufferance)이다.

우리가 첫 페이지에서부터 보아왔듯이 단순하지만 매우 이상해보인다는 것이 편지의 특성을 설명하는 가장 간결한 표현이 될 것이다. 제목이 암시하는 것처럼 사실 이 소설의 진정한 주제는 바로 이 편지다. 왜냐하면 편지야말로 방향을 벗어날 수 있으며 그러려면 자신의 고유한 행로를 가져야 하기 때문이다. 이러한 특성은 편지가 기표인 한 확실하게 입증될 수 있는 것이다. 기표란 전자 뉴스 연속물이나 컴퓨터의 순환적인 기억장치에 견줄 수 있는 자리바꿈에 의해서만 스스로를 유지할 수 있다. 순환적인 기억장치는 교환작용을 원칙으로 하여 순간순간 자신의 위치를 이동한다. 물론 순환적인 경로를 통하여 이동했던 것들이 돌아오기도 한다.

이것은 무의식적 반복충동에서 일어나는 일과 같다. 우리가 주석을 단 텍스트 속에서 프로이트는 주체가 상징계의 회로(통로 또는 호된 시련)를 거쳐 가야 한다고 이야기한다. 그러나 여기에서 예시되는 것은 더욱 우리의 주의를 끌 만한 스틸(still)이다. 주체뿐만 아니라 상호주체성에 사로잡힌 주체들이 등장하기 때문이다. 주체들은 우리의 타조들처럼 줄을 지어 서서 양보다도 온순하게 자신들을 관통하는 의미화의 연쇄 속에서 스스로의 모형을 만든다.

프로이트가 끊임없이 충격을 받으면서 발견하고 재발견한 것이 어떤 중요성을 갖는다면 그것은 기표의 자리바꿈이 주체를 규정한다는 사실이다. 기표는 주체들의 행위나 운명, 거부, 맹목, 목적, 파멸(죽음) 속에서 또한 그들이 타고난 재능이나 사회적 관습 속에서 그리고 성격이나 성별에 관계없이 주체들을 규정한다. 심리학에 속한다고 생각되는 자질들을 비롯하여 모든 것이 결국 기표의 행로를 따르고 있는 것이다.

주체가 서로 자리를 바꾼다는 견해와 함께 우리는 우리의 논의에서 새로운 한 판을 준비해야 할 기로에 서 있다. 우리가 논의하고 있는 우화는 편지와 그 편지의 에둘러가기가 주체들의 등장과 역할을 지배한다는 것을 보여준다. 편지가 고통받는 편지라면 그 고통을 감수해야 하는 것은 주체들이다. 주체가 편지의 그늘 아래 들어오게 되면 그들은 편지와 꼭 닮은 것이 되어버린다. 편지를 소유하게 된다는 것은 언어의 경탄할 만한 모호성 속으로 들어가는 것을 뜻하는데 이것은 곧 편지가 주체들을 소유하고 있다는 것을 의미한다.

자신의 대담함으로 말미암아 위기를 불러일으키고 처음에는 그 위기 속에서 승리했던 장관은 이제 자신이 치러냈던 똑같은 상황을 반복해야 하는 처지에 놓여 있다. 그가 이 상황에 굴복한다면 그것은 그가 편지를 훔쳤던 처음의 세 번째 위치에서 다시 삼각형의 두 번째 위치로 전락했기 때문이다. 물론 이것은 그가 훔친 대상인 편지 때문에 발생한 일이다.

호기심 많은 뒤팽의 눈으로부터 편지를 보호하고자 장관은 그가 이전에 역으로 왕비의 허를 찔렀던 방식을 똑같이 사용하는 수밖에 없었다. 즉 편지가 보이도록 그대로 내버려두는 것이다. 장관은 편지를 숨길 수 있다고 생각하고 경찰이 편지를 숨기는 방식을 역으로 흉내내어 숨길 것이 없는 것처럼 행동한다. 그러나 여기서 제기되는 질문은 장관이 경찰과의 허구적인 이중관계에 사로잡혀 있을 때 스스로 무슨 일을 하고 있는지 인식하고 있는가 하는 것이다. 모방이 갖는 유혹 또는 죽음을 가장하고 있는 짐승처럼 허구적인 이중관계에 놓인 그는 자기는 보고 있지만 다른 사람은 자기를 보지 못할 것이라는 기만적인 상황에 사로잡혀 있기 때문이다. 그러나 사실은 타자가 그를 지켜보고 있고 그는 타자를 인식하지(보지) 못한다. 이중관계가 허구적인 이유도 그가 이러한 실제적 상황을 잘못 이해하고 있기 때문이다.

결국 그가 보지 못한 것은 무엇인가? 스스로 잘 알 수도 있었을 상징계적 상황이다. 우리는 그 속에서 지금 다른 사람에게는 보여지지 않는 자신을 바라보고 있는 그를 본다.

장관은 경찰이 자신의 집을 수색하도록 내버려두는 것이 오히려 자기를 방어하는 것이라는 것을 알고 있다. 그는 일부러 집을 비워 경찰들이 완전히 수색할 수 있도록 해준다. 그럼에도 불구하고 그는 수색을 벗어나는 지점에서 그가 더는 안전하지 못하다는 사실을 깨닫지 못한다.

타조의 비유를 다시 빌려온다면 그는 매우 숙련되고 재치 있지만 지금은 스스로에게 속고마는 순전한 어리석음만을 보여주는 타조이다.

여왕의 편지를 가지고 도망감으로써 장관은 여왕의 역할을 떠맡을 것이고 동시에 편지를 감추는 데 매우 유리한 여성적 자질과 그림자까지도 모방하게 된다.

물론 여기서 우리는 음과 양이라는 오래 전부터 있어 온 두 요소를 단순히 어둠과 밝음이라는 대립구조로 환원시키려는 것은 아니다. 어둑어둑한 그림자가 먹이를 잃지 않도록 해주고 밝은 빛 속에서 눈이 멀 가능성도 있기 때문이다.

기호와 존재는 놀라울 정도로 산산이 흩어져 서로 충돌할 때 승리를 거둔다. 여자의 무시무시한 분노를 비웃음으로 대하는 남자는 그가 그녀에게 빼앗았던 기호의 저주를 극렬히 경험한다.

편지는 여자를 나타내는 기호다. 왜냐하면 그녀는 자신의 모든 존재가치를 그 속에 쏟아부었기 때문이다. 근원적으로 법은 그녀에게 기표의 위치, 다시 말해 계약을 상징하는 물신의 지위를 부여했지만 편지는 (그녀가) 법으로부터 벗어나 있도록 한다.[9] 기호로서 자신이 갖는 힘을 가치 있는 것으로 만들기 위하여 그녀는 자신의 어둠 속에서 움직이지 않는다. 여왕은 아무런 행위도 하지 않음으로써(inactivity) 자신이 지배력을 가지고 있는 것처럼 위장하고 장관의 괭이 같은 눈만이 그것을 알아차린다.

도난당한 기호(편지), 여기 그 편지를 소유한 남자가 있다. 편지는 명예를 더럽히고서야 얻어질 수 있다는 점에서 불길하다. 도난당한 편지는 편지의 소유자에게 죄나 벌을 명령함으로서 저주를 퍼붓는다. 죄나 벌은 모두 신하로서의 서약을 산산이 부수어버리는 것이다.

편지라는 기호 속에는 분명히 편지를 소유하기 위해서는 만지면 안 될 무언가가 숨겨져 있는 것처럼 보인다. 그것은 소크라테스의 가오리(sting ray)처럼 그것을 소유하고자 하는 사람을 마비시켜 지독스런 게으름에 빠지도록 한다.

서술자가 첫 번째 대화에서 이야기하듯 편지를 사용하게 되면 그것이 가진 힘이 상실되어버린다. 엄밀하게 말해서 편지의 소유는 권력을 소유하고 행사하는 것과 관련된다. 동시에 권력의 사용이란 장관에게는 꼭 필요한 것이다.

스스로를 편지로부터 해방시키지 못하기 때문에 장관은 정말로 편지를 숨길 다른 길을 찾지 못한다. 편지에 의존하게 되는 것은 전적으로 편지의 사용 때문에 생기는 일이므로 결국 편지 자체는 문제되지 않는다.

---

9) 여자를 나타내는 기호인 편지가 그녀를 법으로부터 벗어나 있도록 한다는 것은 대략 다음과 같은 의미에서다. 언어와 문화의 기원은 근친상간의 금지에서 생긴다. 부족간에 여자를 교환함으로써 계약이 성립하고 이 계약이 문명을 가능하게 한다. 그러나 이 말은 이러한 계약이 맺어지기 이전에는 여자가 법의 이전에, 법의 외부에 존재했다는 것을 의미한다. (John P. Muller and William J. Richardson, "'The Purloined Letter': Notes to the Text", *Purloined Poe*, ed. John P. Muller & William J. Richardson (London : The Johns Hopkins Univ. Press, 1988), p. 95.

정말로 문제가 되는 것은 편지의 사용이기에 왕에게 충성을 바침으로써 권력을 얻게 되는 장관이 왕비에게 중요한 충고를 해줄 수도 있을 것이다. 물론 적절하게 경계함으로써 후에 일어날 결과들을 확실하게 보장할 수도 있고 반대로 편지의 발신인에 반대하여 어떤 행동을 취할 수도 있다. 편지의 발신인이 이야기의 중심에 놓여 있지 않다는 사실은 죄와 비난이 문제되는 것이 아니라 편지가 발생시키는 모순과 스캔들이 중요하다는 것을 말해준다. 복음서가 보여주듯 그것은 누가 어떤 고통을 받느냐와 아무 상관 없이 일어나는 것이기 때문이다. 심지어 편지를 제삼자에게 제시된 사건기록으로 볼 수도 있다. 물론 이 경우 제삼자는 이 문제가 불공정하기로 소문난 영국의 성(星)법원(Star Chamber)에서 왕비나 장관의 부도덕에 관한 문제로 제기될 수 있을 것인가의 여부를 잘 알고 있어야 한다.

우리가 장관이 여러 가지 행동을 취할 수 있는데도 아무런 행동을 취하지 않은 이유를 알지 못하는 것은 당연하다. 왜냐하면 우리의 관심을 끄는 것은 편지를 사용하지 않을 경우에만 생기는 효과이기 때문이다. 편지를 손에 넣게 되었던 방식이 장관이 취할 수 있는 행동 방식에 아무런 장애를 일으키지 않을 것이라는 점만을 이야기해두자.

편지의 의미와는 관계 없이 편지를 사용하는 것만이 문제가 된다면 권력을 얻기 위하여 편지를 사용하는 것은 잠재적 형태를 취할 수밖에 없다. 편지는 순환과정 속으로 사라져버리지 않고서는 힘을 갖지 못한다. 편지는 순수한 기표로 지정될 때에야 비로소 권력을 행사하는 수단이 될 수 있다. 편지는 자리바꿈을 통해 의미를 지연시키고, 보환적(supple-mentary) 이동을 통해 누구도 편지를 완전히 소유할 수 없도록 할 때 기표가 된다. 순간순간 배신의 행위가 덧붙여지고 편지가 갖는 중대함이 예측불가능한 것이 될 때 편지는 기표가 된다. 뒤팽이 처음부터 밝히고 있듯이 편지는 스스로를 파괴해버릴 때, 의미의 폐기처분을 나타내기 위하여 이미 주어져 있는 것을 벗어버릴 수 있을 때에야 비로소 기표가 된다.

장관이 갖는 우월성은 편지 자체에서 오는 것이 아니라 편지가 그에게 부여한 역할에서 생겨난다. 물론 이 경우 장관 자신이 그 역할을 인식하고 있는가의 여부는 별 문제가 되지 않는다. 경감은 장관을 "신사다운 일이건 아니건 간에 아무거나 서슴지 않고 감행하는 사람"이라고 평한다. 이 말이 갖는 신랄함은 "자신에게 어울릴 뿐 아니라 어울리지 않는 일도(행하는)"이라고 번역한 보들레르를 넘어선다. 이 평가가 원래부터 여자에 관한 것이었더라면 더욱 적절했을 것이다.

이러한 생각은 우리로 하여금 인물들이 갖는 허구적 성격을 고찰하도록 한다. 이번에는 자신도 의식하지 못하고 있지만 이미 그 관계 속에 깊이 빠져 있는 장관의 자기애적 관계가 문제가 된다. 물론 이러한 점은 영어로 된 텍스트 두 번째 페이지에서 이미 한 서술자에 의해 표현되어 있다. 장관이 갖는 우월성은 "편지를 잃어버린 사람이 편지를 훔친 사람에 대해 어떻게 생각하고 있는지를 편지를 훔쳐간 사람이 이미 알고 있다는 데서 기인한다." 작가는 편지의 도난 장면에 관한 서술이 끝난 직후에 뒤팽으로 하여금 이 말을 문자 그대로 반복하도록 함으로써 이 말의 중요성을 강조하고 있다. 여기서도 한 사람이 묻고 또 한 사람은 추인하는 형식인 보들레르의 번역은 정확하지 않다. "훔친 사람이 알고 있느냐?" "훔친 사람은 알고 있다." 무엇을? "편지를 잃어버린 사람이 편지를 훔친 사람이 누구인지를 알고 있다는 것을."

편지를 훔친 사람에게 중요한 것은 바로 자신이 그녀로부터 편지를 훔쳤다는 사실을 인식하고 있다는 것이다. 그러나 더욱 중요한 것은 그녀가 어떤 도둑과 관계하고 있는지를 알고 있다는 것이다. 왜냐하면 그녀는 그가 무슨 일이든지 할 수 있다고 믿으며 그에게 실제로 절대적 지배자의 지위를 부여해주기 때문이다. 그러나 이 점이 바로 이들의 관계가 상상계적이고 허구적이란 증거가 된다.

정말로 그들은 우리의 기대와는 전혀 다르게 절대적인 결함(absolute weakness)을 간직하고 있는 곳에 거주한다. 왕비가 대담하게 경찰을 불렀다는 사실이 이것을 증명해주지만 그것이 유일한 증거는 아니다. 왕비는 바로 그 자리를 채우는 데 필요한 맹목성을 가진 인물에 신뢰를 보냄으로써 원래의 삼각형 구도 속에서 다음 위치로 스스로를 이동시키는 데 충실했을 뿐이다. 뒤팽은 비꼬는 투로 이야기한다. "당신보다 현명한 당사자는 바랄 수도 없고 머리에 떠오르지도 않았겠지요." 우리는 왕비가 매우 실망하여 경찰을 불러 그 자리를 채우도록 하는 것처럼 듣지만 사실 왕비는 거울이미지에 기인하는 조급함에서 벗어나기 위하여 떠넘기기라는 행위를 했을 뿐이다.

그러므로 장관은 자신의 역할을 지금 자신의 운명인 게으름으로 만드느라 바쁘다. 실제로 장관은 정말 미친 것이 아니다. 장관이 미쳤다는 것은 말 한마디 한마디가 모두 돈과 연결되어 있는 경찰국장의 견해일 뿐이다. 하지만 그의 말의 정곡은 뒤팽만이 이해할 수 있으며 5만 프랑에 대한 언급은 물론 그에게 잉여의 이익을 가져다주긴 하지만 그를 당시의 화폐가치로 평가하도록 만든다. 장관은 비정상적인 침체상태를 보이지만 미친 것이 아니다. 이것이 왜 그가 신경증적 증세를 보이는가에 대한 이유다. 망각을 위해 격리되어 있는 사람처럼 장관은 편지를 사용하지 않음으로써 그것을 잊고자 한다. 이것은 편지를 사용하지 않고 끈덕지게 버티는 그의 행동에 의해 증명된다. 그러나 신경증에서 드러나는 무의식처럼 편지가 그를 잊지 않는다. 편지는 결코 그를 잊지 않고 그가 사로잡았던 그녀의 경우처럼 이번에는 그를 변화시킨다. 이제 그는 편지에 굴복하게 되고 왕비처럼 편지에 사로잡힌다.

변화가 일어나는 방식이나 특징 또 언뜻 보기에 매우 불필요한 것처럼 보이는 형태들은 마치 이제까지 억압되었던 것이 귀환하는 것으로 비유될 수 있다.

물론 여왕이 급히 서두르는 것과는 달리 장관은 보다 주도면밀하게 행동한다. 그는 옷을 뒤집어 입는 것처럼 편지를 뒤집어 놓는다. 계속해서 그는 그 당시의 편지 접는 방식과 봉인방식에 따라 새로운 주소를 적어넣기 위하여 빈 공백을 남겨 놓는다.

물론 새로운 주소는 장관 자신의 것이다. 그가 직접 써 넣었는가의 여부에 상관없이 그 주소는 매우 섬세한 여성의 필체로 씌어질 것이다. 작고 빨간 봉인 대신에 크고 까만 봉인이 있고 그가 자신의 도장을 그 위에 찍었을 것이다. 수령인의 도장이 찍혀진 편지의 오묘함이야말로 편지를 이해하는 데 결정적인 단서를 제공해주는데 그 부분이 텍스트에는 강력하게 암시되어 있지만 뒤팽이 편지의 생김새를 설명할 때에는 언급조차 되지 않는다.

그 부분을 생략한 것이 의도적이든 우연한 것이든 간에 이것은 섬세하고도 엄밀한 작품의 구조를 보여주는 것이다. 그러나 어느 경우든 실제로 장관이 스스로에게 보낸 편지가 여자로부터 온 편지로 제시되고 있다는 점이 중요하다. 마치 이것은 기표와의 본질적인 유사성을 보여주기 위하여 그가 겪어야 하는 한 국면처럼 보인다.

그러므로 때때로 장관이 여성스러움을 가장할 때는 냉담한 분위기가 풍긴다. 대화 속에서는 정말 보기 싫을 정도의 권태가 드러난다. 〈가구철학〉이라는 글의 저자인 포는 이러한 분위기를 실제로 매우 파악하기 어려운 세부묘사 가운데서 이끌어낸다(예를 들어 테이블 위에 놓여 있는 악기의 묘사). 모든 것이 등장인물에 맞게 배열되어 있고 모든 진술은 가장 남성적이고도 씩씩한 특징들을 드러낸다. 그러나 그런 특징들은 결국 그가 등장할 때 발생하는 가장 오묘한 여성성을 드러내기 위한 것이다.

뒤팽은 장관의 행동이 교묘한 술책에 불과하며, 가짜로 꾸민 화려한 장식 뒤에는 먹이를 잡으려고 뛰어오를 준비를 하고 있는 야수의 경계가 도사리고 있다는 것을 놓치지 않는다. 그러나 정확하게 이야기하자면 이것은 바로 무의식이 발생시키는 효과다. 무의식은 인간이 기표에 의해 존재하게 된다는 것을 보여준다. 뒤팽의 공적을 평가할 수 있도록 포 자신이 만들어놓은 장치들보다 무의식을 더 적절하게 표현해주는 것이 또 있을까? 이러한 목적 아래 포는 지도를 펴놓고 지명을 찾는 예를 제시한다. 여기서 드러나고, 덧붙여지고, 게임의 목표 대상이 되는 것은 무의식이다. 누가 상대방에 의해 선택된 지명을 찾을 수 있는가? 게임을 처음 해보는 사람을 골탕먹이는 것은 지도 한 끝에서 다른 한 끝까지 크게 씌어져 있는 이름이라는 것을 기억하라. 이러한 글자는 너무 커서 도리어 사람의 눈에 띄지 않는 것이다.

지도 한 끝에서 다른 끝까지 걸쳐 있는 큰 글자로 씌어진 이름처럼, 거대한 여성의 육체처럼, 도난당한 편지도 장관의 저택을 가로질러 길게 뻗어 있다. 그러나 뒤팽은 이미 그것을 알고 있었고 녹색 안경을 쓴 그의 눈만이 그 거대한 육체를 벗겨낼 수 있다.

이것이 왜 뒤팽이 프로이트 교수의 설명에 더 이상 귀를 기울이지 않고서도 육체가 숨기로 예정되어 있는 곳으로 곧장 달려갈 수 있었는지에 대한 이유이다. 그것은 한눈에 보기에 매우 화려해 보이는 곳에 숨어 있다. 그것은 천국을 모두 지배해보려는 순진한 환상에 빠진 유혹꾼들이 성 안젤로의 성이라 부르는 바로 그곳에 존재한다. 보라! 벽난로의 기둥 틈 사이에, 이미 강탈자가 손을 뻗기만 하면 닿을 수 있는 거리

에 들어와 있는 편지를……. 보들레르의 번역대로 뒤팽이 편지를 벽난
로 선반 위에서 가지고 갔는가, 아니면 원래 텍스트대로 선반 아래서
가지고 갔는가 하는 문제는 남을 심문하는 것을 직업으로 하는 사람들
의 추론에 해를 끼치지 않고서도 무시될 수 있는 문제다.

상징에 관한 효율적인 분석이 완결되는 곳에서 주체가 상징계에 진
빚[10] 역시 소멸되는가? 우리가 그렇게 믿고 싶은 순간 부수적인 것으
로 무시해버릴 수 없는 두 가지 문제가 발생한다. 그것들은 얼른 보기
에도 상징에 관한 효율적인 분석으로 환원될 수 없는 것처럼 보인다.

우선 뒤팽이 편지를 찾아준 데 대해 보상을 받는다는 문제가 있다.
그것은 종국을 알리는 급선회라기보다는 작품의 처음부터 이미 제시되
어 있는 문제였다. 뒤팽은 아무런 수줍음도 없이 공공연하게 약속된 보
상금에 대해 묻는다. 경감은 정확한 금액에 대해서는 주저주저하지만
금액의 막대함을 숨기지 못하고 오히려 후에 그 금액이 증가되었다는
이야기까지 털어놓는다.

뒤팽이 실제로 보잘것없는 집에서 사는 빈민이라는 사실은 그가 편
지를 건네주는 대가로 계약을 맺었다는 점을 상기시킨다. 그는 즉시 수
표대장을 꺼내서 그 금액을 받아내는 것이다. 뒤팽이 "매우 기괴하지만
널리 알려진 한 인물에 관한 이야기"를 시작할 때 우리는 결정적인 단
서를 발견하게 된다. 보들레르는 애버니디라는 영국 의사의 이야기를
우리에게 전해준다. 구두쇠인 한 부자가 돈을 아끼기 위해 그저 슬그머
니 의학상의 의견을 물으려고 찾아왔다가 약을 복용하는 것이 아니라

---

10) 레비-스트로스의 말대로 주체는 태어나기도 전에 이미 가족이나 친족관계 속에서 자신의
    위치를 부여받고 있다. 가족관계와 같은 사회법칙은 상징을 통하여 상징계적 회로 속에서
    무의식적으로 주체를 지배하고 그의 운명을 결정짓는다. 인간주체는 상징 속에 사로잡혀
    완전히 상징계적 질서 속에서만 자신의 의미를 부여받을 수 있다. 좀 더 자세한 논의를 위
    해서는 *Écrits*, 67~68쪽 참조.

의사의 충고를 복용하라는 애버니디의 말을 듣고 되돌아갔다.

　실제로 우리는 뒤팽도 편지가 갖는 상징계적 회로로부터 상상계적 관점으로 후퇴해버리는 것이 아닌가 하는 의심을 갖게 된다. 이제 우리 자신이 모든 도난당한 편지의 전달자가 되고 편지들은 적어도 당분간은 전이관계 속에서 우리와 함께 배달지연의 고통을 겪는다. 전이관계가 발생시키는 부담을 모든 의미화 작용을 파괴시키는 기표인 돈(money)과 동일시함으로써 우리는 우리가 갖는 부담을 무화시키려 하지 않는가.

　그러나 이것만으로 끝나지 않는다. 뒤팽이 재빠르게 얻어낸 자신의 공적에 대한 보상금은 자신의 몫을 차지한 뒤팽으로 하여금 게임에서 물러나도록 할 목적으로 지급되었지만 훨씬 더 모순적이고 충격적이며 집단적이고 비밀스럽게 공격을 받을 만한 소지를 남겨둔다. 뒤팽은 갑자기 장관의 오만한 명성을 충분히 더럽힐 만한 공격을 시작한 것이다. 뒤팽은 속임수를 통해 그를 조롱하고 있다.

　뒤팽이 가짜 편지 속에 써넣지 않고는 견딜 수 없었던 구절들을 우리는 이미 인용했다. 왕비의 부득이한 도전에 격분한 장관이 지금 자신이 왕비를 쓰러뜨리고 곤경에 빠뜨렸다고 생각하는 바로 그 순간에 뒤팽은 격언을 좋아하는 사람처럼 이야기한다. "지옥으로 떨어지기는 쉬운 일이다." 장관이 자신의 필적을 알아볼 것이라고 말하면서 자비롭지 못한 명예훼손 행위가 갖는 위험에는 아랑곳없이 전혀 장점이 없지는 않은 인물을 비난하기만 하는 뒤팽은 영광 없는 승리만을 향유할 뿐이다. 비엔나에서 크게 창피를 당한 데서 기인한 뒤팽의 앙심은 전체 이야기에 암울함만을 더할 뿐이다.

　하지만 이러한 감정의 폭발을 좀 더 자세히 들여다보아야 한다. 특별히 이지적인 냉정함만이 승리를 가져올 수 있었던 상황 속에서 이러한 일이 발생했던 순간을 주목해보자.

　감정의 폭발은 결정적으로 편지가 어디 있는가를 밝혀내는 데 성공한 직후에 발생한다. 편지가 어디 있는가를 이미 알고 있었다는 것은 편지를 소유한 것과 마찬가지다. 하지만 문제는 뒤팽이 편지로부터 자신을 분리해내지 못하는 위치에 있다는 점이다.

　사실상 그는 상호주관적인 삼각형 속에 완전히 편입되어 있다. 그는 이전에 왕비와 장관이 차지하고 있었던 제2의 위치에 존재한다.

　그 위치를 넘어서려고 하나 넘어서지 못하는 뒤팽은 우리에게 저자의 의도를 짐작하게 해주지 않는가?

　그는 편지의 행로를 제대로 돌리는 데 성공했지만 결국 그가 도달한 주소는 이전에 왕이 차지하고 있던 장소 속에 위치한다. 왜냐하면 편지는 다시 법의 질서 속으로 재편되었기 때문이다.

　우리가 보아 온 대로 그를 대신해 제1의 위치를 점유했던 왕이나 경찰은 모두 편지를 읽을 수 없었다. 왜냐하면 그들이 처한 바로 그 위치가 맹목성을 야기시켰기 때문이다.

　왕과 예언자, 이 말이 갖는 전설적이고 고색창연한 자질은 단지 이 말들이 인간에게 적용될 때 얼마나 불합리한가를 깨우쳐주기 위해서만 남아 있다. 앞으로 얼마 동안은 역사 속의 인물들이 이 말이 불가능하다는 것을 깨우쳐줄 것이다. 인간이 가장 고귀한 기표들의 무게를 견뎌내야만 하는 것은 아니다. 왕의 옷을 걸치자마자 얻게 되는 왕의 자리는 (예언자의 자리가 아니라) 가장 터무니없는 바보의 상징이다.

　여기서 왕은 신성한 것의 속성인 애매모호함을 가지고 있다. 그것은 또한 우매한 인간 주체를 대변하기도 한다.

　왕을 따라 그의 위치에 서고자 하는 인물들은 이런 점에서 의미를 갖는다. 경찰이 법에 무지하다고 간주해서는 안 된다. 우리는 국가가 탄생할 때 대학구내에 세워졌던 요금 징수처의 역할을 알고 있지 않은가.

그러나 여기서 경찰들이 갖는 기능은 명백하게 자유주의적인 형태를 보여준다. 지배자들은 경찰들의 경솔함을 제거하려고도 하지 않는 무관심한 사람들이다. 이것이 왜 때때로 그들에게 이런 말들이 있는 그대로 퍼부어지는가에 대한 이유이다. "네 지팡이나 잘 보존하여라. 우리는 너에게 과학적 수단을 제공해줄 수도 있다. 그러한 수단은 네가 어둠 속에 그대로 두어버리는 것이 더 좋을 진리 같은 것을 생각하지 않도록 도와줄 것이다."

그런 신중한 원칙들이 가져다주는 위안은 역사 속에서 지속되어나갈 것이다. 그러나 이미 초창기에 자유의 통치를 열망하는 휴머니즘을 바로 뒤따른 것은 범죄로 그 이상을 흐려놓은 사람들에 대한 관심이었다. 그들은 자신의 증거를 위조하면서까지 그러한 작업을 수행했고 운명은 그들의 것이었다. 단지 대다수를 위해 실행되었을 경우에만 호응을 얻곤 했던 이 작업은 고백을 해서는 안 된다고 주장했던 사람들이 자신의 증거들이 위조된 것이라고 공공연히 고백하면서 사람들로부터 인정을 받게 되었다. 이러한 고백들 중 가장 최근의 것은 기표가 주체를 지배하고 있다는 사실이다.

그럼에도 불구하고 경찰의 기록이란 늘 어떤 유보조항을 가지고 있는 것이고 우리가 이해하기 어려울 정도로 충분히 역사가들의 기록을 초월해 있다.

뒤팽이 의도적으로 경찰국장에게 편지를 건네준 사실이 오히려 편지의 중요성을 감소시키는 일이 되는 것은 경찰이 신망을 받고 있지 못하기 때문이다. 편지는 이미 자신의 메시지와는 아무 관계가 없다. 그렇다면 장관의 손을 떠난 순간 자신의 텍스트 속에서 이제는 쓸모없는 것이 되어버린 기표로서의 편지 속에 무엇이 남아 있겠는가?

이 질문에 대답하는 일만이 남아 있다. 편지가 더 이상의 중요성을 갖지 못할 때 기표로서의 편지 외에 무엇이 남겠는가. 이것은 뒤팽이 편지를 맹목성의 위치로 귀환시킴으로써 제기되는 질문과 같은 것이다.

장관이 도박을 즐기고 그의 행동이 그것을 충분히 입증해준다면 이 질문은 장관에게도 문제가 된다. 도박꾼이 갖는 감정이란 우연이란 자동기제(automaton)에 의해 (그 원인이 인간의 사유체계 속에 드러나지 않는다는 의미에서 — 옮긴이) 표상되는 기표의 문제이기 때문이다.

"나의 운명이 너와 부딪칠 때 생각해보게 되는 죽음이란 표상, 도대체 너는 누구인가?" 당신의 방망이의 모습으로 드러나는 의미라는 이름 아래 인간의 삶을 아침부터 다음날 아침까지 확보되는 유예기간으로 만들어주는 죽음의 현존 그것에 다름 아니다. 세라자드가 천일하고도 하룻밤을, 또 내가 18개월 동안 기호의 우월성이 가져오는 고통들을 겪어 온 이유가 여기 있다. 여기서 희생되는 것은 홀짝 게임에서 발생하는 것과 같은 현란하고 속임수에 찬 일련의 역전들이다.

지금 그가 차지하고 있는 위치에서 분명하게 여성적인 분노를 느끼지 않을 수 없는 뒤팽은 그러한 문제(죽음이 아무런 의미작용도 갖지 못하는 기표일 뿐이라는)를 제기한 장관에 반대한다. 시인이 갖는 창조성과 수학자가 갖는 엄밀성을 모두 가지고 있으며 훌륭한 침착성과 우아한 속임수까지 갖춘 장관은 정말로 무서운 괴물이 된다. 뒤팽의 말대로 그는 파렴치한 천재다.

바로 여기서 공포가 그 모습을 드러낸다. 그것을 경험한 뒤팽이 우리에게 그 공포를 보여주기 위하여 스스로 왕비의 당원이라고 선언할 필요도 없다. 귀부인들은 원칙들을 거부하려 하지 않는다고 알려져 왔기 때문이다. 왜냐하면 그들은 자신들이 갖는 매력의 많은 부분을 기표가 갖는 신비함에 빚지고 있기 때문이다.

이것이 바로 뒤팽이 최종적으로 기표가 갖는 이중적 측면을 우리에게 제시하는 이유다. 이중적 기표의 한쪽 면은 왕비를 제외하고는 누구도 읽어낼 수 있다. 인용된 문장의 진부함은 점잔뺀 얼굴로 고통받는 자들을 지켜보며 하던 예언과도 같은 것이며 비극의 기원이 될 만하다. "이런 무참한 계획은 아트레에게는 적당치 않을지 몰라도 디에스트에게는 어울릴 것이다."

모든 의미화 작용을 초월한 곳에서 기표가 대답한다. "내가 너의 욕망의 고리들로 너를 자극할 때 너는 네가 행동한다고 생각한다. 욕망들이 갖는 힘이 커지고 증가하게 되면 너는 이미 산산이 부서져버린 어린 시절의 파편 속으로 돌아가게 된다. 그렇다면 좋다. 네가 불러준 덕택에 훌륭하게 된 나와 같은 멋진 손님이 돌아올 때까지 너의 축제는 이런 식으로 계속될 것이다."

보다 적절하게 경구의 형태를 갖추어 말한다면 — 지난해 취리히 의회에 우리를 따라왔던 분들과 함께 — 우리는 특정한 암호에 의존해야 한다. 모든 물음에 대한 기표의 대답은 다음과 같은 것이다. "너의 현존재를 먹어라(Eat your Dasein)." [11]

장관을 기다리고 있는 것은 (죽음을 인식하고야 마는) 운명이 아닐까? 뒤팽은 이것을 확신하고 있지만 우리는 이미 그의 장난에 너무 쉽게 속아서는 안 된다는 것을 알고 있다.

뻔뻔스럽게 등장하는 인물은 확실히 자신의 맹목성만을 드러낸다.

---

11) 하이데거에게 현존재(Dasein)는 미래와 현재완료를 동시에 발생시키는 (모순적인) 것이다. 가장 고귀하고 진실한 미래의 가능성(죽음)은 근원적인 완료형태로 돌아가는 것과 같다. 또한 라캉에게 Da는 Fort-Da게임을 연상시킨다. 반복충동 바로 그것이 문제되기 때문이다. 욕망은 끊임없이 편지의 의미를 지연시키는 환유의 과정이며 이것은 아이의 놀이에 이미 드러나 있다. 뒤팽이 인용한 〈아트레〉의 한 구절 속에서 현존재는 디에스트를 위해 준비된 훌륭한 요리를 뜻한다. 현존재에 관한 라캉의 논의를 좀 더 자세히 알려면 Françoise Meltzer, "Eat your Dasein : Lacan's Self-Consuming Puns" in *On Puns*, ed. Jonathan Culler(New York : Basil Blackwell, 1988), 156~163쪽 참조.

이것은 인간의 운명을 지시하는 벽에 씌어진 글자가 인간과 맺는 관계와 같다. 그가 문자와 직면함으로써 얻을 수 있는 효과는 무엇인가? 단지 왕비를 화나게 하는 효과만이 발생하는가? 사랑 아니면 미움이다. 사랑으로 눈이 먼 인간은 무기를 내려놓을 것이다. 증오는 명료한 형태로 의심을 일깨운다. 하지만 그가 정말로 도박가라면 카드를 내려놓기 전에, 자신의 손에 든 것을 읽기 전에 마지막으로 자신의 카드에 대해 충고를 구할 것이다. 그리고 치욕을 면하기 위해 적절한 시기에 테이블을 떠날 것이다.

이것이 전부인가? 우리는 정말로 뒤팽이 우리를 속이려고 만들어 놓은 기만적인 술책들을 벗어나 그의 진정한 전략을 파악해내었다고 믿고 있는가? 의심할 바 없이 그렇다. 뒤팽이 서두에 말한 것처럼 생각을 필요로 하는 사건은 어둠 속에서 생각하는 것이 가장 좋은 방법이다. 하지만 이제 우리는 밝은 대낮에도 쉽게 결론을 읽어낼 수 있다. 우리가 오랫동안 사용해왔던 분별력에 의지하여 볼 때 그것은 이야기의 제목에 이미 암시되어 있고 쉽게 도출될 수 있는 것이기 때문이다. 편지를 보낸 사람은 자신의 메시지를 전도된 형태로 다시 받아들이게 된다. 도난당한 편지는, 다시 말해 의미의 지연으로 고통을 겪고 있는 편지는 (상호주관적인 의사전달의 공식에 따라) 항상 그 목적지에 도달하는 것이다.

(민승기 옮김)

욕망, 그리고 《햄릿》에 나타난 욕망의 해석[1]

대상으로서의 오필리아

나는 얼마 전 우연히 오늘 이 시간에 극 중에서 미끼로 작용하는 오필리아에 대해 논의하겠다고 선언했었다. 그래서 오늘 나는 그 약속을 충실히 지키려 한다.

여러분도 기억하다시피 이 논의의 목적은 정신분석에서 뿐만 아니라 《햄릿》에도 나타나듯이 인간의 욕망이 빚어내는 비극에 대해 살펴보는 것이다.

만약 프로이트처럼 주체가 기표에 의존하고 있음을 보여주는 다른 요소들과의 관계 속에서 욕망을 규정하지 못한다면, 우리 역시 욕망을 왜곡시킬 뿐만 아니라 다른 용어들과 혼동하게 될 것이다. 기표란 인간 관계들의 반영도, 그 관계들의 순수한 산물도 아니다. 모든 정신분석의 경험이 보여주는 것은 그와 정반대다. 정신분석적 경험의 전제 조건들이 설명되려면 지형학적 체계(topological system)에 대한 언급이 선행되

---

1) 이 글은 헐버트(James Hulbert)가 영역한 "Desire and the Interpretation of Desire in *Hamlet*"을 옮긴 것으로 *Yale French Studies* No. 55~56(1977), 11~52쪽에 실려 있으며, "The Object Ophelia", "Desire and Mourning", "Phallophany" 세 부분으로 나누어져 있다.

어야 한다. 만약 이 지형학적 체계가 존재하지 않는다면 정신분석이라는 영역에서 발생하는 모든 현상이 구분 불가능하고 무의미해질 것이다. 이 글에서 내가 실례(實例)로 들고 있는 도표들은 지형학(topology)의 주요개념들을 보여준다.

《햄릿》의 스토리는 이런 지형학을 가장 생생하게 보여준다는 점에서 매우 매력적이며 바로 그 때문에 나는 《햄릿》을 분석대상으로 선택했다. 물론 셰익스피어의 시적 기술은 조금씩 발전했으며, 셰익스피어 자신의 경험에서 얻어진 고찰이 간접적일지라도 《햄릿》에 약간은 반영되었을 것이다.

플롯에 한 가지 변화가 가해짐으로써 《햄릿》은 같은 소재를 다룬 그 이전의 삭소 그라마티쿠스(Saxo Grammaticus)와 벨레포리스트(Belleforest)의 서사들, 그리고 단편적으로 남아 있는 다른 극들과 구분된다. 이 플롯상의 변화란 바로 오필리아가 맡은 역이다.

물론 오필리아는 햄릿에 관한 이야기가 생겨난 이후 줄곧 이야기 속에 등장한다. 앞에서 말했듯이 그녀는 초기 판(版)들에서도 덫 속의 미끼로 등장한다. 그러나 햄릿은 이 덫에 걸리지 않는다. 벨레포리스트 판에 의하면 햄릿이 덫에 걸리지 않는 이유는 첫째, 그가 미리 경고를 받았으며 둘째, 오필리아가 오랫동안 왕자를 사랑해왔으므로 그녀 스스로 음모에 가담하려 하지 않았기 때문이다. 아마도 셰익스피어는 햄릿이 지닌 비밀을 불시에 포착하려는 오필리아의 역할을 그저 확장했을지도 모른다. 그러나 그럼으로써 오필리아는 욕망 속에서 길을 잃어버린 인간이라는 햄릿의 드라마에서 가장 중요한 요소가 되었다. 그녀는 햄릿이 마침내 행동 — 어떤 의미에서 자신의 의지와는 상관없이 행해지는 행동 — 을 취하지만 결국엔 죽음을 맞게 되는 과정 속에서 중추적인 역할을 한다. 주체에게는 그의 운명이 순수기표로 표현되는 차원이 있다. 이 차원에서 주체란 자신의 것이라고 할 수 없는, 기표에 의해 전달되는 메시지의 뒷면에 불과하다. 앞으로 보다 명확히 살펴보겠지만 햄릿은 바로 이런 주체의 특성을 보여주는 이미지다.

1

우리가 논의할 첫 번째 단계는 《햄릿》이 최초의 요구(demand)대상인 타자로서의 어머니(the Mother as Other)에 의해 어느 정도까지 지배되는가이다. 정신분석에서의 전능함이란 무엇보다 최초의 요구대상이 행사하는 힘을 의미하며 반드시 어머니와 연관해서 이해되어야 한다.

극의 주된 주체는 의심할 여지 없이 햄릿 왕자다. 《햄릿》은 개별적인 주체의 특성을 보여주는 드라마이며 이 극에서는 주인공이 다른 어느 극에서보다도 훨씬 더 자주, 그리고 항상 무대에 등장한다. 햄릿이라는 주체의 관점에서 타자의 욕망은 어떻게 나타나는가? 타자로서의 어머니의 욕망은 햄릿이 훌륭하고 고귀하며 이상화된 대상인 아버지와 타락하고 비열한 대상인 간통을 저지른 부정한 삼촌 클로디어스에 직면했을 때, 두 대상 중 어느 쪽도 선택하지 않는다는 사실에 잘 나타난다.

햄릿이 두 대상 중 어느 하나를 선택하지 못하는 것은 그가 어머니의 욕망에 의존하기 때문이다. 그의 어머니에게는 본능적인 탐욕이 있어서 두 대상 중 어느 하나를 선택하지 않는다. 최근에 정신분석의 전문용어에 새롭게 첨가된 신성한 생식기적 대상(sacrosanct genital object)이라는 것이 그녀에게는 욕구(need)만을 즉각적으로 충족시켜주는 희열의 대상(object d'une jouissance)으로 나타난다. 바로 이 때문에 햄릿은 어머니를 포기하는 데 있어 주저한다. 아버지가, 즉 아버지의 유령이 햄릿에게 남긴 중요한 메시지를 매우 거칠고 잔인하게 어머니에게 전할 때조차도, 그는 여전히 그녀가 먼저 절제해주길 부탁한다. 그러나 그의 호소는 곧 좌절되고 그는 어머니를 클로디어스의 침실로, 그녀를 항상 저항할 수 없게 만드는 남자의 품으로 다시 보내고 만다.

햄릿은 너무도 행동을 열망한 나머지 의지를 관철시키지 못하는 자신의 무력감에 대해 온 세상이 그를 비난하고 있다고 느낀다. 그러나 그는 항상 이렇게 포기하고 단념해버린다. 이것을 통해 햄릿의 욕망이 어떤지, 그의 열망이 어떻게 식는지 그 특징이 드러난다. 햄릿의 드라마에 지속적으로 나타나는 면은 바로 그의 욕망이 항상 다른 주체에 의존한다는 점이다.

이 문제를 좀 더 잘 이해하기 위해서 심리학적인 세부사항을 먼저 살펴보자. 만약 이 심리학적인 세부사항이 극의 방향과 의미를 결정하는 전체적인 동향 속에서 규정되지 않으면 아마도 그것은 수수께끼와 같은 상태로 남아 있게 될 것이다. 햄릿의 드라마에 지속적으로 나타나는, 주체의 욕망이 항상 타자에 의존한다는 사실이 어떻게 햄릿의 의지(will)에서 중추적인 역할을 하는가? 이것은 내 도표에서 타자 속에서 구성되고 표출되는 주체의 특성을 나타내는 고리(hook) 모양으로, "당신이 원하는 것은 무엇인가?(Che vuoi?)[2]" 라는 의문 부호로 나타난다.[3]

---

2) 영어로는 "What do you want?"로 번역되는 라틴어이다. 이것은 다시 "What does the other want of me?"로 바꿔질 수 있다.

3) 라캉은 이 세미나에서 청중들이 그 전해부터 이미 친숙하게 된 일련의 도표들을 계속 언급한다. 그 도표들 중에서 "프로이트적인 무의식 속에서 주체의 전복과 욕망의 변증법(Subversion du sujet et dialectique du désir dans l'inconscient freudien)" in *Écrits* (Paris : Seuil, 1966), 793~827쪽의 815쪽과 817쪽에 나와 있는 3개를 여기에 다시 그려보았다. *Écrits*에 제시된 이론적 전개과정과, 2판

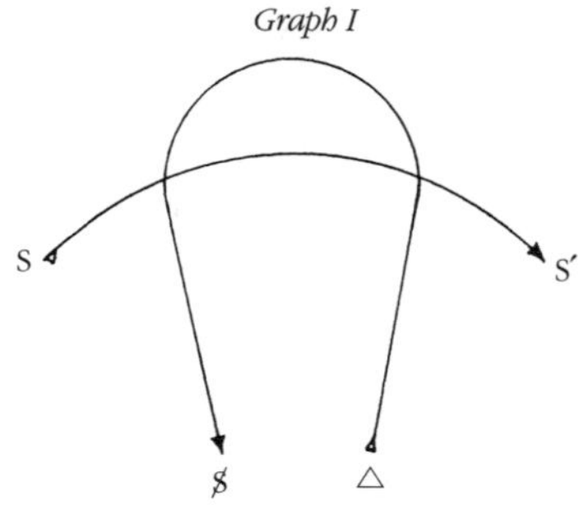

주체와 주체의 질문을 나타내는 이 도표를 지탱하는 종결어는 대상 (a)가 있을 경우 도형에서 분열된 주체 (∮)로 표시된다. 정신이라는 경계체계에서 이것은 환상(fantasy)이라 불린다. 어느 한 점에 고정된 것이 아니라 O 〔∮ ◇ D〕 선 위에서 어느 지점에나 위치할 수 있는 주체의 상상계적 욕망은 바로 환상에 토대를 두며 환상에 의해 조절된다.

환상에는 신비스러운 점이 있다. 환상은 애매모호하며 모순적이다. 욕망의 종결이지만 어떤 면에서는 실제로 의식에 위치해 있다는 점에서 환상은 매우 애매모호하다. 또한 매우 모순적이게도 환상적인 차원은 도착적인 특성을 지닌 인간의 모든 열정을 나타내는 부조리한 것으로 오래 전부터 거부되어 왔다. 그러나 최근에 정신분석에서 환상이 지닌 도착성(perversity)을 해석하기 시작함으로써 한 가지 중요한 진전이 이루어졌다. 이런 해석은 환상이 무의식의 경제 속에 규정됨으로써 가능해졌다. 이것이 바로 도표에 나타나는 점이다.

이후의 *Écrits*, "Les graphes du désir", 907~908쪽에 삽입하기 위해 자크-알랭 밀러가 준비한 "도표들에 대한 주석표(Table commentée des représentations graphiques)"를 참조할 것. 또한 영어판 *Écrits : A Selection*(Norton, 1977) 중 303, 313, 315쪽 참조.

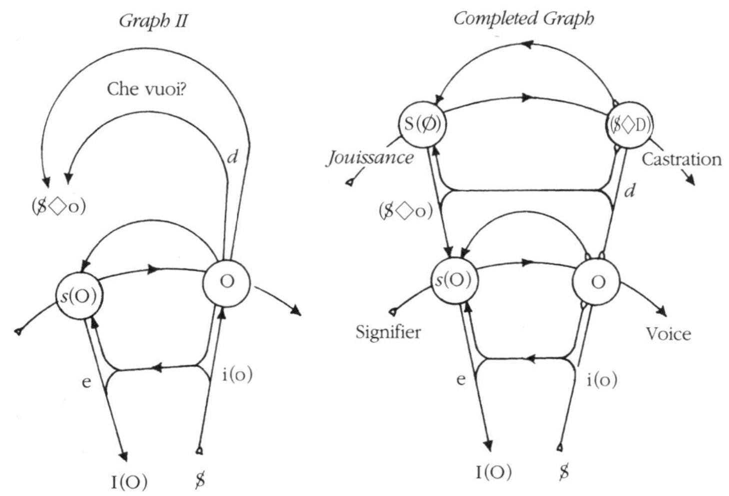

이 도표에서 환상은 무의식의 경로에 접속되어 있다. 무의식의 경로는 주체에 의해 구사되는 경로인 요구의 차원과 매우 다르다. 정상적인 상태에서는 무의식의 경로로부터 메시지의 차원, 즉 타자의 기의의 차원으로 전달되는 것이 전혀 없다. 타자의 기의란 인간의 담론에서 주체에 의해 획득되는 의미화 작용의 합계이자 기준치이다. 환상은 메시지 차원으로 전달되지 않는다. 그것은 따로 무의식으로 남아 있다. 반면에 환상이 메시지의 차원으로 옮겨 가게 되면 이상한 상황이 발생한다. 환상이 이렇게 메시지 차원으로 옮겨가는 단계들은 다소 병적인 체계에 속한다. 도표에 나타난 대로 한 방향으로만 일어나는 이런 교차, 혹은 전달의 순간들에 대해서는 나중에 명확하게 살펴보자. 우리 논의 목표가 이 도표를 더 잘 이해하고 적용해보는 것이기 때문이다.

지금은 햄릿의 욕망이 분산되고 빗나가는 그 순간이 어떻게 셰익스피어의 비극에 작용하는지에 대해서만 살펴보기로 하자. 물론 그 순간은 햄릿의 상상계적 영역에 의해 엄격히 조절된다. 이 관계 속에서 오필리아는 환상을 나타내는 도표에 나타나듯이 a라는 글자의 자리에 위치한다.

이미지이자 비애(pathos)인 대상 (a)와의 관계에서 주체는 자신이 타자성이라는 상상계적 상황 속에 있다고 느낀다. 이 대상은 어떤 욕구도 충족시키지 못하며 그 자체가 이미 상대적이다. 즉 그것은 주체와의 관계 속에 놓여 있다. 주체가 환상 속에 존재한다는 사실은 잠시 후 논의될 단순한 현상에 의해 명백히 드러난다. 그리고 대상은 환상의 종결어가 되었을 경우에만 욕망의 대상이 된다. 대상은 주체가—상징적으로—박탈당한 것을 대신한다.

지금까지 우리의 논의에 참여하지 않은 분들에게는 이 말이 약간 추상적으로 들릴지도 모른다. 주체가 박탈당한 것은 무엇인가? 그것은 바로 남근(phallus)이다. 대상은 이 남근에 의해 환상 속에서의 역할을 부여받고, 환상을 근거로 욕망이 형성된다.

이미지이며 비애인 환상 속의 대상은 주체가 상징적으로 박탈당한 것을 대신하는 다른 요소이다. 그러므로 상상계적인 대상은 존재의 장점들이나 존재의 차원을 압축시켜 존재에 대한 참된 망상(delusion)을 만들어낸다. 욕망의 대상과 인간의 관계 중에서 가장 응축되고 애매한 것, 시몬 베유(Simone Weil)가 찾아낸 것은 바로 존재에 대한 참된 망상이다. 이것은 인간의 욕망의 대상에 연물적인 성격이 있음을 보여주는 최고의 예다. 사실 인간 세계의 모든 대상들이 어느 정도는 이런 성격을 띠고 있다.

상상계적인 환상에서 대상 (a)가 나타내는 애매모호한 특성으로 인해 대상 (a)는 가장 도착적인 욕망 속에서 가장 명확한 형태를 띠게 된다. 환상 속에서 상상계적 용어 a를 철저히 강조하는 것, 이것이 바로 도착증의 구조적 특질이다. 물론 괄호 속에는 a뿐만 아니라 b나 c 등 어떤 글자라도 들어갈 수 있다. 우연에 의해 합성되는 후유증, 즉 지속적인 흔적들[4]의 가장 정교한 결합을 통해 환상은 도착적인 욕망 속에서 구체화되고 작동한다. 그러나 도착적인 욕망이 아무리 괴이하게 보일지라도 주체가 환상 속에 항상 존재해서 그것에 개입한다는 사실이 잊혀지면 안 된다. 환상 속에서 주체는 항상 존재가 지닌 비애, 존재 자체의 고통, 혹은 성적인 관계 속에 한 용어로서 존재하는 고통과 연관된다. 사디즘적인 환상을 지속하기 위해서, 주체가 굴욕을 당하는 사람에게 관심을 갖는 것은 주체 자신도 굴욕을 당하는 사람과 동일한 굴욕을 당하기 때문이다. 이것은 내가 조금 전에 언급했던 현상학적인 문제이

---

4) 여기서 후유증이나 흔적들이란 충족되지 않은 무의식적 욕망을 의미한다. 억압된 욕망은 사라지는 것이 아니라 마음 속에 일종의 흔적으로 남아 있게 된다.

다. 사람들이 이런 면을 회피하면서 사디즘적인 성향을 순수하고 단순한 근원적인 공격성의 한 예로 취급하려 하다니 참으로 놀라운 일이 아닐 수 없다.

2

이제 도착증과 신경증의 진정한 대립관계를 살펴보아야 할 때가 된 것 같다.

사실 도착증이란 명확하게 표현될 수 있고 해석과 분석이 가능하다. 정확히 표현하면 도착증 역시 신경증과 같은 차원의 것이다. 이미 앞에서 말한 대로, 주체와 존재의 관계는 환상에 의해 결정되고 지속된다. 도착증에서는 대상 (a)가 강조되는 반면, 신경증에서는 환상을 나타내는 용어, 분열된 주체 ($)가 강조된다.

주체가 요구를 넘어선 공간인 환상 속에서 자신을 통제하려 할 때, 환상은 마치 버팀목(buttress)인 양 주체의 질문 끝에 위치해 있다. 바로 이런 까닭에 주체는 타자의 담론 속에 들어가자마자 타자의 담론 속에서 자신이 잃어버렸던 것을 다시 찾아야 한다. 궁극적으로 중요한 것은 진실이 아니라 진실이 나타나는 시간(the hour of truth)이다.

이것이 신경증의 환상과 도착증의 환상을 가장 잘 구분해주는 요소다.

도착증의 환상은 명확히 표현될 수 있다. 도착증의 환상에서는 주체와 대상의 관계가 정지되어 고정된다. 그러므로 도착증의 환상은 비시간적이라기보다 시간을 벗어나 있다는 의미에서 공간 속에 존재한다 할 수 있다. 이와는 반대로 신경증의 환상에서는 주체와 대상의 관계가 주체와 시간의 관계에 기초한다. 대상은 진실이 나타나는 시간에 의해 그 중요성을 띠게 된다. 즉, 이 진실이 나타나는 시간 속에서 대상은 항상 빠르거나 느리거나, 혹은 이르거나 늦는다.

전에 나는 히스테리는 욕망이 충족되지 않음으로써, 강박증은 욕망의 충족이 처음부터 불가능하기 때문에 생겨나는 것이라고 말한 적이 있다. 그러나 충족되지 않은 욕망과 충족불가능한 욕망이라는 두 용어 외에 히스테리와 강박증을 구분해주는 것은 바로 상반된 시간과의 관계다. 강박신경증 환자는 외상(trauma)의 최초의 원인을 항상 되풀이한다. 즉, 강박신경증 환자는 성숙해질 때까지 기다리지 못하고 항상 서두른다.

항상 미리 서두른다는 점이 신경증 행동의 가장 일반적인 특성이다. 주체는 대상에서 시간개념을 찾으려 하고 대상 속에서 시간을 구분해내려 한다. 이 점을 염두에 두고 햄릿으로 되돌아가 보자. 신경증의 특성이 무엇인지 규명하고자 하는 한 누구나 마음대로 햄릿을 온갖 형태의 신경증적 행위로 설명할 수도 있다. 그러나 햄릿의 구조에 대해 내가 여러분에게 말씀드렸던 첫 번째 요소는 햄릿이 타자의 욕망, 즉 어머니의 욕망에 의존해 있는 상황이다. 이제 여러분이 인식해야 할 두 번째 요소는 햄릿이 극의 처음부터 끝까지 계속 타자의 시간에서 정지한다는 점이다.

《햄릿》 텍스트를 해독하기 시작했을 때 우리가 주의를 기울였던 첫 번째 전환점이 무엇이었는지 기억하는가? 연극이 진행되는 동안 왕은 자신이 저지른 죄를 극화한 것을 더 이상 볼 수 없어서 불안해하며 자신의 죄를 눈에 띄게 드러낸다. 햄릿은 자신의 승리를 만끽하며 왕을 조롱한다. 그러나 미리 정해놓았던 어머니와의 약속을 지키러 가는 도중 햄릿은 기도하고 있는 왕을 보게 된다. 자신의 행동을 똑같은 모습과 순서대로 본뜬 극을 본 후 클로디어스는 마음 깊은 곳까지 흔들리고 있었다. 자신을 전혀 방어할 수 없는 상태일 뿐만 아니라 자신의 머리 위에 위험이 도사리고 있다는 사실조차도 모르고 있는 이런 클로디어스 앞에 햄릿이 서 있다. 그러나 햄릿은 클로디어스를 죽이지 못하고 멈추고 만다. 그럴 때가 아니기 때문이다. 즉, 타자의 시간이 아니기 때문이다. 타자는 그의 '결산서(audit)'인 클로디어스를 천당으로 넘길 때가 아니라고 생각한다. 클로디어스를 천당으로 보내는 것은 어떤 관점에서는 너무 친절한 행동이고 다른 관점에서는 너무 잔인하다. 기도란 일종의 참회의 표현이어서 클로디어스에게 구원의 길을 열어주는 것이므로 기도 중에 그를 죽이는 것은 아버지의 복수를 잘 행한 것이라 할 수 없을 것이다. 여하튼 한 가지는 확실하다. "왕의 양심을 포착하려던" 계획을 겨우 성공시켰음에도 불구하고 햄릿은 멈추어버린다. 어느 순간에도 그는 자신의 시간이 도래했다고 생각하지 않는다. 무슨 일이 일어나건 타자의 시간이 아니므로 그는 자신의 행동을 멈춘다. 햄릿이 어떤 행동을 하건, 그는 오로지 타자의 시간에만 그것을 행한다.

햄릿은 모든 것을 받아들인다. 처음에 그가 아버지의 유령이 나타나기 전에 이미 어머니의 재혼으로 인한 혐오감에서 비텐베르크로 떠날 생각만을 하고 있었다는 점을 잊지 말자. 현대생활의 일반적 특징이 되고 있는 실용성에 대한 글에서 이것이 한 예로 인용되었다. 여권을 신속히 발급받아 떠남으로써 많은 극적인 위기들이 회피될 수 있다는 사실을 보여주는 가장 좋은 예가 바로 햄릿이라는 것이다. 만약 햄릿에게 비텐베르크로 여행할 수 있는 허가서가 즉시 발급되었다면 아마 어떤 드라마도 발생하지 않았을 것이다.

그가 덴마크에 머물러 있을 때는 그의 부모의 시간이다. 그가 자신의 복수를 지연하고 있을 때는 다른 사람들의 시간이다. 그가 영국으로 떠날 때는 의붓아버지 클로디어스의 시간이다. 그가 능숙하게 약간의 속임수를 써서 프로이트도 감탄할 만큼 우연하게 로젠크란츠와 길덴스턴을 죽음으로 몰아넣었을 때는 그들의 시간이다. 비극은 예정대로 치닫고 그가 한 사람을 죽이기가 어렵지 않다는 것을 막 깨닫고 "한대"[5]라고 말하지만 무엇이 그를 공격하는지 결코 알 수 없는 시간은 오필리아의 시간, 즉 그녀가 자살하는 시간이다.

햄릿은 마지막 세세한 사항까지 결투의 규칙이 미리 다 정해짐으로써 결코 클로디어스를 죽일 수 있는 기회가 올 것 같지 않은 사건, 즉 결투의 기별을 받아들인다. 클로디어스와 레어티즈는 온갖 귀한 물건들, 검들, 부품들, 사치품으로서만 가치가 있는 여러 물건들로 이루어진 내기물로 그를 유혹한다. 이 점에 대해서는 텍스트에 주의를 기울여 살펴보자. 왜냐하면 이런 것들이 수집가의 세계라는 뉘앙스를 풍기기 때문이다. 햄릿의 경쟁심과 명예심은 레어티즈가 자신보다 더 훌륭한 검사(劍士)라는 가정(假定)과 내기라는 면에서 햄릿에게 주어진 유리한 조건(handicap)에 의해 유발된다. 결투의 복잡한 의식(ceremony)은 그의 의붓아버지와 레어티즈가 설치해놓은 덫이다. 우리는 이것을 알지만 햄릿은 모른다. 햄릿에게 결투는 학교수업을 빼먹는 것 같은 일종의 장난거리에 불과하다. 그러나 그는 마음 한구석에서 울리는 경고의 소리를 느낀다. 무엇인가가 그를 불안하게 한다. 이런 전조(foreboding)의 변증법에 의해 잠시 동안, 극이 특이한 색조를 띤다. 그러나 대체로 여전히 타자의 시간이다. 더 중요한 것은 햄릿이 타자의 내기를 위해서(내기에 건 물건들은 햄릿의 것이 아니라 크로디어스의 것이기 때문이다), 왕의 기장을 달고 의붓아버지를 위해 자신보다 더 훌륭한 검사라고 간주되는 사람과 우호적인 결투에 임한다는 점이다. 그러므로 클로디어스와 레어티즈는 정확하게 고안된 덫의 일부로서 햄릿의 경쟁심과

---

5) 햄릿과 레어티즈의 결투장면에서 햄릿이 먼저 공격을 한 후 점수를 부르는 말(5막 2장 283행)이다.

명예심을 불러일으킨다.

그렇게 햄릿은 타자가 놓아둔 덫 속으로 달려들어간다. 변화되는 것은 그가 덫 속으로 달려들어갈 때의 힘과 열기일 뿐이다. 적에게 상처를 입히기 전에 자신이 먼저 치명상을 입게 되는 마지막 순간까지, 햄릿의 시간인 최종적 시간까지 비극은 꾸준히 진행되어 마침내 타자의 시간에서 완결된다. 이것이 바로 이 극에서 일어나는 일들을 인식할 수 있게 해주는 가장 기본적인 구조들이다.

또한 이 점이 햄릿의 드라마가 현대 주인공의 문제에 대해 형이상학적으로 정확히 공명하고 있는 의미이다. 사실 고전적인 고대극 이후로 주인공과 그의 운명의 관계에서 무엇인가가 변화되어 왔다.

이미 말씀드린 대로 햄릿이 오이디푸스와 다른 점은 햄릿이 알고 있다는 것이다. 햄릿의 광증은 그가 알고서 벌이는 가장(feigning)이다. 고대극에도 역시 미친 주인공들이 등장한다. 그러나 내가 아는 한 전설이 아닌 비극에서 미친 척한 주인공은 없었다. 그러나 햄릿은 미친 척한다.

물론 햄릿의 광증을 나타내는 특징들이 모두 꾸민 것(feigning)이라 할 수는 없다. 그러나 내가 강조하고 싶은 것은 원래의 전설, 즉 삭소 그라마티쿠스 판과 벨레포리스트 판에서 중요한 특징은 주인공 자신이 약한 위치에 있다는 사실을 알고 있기 때문에 미친 척한다는 점이다. 그리고 그 순간부터 그의 마음 속에서 무슨 일이 일어나고 있는가라는 문제에 모든 것이 달려 있다.

이런 특징이 피상적으로 보일지도 모른다. 그러나 셰익스피어가 《햄릿》을 쓸 때 포착한 것은 바로 이 점이다. 그는 우여곡절 끝에 행동을 종결하기 위해 미친 척할 수밖에 없었던 주인공의 이야기를 선택했다. 실패할 경우 희생될 수 있는 매우 위험한 상태에 처해 있음을 알고 있는 사람은 미친 척할 수밖에 없으며 파스칼의 말대로 다른 모든 사람들과 함께 미칠 수밖에 없다. 그러므로 미친 척하기는 현대 주인공의 전략 가운데 하나다.

이제 오필리아가 그녀의 역할을 완수해야 할 지점에 이르렀다. 극의 구조가 정말로 내 설명만큼 복잡하다면 도대체 오필리아가 맡은 역할이 무엇이냐고 의문을 제기하는 사람도 있을 것이다. 물론 오필리아는 중요하다. 그녀는 수세기 동안 계속해서 햄릿 역과 연관을 맺어왔다.

내가 너무 소심하게 글을 전개시킨다고 비난하는 사람도 있다. 그러나 나는 그렇게 생각하지 않는다. 나는 여러분에게 정신분석학 텍스트에 가득 차 있는 시시한 이야기를 만들어내도록 재촉하고 싶진 않다. 어느 누구도 오필리아(Ophelia)가 '오, 팰러스(O phallos)'로 해석될 수 있다는 점을 지적하지 않았다는 사실에 나는 놀라움을 금하지 않을 수 없다. 《햄릿론(Papers on Hamlet)》을 펼쳐보면, 오필리아가 '오, 팰러스'라는, 내 지적만큼이나 조잡하고 터무니없는 것들이 많이 발견되는데도 불구하고 적어도 그것만은 빠져 있으니 말이다. 불행히도 엘라 샤프(Ella Sharp)는 《햄릿론》을 다 마치지 못하고 죽었는데 그녀 사후에 그 책이 출판된 것은 실수였던 같다.

시간이 늦었으므로 극 중에서 오필리아에게 무슨 일이 일어나는지에 대해서만 살펴보자.

우리는 처음에 햄릿이 우울한 이유가 오필리아 때문이라는 말을 듣게 된다. 이것은 폴로니어스의 정신분석적인 지혜에서 나온 말이다. "햄릿이 슬퍼하는 이유는 행복하지 않아서입니다. 그가 행복하지 않은 것은 바로 내 딸 때문이지요. 당신들은 그 애를 잘 모르겠지만 그 애는 세상에서 가장 예쁩니다. 그리고 나는 물론 그 애 아버지로서 그 애를 그냥 놔둘 수가 없지요……."

폴로니어스가 햄릿에 대한 자신의 임상적인 관찰 결과를 피력할 때

비로소 오필리아가 처음으로 극에 등장한다. 그리고 이 점에 의해 그녀
는 이미 매우 중요한 인물이 된다. 햄릿이 아버지의 유령과 만난 후 맨
처음 대하는 사람은 바로 오필리아다. 그녀는 햄릿의 행동을 다음과 같
이 아버지에게 보고한다.

제 방에서 바느질을 하고 있는데
햄릿 왕자님이 웃옷을 풀어헤치고
모자도 안 쓰시고 더럽혀진 양말은
대님을 매지 않아 발목까지 흘러내린 채
셔츠처럼 창백한 얼굴로 두 무릎을 와들와들 떨면서
너무도 불쌍한 표정으로
마치 지옥에서 풀려나와
무서운 이야기를 하러 온 것처럼 제 앞에 나타나셨어요.

그는 제 손목을 꽉 잡고서
팔 길이만큼 뒤로 물러서서
한 손으로는 이렇게 이마를 짚더니
마치 그림이라도 그릴 것처럼 제 얼굴을
유심히 오랫동안 바라보셨어요.

그런 다음 제 팔을 조금 흔들더니
고개를 위로 아래로 세 번 끄덕이고 나서 한숨을 내쉬셨지요.
그것이 얼마나 처량하고 심각했는지
전신이 부서지고 숨이라도 끊어질 것 같았어요.
그런 다음 제 팔을 놔주셨어요.
그리고 고개를 돌려 저를 바라보면서

156

문은 쳐다보지도 않으면서 길을 찾아가시는 것 같았어요.

끝까지 제 얼굴만 보시면서요.

— 2막 1장, 88~120

그러자 폴로니어스는 "그래, 그건 바로 사랑이야!"라고 소리지른다.

다른 대상과 새롭게 동일시하기 위해 햄릿이 이렇게 힘들게 대상으로부터 거리를 두는 것, 즉 지금까지 극찬의 대상이었던 오필리아 앞에서 망설이는 것은 '거리두기(estrangement)'라는 첫 번째 단계에 해당된다.

이렇게 말하는 것으로도 충분하다. 그러나 이 순간은 환상 속의 어떤 것이 주저하며 환상의 요소들을 드러내는 순간 발생하는 난폭한 시기들, 혹은 주체의 혼란기들과 관련된 병적인 것으로 표현될 수 있다. 주체가 동일시에 의해 대상을 인격화했던 단계로부터 거리두기를 통해 대상으로부터 자신을 분리시킴으로써 주체와 대상의 상상계적 경계가 변화되는 이 경험은 탈인격화(dépersonalization)라 불린다. 이것을 통해 엄밀한 의미의 환상적 차원이 인식된다.

환상의 상상계적 구조에 있는 어떤 것이 메시지의 차원에 이르게 되면 즉 다른 주체의 이미지와 연관되면 이런 환상적인 차원이 발생한다. 이 경우 다른 주체의 이미지는 바로 나 자신의 에고다. 페던(Federn) 같은 작가들은 주체가 자신의 신체에 대해 느끼는 느낌과 대상이 획득되는 어떤 위기, 혹은 단절 시에 주체가 자신의 신체에 대해 느끼는 소원함 사이의 관계를 매우 정확하게 묘사하고 있다.

아버지의 유령을 만난 후 햄릿에게 일어나는 에피소드가 어떻게 여러 형태의 임상적인 경험에 관련되는지 보여드림으로써 잠시나마 여러분을 재미있게 해드리고자 내가 조금 무리하게 설명했던 것 같다. 그러나 이런 병리학적인 개요가 언급되지 않으면 프로이트가 '괴이함(das

Unheimliche, the uncanny)'이라는 이름 아래 분석의 차원으로 끌어올리려 했던 것이 무엇이었는지 규정될 수 없다고 나는 확신한다. '괴이함'이란 온갖 종류의 무의식의 분출과 연관되는 것이 아니라, 경계가 무너짐으로써 환상이 해체되고 환상이 다른 주체의 이미지와 새로이 결합할 때 환상 속에서 발생하는 불균형과 연관된다.

이 일이 있은 후 오필리아는 햄릿에게 아무 의미도 없는 단순한 사랑의 대상으로 완전히 해체되어버린다. 햄릿은 그녀에게 "나는 한때 당신을 사랑했어요"라고 말한다. 그 후 오필리아와 햄릿의 관계는 여러 장면들에 나타나는 것처럼 잔인한 공격성을 띤 야유적인 스타일로 지속된다. 그리고 이 점에 의해 바로 이 장면들(특히 극 중간에 위치한 장면, 즉 햄릿이 아버지의 유령을 만난 후 오필리아를 만나는 장면)이 모든 고전문학작품 중에서 가장 이상한 것이 되어버린다.

햄릿의 태도에서, 내가 방금 전에 언급했듯이 환상에서 대상이 강조될 때 발생하는 도착적인 불균형의 흔적이 발견된다. 햄릿은 오필리아를 더는 여성으로 대하지 않는다. 그의 눈에 그녀는 모든 죄를 낳는 산부(産婦), 온갖 비방을 들을 수밖에 없는 미래의 '죄인들을 낳는 사람'이 되어버린다. 그녀는 더는 그의 삶의 기준이 아니다. 간단히 말해서 대상이 파괴되고 손실된다. 즉, 대상이 주체로부터 거부되어 외부에 나타난다. 주체는 있는 힘을 다하여 대상을 거부하고 자신을 희생시킬 때가 되어서야 그것을 다시 찾으려 한다. 이런 의미에서 대상은 사실 남근과 동등한 존재가 된다. 즉, 대상이 남근의 자리를 차지한다.

이것이 주체와 대상의 관계에 나타나는 두 번째 단계다. 오필리아는 이 단계에서 삶을 의미하는 상징으로서 주체에 의해 외화되고(exteriorized) 거부된 남근이다.

이 말은 무엇을 의미할까? 굳이 '오필리아'의 어원을 살펴볼 필요도 없다. 햄릿은 계속해서 출산이라는 문제에 대해 언급한다. 그는 폴로니어스에게 "임신은 축복이죠"라고 말하면서 오필리아를 바라본다. 그리고 오필리아와 나누는 그의 모든 대화는 그가 그토록 저주하고 영원히 고갈되어버리기를 바라는 생명의 잉태자인 여자에게로 향해 있다. 셰익스피어 시대에 '수녀원'이라는 단어는 동시에 매춘굴을 의미했다. 그리고 남근과 욕망의 대상과의 관계 역시 극중극 장면에서 햄릿의 태도에 나타나 있다. 오필리아의 면전에서 그는 어머니에게 "여기 더 강한 자석이 있어요"라고 말한다. 그리고 그는 머리를 오필리아의 다리 사이에 두고자 한다. "아가씨, 제가 당신 다리 사이에 누워도 될까요?"

주체에 대한 도상학자(iconographer)의 지대한 관심을 고려해보면, 오필리아가 익사했을 당시 옆에 있던 꽃들의 목록을 살펴보는 것이 터무니없는 일은 아니다. 이 꽃들에는 '죽은 사람들의 손가락들(dead men's fingers)'이 분명히 포함되어 있다. 이것은 오키스 마스큘라(Orchis mascula)[6]라는 식물로서 맨드레익(mandrake)[7]에 연관되고 결국은 남근적 요소를 나타낸다. 《옥스퍼드 영어사전》 'finger' 부분에서 '죽은 사람들의 손가락들'을 찾아보면 셰익스피어의 비유가 잘 나타나 있다.

내가 이미 여러분에게 여러 번 주의를 환기시켰던 세 번째 단계는 묘지 장면이다. 마침내 이 단계에서 햄릿이 일을 마무리할 수 있는 가능성, 즉 그가 죽음으로 성급히 돌진할 가능성이 제시된다. 이미 여러 번 강조되었듯이 묘지 장면 전체가 무덤 속에서 벌어진 격렬한 결투를 중심으로 이루어져 있다. 그리고 이 묘지 장면은 그 이전의 전설에는 포함되지 않은 셰익스피어 자신의 독창적인 고안이다. 묘지 장면에서 애도와 죽음이라는 대가를 치르고 되돌려받은 대상 (a)의 재통합이 이루

---

6) 야생난초의 일종.
7) 지중해 지방에서 나는 가지과의 유독성 식물.

어진다.

다음 시간에 이것에 대해 계속 논의하자.

욕망과 애도

그러므로 햄릿에게 약속은 항상 너무 일러서 그는 그것을 연기하고 만다. 지연 혹은 연기(procrastination)가 이 비극의 주된 구성 요소다.

반대로 그가 행동할 때는 항상 너무 이르다. 그러면 그는 언제 행동하는가? 그가 통제할 수도 없고 결정할 수도 없는, 우연에 속하는 어떤 것이 갑자기 그에게 다가와 애매모호한 발단을 제시해줄 때 그는 행동한다. 이 발단에 의해 햄릿의 행위에는 정신분석학적 전문용어로 비약(flight)이라는 면이 개입된다.

커튼 뒤에서 움직이는 것이 무엇인지 알지도 못한 채 달려들어 폴로니어스를 죽인 그 순간만큼 비약을 더 명확하게 설명해주는 것은 없을 것이다. 또는 폭풍에 흔들리는 배 위에서 한밤중에 홀로 깨어나 멍한 상태로 돌아다니다가 로젠크란츠와 길덴스텐이 지니고 있던 서한의 봉인을 뜯고서 거의 기계적으로 편지를 바꿔치기한 후 아버지의 반지로 왕의 봉인을 위조하는 햄릿의 모습을 그려보자. 그런 다음 그는 너무도 운 좋게 해적들에게 끌려감으로써 그의 경호원들인 친구들로부터 벗어나게 되고 친구들은 부지중에 사형을 당하게 된다.

여기서 우리의 경험과 관념으로 친숙해진 한 현상이 발견된다. 그것은 바로 신경증 환자에게, 신경증 환자와 삶의 관계에 나타나는 현상이다. 그러나 이런 특징들이 아무리 놀라운 것이라 할지라도 나는 그것들을 넘어선 곳으로 여러분을 인도하고자 노력했다.

나는 여러분이 극 전체를 구조짓는 한 가지 특질을 인식해주길 바랐다. 그 특질이란 바로 햄릿이 항상 타자의 시간에 머물러 있다는 점이다.

물론 그것은 환상(mirage)에 지나지 않는다. 이미 말했듯이 타자의 타자란 존재하지 않기 때문이다.[8] 기표의 구조에서 기표에 의해 성립된 진실의 차원을 보증하는 것은 아무것도 없다. 햄릿에게는 자기 자신의 시간만이 있을 뿐이다. 더구나 그에게는 단 한 가지 시간, 즉 파멸의 시간만이 존재한다. 《햄릿》은 주체가 파멸의 시간을 향해서 가차없이 행동하는 것을 보여주는 비극이다.

그러나 주체에게 파멸의 시간이 예정되어 있는 것은 모든 사람들의 운명에 의미 있는, 모든 사람들의 공동운명이다. 그러므로 햄릿을 다른 사람들과 구분해주는 것이 없다면, 햄릿의 운명은 별 의미가 없게 될 것이다. 따라서 다음 질문은 햄릿의 운명에서 특이한 점이 무엇일까이다. 햄릿의 운명은 왜 그렇게 문제가 많을까?

햄릿에게 무엇이 결여되어 있는가? 셰익스피어가 엮어낸 비극의 구조를 토대로 하여 이 결여를 정확히 지적하여 상세히 설명할 수 있을까? 용어에 의해, 혹은 우리가 환자들을 대하는 방법이나 환자들에게 제시해줄 해결책들에 의해 혼란이 일어나지 않게 할 설명방식이 없을까?

---

8) 가끔 반복되는 라캉의 이 공식은 라캉 자신의 담론에서는 대타자(대문자로 된 타자, the Other)와 소타자(하등의 경우, the other)를 구분하고, 그 용어들을 사용했던 그 이전의 작가들의 용법과 라캉의 용법을 구분하는 데 도움이 된다. 라캉에게 타자란 결코 주체의 보완이나 주체의 부정이 아닐 뿐만 아니라 그 자신이 근본적으로 주체도 아니다. 비록 주체가 아버지와 같은 실제 인물을 타자의 구현으로 삼는다 할지라도 타자는 단지 상징계에서만, 즉 언어, 권위, 법, 위반, 처벌의 맥락 속에서만 작동한다. 이런 점에 의해서 타자가 타자를 갖는 것은 불가능하다.

우선은 대략적인 설명부터 해보자. 햄릿에게 결여된 것은 아주 간단히 일상적인 용어로 표현될 수 있다. 물론 선택에는 항상 '자의적'인 면이 들어 있다. 그러나 햄릿은 결코 혼자 힘으로 자신의 목표나 대상을 정하지 않는다.

알기 쉽게 표현하면 햄릿은 자신이 무엇을 원하는지 모른다. 이 점은 극 중에서 전환점 역할을 하는, 햄릿이 잠시 시야에서 사라지는 순간, 즉 항해여행을 떠났다가 재빠르게 되돌아오는 그 짧은 기간에 햄릿이 하는 말에 드러나 있다. 햄릿이 왕의 명령에 순종하여 영국으로 떠나자마자 그는 포틴브라스 군대와 마주치게 된다. 포틴브라스는 이 극의 초반부터 등장하며 마지막에는 죽은 사람들의 시체를 거두고 정돈하여 질서를 회복한다. 이 장면에서 우리의 친구 햄릿은 별 의미 없는 군사적 목적을 위해 몇 에이커밖에 안 되는 폴란드 땅을 점령하러 출정하는 용감한 군대를 보고 놀라워한다. 이것은 햄릿에게 자신의 행동을 되돌아볼 수 있는 계기를 마련해준다.

> 눈에 보이는 것 모두가 나를 가책케 하고
> 무뎌진 내 복수심에 채찍을 가하는구나!
> 인간이란 대체 무엇인가.
> 주로 자고 먹는 일에만 시간을 소비한다면 짐승과
> 다를 바 없지 않은가.
> 신이 인간에게 무한한 판단력을 부여하여

— '이성'이라는 주석이 붙어 있는 '큰 담론'(무한한 판단력이라 번역된 large discourse)은 기본적인 담론, 혹은 내가 다른 세미나에서 '구체적 담론'이라 불렀던 것이다 —

……그런 무한한 판단력으로

전후를 살피도록 한 것은……

— 여기에 다시 '이성'이라는 단어가 등장한다 —

그런 능력과 신과 같은 이성을

쓰지 않고 녹슬도록 내버려두게 하려 한 것은 아니다.

짐승과 같이 망각해버리는 것인지……

"짐승과 같이 망각해버리는 것"이라는 표현은 비극 속에서 햄릿의
존재를 측정할 수 있는 중요한 단어 가운데 하나다 —

아니면 일의 결과를 너무 세심하게 염려하는

소심한 사람의 주저함 때문인지 —

사유라는 것이 4분의 1만이 지혜이고

4분의 3은 겁이다.

"이 일만은 해야지" 하면서 왜 세월만 허송하고

있는지 모르겠다.

내게는 그 일을 실행할 명분도, 의지도, 힘도, 수단도

있다. 대지와 같은 거대한 예들이 내게 권유한다.

많은 인원과 막대한 비용을 들인 저 군대를 보라.

그 인솔자는 약하고 부드러운 왕자.

그러나 그 정신은 훌륭한 야망으로 가득 차 있어

보이지 않는 미래사엔 코웃음치며

겨우 달걀 껍질만 한 땅을 얻으려고

한 번 죽으면 그만인 몸을 내던져

운명과 죽음과 위험을 무릅쓴다.

진정으로 위대한 것은 큰 명분 없이 동요하는

것은 아니지만 명예가 걸려 있는 것이라면

지푸라기 같은 것을 위해서라도 당당히 싸워야 하는 것.

그런데 나는 지금 무얼하고 있는 것일까?

아버지는 살해되고 어머니는 더럽혀졌음에도

내 이성과 피가 분기하지도 않고 잠들어 있다니.

꿈 같은 허망한 명예를 찾아

잠자리에 들 듯 무덤을 찾아가서

대군이 명분을 겨루어볼 수도 없고

전사자들이 다 묻힐 수도 없을 만큼 작은 땅을 위해 싸우는

2만 명 군사들의 임박한 죽음을 보며

나는 얼마나 부끄러운가?

제발 이제부터는 내 마음이 잔인해져서

그 밖에는 아무것도 생각지 말기를!

—4막 4장

이런 식으로 햄릿은 인간의 행위 목적에 대해 생각한다. 이 목적에 의해 우리는 앞으로 다루게 될 개별화(particularization)라는 것에 다가 갈 수 있게 된다. 고상한 명분, 즉 명예를 위해 자신의 피를 흘리는 것이 진정한 충성이다. 명예 역시 약속을 충실히 이행하는 것으로 정확히 묘사되고 있다. 재능에 관련해서 실제 행동에 의한 것이든지 아니면 서약에 의한 것이든지 햄릿의 이런 구체적 결심을 우리 분석가들은 지나칠 수 없으며 그 결심의 중요성에 놀라지 않을 수 없다.

여기서 내가 여러분에게 보여주고자 하는 것은 이 모든 것 가운데서 가장 특이한 공식이다. 물론 형태면에서만 그렇다는 것은 아니다. 주체가 최종적인 말(last word)을 찾고자 타자에게 제기하는 질문[9]의 끝에 제시된 공식 $ \not{S} \diamondsuit o $는 정신분석이라는 전문적인 경험에 의해서만 연구될 수 있다. 정신분석에 의해 도표에서 위쪽으로 진행되는 무의식의 경로가 밝혀진다.

우리의 관심거리는 상상계에서 욕망과 그것에 가로놓여 있는 환상 사이의 짧은 경로다. 환상의 일반적인 구조는 $ \not{S} \diamondsuit o $로 표현된다. 여기서 $ \not{S} $는 주체와 기표의 관계를 나타내며 주체는 돌이킬 수 없이 기표의 영향을 받는다. 그리고 $ \diamondsuit $는 주체와 o의 상상계적인 결합을 나타낸다. 여기서 o는 욕망의 대상이 아니라 욕망하게 만드는 대상이다(not the object of desire but the object in desire).

먼저 욕망 속에서 대상이 하는 역할에 대해 살펴보자. 햄릿의 드라마는 우리에게 대상의 역할을 훌륭하게 보여주며 바로 그 때문에 이 셰익스피어 비극이 지속적인 관심의 대상이 된다.

이것이 우리의 출발점이다. 기표와의 관계를 통해 주체는 자신의 삶에서 무엇인가를 박탈당한다. 그것은 주체와 기표가 결합됨으로써 가치를 띠게 된 남근이다. 남근은 의미화 과정에서 주체의 소외를 나타내는 기표이다. 주체가 이 기표를 박탈당하면 어떤 특정한 대상이 그에게 욕망의 대상이 된다. 이것이 공식 $ \not{S} \diamondsuit o $가 나타내는 의미다.

욕망의 대상은 욕구(need)의 대상과 근본적으로 다르다. 본질적으로 주체로부터 감추어져 있는 것의 자리를 무엇인가가 차지하게 되면 그것은 욕망 속의 대상이 된다. 욕망의 대상이란 자기희생을 의미하며, 기

표와의 관계에 저당잡힌 일 파운드의 살[10]이다.

욕망의 대상은 수수께끼처럼 아주 애매모호하다. 왜냐하면 욕망의 대상이란 궁극적으로 숨겨져 있는 비밀스러운 무엇인가와의 관계이기 때문이다. 이 글을 쓰면서 내게 떠오른 공식을 이용하면 인간의 삶이란 영(zero)이 무리수(irrational)가 되는 미적분학으로 정의될 수 있다. 이 공식은 이미지, 수학적 은유에 불과하다. '불합리하다'와 '무리수'를 의미하는 'irrational'이라는 단어는 여기서 측정할 수 없는 감정적인 상태를 나타내는 것이 아니라 정확하게 허수(imaginary number)를 의미한다. $\sqrt{-1}$은 직관에 속에 있는 것으로 수학적인 의미에서 실제적인 그 어떤 것에도 해당되지 않는다. 그러나 그 수는 기능을 모두 살려 반드시 보존되어야 한다. 그것은 실제적인 기준으로부터 숨겨져 있는 요소라는 점에서 주체와 동일하다. 주체가 기표의 기능을 띠고 있는 한, 그는 결코 주체로서 정립될 수 없다.

$\$$라는 부호는 대상 (a)가 가장 큰 가치를 획득하게 되는 바로 그 지점에서 S가 지워져야 할 필요성을 나타낸다. 그러므로 이런 요소와 대상의 여러 가능한 관계들이 연구될 경우에만 대상의 진정한 기능이 파악된다. 햄릿의 비극이 대상의 모든 기능을 보여준다고 말하는 것이 과장일지도 모른다. 그러나 햄릿의 비극은 분명히 그 어느 누구보다도, 그 어떤 경로를 통해서보다도 대상 (a)에 대해 더 많은 것을 우리에게 보여준다.

2

먼저 결말부분, 만남의 장소, 약속의 시간에 대해 시작해보자.

---

10) 상징계, 즉 언어체계에 진입하기 위해 주체가 치러야 할 자기회생, 즉 거세를 의미한다.

햄릿이 실행하는 대가로 자신의 생명을 내놓는 마지막 행동—그가 촉진시켰을 뿐 아니라 동시에 견뎌내야 할 행동—에는 사냥이 끝날 무렵 모든 사람이 사냥감을 향해 공격하는 그런 순간이 있다. 그의 행동이 완결되는 순간 그 역시 다이애나에 의해 궁지에 몰린 사슴과 같은 신세가 되고 만다. 각자의 이유가 무엇이든지 클로디어스와 레어티즈 사이에 믿을 수 없을 만큼 대담하고 악랄한 음모가 꾸며지고, 징그러운 벌레 같은, 우스꽝스러운 아첨꾼 오즈릭(Osric)을 통해 햄릿이 그 결투를 받아들임으로써 이제 햄릿은 그 음모에 의해 완전 포위된다.

이 구조는 매우 단순하다. 이 결투에서 햄릿은 그의 삼촌이자 의붓아버지인 클로디어스 편에 서게 되는 상황에 빠지게 된다. 그러므로 그는 다른 사람의 기장을 두른 셈이다.

이 결투에는 당연히 내기가 수반된다. 결투조건을 전하러 온 오즈릭과 햄릿의 대화를 통해 여러분은 내기에 건 물건들의 질과 수, 그 배열에 아찔할 것이다. 햄릿은 레어티즈에게 바바리(Barbary)[11] 말 여섯 필을 걸고 레어티즈는 프랑스제 장도(長刀) 여섯 자루, 단도 여섯 자루, 내 생각에 칼집인 것 같은 '칼고리(hangers)' 등 결투자에게 필요한 장비 일체를 건다. 칼 세 자루에는 텍스트에 표현된 대로 "가장 우아한 괘색(卦索, most delicate carriages)"이 달려 있는데, 이것은 칼을 매달 수 있는 끈을 나타내는 매우 고상한 표현이다. 대포의 포가(砲架, gun carriage)를 나타내기도 하는 그런 표현은 수집가나 사용할 성싶다.

휘황찬란하게 배열된 이 귀중한 물건들은 죽음에 대해 건 물건들이다. 그래서 그것들이 제시될 때 종교적인 전통에서 말하는 허무감(vanitas)이 감돈다. 모든 대상들, 인간의 욕망의 세계에 거는 모든 내기

---

11) 이집트 서부에서 대서양 연안에 이르는 구(舊) Varbary States를 포함하는 아프리카 북부 지역의 이름.

물들, 즉 대상 (a)들은 바로 그런 방식을 통해 제시된다.

나는 햄릿에게 제안된 결투의 모순되고 부조리하기까지 한 특성에 대해 언급했었다. 그러나 그는 자신이 끊임없이 그리고 근본적으로 다른 사람이 시키는 대로 따라 하는 것에 대해 반대하고 싶은 마음이 전혀 없는 것처럼 누워 있다 한 번 더 몸을 뒤척인 후 다음과 같이 말하는 것 같다. "폐하 처분대로 하시라지요. 나는 여기 홀을 거닐다 마침 그 때가 내 운동시간이기도 하니까 결투용 칼들을 가져오라 시키면 되니까요. 레어티즈도 결투할 의향이 있고 폐하께서도 여전히 결투를 원하신다면 되도록 폐하를 위해서 이겨드리고 싶군요. 그렇지 못하면 몇 점 얻어맞고 망신만 당하겠지."(5막 2장)

이것을 통해 환상의 진면목이 드러난다. 햄릿이 결심하려는 바로 그 순간―마침내 전처럼 결심하려는 순간―그는 다른 사람에게 자신을 종속시킨다. 더 심한 것은 그 다른 사람이 다름 아닌 바로 그의 적이며 그가 반드시 물리쳐야 할 상대임에도 불구하고 아무 보답 없이 공짜로 그 일을 하려 한다는 점이다. 그는 그의 흥미를 전혀 불러일으키지 않는 물건들을 위해 결심한다. 더구나 다른 사람을 위해서 이기려고 그런 결심을 한다.

다른 사람들은 이런 물건들, 수집가나 모을 물품들로 햄릿의 마음을 끌 수 있다고 생각한다. 그러나 그것은 매우 잘못된 생각이다. 그럼에도 불구하고 그들은 매우 효과적으로 그의 관심을 불러일으킨다. 그는 명예를 위해, 즉 헤겔이 순수한 자존심(pure prestige)을 위한 투쟁이라 부른 것[12]을 위해 그가 존경해 마지 않는 상대에 대항해서 싸우도록 정해

---

12) "Lutte de pur prestige" Alexandre Kojève의 《헤겔철학입문(Introduction à la lecture de Hegel)》, ed. Queneau(Paris : Gallimard, 1974), 11~34쪽, 특히 18, 22, 24쪽에 나오는 헤겔의 《정신현상학(Phenomenology of Mind)》, section B, IV, A에 제시된 것을 참조.

진 결투에 관심을 갖게 된다. 나는 셰익스피어에 의해 주창된 관계[13]의 이론적 타당성에 놀라지 않을 수 없다. 이 관계 속에서 이미 오래 전부터 익숙해진, 거울단계(the mirror stage)의 변증법이 발견되기 때문이다.

이 때 레어티즈가 햄릿의 유사한 존재(double, semblable)라는 점은 패러디를 통해 간접적이긴 하지만 텍스트 속에 명확히 표현되어 있다. 결투를 신청하러 온 장황한 아첨꾼 오즈릭이 장차 햄릿이 자신의 기개를 보여주어야 할 상대인 레어티즈의 훌륭함에 대해 묘사할 때, 햄릿은 다음과 같이 오즈릭의 말에 끼어든다. "당신식으로 그렇게 미점을 낱낱이 명시한다 해도 그 사람이야 밑질 것이 없겠지요. 그러나 그렇게 재고정리하는 식으로 사람의 미점을 낱낱이 목록으로 작성하다 보면 보통 기억력을 가진 사람은 혼란스러워질 겁니다. 그렇게 빨리 줄달음치면 따라갈 수가 있어야지요."(5막 2장) 햄릿 역시 오즈릭의 스타일을 모방해서 매우 거드름을 피며 미사여구를 사용한다. 그리고 다음과 같이 결론을 내린다. "그는 매우 고귀한 성품을 지닌, 보기 드물게 훌륭한 사람이지요. 그를 진정으로 잘 묘사하자면 그와 유사한 것은 거울 속에서나 찾아볼 수 있을 것입니다. 누가 감히 그를 묘사할 수 있겠어요? 그의 영상(umbrage) 말고는요."

여러분도 보다시피 햄릿의 말에서 어떤 사람의 이미지는 그것을 바라보는 사람과 완전히 같은 것으로 제시된다. 곤고르식(Gongorism)[14] 기상들(conceits)로 한껏 부풀려진 이 구절이 특별히 중요한 이유는 그것이 결투를 하기 전 레어티즈에 대한 햄릿의 태도를 보여주기 때문이다. 셰익스피어는 거울관계 혹은 거울의 반사작용에 의해, 즉 상상계에

---

13) 햄릿과 레어티즈의 관계.
14) 곤고리즘이란 16세기에 Gongoray Argote(1561~1627)에 의해 스페인 문학에 도입된 가식적인 문체와 스타일을 의미한다.

서 일어나는 주체와 이미지의 동일시 현상에 의해 공격성이 유발된다고 생각한다. 싸우는 대상은 바로 우리가 가장 찬양해 마지 않는 사람이다. 자아이상(ego-ideal)이란 헤겔의 공식에 따르면 공존이 불가능하므로 반드시 죽여야 하는 존재이다.

햄릿은 결투의 필연성에 매우 초연하게 반응한다. 그는 지극히 형식적이고 가식적으로 결투에 임하겠다고 약속한다. 사실 그는 자신도 모르는 사이에 가장 중요한 게임에 임하려 한다. 그는 그 게임 도중 그의 힘으로는 어쩔 수 없이 목숨을 잃게 될 것이다. 그는 간발의 차이로 일치하게 될 그의 행위와 죽음을 맞이하러 나가려 한다. 여전히 그 사실을 인식하지 못한 채…….

햄릿이 공격적인 관계 속에서 보는 것은 모두 허위이며 신기루일뿐이다. 이것이 도대체 무슨 말인가? 이 말은 바로 그가 남근 없이 게임에 임했다는 것을 의미한다. 이것이 극 중 주체인 햄릿의 특이성이 나타나는 한 방식이다.

그럼에도 불구하고 그는 게임에 임한다. 칼들의 끝은 그의 환상 속에서만 무뎌져 있다. 실제로 무기를 건네받을 때 레어티즈에게 주도록 표시가 되어 있는 칼 한 자루는 그렇지 않다. 그 칼의 끝은 매우 뾰족하며 더구나 그곳에는 독이 묻어 있다.

여기서 시나리오 작가의 즉흥성(off-handedness)과 극작가의 무서운 직관이 결부된다. 셰익스피어는 사실 어떻게 독 묻은 칼이 결투 도중 다른 사람의 수중으로 옮겨가는지에 대해 굳이 설명하지 않는다. 아마도 이것을 직접 연기(演技)하기란 무척 어려웠을 것이다. 레어티즈가 독으로 햄릿을 죽이게 될 득점을 한 후 벌어지는 난투 도중 칼이 바뀐다. 그러나 아무도 그런 놀라운 사건에 대해 굳이 설명하려 하지 않으며 또 그럴 필요도 없다. 왜냐하면 중요한 것은 햄릿이 죽음의 도구를 다른 사람으로부터만 받을 수 있으며 그 죽음의 도구는 무대 위에 실제로 나타낼 수 없는 영역에 속해 있다는 점을 보여주기 때문이다. 햄릿의 욕망성취를 보여주는 이 드라마는 결투의 허세를 넘어선 곳에서, 자신보다 더 잘 생겼지만 자신과 유사한 존재, 그가 사랑할 수 있는 자신의 또 다른 모습과의 경쟁관계를 넘어선 곳에서 상연된다. 그런 것을 넘어선 그곳에 남근이 존재한다. 궁극적으로 자신과 유사한 존재와의 만남을 통해 햄릿은 치명적인 기표(남근 — 옮긴이)와 자신을 동일시할 수 있게 된다.

재미있는 것은 남근이 텍스트 내에 존재한다는 점이다. 결투용 칼들이 햄릿과 레어티즈에게 건네질 때, 클로디어스가 "오즈릭, 두 사람에게 칼을 주게. 햄릿, 내기를 건 사실은 알고 있지?"라고 말한다. 그리고 그 전에 햄릿 자신이 "우리에게 칼을 주시오"라고 말한다. 이 두 순간 사이에 햄릿은 다음과 같이 말장난을 한다. "레어티즈, 나는 자네를 돋보이게 하는 역할을 하겠네(I'll be you foil). 자네의 기술은 어두운 밤하늘의 별처럼 빛을 발할 거야."(5막 2장) 이 부분은 다음과 같이 불어로 번역되었다. "Laerte, mon fleuret[fencing foil] ne sera que fleurette[little flower] auprès du votre(레어티즈, 자네 옆에서는 내 검술용 칼이 작은 꽃에 지나지 않을 걸세)." 그러나 여기서 'foil'이 명확하게 'fencing foil'을 의미하는 것은 아니다. 이 말에는 셰익스피어 시대에 특수한 경우에나 사용되었던 매우 평범한 의미가 포함되어 있다. 'foil'은 고대 불어의 'feuille'와 같은 단어로서 귀중한 것을 담아두는 용기, 즉 보석상자를 나타내는 말이다. 그러므로 이 구절의 의미는 다음과 같이 해석될 수 있다. "나는 단지 검은 하늘을 배경으로 너의 별 같은 광채를 돋보이도록(광채를 장식하도록) 거기 있을 뿐이야(I shall be there solely to set off your stellar brilliance against the blackness of the sky)" 이것이 바로 결투의 조건들이다. 승산은 12 대 9로 햄릿에게 핸디캡[15]이 주어진다. 그런데 왜 'foil'에 펀(pun)[16]을 하는가? 이 펀이 텍스트에 등장하는 것은 결코 우연이 아니다.

햄릿이 하는 역할 중의 하나는 끊임없이 펀을 사용하여 말장난을 하고 애매모호함을 이용해서 이중의미를 제시하는 것이다. 셰익스피어가 그의 극들에서 광대(fool)나 궁중 어릿광대라 불리는 등장인물들에게 부여한 중요한 역할에 대해 살펴보자. 그들은 정상적인 행동 규범을 벗어나지 않고서는 솔직하게 논의될 수 없는 가장 깊숙이 숨겨진 동기와 등장인물의 특징을 파헤친다. 그것은 단순히 뻔뻔스러움이나 무례함의 문제가 아니다. 그들이 말하는 것은 근본적으로 애매모호함, 은유, 펀, 기상, 점잖은 어투를 통해, 즉 내가 그 기능에 대해서 이미 언급했던 기표들의 자리바꿈들을 통해 제시된다. 이 자리바꿈으로 인해 셰익스피어의 극은 심리학적 차원에서 연구될 수 있는 스타일과 색채를 띠게 된다. 그러므로 햄릿은 어떤 의미에서 광대로 간주되어야 한다. 그러나 그가 매우 혼란스러운 등장인물이라는 사실 때문에 햄릿의 비극에서 그가 지닌 광대, 혹은 말재주꾼의 역할이 무시되고 있음을 놓쳐서는 안 된다. 누군가 지적했듯이 햄릿의 말재주꾼으로서의 역할이 없다면 극의 80퍼센트 이상이 사라져버릴 것이다.

말장난에 의해 유발되는 끝없는 애매모호함 때문에 햄릿은 가면에 의해 감추어지는 긴장(tension)을 띠게 된다. 약탈자인 클로디어스에게 중요한 것은 햄릿의 의도를 밝히는 것, 즉 그가 미친 척하는 이유를 찾

---

15) 각종 경기에서 우열을 평균화하기 위해, 나은 편에 주는 불리한 조건, 또는 못하는 편에 주는 유리한 조건을 의미한다. 레어티즈가 햄릿보다 더 나은 검사로 간주되므로 햄릿에게 유리한 조건이 주어진다.
16) 동음이의어를 이용한 말장난.

아내는 것이다. 그러나 우리는 햄릿이 미친 척하는 방식, 무(無)에서 생각을 끄집어내고, 영감을 얻은 순간 재치로 적들을 놀라게 할 수 있도록 애매한 표현으로 말장난할 수 있는 기회를 찾는 방식을 소홀히 해선 안 된다. 이런 모든 방식에 의해 그의 말은 거의 광적인 요소를 띠게 된다.

그러면 다른 사람들은 이것을 토대로 나름대로 이야기를 구성하고 그것에 대해 이야기한다. 햄릿의 말이 그들에게 놀라운 것은 그의 말이 모순되기 때문이 아니라 매우 타당하기 때문이다. 단순한 가장유희가 아니라 의미의 차원에서 기표들의 유희를 보여주는 이런 유희성이 바로 이 극이 지닌 활기이다.

햄릿의 말과 주변 사람들의 반응 때문에 관객은 계속 햄릿이 하는 말의 참된 의미를 놓치고 만다. 바로 이 점에 의해 이 극의 범위와 의미가 결정된다.

내가 이런 점을 굳이 언급하는 것은 'foil'이라는 단어에 쓰인 작은 편에 많은 의미를 부여하는 것이 결코 자의적이거나 지나치지 않다는 점을 여러분에게 확신시키고자 함이다. 햄릿의 편은 무기분배라는 직접적인 문제와 관련된다(햄릿은 결투에 사용되는 것을 이용해서 말장난을 한다Hamlet fait jeu de mots avec ce qui est alors en jeu). 햄릿은 레어티즈에게 "내가 자네의 장식품이 되어주겠네(I'll be your foil)"라고 말한다. 그리고 얼마 후 햄릿은 바로 그 장식품에 의해 치명적인 상처를 입고 마침내 레어티즈와 최종 목표물인 왕을 죽임으로써 그의 생을 완결한다. 결국 이 편에서 햄릿은 자신과 죽음을 불러들이는 기표인 남근을 동일시하고 있다.

이제 햄릿의 마지막 행위가 행해지는 구조를 살펴보자. 햄릿과 더 잘생긴 그와 유사한 인물, 레어티즈의 결투는 도표의 아랫부분에 i(o) ― e로 표시되어 있다.[17] 남자 여자 모두 갈팡질팡하며 악취를 풍기는, 생명체의 환영(幻影)일 뿐이라고 여기는 한 남자가 드디어 자기 자신과 똑같이 생긴 경쟁자를 발견한다. 자로 재서 맞춘 듯이 비슷해 보이는 이 유사한 존재는 그에게 잠시나마 삶이라는 내기에서 그의 목적이 된다. 그리고 그 순간 그 역시 한 인간이 된다. 그러나 이런 짜맞추기 작업은 결과에 불과할 뿐 시작은 아니다. 그것은 주체 자신이 사라져버리는 순간에만 나타날 수 있는 남근이 끊임없이 현존함으로써 생겨난 결과다. 주체는 살인자가 되기 위해 남근을 손에 넣기도 전에 이미 굴복해버린다.

이 때 한 가지 의문이 제기된다. 무엇이 주체로 하여금 이런 식으로 이 기표에 접근하게 하는가? 이것에 답하기 위해 전에 언급했던 가장 특별한 갈림길인 묘지 장면으로 되돌아가 보자.

3

나는 묘지 장면에 대해 이미 세 번이나 언급했었다. 거기서 매우 특이한 사실이 발견된다. 누이를 매장할 때 레어티즈가 보이는 슬픔에 햄릿은 참지 못한다. 자제력을 잃고 비틀거리며 더 이상 참을 수 없을 만큼 햄릿의 마음을 흔들어놓은 것은 레어티즈의 애도에 드러난 가식성이었다.

이것이 처음으로 나타난, 가장 진정한 경쟁관계이다. 햄릿은 기사다운 온갖 장비를 다 갖추고 끝이 무딘 칼을 들고 결투에 임하지만 묘지에서는 오필리아의 시체가 막 안치된 무덤 속으로 뛰어들어 레어티즈의 목덜미를 잡으러 달려든다.

---

17) 이 책 147쪽의 두 번째와 세 번째 그래프 참조.

뭘 하고 싶은지 말해보게.

울겠나? 싸워보겠나? 굶을 텐가?

나도 그러겠네. 여기에 울러 왔나?

무덤 속에 뛰어들어 나를 무색하게 하러 왔나?

그녀와 함께 묻히러 왔나? 나도 그렇게 하겠네.

자네가 산 운운했으니 우리 위에 몇 백만 에이커의 흙이라도

쌓아보라지. 무덤 끝이 황도에 그을리고

오사(Ossa)의 높은 봉우리가 사마귀만 하게 보일 만큼.

자네가 장담한다면 질 내가 아니지.

이에 모든 사람이 아연해하며 달려들어 싸우는 두 사람을 떼어놓는다. 그러자 햄릿이 계속해서 다음과 같이 말한다.

이것 보게.

자네는 내게 왜 그런 태도를 취하는가?

나는 항상 자네를 사랑했네. 그렇지만 다 쓸데없는 소리야.

헤라클레스는 실컷 뻐겨보래지.

개나 고양이 신세인 햄릿에게도 좋은 시절이 오겠지.

—5막 1장

개나 고양이 신세인 햄릿에게도 좋은 시절이 오겠지(The cat will mew, and dog will have his day)라는 햄릿의 말에는 속담의 요소가 포함되어 있다. 여러분이 그 의미를 충분히 유추할 수 있을 것이므로 그것에 대해 깊이 논의하지는 않겠다.

후에 햄릿은 호레이쇼에게 레어티즈가 자신의 슬픔을 다른 사람들에

게 과시하는 것을 보고 참을 수 없었다고 설명한다. 이 말을 통해 우리는 문제의 핵심으로 다가설 수 있게 된다.

욕망을 부추기는 대상의 형성과 애도는 어떻게 관련되는가? 명백하긴 하지만 논의의 핵심과는 동떨어져 보이는 것을 통해 그 문제에 다가가보자.

햄릿은 오필리아와 다른 여러 사람을 경멸하며 잔인하게 대한다. 일단 오필리아가 자신의 욕망의 대상으로서 거부된 후 그가 끊임없이 그녀에게 점잖지 못한 공격과 모욕을 가한다는 점은 앞에서 이미 언급되었다. 그러다 갑자기 그 대상이 햄릿에게서 긴박함과 중요성을 회복하게 된다.

> 나는 오필리아를 사랑했네. 사만 명 오빠들의
> 애정을 다 합해도 내 사랑에는 따르지 못하리.
> 도대체 자네가 그녀에게 뭘 해줄 것인가?
>
> —5막 1장

이 말로 햄릿은 레어티즈에게 도전하기 시작한다. 물론 여기서도 햄릿의 구조를 다른 방식으로 제시해주고 그 구조를 완결시키는 특성이 발견된다. 즉, 햄릿에게 욕망의 대상은 불가능한 대상이 되었을 경우에만 다시 욕망의 대상이 될 수 있다.

이미 살펴보았듯이 강박신경증 환자의 욕망에서는 충족불가능한 것이 욕망의 대상이 된다. 그렇지만 이렇게 지나치게 자명해보이는 면에 너무 쉽게 만족해선 안 된다. 욕망의 구조상 인간의 욕망의 대상에는 항상 불가능성이 내포되어 있다. 단지 강박신경증 환자는 자신이 이런 불가능성에 직면해 있다는 사실을 특별히 강조한다. 다른 말로 표현하면 강박신경증 환자는 그의 욕망의 대상이 불가능성을 나타내는 기표가 되도록 모든 것을 그렇게 미리 만들어 놓는다.

그러나 이것보다는 좀 더 깊은 면에 관심에 가져보자.

프로이트의 여러 공식들 덕에 대상-관계(object-relationship)에 의해 애도가 규정될 수 있다. 많은 심리학자들이 그렇게 많은 세월을 연구했음에도 불구하고 애도의 대상을 처음으로 강조한 사람이 바로 프로이트였다는 사실이 놀랍지 않은가?

애도의 대상이 중요한 것은 프로이트가 '합병(incorporation)'이라는 말로 정의하려 했던 동일시 관계 때문이다. 지금까지 연구하면서 배운 어휘들을 이용해서 애도에서 일어나는 동일시 현상을 다시 규명해보자.

상징적 도구로 무장하고 이 길을 따라가보면 다른 방법으로는 도저히 얻을 수 없는, 애도의 기능에 대한 새롭고 함축적인 시각이 생겨난다. 수년에 걸친 세미나에서 제시되었던 상징계, 상상계, 실재계라는 세 영역을 통해 어떤 동일시가 일어나는지 규명해보자.

잃어버린 대상의 합병이란 무엇인가? 애도의 작용은 어떤 것인가? 〈애도와 우울증(Mourning and Melancholia)〉을 통해 프로이트가 열어준 길을 따라가던 모든 사고를 중단한 채 우리는 지금 막막한 상황에 처해 있다. 왜일까? 바로 문제가 적절히 제기되지 않았기 때문이다.

우선 애도에서 가장 명백해 보이는 것부터 살펴보자. 묘지 장면에서 가장 잘 나타나듯이 슬픔의 소용돌이 속으로 빠져드는 주체는 자신이 대상과 어떤 관계를 맺고 있다는 사실을 깨닫는다. 레어티즈는 무덤 속으로 뛰어들어 이제는 없어짐으로써 그의 욕망의 원인이 된 대상, 즉 현실세계의 어느 것에도 상응할 수 없게 됨으로써 더욱 더 절대적인 위치를 차지하게 된 대상(오필리아 — 옮긴이)을 껴안는다. 인간의 모든 경험에서 참을 수 없는 면은 자신이 직접 경험하지 못하는 자신의 죽음이 아니라 다른 사람의 죽음이다.

죽음으로부터 생겨나고 주체에게 애도를 요청하는 틈새, 혹은 구멍은 어디에 생기는가? 그것은 바로 실재계에 생긴다. 그리고 이 구멍에 의해 주체는 내가 앞 세미나에서 배제(Verwerfung, repudiation, foreclosure)라는 이름으로 제시했던 것과 상반되는 관계 속으로 들어간다.

상징계로부터 거부된 것이 실재계에 다시 나타나는 것과 마찬가지로 죽음에 의해 생겨난 실재계 속의 구멍 역시 기표를 작동시킨다. 이 구멍은 없어진 기표가 투사될 수 있는 자리로서 작용하고 이것이 타자의 구조에서 필수적인 요소가 된다. 이 기표가 없어지면 타자가 우리의 질문에 반응할 수 없게 된다. 이 기표는 우리 자신의 살과 피를 지불했을 경우에만 살 수 있는 것이다. 즉, 그것은 본질적으로 가면을 쓰고 있는 남근이라는 기표다.

바로 그 구멍에 남근의 기표가 자리잡는다. 그러나 동시에 그곳에 자리잡지 못한다. 왜냐하면 남근의 기표는 오로지 타자의 차원에서만 표출되기 때문이다. 그 구멍으로 정신병에서와 마찬가지로 수많은 이미지들이 남근의 자리를 차지하러 몰려든다. 그리고 그 구멍 속에서 정신병에서처럼 — 여기서 애도와 정신병이 연관된다 — 수많은 이미지들이 남근의 자리를 차지한다. 이것으로부터 애도의 현상이 발생한다. 애도에는 햄릿의 경우처럼 개별적인 광증뿐만 아니라 인간 공동체의 집단적인 광증도 포함된다. 《햄릿》의 전면에 부각된 유령이 집단적 광증의 한 예다. 유령이란 누군가의 죽음에 적절한 의식(rites)이 수반되지 않았을 때 사람들의 마음을 갑자기 사로잡는 이미지다.

죽은 사람에 대한 추모의 의무는 의식을 통해 이루어진다. 의식이라는 것이 천국에서 지옥까지 모든 것에 간섭하고자 하는 상징계의 전체적인 활동이 아니라면 도대체 무엇이겠는가?

기표의 총체성에 의해서만 실재계에 난 구멍이 메워질 수 있다. 애도의 작용은 로고스 차원에서 수행된다. 문화적으로 형성된 집단과 공동체가 로고스의 대들보 역할을 하긴 하지만 집단이나 공동체라는 말 대신 나는 로고스라는 말을 사용한다. 애도의 작용은 무엇보다 의미화 요소들이 존재 속에 생겨난 구멍에 대처하지 못함으로써 발생되는 혼란을 막기 위해 수행된다. 왜냐하면 애도가 충분치 않은 경우 문제가 되는 것은 기표체계의 총체성이기 때문이다.

죽은 사람을 충분히 만족시키지 못하고 뭔가를 빠뜨렸거나 거절했을 때, 중요한 의식이 생략됨으로써 남겨진 구멍 속에 유령이나 도깨비가 나타난다는 전설에서 발견되는 미신 역시 이것으로 설명될 수 있다.

여기서《햄릿》의 비극이 지닌 새로운 면이 발견된다.《햄릿》은 지하계의 비극이다. 유령은 달랠 수 없는 불쾌감에서 발생한다. 이런 관점에서 오필리아는 최초의 불쾌감에 대한 속죄의 희생양이다. 햄릿이 폴로니어스를 살해한 후 발목을 잡고 시체를 이리저리 끌고 다니는 것 역시 같은 맥락에서 이해될 수 있다.

폴로니어스의 시체를 숨긴 다음 햄릿은 갑자기 거리낌없이 매우 지독한 수수께끼 같은 말로 모든 사람을 조롱한다. 이 중 가장 지독한 것은 일종의 숨바꼭질 게임을 언급하는 "꼭꼭 숨어라, 찾으러 간다"라는 말이다. 햄릿이 주변 사람들의 염려하는 마음을 무시하고 폴로니어스의 시체를 숨기는 것은 불충분한 애도에 대한 또 하나의 조롱이다.

대상 — 관계라는 것이 환상과 매우 동떨어진 것처럼 보이긴 하지만 다음 시간에는 이 둘의 관계에 대해 논의해보자. 이 관계를 이해하는 데 애도가 약간의 도움이라도 된다면 말이다.《햄릿》에 나오는 온갖 사실들을 통해 이 논의와 깊은 관련이 있는 실재계, 상상계, 상징계의 경제체계가 더 잘 파악될 것이다.

남근의 현시[18]

《햄릿》의 비극은 욕망의 비극이다. 이제 논의를 끝낼 단계이므로 사람들이 항상 마지막에 주목하는, 매우 명백한 것에 주의를 기울일 때가 된 것 같다. 내가 아는 한 《햄릿》의 처음부터 끝까지 모든 사람이 애도에 관해 이야기한다는 사실을 언급한 비평가는 한 사람도 없었다. 물론 일단 명확하게 제시된 후에는 그것을 간과하기가 어렵지만.

햄릿의 어머니가 재혼한 사실을 수치스럽게 만드는 것은 바로 애도이다. 사랑하는 아들이 '정신이상(distemper)'된 원인을 찾다가 그녀 스스로 "아버지의 죽음과 우리의 지나치게 성급한 결혼 말고 다른 이유야 없겠지요"라고 말한다. 그리고 '장례식 음식'이 '결혼 잔칫상'에 다시 올라오는 것, "호레이쇼, 그게 바로 검약이라는 거야"라는 햄릿의 말이 굳이 상기될 필요도 없다.

현대사회의 사용가치와 교환가치의 조화에 대한 마르크스적 경제분석에는 한 가지가 빠져 있다. 햄릿의 말이 이 분석에서 간과된 것을 적절히 보여준다. 그것은 바로 이 시간의 주제인, 우리가 매순간 느끼는 의식적(儀式的) 가치의 중요성과 정도이다. 우리가 실생활에서 그 가치를 끊임없이 인식한다 할지라도 인간경제에 필수적인 요소로서, 이 시간에 특별히 그것을 다룰 필요가 있다.

나는 이미 애도에 나타난 의식(儀式)의 기능에 대해 언급했다. 의식은 애도에 의해 벌어진 틈새를 메우는 중개자 역할을 한다. 보다 정확히 표현하면 의식에 의해 이 틈새는 더 큰 틈새, x점, 상징계의 결여와 일치하게 된다. 프로이트도 어디선가 지적했듯이 꿈에서 중심이 되는

---

18) 남근의 현시(phallophany)라는 단어는 라캉이 남근(phallus)과 현시 혹은 구현이라는 의미의 '-phany'를 합성해서 만들어낸 신조어다.

이미지는 이런 결여에 대한 심리적 대응물일 것이다.

《햄릿》에는 모든 경우의 애도에 한 가지 요소가 계속 나타난다. 바로 의식이 항상 생략되고 비밀리에 행해진다.

정치적인 이유로 폴로니어스는 아무 의식 없이 비밀리에 황급히 매장된다. 그리고 여러분 모두 오필리아가 어떻게 매장되는지 기억할 것이다. 자살했을 게 틀림없는 오필리아가 어떻게 교회 묘지에 묻히는지 토론하는 장면이 있다. 무덤 파는 사람들은 오필리아의 사회적 지위가 그렇게 높지 않았다면 그녀가 다르게 취급되었으리라 확신한다. 목사 역시 그녀를 기독교식으로 매장하는 것에 찬성하지 않으며〔"그녀는 최후의 심판날까지 부정한 땅에 매장되어 있을 텐데. 고별기도 대신 그릇 조각이나 부싯돌, 조각돌들이 그녀에게 던져졌을 거야."(5막 1장)〕그가 동의한 의식조차 생략되어 행해진다.

이 외에도 살펴볼 것이 많다.

햄릿의 아버지의 유령에게는 달랠 수 없는 슬픔이 있다. 그는 부지중 "죄가 한창일 때" 갑자기 죽임을 당했으므로 영원히 죄과를 치러야 한다고 말한다. 그에게는 죽기 전에 평정을 찾거나 저승 심판관 앞에 불려가기 전 마음의 준비를 할 시간이 없었다.

여기서 매우 의미심장하게 한 곳으로 집중되는, 영어식으로 표현하면 많은 '단서들'이 발견된다. 그러면 이 단서들이 나타내는 것은 무엇인가? 이 단서들을 통해 애도와 그 필요성이 욕망의 드라마와 맺는 관계가 드러난다.

정신분석에서 접하게 되는 욕망의 대상이라는 문제에 대한 연구의 하나로 나는 오늘 이 점에 대해 집중적으로 논의할 예정이다.

1

우리는 지금 대상이라는 문제를 매우 다른 각도에서 접근하고 있다. 애도에서 주체는 자신을 대상과 동일시한다. 주체는 그의 자아 속으로 대상을 재통합시킨다. 이게 무슨 말인가? 우리는 지금 정신분석 이론에서 양립할 수 없는 두 가지 상반된 면을 다루고 있는 것은 아닐까? 이것이 문제를 더 심각하게 만들지는 않을까?

지금까지 《햄릿》의 애도에 대해 많은 이야기를 했다. 그러나 《오이디푸스》와 마찬가지로 《햄릿》에도 애도의 밑바닥에 범죄가 도사리고 있다는 사실이 흐려져서는 안 된다. 어느 지점까지는 빠르게 연속적으로 일어나는 애도의 모든 과정이 최초의 범죄에서 생겨난 결과일 수 있다. 이런 의미에서 《햄릿》은 일종의 오이디푸스적인 극, 《오이디푸스왕》의 속편으로 읽혀질 수 있고 비극이라는 계보에서 같은 차원의 기능을 지닌 극으로 간주될 수 있다. 그리고 이 때문에 프로이트와 그의 제자들이 《햄릿》을 끊임없이 중요하게 여겨왔다.

오이디푸스의 범죄에서 정신분석 전통이 발견해내는 것은 법이 각인되는 자리인 타자와 주체의 관계이다. 그리고 정신분석에서 기원들(origins)이라는 문제 역시 햄릿을 중심으로 고찰된다. 이제 최초의 범죄와 주체의 관계가 지금까지 어떻게 표현되었는지 그 주요한 세부 사항들을 살펴보자.

명확한 구분이 없으면 모든 것이 흐려져서 이론적 사고가 어려워진다. 최초의 범죄와 주체의 관계는 두 단계로 구분된다.

첫째, 범죄의 단계로서 이것은 레비-스트로스의 《토템과 금기(Totem and Taboo)》에 완벽하게 제시되어 있다. 이 책은 충분히 프로이트적인 신화라 불릴 만하다. 프로이트의 설명은 역사시대에 출현한 단 하나의 완벽한 신화일 것이다. 이 신화에 의하면 법체계는 보다 근본적인 것, 즉 범죄를 토대로 했을 경우에만 생겨난다. 이것이 또한 프로이트가 오이디푸스 신화에서 찾아낸 의미이다.

프로이트는 기원이라는 문제를 최초의 부친살해로 설명한다. 그는 부친살해가 정신분석의 모든 문제에 연관되어 있으며 부친살해가 개입되지 않으면 정신분석이 완결될 수 없다고 생각한다. 프로이트가 유목민과 유대교 전통의 기원으로 간주하는 최초의 부친살해에는 분명히 신화적인 성격이 들어 있다.

비극적 영웅이 비극의 차원에서 법을 새롭게 하고 세례에서처럼 법의 부활을 보증할 때 법과 범죄의 관계가 새롭게 전개된다. 이것이 두 번째 단계다. 오이디푸스뿐만 아니라 누구나 어느 순간 오이디푸스 드라마를 반복할 때 이 단계를 경험할 수 있다.

오이디푸스 비극은 신화를 의식적(儀式的) 재현으로 보는 내 정의를 완벽하게 충족시켜준다. 오이디푸스는 전혀 모르고 있으므로 실제로는 완전히 무죄다. 오이디푸스는 그것을 인식하지 못한 채 범죄로부터 질서를 회복하려 한다. 그는 꿈과 같은 상태에 있다. 그에게 삶은 하나의 꿈이다. 그는 스스로 자신을 벌하고 결국 거세당한다.

이것은 첫째 단계인 최초의 살해만으로는 드러나지 않는 점이다. 물론 가장 중요한 것은 처벌, 제재, 거세다. 거세는 성(性)을 교화하는 숨겨진 열쇠다. 이 열쇠에 의해 욕망이 전개되면서 벌어지는 사건들이 제자리를 잡게 된다.

오이디푸스의 비극과 햄릿의 비극이 어떻게 다른지 살펴보는 것 역시 재미있는 일이다. 서로 다른 점들을 상세히 조목조목 따져보자면 시간이 많이 걸리겠지만 그래도 몇 가지 예를 들 수는 있다.

《오이디푸스》에서는 범죄가 주인공 자신의 세대에서 일어난다. 그러나 《햄릿》에서는 범죄가 이전 세대에서 이미 일어났다. 《오이디푸스》에서는 자신이 무슨 일을 하는지 전혀 의식하지 못하는 주인공이 어떤 면에서 운명의 힘에 이끌리는 반면, 《햄릿》에서는 범죄가 의도적으로 수행된다.

《햄릿》에서의 범죄는 배신의 결과다. 햄릿의 아버지는 깨어 있을 때와 전혀 다른 상태인 잠자는 도중 기습적으로 공격당한다. 그의 말대로 그는 "죄가 만발한 상태에서" "목숨이 끊겼다". 그는 전혀 예측하지 못했던 곳으로부터 일격을 당한다. 이것이 바로 실재계의 진정한 침입이며 운명이라는 실타래에 나 있는 단절이다. 셰익스피어의 텍스트에서 볼 수 있듯이 그는 꽃으로 만든 침상에서 죽는다. 이것은 무언극(판토마임)으로 진행되는 극중극의 첫 부분에서 그대로 재현된다.

역설적이게도 햄릿의 경우에는 범죄가 갑자기 발생한다 해도 주체가 '알고 있다'는 사실에 의해 그 놀라움의 정도가 약간은 상쇄된다. 햄릿의 드라마는 오이디푸스의 드라마와는 달리 "도대체 무슨 일이지?" "무슨 죄일까?" "도대체 범인은 누굴까?"라는 질문으로 시작되진 않는다. 햄릿의 드라마는 주체가 들어서 이미 명백히 알고 있는 범죄에 대해 공공연하게 비난하는 것으로 시작된다. 범죄의 폭로에 내포된 애매모호함은 무의식의 메시지를 나타내는 공식, 즉 횡선에 의해 거세된 기표 O[S($\emptyset$)]로 나타낼 수 있다.

일반적인 오이디푸스 상황을 공식으로 표현하면 S($\emptyset$)는 아버지(the Father)에 의해 구현된다. 아버지는 타자의 자리로부터 인정받은 처벌의 근원지로서 진실을 판단하는 진실(the truth about truth)로 간주된다. 그러나 아버지가 법의 제정자임이 틀림없다 해도 그 역시 다른 사람과 마찬가지로 그것을 보증할 수 없다. 현실세계의 아버지인 한 그 역시 자신을 거세된 아버지로 만들어버리는 횡선(bar)에 굴복해야 하기 때문이다.

햄릿의 상황과 오이디푸스의 상황을 같은 공식으로 나타낼 수 있다 하더라도《햄릿》의 첫 부분에서는 상황이 완전히 다르다.《햄릿》에서는 타자가 처음부터 횡선에 의해 거세된 상태로 나타난다. 타자는 살아 있는 사람들의 세계에서 뿐만 아니라 자신이 지은 죄를 갚을 수 있는 기회로부터도 제외된다. 그(햄릿의 아버지)는 도저히 갚을 수 없는 부채인 죄를 짊어지고 지옥의 왕국에 들어갔다고 말한다. 그리고 실제로 이 점이 아버지가 아들에게 폭로하는 가장 무서운 의미이다.

오이디푸스는 죄과를 지불한다. 그는 거세라는 자신이 보상한 부채의 짐을 짊어지고 가야 할 영웅적인 운명을 지닌 사람이다. 이와 반대로 햄릿의 아버지는 기습적으로 목숨을 잃게 되어 내세마저 차단당함으로써 죄과를 치를 가능성을 영원히 잃고 만 것에 대해 계속 불평을 토로한다.

논의가 어느 정도 진행되었으므로 이제 응보 혹은 처벌에 관한 문제에 대해 살펴보자. 거세당할 때 남근이라는 기표에 무슨 일이 발생하는가?

프로이트 자신도 약간은 세기말적인 방식으로, 어떤 이유에선지 우리가 오이디푸스적인 드라마를 겪고 나면 그것이 뒤틀린 형태를 취하게 되고 그 반향이《햄릿》에도 분명히 존재한다고 지적했다.

1막 끝부분에 있는 햄릿의 첫 번째 독백을 살펴보자. "세상은 난장판이다. 이 무슨 저주받은 원한인가!(O cursed spite!) 내가 그걸 바로잡을 운명을 지고 태어나다니!(That ever I was born to set it right!)" "이 무슨 저주받은 원한인가"에서 셰익스피어 소네트에 계속 등장하는 'spite'라는 단어는 "그는 순전히 화풀이로 그렇게 했다(he did it out of pure spite)"는 말에서처럼 '분통(dépit)', 원한, 화남으로만 번역될 수 있다.

그렇지만 주의하자. 엘리자베스 시대의 사람들을 이해하려면 먼저 단어들의 여러 용례들을 살펴본 다음 주관적 의미와 객관적 의미의 중간 정도를 나타내는 새로운 의미를 도출해내야 한다. 오늘날 'spite'에는 "그는 순전히 화풀이로 그렇게 했다"라는 말에서처럼 주관적인 의미만 남아 있다. 그러나 "이 무슨 저주받은 원한인가!"에서 'spite'의 의미는 주체의 경험과 세계의 불의(不義) 사이 어디쯤엔가 존재한다. 지금은 이 단어에서 세계의 질서를 나타내는 의미는 사라져버린 것 같다. "이 무슨 저주받은 원한인가!"에는 햄릿이 원한을 느끼는 대상과 시간의 부당함이 동시에 나타난다. 셰익스피어의 'spite'라는 어휘에서 우리는 '아름다운 영혼(schône Seele)'[19]의 환상을 잠깐 볼 수 있다. '아름다운 영혼' 역시 'spite'와 마찬가지로 우리가 아무리 벗어나려 해도 결코 벗어날 수 없는 것이기 때문이다. 내가 방금 전 소네트를 언급한 것은 다 까닭이 있어서다. 그래서 나는 그 구절을 "O malédiction, que je ne sois né jamais pour le remettre droit(이 무슨 저주인가? 내가 그것을 결코 바로잡을 수 없는 운명을 타고 나다니!)"라고 불어로 번역했다.

이것에 의해 《햄릿》이 오이디푸스 콤플렉스의 소멸을 보여주는 한 예라는 우리의 해석이 입증되고 심화된다. 소책자의 제목이기도 한, 개인의 삶에 나타난 "오이디푸스 콤플렉스의 소멸(der Untergang des ödipus-Komplexs)"이라는 표현에서 프로이트 역시 '소멸'이라는 용어

---

19) 헤겔의 내성적이고 사유적인 '아름다운 영혼'의 변증법에 대한 언급이다. 《정신현상학》, Baillie 역(New York ; Harper & Row, 1967), 663~667, 675~676, 795쪽. 일반적으로 18세기에서 19세기 초 독일의 여러 작가들을 언급하는 말로 간주된다. 몇 개의 다른 문맥에서 라캉은 이 변증법을 《현상학》에 있는 다른 변증법(주인과 노예의 변증법, 정신의 법의 변증법)과 연관시킨다. 그리고 그는 아름다운 영혼이 주변세계에서 인식된 무질서가 곧 자신의 내적 상태의 반영이라는 것을 인식하지 못한 채 그것을 비난한다는 점을 강조한다. *Écrits*, 171~173, 281, 292, 415쪽 참조.

를 사용한다. 《프로이트 전집(Gesammelte Werks)》의 XII권(*Standard Edition*, XIX, 173~179쪽)을 참조하기 바란다.

2

1924년 프로이트 자신도 궁극적으로 오이디푸스 콤플렉스에서 수수께끼라 할 수 있는 것에 관심을 기울인다. 그것은 단순히 아버지를 죽이고 어머니와 결합하고 싶었던 주체의 욕망이 아니라 무의식 속에 있는 것이다.

그것은 어떻게 무의식에 자리잡는가? 자신의 전 세계를 구성하는 원천이 될 그의 생애 중 중요한 시기인 잠재기에 주체가 더 이상 오이디푸스적 상황에 의해 전혀 영향받지 않도록 그것은 어떻게 무의식에 자리잡는가? 적어도 초기에는 프로이트도 오이디푸스 콤플렉스의 영향력으로부터 완전히 벗어나는 것이 모든 문제를 행복하고 명확하게 해결하는 길이라고 인정했다.

먼저 프로이트의 말이 우리의 논의에 도움이 될지 살펴보자.

오이디푸스 콤플렉스의 소멸은 그 이후의 모든 주체발전과정에 영향을 미치는 결정적인 사건이다. 그렇다면 프로이트는 오이디푸스 콤플렉스가 언제 소멸상태에 들어간다고 보는가? 주체가 오이디푸스 삼각형에서 양쪽으로부터(아버지와 어머니 모두로부터) 거세 위협을 느낄 때 오이디푸스 콤플렉스가 소멸한다. 만약 그가 어머니의 자리를 차지하고 싶어 해도 같은 일이 발생할 것이다. 여성이 거세되어 있다는 사실에 대해 주체가 인식할 때 오이디푸스 콤플렉스가 완결되고 성숙된다. 그러므로 남근이라는 문제에 대해서 주체는 탈출구가 없는 딜레마에 빠져 있는 셈이다.

프로이트가 오이디푸스 콤플렉스의 소멸에서 관건으로 제시한 것 (thing)은 바로 남근이다. 나는 '대상'이라는 말 대신 '것'이라는 표현을 사용했다. 왜냐하면 그것은 아직 상징의 단계에는 이르지 못했지만 머지 않아 상징이 될 잠재성을 지닌 실제 사물이기 때문이다.

이 논의에서 프로이트는 여자아이와 남자아이를 다르게 취급하지 않는다. 프로이트의 텍스트에 의하면, 이것(thing)과의 관계에서 주체는 욕망충족에 대해 무기력(lassitude)하다. 남자아이는 자신에게 욕망을 충족시킬 능력이 없다고 결론짓는다. 그리고 여자아이는 이런 식으로 욕망을 충족하는 것에 대해 전혀 기대하지 않는다. 포기는 남자아이보다 여자아이의 경우에 더 명확히 나타난다. 이것을 프로이트의 텍스트에는 없지만 그 타당성은 충분히 입증될 수 있는 한 공식으로 나타내보자. "주체가 남근을 애도해야 하는 한 오이디푸스 콤플렉스는 소멸한다."

이 공식에 의해 오이디푸스 콤플렉스가 소멸되는 순간의 욕망이 나중에 어떤 역할을 하는지 알 수 있게 된다. 다소 불완전하게 억압된 오이디푸스 콤플렉스의 찌꺼기와 파편들은 사춘기에 신경증적인 증상으로 다시 나타난다. 그러나 그것이 전부는 아니다. 오이디푸스 콤플렉스가 소멸함으로써 무의식뿐만 아니라 상상계의 경제 체계에서 주체가 생식기를 정상적으로 받아들이게 된다. 이것은 분석가들이 공통적으로 겪는 경험이다. 생식기의 성숙과정이 잘 이루어지려면 오이디푸스 콤플렉스가, 되도록 완벽하게 종식되어야 한다. 왜냐하면 남자와 여자 모두에게 오이디푸스 콤플렉스의 결과는 거세 콤플렉스가 남긴 흉터나 정서적 흔적이기 때문이다. 애도의 메커니즘에 대한 프로이트의 글들이 오이디푸스 콤플렉스의 소멸을 남근에 대한 애도로 이해하는 데 상당한 도움이 된다. 이제 지금까지의 논의를 종합해보자.

애도해야 할 대상들의 한계를 어떻게 규정할 것인가? 이것 역시 아직 해결되지 않았다. 남근은 애도의 대상에 추가될 또 하나의 단순한 대상이 아니다. 다른 곳에서와 마찬가지로 남근은 이곳에서도 역시 자신만의 자리를 따로 차지한다. 남근의 자리는 배경을 바탕으로 해서 결정되어야 한다. 그러면 그 결과 배경의 자리 자체가 명백해질 것이다. 즉, 남근이 규정되면 다른 애도의 대상들도 당연히 규정될 것이다.

이제 욕망 속에서 대상이 차지하는 자리에 관한 문제가 완전히 새롭게 다루어질 수 있게 되었다. 나는 지금까지 이 문제를 집중적으로 논의하면서 그것에 여러 의미를 부여하기 위해 여러 가지 방법으로 강조를 했다. 그리고《햄릿》분석이 그 연구에 많은 도움이 되었다.

남근에 특별한 의미를 부여하는 것은 무엇인가? 여느 때처럼 프로이트는 미리 생각해보지도 않고 즉흥적으로 그것이 주체의 자기애적 (narcissistic) 요구라고 대답한다. 고맙게도 프로이트는 항상 즉흥성으로 죽을 때까지 우리를 놀라게 했다. 그렇지 않았더라면 그는 이 연구 분야에 늘어놓았던 것을 결코 마무리짓지 못했을 것이다.

오이디푸스적인 요구의 최종적인 결과가 나오려는 순간, 주체는 자신이 어느 경우건 그것(the thing)을 박탈당함으로써 거세되리라는 것을 깨닫고서 차라리 자신의 일부를 포기해버린다. 그래서 결국 그것은 그에게 영원히 금지되고 도표의 윗부분에서 점선으로 표시된 기표들의 연쇄를 형성한다. 부모와의 변증법에 사로잡혀 있던 애정관계가 소멸됨으로써 주체가 오이디푸스 관계로부터 벗어나는 것은 남근이 자기애적 단계의 초기부터 수수께끼처럼 개입했기 때문이라고 프로이트는 말한다.

이 말을 우리가 사용하는 어휘로 바꿔보자. 물론 그렇게 했을 경우에도 프로이트의 말이 잘 설명되지 않는다면 소용없는 일이겠지만 말이다. 프로이트는 문제의 핵심을 다루느라 가정들을 고찰할 시간이 없어서 그 말에 대해 깊이 논의하지 않았던 것 같다. 일반적으로 모든 행동은 이런 방식으로 이루어진다. 특히 모든 진정한 행동, 지금 논의되고 있는 햄릿의 행동 역시 그렇게 이루어진다.

우리가 사용하는 담론상의 용어로 표현하면 '자기애적'인 것은 상상계와 연관된다. 주체는 타자의 영역과 자신의 관계를 탐색해야 한다. 타자의 영역이란 주체가 사랑의 요구를 표출하는 상징계 속의 영역을 의미한다. 주체가 이 탐색을 끝마칠 때 남근의 상실이 엄청난 상실로 다가온다. 이 때 주체는 이 애도의 필요성에 어떻게 대처하는가? 내가 이미 언급했듯이 주체는 정신병 기제와 마찬가지로 상상계를 구성함으로써 이 필요성에 대처한다.

남근의 위치는 항상 가려져 있다. 남근은 한 순간에 대상에 반영되어 갑작스럽게 자신의 모습을 드러낸다. 물론 그것은 주체에게 남근을 갖느냐 아니면 갖지 못하느냐의 문제이다. 그러나 남근을 박탈당한 상태에서 욕망의 주체로서 주체의 기본적인 입장은 달라진다. 주체 자신이 하나의 부정적인 대상이 된다.

거세와 좌절, 박탈은 모두 주체의 소외를 의미한다. 그러나 이 세 가지는 구분되어야 한다. 거세 차원에서 주체는 기표가 소실(blackout)된 상태로 나타난다. 만약 주체가 타자의 차원에서 법에 복종한 상태로 나타나면 그것은 다른 것이 된다. 주체가 자신을 욕망 속에서 규정해야 할 때, 그것은 또 다른 것이 되고 만다. 이 때 주체의 소멸은 매우 독특한 형태를 띠게 된다. 이 점에 대해서는 좀 더 명확히 규명해볼 필요가 있다.

《햄릿》의 비극이 밟아가는 경로를 이 방향으로 한 번 쫓아가보자.

3

물론 불쌍한 햄릿이 직면해 있는 '썩은 것(something rotten)'은 남근에 대한 주체의 입장과 매우 긴밀히 연관되어 있다. 그리고 남근은 햄릿이 행동할 중요한 순간에 다가설 때마다 처하게 되는 무질서 속에 항상 존재한다.

햄릿이 죽은 아버지에 대해 이야기할 때 아버지를 찬양하고 이상화시키는 방식에는 이상한 점이 있다. 햄릿은 아버지에 대해 말을 통해 직접적으로 이야기하지 않는다. 실제로 그는 입을 다물어버린다. 그는 아버지 역시 다른 사람과 마찬가지였다는 것 외에 달리 할 말이 없다면서 원래의 의미 너머에 있는 또 다른 의미를 나타내는, 영어식으로 표현하면 '함축적(pregnant)'이라 불리는 특별한 기표의 형태로 말을 끝맺는다. 그러나 그가 말하고자 하는 것은 그의 말과 정반대다. 이것이 바로 내가 여기서 말하고자 하는 것을 보여주는 첫 번째 암시이며 첫 번째 흔적이다.

또 다른 흔적은 햄릿이 클로디어스에게 가하는 거부, 반대, 경멸이 '부정(dénégation)'[20]의 형태를 띤다는 점이다. 주로 어머니의 면전에서 크로디어스에게 쏟아붓는 햄릿의 모욕적인 말들은 "조각으로 이어붙인 왕(a king of shreds and patches)"이라는 표현에서 절정을 이룬다. 이것은 오이디푸스의 비극과 달리 햄릿의 비극에는 아버지가 살해된 후에도 남근이 여전히 존재하고 있다는 사실에 연관된다. 햄릿의 비극에는 남근이 분명히 존재하며 그 남근을 구현한 사람은 바로 클로디어스다.

모든 상황에 클로디어스의 실제 남근이 항상 존재한다. 어머니가 그

---

20) 프로이트의 용어인 Verneinung을 라캉이 불어로 번역한 것인데 영어에서는 대개 'negation'으로 번역된다. 여기서 이 단어가 사용된 것은 클로디어스에 대한 햄릿의 적대적인 말들이, 억압되어 있는 클로디어스에 대한 찬양을 의미하는 것으로 해석될 수 있다는 점을 나타내고자 함이다. 프로이트가 1925년에 쓴 "부정(Negation)"(*Standard Edition*, Vol. XIX, 235~239쪽)과 라플랑슈(Laplanche)와 퐁탈리스(Pontalis)가 쓴 같은 제목의 글을 참조.

남근에 의해 충족되었다는 사실 외에 햄릿이 달리 무슨 까닭으로 어머니를 비난하겠는가? 그는 말리던 손을 놓고 아무 말도 못한 채 실제로 존재하며 극 전개의 중심이 되는 치명적이고 결정적인 대상, 클로디어스에게 어머니를 보내고 만다.

다른 여자들과 거의 다를 바 없고 인간의 감정들을 상당히 잘 보여주는 어머니를 이끄는 무엇인가가 클로디어스에게는 있다. 이 점이 햄릿의 행동을 더디게 하고 주저케 하는 것은 아닐까? 그의 놀란 마음은 전혀 예기치 못했던 것 앞에서 전율한다. 왜냐하면 남근이 오이디푸스 콤플렉스에서 제자리를 완전히 벗어나 있기 때문이다. 그리고 공격해야 할 남근이 실제로 존재한다. 그래서 햄릿은 항상 멈추고 만다. 오이디푸스 콤플렉스의 소멸에 대해 프로이트가 말했듯이 매순간 햄릿을 주저하게 만드는 것은 자기애다. 우리는 결코 남근을 공격할 수 없다. 왜냐하면 남근이 아무리 실제적인 것이라 할지라도 그 남근은 바로 유령(ghost)이기 때문이다.

우리는 때로 왜 아무도 히틀러를 암살하지 않았는가라는 질문에 곤혹감을 느낀다. 그러나 히틀러가 동일시를 통해 군중을 동질화시키는 기능을 지닌 바로 이 대상 x였다는 사실은 프로이트에 의해 이미 증명되었다. 이것을 염두에 두고 논의 중이던 문제로 되돌아가보자.

당면한 문제는 힘과 권능의 기표인 남근이 수수께끼처럼 구체화되는 방식이다. 《햄릿》에서 남근은 매우 놀라운 형태로 실재계에 나타난다. 즉, 오이디푸스적 상황에서 남근이 죄인이며 약탈자인 클로디어스에게 나타난다. 기도하는 클로디어스를 보았을 때 무엇이 햄릿을 저지하는가? 두려움은 결코 아니다. 햄릿은 클로디어스를 경멸할 뿐이다. 햄릿이 클로디어스를 공격하지 못하는 것은 공격대상이 거기에 있는 클로디어스가 아니라는 사실을 햄릿이 알기 때문이다. 물론 2분 후에 어머니의 방에 도착해서 그녀를 몰아세우기 시작할 때, 그는 커튼 뒤에서 나는 소리를 듣고 살펴보지도 않은 채 달려들어 칼로 찌른다.

이름은 기억나지 않지만 어느 통찰력 있는 비평가는 햄릿이 옆방에 있는 클로디어스를 떠나온 지 얼마 안 되었으므로 커튼 뒤에 있는 사람을 클로디어스라고 생각하진 않았으리라는 점을 지적한다. 그럼에도 불구하고 불쌍한 폴로니어스를 꺼냈을 때, 그는 "못난 바보 같으니라구, 경솔하게 아무 데고 끼어드니 이 꼴이지 …… 나는 당신보다 더 큰 상전인 줄 알았지"라고 말한다. 누구나 햄릿이 왕을 죽이려 했다고 생각하겠지만 그는 정작 실제 왕이며 약탈자인 왕이 있는 곳에서는 주저하고 만다. 그는 좀 더 나은 무엇인가를 혹은 누군가를 원했다. 즉, 햄릿은 죄가 똑같이 만발한 상태에서 왕을 죽이고 싶어 했다. 그 앞에 무릎을 꿇고 있는 클로디어스는 햄릿이 쫓던 것이 아니었다. 무릎을 꿇고 있는 클로디어스는 죽이기에 적합한 그런 클로디어스가 아니었다.

그것은 결국 남근의 문제이다. 모든 자기애적 집착을 희생하는 순간, 치명적으로 상처를 입고 자신이 그 사실을 알게 되는 순간까지 그는 결코 그것을 공격하지 못한다. 그것(the thing)은 햄릿의 문체에 나타난 작은 수수께끼들 속에 이상하게, 그렇지만 명백하게 표현되어 있다.

햄릿에게 폴로니어스는 어떤 의미에서 아버지의 영전에 희생시킨 '송아지'에 불과하다. 폴로니어스의 시체를 계단 아래 숨겨두고 시체를 어떻게 했느냐는 다른 사람들의 질문을 받고서 햄릿은 그의 적들을 혼란시키는 몇 마디 농담을 한다. 모든 사람이 그의 말이 무엇을 의미하는지 의아해한다. 왜냐하면 그의 말이 그들 모두를 참을 수 없게 감질나는 상태로 몰고 가기 때문이다. 그러나 그가 그런 말을 하려면, 그의 말을 그들이 믿을 수 없을 만큼 많이 알고 있어야 한다.

이런 상태는 주체의 발화현상에 의해 이미 우리에게 친숙해져 있다.

햄릿은 지금까지도 비평가들에게 거의 수수께끼 상태로 남아 있는 다음과 같은 말을 한다. "몸은 왕과 함께 있지(The body is with the king)." ─여기서 햄릿이 시체(corpse)라는 말을 사용하고 있지 않음을 주목하자─ "그러나 왕은 몸과 같이 있지 않아(but the king is not with the body)." '왕'이 들어갈 자리에 '남근'을 넣어보자. 그러면 몸은 남근과 밀접한 관련을 맺고 있지만 남근은 어느 것에도 얽매어 있지 않다는 점이 명확히 드러난다. 그것은 항상 손가락 사이로 빠져나간다.

> 햄릿 : 왕은 어떤 것이야. (The king is thing ─)
>
> 길덴스텐 : 왕자님, 어떤 것이라구요? (A thing, my lord?)
>
> 햄릿 : 무(無)에서 나온 것이지. (Of nothing.)
>
> ─4막 2장

(이미선 옮김)

III

시각예술이론

시선과 응시의 분열[1]

주체의 분열, 외상(trauma)이 갖는 허구성.

모리스 메를로-퐁티. 철학적 전통.

모방. 모든 것을 보는 사람. 꿈 속에서 그것은 보여준다.

계속해볼까요?

언젠가 나는 여러분에게 '반복(Wiederholung, repetition)'의 어원이 지치게 하고 소모시킨다는 의미의 'holen(to haul, 끌어당기다)'이라고 말한 적이 있다.

끌어당기다, 잡아끌다. 도대체 무엇을 끌어당긴다는 말인가? 불어 단어의 애매모호함을 이용해서 제비뽑기(tirer au sort, to draw lots)라는 의미를 도출해내는 것일까? 만약 카드 한 벌 중 남아 있는 카드가 단 한 장뿐이라면 우리는 어쩔 수 없이 그 카드를 집어들어야 할 것이다. '충동(Zwang, compulsion)'이라는 것 역시 어쩔 수 없이 뽑아들어야 하는 이런 카드 같은 것은 아닐까?

기표의 유희에 사로잡혀 있으며 정수의 무한함에 반대되는 수학적인 의미의 집합의 특성을 통해 어쩔 수 없이 선택해야 하는 카드의 역할이 즉시 적용되는 하나의 공식이 만들어진다. 주체가 기표에 의해 적용되는 기표의 주체라면 기표들이 선택됨으로써 나타나는 결과인 통시성 속

---

1) 이 글은 "The split between the eye and the gaze"를 옮긴 것으로 *Four Fundamental Concepts of Psychoanalysis*, tr. Alan Sheridan(New York, London : W. W. London & Company, 1981), 67~78쪽에 실려 있다.

에서 공시적 조직망이 발견될 수 있다. 물론 이 공시적 조직망은 예측 불가능한 통계적 효과가 아니다. 이 조직망의 구조에는 회귀, 즉 반복이 함축되어 있다. 여러 방법들에 대한 설명을 통해, 아리스토텔레스의 'automaton(return, 회귀)'이 우리에게 보여주는 모습 역시 이런 반복의 구조다. '충동(Zwang)'에는 이미 '반복(automatisme)'의 의미가 들어 있으므로 반복충동을 나타내는 'Wiederholungszwang(repetition compulsion)'에서 'Zwang'만으로도 반복충동으로 번역되기도 한다.

1

우리는 흔히 유아가 아무 의미도 없이 제멋대로 혼잣말을 한다고 생각한다. 그러나 자기중심적인 것이라 잘못 알려져 있는 유아의 혼잣말에도 분명히 구문론의 규칙들이 존재한다. 그것을 입증해줄 여러 사실들에 대해서는 나중에 설명하겠다. 이 구문론의 규칙들은 전의식에 속하지만 사회라는 조직망 속에서 무의식이 축적(reserve)되는 장소가 된다.

물론 구문론은 전의식적이다. 그러나 주체는 자신의 구문론이 무의식의 저장소와 연관된다는 사실을 알지 못한다. 주체가 이야기를 시작할 때, 그의 구문을 다스리고 더욱 압축시키는 무엇인가가 잠재적으로 작용한다. 그러면 구문은 무엇과 연관되어 압축되는가? 구문은 프로이트가 심리적 저항에 대해 설명할 때, 신경핵(nucleus)이라 부른 것과 연관된다.

그러나 이 신경핵을 단지 외상(trauma)적인 것으로 간주하는 것은 정확한 해석이 아니다. 신경핵을 중심으로 담론이 압축되고 있을 때 주체의 저항과 담론에 나타나는 첫 번째 저항은 구분되어야 한다. 왜냐하면 '주체의 저항'이라는 표현에 의해 혹시 에고가 실제로 존재하는 것이 아닐까 하는 오해가 생길 수 있기 때문이다. 그러나 실제로 이 신경핵에 접근해보면 그것이 과연 에고라 불릴 수 있는 것인지 명확하지 않다.

신경핵은 실재계에 속하는 것으로 지칭되어야 한다. 여기서 실재계란 인식의 동일성을 규칙으로 삼는 영역을 의미한다. 물론 이것은 프로이트의 말을 토대로 한 일종의 추론이다. 이 추론에 의하면 우리가 인식하고 있다는 것을 확증해주는 것은 실재에 대한 지각이다. 주체가 실재에 대해 인식하는 것이 꿈에서 깨어나는 것(awakening)이 아니라면, 이것이 의미하는 것은 무엇일까?

지난번에 다루었던 반복이라는 문제는《꿈의 해석》7장에 있는 꿈을 중심으로 이루어졌다.[2] 아직 분석되지 않아 의미가 이중 삼중으로 겹쳐 있지만 굳이 그 꿈을 선택한 이유는 프로이트가 그 꿈의 과정을 다룰 때만큼이나 여기서도 매우 중요한 의미를 시사해주기 때문이다. 꿈을 깨는 데 결정적인 역할을 하는 실재란 꿈과 욕망의 왕국을 유지시키는 조그만 소음인가? 차라리 다른 것은 아닐까? 실재란 이 꿈에 나타난 열

---

2)《꿈의 해석》7장 첫 부분에 나와 있는 꿈은 다음과 같다. 한 아버지가 아들의 병상 옆에서 며칠 동안 밤낮으로 아들을 간호했다. 아들이 죽은 후, 잠시 누우려고 옆방으로 가면서 그는 아들의 시체가 있는 방을 볼 수 있도록 방문을 조금 열어두었다. 아들의 시체가 있는 방에는 커다란 촛불들이 켜져 있었다. 한 노인이 아들의 시체를 지켜보기로 약속을 했고 그는 시체 옆에서 기도를 올리고 있었다. 몇 시간 정도 잔 후 아버지는 다음과 같은 꿈을 꾸었다. 아들이 그의 침대 곁에 서서 그의 팔을 붙잡고 비난에 찬 목소리로 그에게 말했다. "아버지, 제가 타고 있는 것이 보이지 않으세요?" 그는 잠에서 깨어나 옆방에서 불꽃이 타오르는 것을 보고 그곳으로 달려갔다. 노인은 잠이 들어 있었고 촛대가 넘어져서 시트와 아들의 한쪽 팔이 타고 있었다. 프로이트는 이 꿈을 일종의 소망충족으로 해석한다. 죽은 아들은 꿈 속에서 마치 살아 있는 것처럼 행동한다. 그는 살아 있을 때 열이 심하게 난 경우 그랬던 것처럼 꿈 속에서 아버지에게 다가와 그의 팔을 잡고 "아버지, 제가 불타고 있는 것(불처럼 열이 나는 것)이 보이지 않으세요?"라고 경고한다. 아버지는 아들이 조금이라도 더 살아 있는 상태로 있도록 잠에서 바로 깨어나지 않고 이 꿈을 연장한다. 아버지가 꿈에서 바로 깨어나 아들의 시체가 있는 방으로 달려갔다면 그것은 아들의 생명을 그만큼 단축시키는 것이나 다름없었을 것이다. *Standard Edition*, Vol. V, 509~510쪽 참조.

198

망의 깊이에서 표현되는 것은 아닐까? 즉, 죽음을 넘어선 운명 속에 드러나는 실재는 아버지와 아들이 갖는 가장 친밀한 면들이 아닐까?

뒤집힌 초, 불붙은 시트, 의미 없는 사건, 사고, 한 가지 불운 등 모든 사람이 잠들어 있을 때, 우연히 일어난 것처럼 보이는 것과 아무리 가장되어 있더라도 "아버지, 제가 타고 있는 것이 보이지 않으세요?"라는 말 속에 내포되어 있는 통렬함 사이에는 반복에서 다루어졌던 것과 동일한 관계가 존재한다. 즉, 그 속에는 운명의 신경증(neurosis of destiny) 혹은 실패의 신경증(neurosis of failure)이 내포되어 있다. 이런 신경증에서 드러나지 않는 것은 적응이 아니라 '실재계와의 만남(tuché, encounter with the real)'[3]이다.

'실재계와의 만남'이 좋건 나쁘건 그것은 무생물이나 아이, 혹은 동물이 아니라 선택할 수 있는 존재로부터만 우리에게 다가온다는 아리스토텔레스의 공식이 여기서는 부인된다. 꿈 속의 사건이 바로 이 점을 보여준다. 물론 아리스토텔레스는 그런 논의가 극도로 발전되면 이상한 형태의 성적인 행위로 연결될 수 있음을 알았으므로 그것을 기괴한 것이라고 표현할 수밖에 없었을 것이다.

반복되는 사건과 그것에 숨겨진 의미의 관계를 자세히 살펴보면 치료의 산물인 전이의 정체가 명확히 밝혀진다 해도 실제상황이 완전히 드러나지 않는다는 것을 알 수 있다. 치료기간 중 어떤 방향으로 실제상황을 밝혀야 하는가의 문제는 전혀 중요치 않다. 반복에 대한 정확한 개념은 전체적인 전이의 효과와는 다른 곳에서 찾아져야 한다. 전이의 기능에 접근할 때 발생되는 다음 문제는 전이가 어떻게 반복의 핵심과

---

3) tuché란 아리스토텔레스가 원인(cause)에 대해 연구할 때 사용한 용어로 실재계와의 만남으로 번역된다. 실재계는 반복, 회귀, 기호의 강제성을 넘어선 곳에 있다. 또한 실재계는 반복의 현상 뒤에 항상 놓여 있는 것이다. 《정신분석의 네 가지 개념들》 4장 54쪽 참조.

연결될 수 있는지 파악하는 것이다.

실재계와의 만남이 이루어질 때 발생되는 주체의 분열을 반복의 토대로 보는 것은 바로 이 때문이다. 분석이라는 경험에서 발견되는 주된 특징은 바로 분열이며 이 분열의 변증법적 효과 속에서 실재계가 파악된다. 그러나 실재계와의 만남이 처음에는 별로 반갑지 않은 것으로 우리에게 다가온다. 바로 이 때문에 실재계와 충동이 주체에게서 비슷하게 기능하는 것처럼 보인다. 이 점에 대해서는 나중에 살펴보겠다. 왜냐하면 앞서 논의했던 것을 계속할 경우에만 어디에서 실재계가 회귀하는지 알 수 있기 때문이다.

그렇다면 최초의 장면(the primal scene)은 왜 그렇게 외상적인가? 그것은 왜 항상 너무 이르거나 너무 늦는 것일까? 주체는 왜 그것에서 강박신경증 환자의 경우처럼 너무 많은 쾌락을 끌어내거나 히스테리 환자의 경우처럼 쾌락을 거의 끌어내지 못하는가? 주체가 매우 리비도적이라는 것이 사실이라면 왜 최초의 장면이 주체를 즉시 깨우지 못하는가? 사실이라는 것이 왜 여기서는 '불행한 만남(dustuchia)'인가? '실재계와의 만남'으로부터 발아된 것들이 본능으로 성숙되는 과정에 왜 이 만남이라는 것이 계속 붙어다니는가?

성(sexuality)과의 관계에서 허구적으로 보이는 것은 우리의 시각이다. 분석에서 그것은 최초의 장면이 외상적이라는 사실로부터 시작되는 문제다. 분석자료들을 조정하는 것은 성적인 감정이입이 아니라 하나의 허구적 사실일 뿐이다. 늑대인간(the Wolf Man)의 경우 그렇게 명백히 추적된 최초의 장면에 나타나는 것처럼, 즉 페니스가 사라졌다 다시 나타날 때 느낄 수 있는 생소함처럼 그것은 허구적 사실에 불과하다.[4]

지난 시간에 나는 주체의 분열이 일어나는 곳을 지적하고 싶었다. 주체가 꿈을 깬 후, "이 얼마나 무서운 일인가? 무슨 일이 일어났지? 끔찍한 일이다. 잠이 들어버리다니 이 얼마나 멍청하고 바보 같은 짓인가?"라고 말하면서 발을 딛고 선 세계를 재현해내는 주체와, 악몽을 겪듯이 이 모든 것을 이겨나가고 있다는 것을 알고 있지만 동시에 자신을 파악하고 "이 모든 것을 견뎌내야 하는 사람은 바로 나다. 내가 꿈꾸고 있지 않다는 것을 알리기 위해서 나 자신을 괴롭힐 필요는 없다"라고 자신을 다시 엮어나가는 의식적 주체 사이에는 분열이 지속된다. 그러나 이런 분열은 여전히 더 심한 분열을 보여주기 위한 것이다. 꿈의 기제에서 주체를 가리키는, 얼굴 가득히 비난하는 표정으로 다가오는 아이의 이미지와, 그것을 불러일으키는 동시에 아이로 하여금 빠져들게 만드는, "아버지, 안 보이세요?"라는 아이의 호소, 아이의 목소리, 응시의 유혹 사이에 더 심한 분열이 존재한다.

2

나는 최상으로 보이는 길을 따라 여러분을 자유로이 이끌어가고 있다. 논의의 흐름에 따라 이것저것 논의하다가 이제 주체의 길에 대해 생각하고자 하는 다른 모든 사람들과 우리를 구분하는 일종의 갈림길에 내가 올라 서 있다.

외상을 허구성의 반영으로 간주하는 것이 일종의 모험일까? 전통에

---

4) Wolf Man은 프로이트가 "From the History of an Infantile Neurosis" (*Standard Edition*, Vol. XVII, J. Strachey London : Ogarth Press, 1973)에서 분석한 늑대공포증 환자다. 그는 꿈에 귀를 쫑긋이 세운 늑대들을 보고 그들에게 잡아먹힐 것 같은 공포를 느끼며 나비의 날갯짓에도 두려움을 느낀다. 프로이트와의 분석을 통해 이런 공포증을 가져온 최초의 장면이 어머니와 아버지의 성교장면이었음이 밝혀지지만 프로이트와 Wolf Man 모두 그 최초의 장면이 하나의 허구, 환상(fantasy)일 수 있음을 부인하지 않는다.

따라 진실과 외관(外觀)의 변증법 차원에서 외상을 규정해야 하는 것일
까? 인식이 시작되는 순간 시각의 중심으로서, 근본적으로 이데아적이
며 다소 미학적인 것으로 외상을 파악해야 할까?

최근에 출판된 내 친구 모리스 메를로-퐁티의 유작《보이는 것과 보
이지 않는 것(La Visible et l'invisible)》5)을 바로 이번 주에 한 권 받게 된

---

5)《지각의 현상학》서문에서 메를로-퐁티는 현상학자를 세계와의 원초적(primitive)인 접촉
을 되찾아 그것에 철학적 존속 기반을 부여하려는 사람으로 본다. 현상학적 반성은 세계를
역설적으로 보여주며, 현상학적 세계란 경험의 교차점에서 드러나는 의미다. 표현과 언어
는 일차적 의식의 침묵에 기초한다. 철학과 예술은 모두 의미의 존재화 과정을 파악하려 노
력하며 진리를 창조하는 행위다. 세계란 선재하는(pre-existent) 유일한 로고스이며 인간은
바로 관계들의 조직망이다.《지각의 현상학》마지막 장, 〈자유〉에서 그는 인간이 관계들의
조직망일 뿐이며, 세계와의 원초적 상호관계를 통해 인간이 세계 속의 존재라는 사실이 전
통적인 수동과 능동의 이분법으로는 이해될 수 없다는 점을 강조한다.

메를로-퐁티는 세상을 떠날 즈음 야성적 혹은 야생적 존재와 로고스의 존재론에 대한 책
을 쓰고 있었다. 1959년 1월에 씌어진 한《연구 노트》에서 그는《지각의 현상학》을 재검토
하고 심화하고 수정할 예정임을 분명히 밝혔다. 그러나 그 계획은 격렬히 저지되었고 몇 편
의 단편적인 글만이 남아 있을 뿐이다. 1952년 이전의 것으로 되어 있는 미완성 원고의 3장
은 〈간접적인 언어와 침묵의 소리(Le language indirect et les voix du silence)〉라는 에세이
로 수정되어 발표되었고 원고 자체는《세계의 산문(La prose du monde)》이라는 표제로 출
판되었다. 1960년에 씌어진 〈눈과 마음(L'Oeil et l'Esprit)〉에는 장차 전개될 존재론의 사상
들에 대한 예비진술들이 내포되어 있다. 이밖에 메를로-퐁티가 계획했던 책의 도입부인 1부
를 포함하는 원고와 몇 개의 연구 노트들이 있다. 메를로-퐁티의 마지막 원고와 연구 노트들
의 모음집은 그가 죽은 후《보이는 것과 보이지 않는 것 : 그리고 연구 노트들(Le visible et
l'invisible : suivi de notes de travail)이라는 표제로 출판되었다.

《지각의 현상학》에서 메를로-퐁티는 전(前)반성적 지각경험의 차원에 작용하는 신체적,
암묵적 코기토를 전통적인 코기토의 토대로 본다. 후기 저작에서 그는 그런 암묵적 코기토
를 단념하고 암묵적 코기토 자체에 필연적으로 내포되어 있는, 지향적 대상과 의식을 구분
해주는 침묵의 차원에 이르려 한다. 육체(flesh)의 자기감각작용(self-sensing)을 가능하게
하는 파동과 같은 휘감김(coiling)을 통해 야성적 존재로부터 의미가 출현한다. 감각 가능
한 존재(the sensible)로서 인간이 세계의 육체(the Flesh of the world)에 원초적으로 속해
있는 반면, 감각하는 존재(the sentient)로서 인간은 야성적 존재의 조직(tissue)에 어떤 구
멍도 내는 일 없이 의미를 도려낸다. 그리고 이것을 가능하게 하고 의미있게 하는 것은 오
직 거기에 존재가 있기 때문이다. 그러나 그 존재는 즉자는 아니다. 오히려 그것은 우리 자
신을 포함하는 지각적 세계 전체를 의미한다. 세계에는 보이는 것뿐만 아니라 야성적 존재
의 보이지 않는 하부구조도 포함된다. 그리고 모든 권원적 표현행위를 할 때 인간은 그 침

것은 순수한 만남의 체계에 속하는 단순한 우연이 아니다.

이 책에는 우리가 논의하고 있는 것이 약간 변형되어 구체적으로 나타나 있다. 나는 지금도 보네발회의(the Congrès de Bonneval)를 잘 기억하고 있다. 그 회의에서 메를로-퐁티는 자신이 연구하고자 하는 방향의 성격을 명확히 제시했다. 그것은 그가 평생 동안 해온 연구와 방향이 다른 그의 마지막 저서 《보이는 것과 보이지 않는 것(Le visible et l'invisible)》에 잘 나타나 있다. 물론 메를로-퐁티가 세상을 떠났을 때도 이 책은 완벽한 상태였다. 그러나 클로드 르포르(Claude Lefort) 덕택에 이 책은 경외심을 불러일으킬 만큼 훌륭해졌다. 오랫동안 힘든 편집을 통해 이 책을 완벽한 상태로 만든 르포르에게 이 자리를 빌려 깊은 경의를 표한다.

어쩌면 《보이는 것과 보이지 않는 것》은 철학적 전통의 도래를 우리에게 알리고 있는지도 모른다. 이 철학적 전통이란 플라톤이 이데아를 공표함으로써 미학적 세계로부터 출발한 것이었다. 절대적 선(sovereign good)이라는 목적이 각 존재에게 부여되고 그 목적의 최고치인 미(美)가 획득됨으로써 이데아는 결정된다. 메를로-퐁티가 시선에서 이데아의 지표를 인식한 것은 결코 우연이 아니다.

묵의 차원에 의존한다.

존재 안에서 자신을 형성하는 존재와 인간의 관계를 설명하기 위해 메를로-퐁티는 언어와 예술에 대한 연구로 되돌아간다. 그는 발화된 언어의 통일성이란, 말하는 주체들의 조직망에 의해 계속적으로 새롭게 만들어지는 차이들의 통일성이며 결정적인 틈새들의 일관된 체계라는 것을 보여주려 한다. 말하는 주체는 언어적 장을 떠나지 않은 채 언어를 변형하는 초월의 운동에 의해 언어적 장 내부로부터 새로운 의미를 존재케 한다. 마찬가지로 화가는 눈과 마음의 교차점(chiasma)에서 이루어지는 바라보기(seeing)를 통해 보이는 것 내부로부터 보이는 것을 변형한다. 초상화를 그리는 것은 수직적 존재로부터 새로운 의미를 출현시키는 시계(視界)의 엉킴(interweaving)을 보여주는 좋은 예다. 보는 존재이면서 동시에 보여지는 존재인 화가는 보이는 것의 조직(fabric)에 속해 있으면서 그 조직을 펼쳐 그것으로부터 새로운 의미를 빠져 나오게 한다. 자화상이 가장 잘 보여주듯 화가의 시계는 보이는 것 내부로부터의 바라봄이다.

《보이는 것과 보이지 않는 것》에서 메를로-퐁티는 그 이전의 연구를 종결하는 동시에 새로운 연구의 시작을 알린다. 이 책에서 그는 《지각의 현상학(La Phénoménologie de la perception)》에서 다루었던 것을 다시 개괄하고 그것을 일보 발전시켜 제시한다. 이 책에는 철학적 사고가 진전함에 따라 관념론(idealism)이라는 것과 극단적으로 대립하게 된 형상(form)의 조절기능이 다시 개괄되어 있다. 재현이라는 안감은 어떻게 형상이라는 겉감에 연결되는가? 《지각의 현상학》에서는 주체의 시선뿐만 아니라 그의 총체적 의도(intentionality)의 통제를 받는 신체적 요소(주체의 기대, 움직임, 쥐기, 근육과 내장운동 등)에 의해서도 지배되는 형상의 조절기능이 논의된다.

메를로-퐁티는 현상학의 한계들을 헤치고 앞으로 나아간다. 그러나 그가 인도해주는 길들이 시각의 현상학에 관한 것만은 아니다. 왜냐하면 보이는 것 역시 우리를 보여지는 존재로 만드는 것에 의존한다는 사실을 재발견하기 위해 그 길들이 시작되었기 때문이다. 이것은 매우 중요한 점이다. 그러나 어쩌면 너무 과장된 표현일지도 모른다. 왜냐하면 시선이란 보는 사람의 시선에 선행하는 '발아(shoot, pousse)'라는 것의 은유에 불과하기 때문이다. 메를로-퐁티가 가르쳐준 길을 따라 우리가 규정해야 할 것은 응시가 시선에 앞서 존재한다는 점이다. 나는 한 곳만을 바라보지만 나는 모든 방향에서 보여진다.

내가 지금 독창적으로 논의하고 있는 이 '보기(seeing)'에 의해 우리는 이 책의 여러 목적들에 접근할 수 있다. 즉, '보기'에 의해 형상이 보다 원시적인 방법으로 규정됨으로써 우리는 존재론으로 전환(ontological turning back)할 수 있게 된다.

바로 이런 이유로 나는 다른 사람들과 마찬가지로 내게도 유치한 것이든지 정교한 것이든지 존재론이 있다고 사람들에게 말할 수 있다. 물론 내가 이 책에서 경험의 모든 영역을 다루려는 것은 아니다. 비록 내 담론이 프로이트의 담론을 해석하는 것이라 할지라도 나는 주로 내 담론이 다루고 있는 경험의 특이성에 중점을 둘 것이다. 그러나 무의식을 이해할 수 있게 해주는 나의 이런 중도적인 입장조차도 주체가 소유해야만 하는 것으로서 무의식이 제시되는 경우에만 우리의 관심거리가 될 수 있다. 때때로 자연주의로 묘사되기도 하는 프로이트주의의 이런 면이 반드시 유지되어야 한다는 점을 나는 덧붙이고 싶다. 왜냐하면 프로이트주의는 심리적 실재를 실제 대상화하지 않으면서 그것을 구현하는 몇 안 되는 시도 가운데 하나이기 때문이다.

논의의 전개상 다소 산만해진 느낌이 들지만 메를로-퐁티가 제시해준 영역, 즉 시각의 영역에서 존재론의 위상은 매우 진부할 뿐만 아니라 허구적인 것으로 나타난다. 그러나 우리가 지나가야 하는 곳은 보이는 것과 보이지 않는 것의 중간이 아니다. 우리가 관심을 가지고 보아야 할 분열은 세계에 의해 부여된, 현상학적 의도성이 지향하는 형상들이 있다는 사실로부터 나오는 거리감이 아니다. 여기서 중요한 분열이란 우리가 어떤 것을 볼 때 접하게 되는 한계성을 의미한다. 응시는 시야에서 우리가 발견한 것을 상징하며, 신비로운 우연의 형태로, 갑작스럽게 접하게 되는 경험, 즉 거세공포를 형성하는 결여로 우리에게 제시된다.

시선과 응시, 시각의 영역에 충동(drive)이 나타나는 곳은 바로 시선과 응시의 분열이다.

3

사물과의 관계가 시각을 통해 이루어지고 재현의 여러 형태들로 배열될 때, 무엇인가가 빠져나가고, 사라지고, 단계별로 전달되며, 숨겨져 드러나지 않는다. 이것이 바로 응시다.

응시를 좀 더 확실하게 이해할 수 있는 여러 방법이 있다. 자연의 여러 수수께끼 중 하나인 모방(mimicry)현상을 이용해서 조금 극단적인 방법으로 응시에 대해 살펴보자.

모방에 대해 많은 논의가 이루어졌지만 그 중 상당수는 엉터리다. 모방현상을 적응으로 설명하려는 시도가 바로 그 한 예다. 나는 모방이 결코 적응이라고 생각하지 않는다. 로제 카이와(Roger Caillois)의 《메두사와 손님들(Méduse et compagnie)》이라는 별로 길지 않은 책에 대해 이미 많은 분이 알고 있으리라 생각한다. 이 책에서는 모방과 적응의 관계가 매우 통찰력있게 비판되고 있다. 예를 들면 곤충에게 모방의 결정적인 변화는 그 효과를 높이기 위해 오직 한 번, 초기에만 일어난다. 또한 새들, 특히 육식동물의 위 속을 살펴보면 곤충들이 모방을 함으로써 어떤 도태적인 효과를 얻게 되리라는 가정은 곧 사라지게 된다. 모방을 함으로써 육식동물로부터 위협을 피할 수 있으리라 기대되었던 곤충들이 모방을 하지 않는 곤충들만큼이나 육식동물의 위 속에서 발견되었으니 말이다.

그러나 어쨌든 중요한 건 그게 아니다. 모방에서 가장 근본적인 문제는 모방의 원인이 유기체의 조형능력으로 설명될 수 있는가라는 점이다. 이 진술이 정당화되려면 먼저 이 조형능력이 어떤 경로를 통해 모방당한 신체의 형태뿐만 아니라 그것과 환경의 관계까지도 통제하는지 밝혀져야 한다. 카이와가 모방의 여러 표현들, 특히 '홑눈(ocelli)'의 기능을 상기시키는 모방에 대해 적절히 지적해준 대로 이것을 간단히 표현해보자. 홑눈에 어떤 영향력이 있을까? ― 육식동물이나 그것을 바라보는 먹이에 '홑눈'이 영향을 미치는 것은 사실이다. ― 그것은 '홑눈'

이 눈과 비슷하기 때문일까? 아니면 반대로 눈이 '홑눈'의 형태와 관련될 경우에만 효력을 띠는 걸까? 즉, 시선의 역할과 응시의 역할이 구분되지 말아야 하는 것일까?

일부러 고르긴 했지만 이 '홑눈'이라는 예는 그 위치와 허구성, 그리고 예외적인 특성으로 인해 매우 특이하다. 그러나 그것은 반드시 명백히 규명되어야 할 '눈알 모양의 얼룩(stain)'의 기능에 대한 작은 표현에 불과하다. 이 예가 중요한 이유는 보이는 것(the seen)에게 보이도록 주어진 것(a given-to-be-seen)이 먼저 존재한다는 것을 보여주기 때문이다.

물론 그렇다고 해서 우주 전체를 다 볼 수 있는 존재가 있다고 가정할 필요는 없다. 만약 눈알 모양의 얼룩의 기능에 자율성이 있다는 점이 인식되어 그것이 응시의 기능과 동일시된다면 시각의 영역 속에서, 세계가 형성되는 모든 단계마다 응시의 경로, 실마리, 흔적이 발견될 것이다. 그러면 응시가 눈알 모양의 얼룩과 응시의 기능에 의해 매우 은밀하게 조정될 뿐만 아니라, 이 기능이 자신을 의식으로 상상하고 만족해하는 그런 형태의 시각으로는 도저히 파악될 수 없음을 우리는 깨닫게 될 것이다.

의식이 자기충족성을 가질 수 있다는 것은 요술 속에서나 가능하다. 의식의 자기충족성이란 의식이 스스로를 발레리의 젊은 파르크(Young Parque)처럼 "자신을 바라보는 자신을 바라보는 것"으로 파악한다는 것을 의미한다. 이 의식의 자기충족성에는 응시의 기능을 회피하려는 움직임이 있다.

깨어 있는 상태에 반대되는 꿈에 의해 제시된 상상계적 형상들에 주체가 굴복할 때, 주체가 갖는 위상으로부터 나타나는 것을 토대로 해서 지난 시간에 다루었던 이런 지형학(topology)에 대해서는 이 정도로 해두자.

마찬가지로 주체를 만족시키고 정신분석에서 자기애(narcissism)로 의미되는 체계에서, 또한 자기애로부터 발생되고 주체에게 심한 인지착오를 불러일으킬 구실을 제공해주는 만족(자기만족은 말할 것도 없이)이라는 측면에서, 우리의 눈을 교묘히 피해가는 것, 즉 응시의 역할이 파악될 수 있는 것은 아닐까? 나는 자기애와 시각적 이미지가 연관될 때 드러나는 중요한 구조를 다시 설명해보려 했었다. 또한 사유하면서 주체가 접하는 충만함으로 나타내어지는 철학적 전통 역시 일종의 '인지착오'는 아닐까?

내 말은 메를로-퐁티도 지적했다시피 세계 속에서 우리는 보여지는 존재들이라는 점이다. 의식은 '세계의 광경(speculum mundi)'에 의해서 규정된다. 우리를 규정하고 무엇보다도 그런 사실을 드러내지 않으면서 우리를 보여지는 존재로 만들어버리는 응시 아래 우리가 놓이게 되면, 우리는 아무런 만족도 느낄 수 없는 것일까?

이런 의미에서 세계의 광경은 마치 모든 것을 보는 존재인 것 같다. 이것은 모든 것을 볼 수 있는 특성을 부여받은 절대존재가 있다는 플라톤적 시각에서 발견될 수 있는 환상이다. 사유라는 현상학적 경험의 차원에서 모든 것을 본다는 것은 자신이 보여진다는 사실을 알고 있는 여자의 만족과도 같은 것이다. 그녀가 알고 있음을 우리 역시 알고 있다는 사실을 그녀에게 알리지 않는다면 말이다.

세계는 모든 것을 바라보지만 그것을 드러내지 않는다. 세계는 우리에게서 응시를 촉발시키지 않는다. 세계가 응시를 촉발시키는 그 순간 생소함(strangeness) 역시 시작된다.

이 말은 깨어 있는 상태에서는 응시가 소멸된다는 것을 의미한다. 즉, '응시'가 볼 뿐만 아니라 '보여준다'는 사실도 사라져버린다. 반면 꿈의 영역에서 이미지들이 보여주는 것은 바로 '응시가 보여준다'는 점이다.

그것은 보여준다. 그러나 여기에도 역시 어떤 형태의 주체의 '미끄러짐(sliding away)'이 명백히 존재한다. 어떤 꿈이든지 예를 하나 들어보자. 내 설명에도 불구하고 여전히 수수께끼로 남아 있는지도 모를 지난 시간에 내가 언급했던 꿈뿐만 아니라 어떤 꿈도 괜찮다. 먼저 그 꿈을 여러 요소들 속에 놓아보자. 그러면 "그것은 보여준다"는 말이 전면에 부각될 것이다. 이 말이 꿈을 구성하고 있는 여러 특징들과 더불어 너무도 전면에 부각되어 꿈 속에서 우리는 보지 못하는 사람의 입장이 되고 만다. 꿈을 구성하는 특징들에는 시계(視界)의 소멸, 깨어 있는 상태에서 사유된 것이 꿈에 포함되는 것, 이미지들의 대비와 흔적, 색채의 강화 등이 있다. 주체는 꿈이 자신을 어디로 이끄는지 보지 못한 채 그 꿈을 좇는다. 주체는 때로 꿈으로부터 자신을 분리시켜 그것은 꿈일 뿐이라고 자신에게 말하지만, 꿈 속에서 주체는 자신을 사유로 이해하는 데카르트적 사유방식으로 자신을 이해하지 못한다. 그는 자신에게 "그것은 단지 꿈일 뿐이야"라고 말할 수는 있다. 그러나 그는 "어쨌든 나는 이 꿈의 주체야"라고 말하는 사람이 되진 못한다.

꿈 속에서 그는 나비다.[6] 이게 무슨 말인가? 이 말은 그가 현실 속에서 나비를 응시로 바라본다는 것을 의미한다. 이것이 아무 의미없는 단순한 보여주기가 아니라면, 응시의 가장 중요한 본질을 보여주는 그 많은 모습과 형체와 색깔은 다 무엇을 의미하는가? 맙소사! 이 나비는 늘 대인간에게 공포를 주었던 것과 다를 바 없는 나비가 아닌가! 메를로-

---

6) 이것은 《장자(莊子)》 내편(內篇) 중 제물론(齊物論)에 나와 있는 꿈 이야기다. 그 전문은 다음과 같다. "언젠가 장자는 나비가 된 꿈을 꾸었다. 펄펄 날아다니는 나비가 되어 유쾌하게 즐기면서도 자기가 장자임은 알지 못했다. 갑자기 꿈에서 깨어나 보니 엄연히 자신은 장자였다. 그러니 장자가 꿈에 나비가 되었던 것인지 나비가 꿈에 장자가 되어 있는 것인지 알 수가 없었다." 장자와 나비에는 반드시 분별이 있을 것이다. 이것을 물화(物化)라 부른다. 이 때 물화란 사물의 변화, 만물의 끝없는 유전(流轉)을 의미한다.

퐁티도 그 중요성을 잘 알고 있었으므로 그의 책에서 각주에 이 점을 언급하고 있다. 장자(Choang-tsu)는 잠에서 깨어나 혹시 나비가 장자를 꿈꾼 것이 아닐까 자문할지도 모른다. 실제로 두 가지 면에서 그의 물음은 옳다. 첫째, 그것은 그가 미치지 않았다는 것을 의미한다. 그러므로 그는 자신을 장자와 완전히 동일시하지 않는다. 둘째, 그는 자신이 어느 정도까지 옳은지 완전히 알지 못한다. 실제로 그가 자신의 정체의 여러 근원들 중에서 하나 ─ 그는 원래 스스로를 그 자신의 색들로 칠하는 나비였고, 나비다 ─ 를 알게 된 것은 그가 나비였을 때다. 그리고 바로 이런 이유 때문에 그는 결국 장자다.

이것은 그가 나비일 때는, 깨어나서 자신이 혹시 존재에 대해 꿈꾸고 있는 나비는 아닐까 자문하리라는 것을 전혀 예상하지 못한다는 사실에 의해 증명된다. 그러나 나비가 되는 꿈을 꿀 때, 그는 그가 자신을 나비로 재현했다는 것을 나중에 증명해야 한다. 그러나 이 말이 그가 나비에게 붙잡혀 있음을 의미하지는 않는다. 그는 붙잡혀 있는 나비이긴 하지만 어느 것에도 얽매여 있지 않다. 꿈 속에서는 그가 다른 사람을 위한 나비가 아니기 때문이다. 그가 다른 사람들을 위한 장자가 되어서 그들의 나비망에 붙잡히게 되는 것은 그가 깨어 있을 때이다.

여기서 주체를 장자가 아닌 늑대인간으로 가정해보았을 때, 나비가 늑대인간에게 공포를 불러일으키는 까닭은 나비의 작은 날갯짓이 바로 인과관계의 날갯짓이며, 나비의 날개에 있는 최초의 줄무늬가 욕망의 격자무늬를 처음으로 갖게 되는 자신의 존재를 나타내고 있음을 그가 인식하기 때문이다.

다음 시간에는 시각적인 만족의 본질에 대해 논할 예정이다. 응시에는 주체가 넘어지는 곳을 나타내는 대상 (a)가 포함되어 있다. 주체의 넘어짐이 여러 구조적 이유들로 인해 항상 인식되지 않는다는 사실에 의해서 시각의 영역이 규정되고 그것에 적합한 만족이 생겨난다. 주체의 넘어짐이 인식되지 못하는 것은 그것이 바로 제로상태이기 때문이다. 응시가 대상 (a)로서 거세현상 속에 표현된 이런 중심적인 결여를 상징하는 한, 그리고 그것이 본질상 변하기 쉬운 기능을 지닌 대상 (a)인 한, 주체는 표상을 넘어선 곳에 무엇이 존재하는지 전혀 모르는 상태로 남아 있게 된다. 이 무지함이 바로 철학적 연구에 의해 이룩된 모든 사유의 발달과정에서 발견되는 특징이라 할 수 있을 것이다.

질의응답

오두아르(X. Audouard) : 분석할 때, 주체에게 누군가가 그를 바라보고 있다는 사실, 즉 주체가 자신을 바라보는 과정을 누군가가 관찰하고 있다는 사실을 어느 정도까지 알려야 할까요?

라캉 : 앞에서 말씀드렸던 것에 한 가지만 덧붙여 다시 말씀드리겠습니다. 내 담론에는 두 가지 목적이 있습니다. 하나는 분석가들에게 관련되고 둘째는 정신분석이 과학인지 아닌지를 알아내고자 여기 오신 분들에게 관련됩니다.

정신분석은 '세계관(Weltanschauung)'도, 우주의 신비를 발견해낼 열쇠를 제공해주겠다고 주장하는 철학도 아닙니다. 정신분석은 주체라는 개념을 상술함으로써 역사적으로 규정된 어떤 특별한 목적에 의해 조정됩니다. 정신분석은 주체를 의미화의 작용과 연관시킴으로써 이 개념을 새로운 방식으로 제시합니다.

인식으로부터 과학으로 나아가는 것은 주체가 존재를 인식할 수 있는 보다 더 나은 시험장이 없는 한 너무도 자명해 보이는 과정입니다.

출발점을 소크라테스 이전으로 잡은, 아리스토텔레스가 채택한 방식 역시 그랬습니다. 그러나 그런 방식은 분석적 경험에 의해 조정되어져야 합니다. 왜냐하면 그 방식이 거세라는 심연을 피하고 있기 때문입니다. 이런 예는 '실재계와의 만남'이 일시적인 경우를 제외하곤 신의 계보학이나 발생학에 들어 있지 않다는 사실에서 발견됩니다.

나는 여기서 '실재계와의 만남'이 어떻게 시각적인 인식의 형태로 재현되는지를 파악하고자 합니다. 나는 시각적인 기능에서 만남이 눈알 모양의 반점 차원에서 이루어진다는 것을 보여드리려 합니다. 이것은 응시와 응시된 것 사이의 상호작용이 주체에게 훨씬 더 많은 알리바이를 제공해주는 것을 의미합니다. 바로 그 때문에 우리가 치료과정에서 간섭이라도 해서 주체가 이 차원에 머물지 않게 해야 합니다. 대신 우리는 환상에 불과한, 궁극적인 응시의 지점으로부터 주체를 떼어놓아야만 합니다.

당신이 지적해준 대로 우리가 많은 주의를 기울여야 할 장애물들이 분명히 존재합니다. 우리는 치료가 끝날 때나 전환을 해야 할 때마다 환자에게 "자 자!, 왜 그렇게 침울한 표정을 지으세요?"라든지 "당신 조끼의 맨 위 단추가 열려 있어요"라고 말하진 않습니다. 얼굴을 마주 대하지 않고 분석이 행해지는 데는 다 까닭이 있습니다. 여러분도 아시다시피 응시와 시각의 분열에 의해 시각적 충동이 생겨납니다. 만약 우리가 그것을 읽어내는 법을 안다면 우리는 프로이트가 이미 이 시각적 충동을 《충동들과 그것의 여러 모습들(Triebe und Triebschicksale, Instincts and their Vicissitudes)》의 전면에 부각시키고 있으며 그것이 다른 충동들과 다르다는 점을 보여주고 있다는 사실을 알게 될 것입니다. 거세라는 말을 완전하게 빠져나가는 것은 바로 이런 시각적 충동입니다.

(이미선 옮김)

왜곡된 형상[1]

근본적으로 의식을 구성하고 있는 것에 대하여
대상 (a)로서 응시가 갖는 특권, 맹인의 시각. 그림 속의 남근.

그대의 모습이 날 만나러 오지만 다 허사다.
그대는 내가 있는 곳으로 들어오지 못하고 나는 그대 모습을 비출 뿐이다.
나를 향해 돌아서서 내 응시의 벽에서
그대가 볼 수 있는 것은 그대가 꿈꾸었던 그림자뿐.

나는 비추기만 할 뿐 보지는 못하는
거울들처럼 불쌍하다.
내 눈은 거울들처럼 텅 비어 있고
거울들을 눈멀게 하는 그대의 부재로 채워진다.

    2장에서 나는 아라공(Aragon)의 《엘자의 미치광이(Le Fou d'Elsa)》에 나오는 〈반대선율(Contrechant)〉이라는 시를 인용하며 강의를 시작했었다.[2] 그 때만 해도 나 자신 역시 응시의 문제가 이 정도까지 발전되리라고는 전혀 예상치 못했다. 아마도 내가 프로이트의 반복개념을 제시하는 도중에 응시의 문제로 주의를 돌렸던 것 같다.

---

1) 이 글은 "Anamorphosis"를 옮긴 것으로 *Four Fundamental Concepts of Psychoanalysis*, tr. Alan Sheridan(New York, London : W. W. London & Company, 1981), 79~90쪽에 실려 있다.

2) *Four Fundamental Concepts of Psychoanalysis*의 두 번째 장인 〈프로이트의 무의식과 우리의 무의식(The Freudian Unconscious and Ours)〉에서 라캉은 이 시를 인용하면서 강의를 시작한다.

그러나 메를로-퐁티의 《보이는 것과 보이지 않는 것》에 의해 규정된 시각의 기능에 대해 이렇게 본론을 벗어나 논의하는 것 역시 반복이라는 커다란 논의의 흐름 속에서 이루어진다. 반복과 시각의 기능에서 어떤 만남이 이루어졌다면 그 만남은 행복한 것이다. 그 만남은 의식이 무의식의 관점에서 어떻게 규정될 수 있는가라는 문제에 중점을 둔다.

프로이트의 담론에서 의식이 존재한다는 사실은 그림자, 혹은 썩지 않도록 '항거한다(resist)'는 의미에서 '방부제(resist)' 같은 것에 의해 드러난다.

지난 시간에 이어 다시 논의를 시작하기 전에, 먼저 내가 사용한 용어에 대한 오해부터 풀어보려 한다. 지난 시간에 몇 번 언급되었던 'tychic'이라는 간단한 용어 때문에 몇 분이 매우 혼란스러워하는 것 같다. 그분들에게는 그 말이 마치 재채기처럼 들렸던 것 같다. 그러나 나는 '심리적(psychical)'이라는 의미의 'psychique'가 '정신(psyche)'이라는 의미의 'psuché'에서 만들어진 형용사인 것처럼 '만남의'라는 의미의 'tychic' 역시 '만남(tuché)'에서 만들어낸 형용사라는 점을 분명히 밝혔었다. 반복에 대해 설명하면서 나는 그 핵심부에 이 유추를 의도적으로 사용했었다. 왜냐하면 심리적인 상태를 밝히려는 정신분석의 모든 개념에서 '실재계와의 만남'이 중추적인 역할을 하기 때문이다. 오늘 내 강의는 시선, '행복한 만남(eutuchia)'과 '불행한 만남(dustuchia)'에 관한 것이다.

1

어디선가 젊은 파르크가 "나는 나 자신을 바라보는 나를 바라본다"고 말한다. 물론 이 말에는 《젊은 파르크(La Jeune Parque)》의 주제인

214

여성성(femininity)에 연관된 많은 복잡한 의미가 함축되어 있다. 그러나 아직은 이 여성성을 다룰 단계가 아니다. 우리는 지금 의식과 재현의 관계에서 주된 요소 중 하나인 "나는 나 자신을 바라보는 나를 바라본다"는 말로 표현되는 어떤 것을 이해하는 철학자를 다루고 있다. "나는 나 자신을 바라보는 나를 바라본다"는 이 말을 입증할 수 있는 근거는 무엇일까? 주체가 자신을 인식하게 되는 데카르트의 코기토(cogito)에서 사유라는 기본적인 방식에 이 말이 어떻게 연관되는가?

사유에 대한 인식만을 가능하게 하는 것은 일종의 회의(懷疑, doubt)이다. 그것은 재현 속에서 사유를 입증해주는 것이 무엇인가에 대해, 주의를 기울여보는 방법론적 회의다. "나는 나 자신을 바라보는 나를 바라본다"는 이 말이 어떻게 데카르트적인 회의를 보여주고 그 회의의 토대가 되는가? 이 말이 어떻게 그 회의를 확실하게 입증해주는가? "나는 나를 따뜻하게 함으로써 나 자신을 따뜻하게 한다"는 말에서는 신체가 신체로 지칭된다. 나는 내 몸 속에서 확산되면서 나를 신체로 규정하는 따뜻함을 감지한다. 반면에 "나는 나 자신을 바라보는 나를 바라본다"라는 말에서 시각은 주체가 빠져드는 그런 감각으로 기능하지 못한다.

더구나 현상학자들은 내가 '외부'를 바라본다는 인식이 나의 내부에 존재하는 것이 아니라 인식되는 대상에 의존한다는 점을 매우 혼란스럽게 보여준다. "나는 나 자신을 바라보는 나를 바라본다"는 표현 속에 함축된 방식으로 나는 세계를 이해하고자 한다. 주체의 특권은 내가 인식하자마자 내가 재현한 것들을 내 것으로(belong to me) 만들어주는 바로 이 이분법적인 반영관계로부터 나오는 것 같다.

그래서 세계가 이상화되어 있는 것은 아닌지, 혹시 세계는 내게 내가 재현한 것들만을 제시해주는 것은 아닌지 의심스러워진다. 이론의 실천이 크게 중요한 것은 아니라 할지라도 이 실천의 문제에서 관념론적인 철학자는 그의 말을 듣고 있는 사람들뿐만 아니라 자기 자신과도 적대되는 곤혹스러운 입장에 놓인다. 세계는 내가 재현해낸 것으로만 나타난다는 사실을 누가 부인할 수 있겠는가? 이것은 버클리 주교가 강력하게 주장한 방법이다. 그의 주관론적 입장에 대해서는 논의될 것이 많다. 물론 재현에서 마치 재산처럼 '내게 속해 있는(belong to me)'면이 간과될 때 우리의 인식을 벗어나는 것이 무엇인가라는 문제도 포함해서 말이다. 이런 반성적 사고 자체에 대한 반성을 극단적으로 몰고 가면 데카르트적인 사유의 과정에 의해 인식된 주체가 소멸되어버린다.

주체의 확실성에만 자신을 맡김으로써 스스로를 능동적으로 소멸시키는 한, 세계 속에서 나는 주체로 존재한다. 사실상 철학의 사유과정은 주체에게 역사적 행위를 변형시키고, 역사 속에서 주체를 변화시킴으로써 적극적인 자기의식을 정립하는 임무를 부여한다. 하이데거의 철학에서 정점에 도달한, 존재에 대한 사유는 존재 자체에 소멸의 힘을 다시 부여한다. 적어도 하이데거에 의해 주체와 소멸의 힘이 어떻게 연관될 수 있는가라는 문제가 제기되었다.

메를로-퐁티 역시 이 점에 대해 논의한다. 그러나 그의 텍스트를 살펴보면, 독단적이건 비독단적이건 모든 반성에 선행한 것으로 되돌아가려면 보이는 것과 보이지 않는 것에 관련된 직관의 원천으로 돌아가야 한다고 제안하기 위해, 그리고 시각 자체의 출현을 규정하기 위해, 바로 이 지점에서 그가 물러서기로 한 것을 알 수 있다. 그에게 그것은 신체가 아니라 세계의 육체(the flesh of the world)라는 것으로부터 근원적 시점이 나타날 수 있었던 길을 회복하고 재구성하는 것을 의미한다. 그러므로 내가 시각을 통해 어떤 실체로부터 나 자신을 도출해낸다면 그 실체를 규명하는 작업이 《보이는 것과 보이지 않는 것》에 나타나 있다. 나는 처음에는 나 자신도 그 일부인 빛줄기들로부터 시선으로 나타난다. 나는 어떤 면에서 '시각(seeingness, voyure)'의 기능으로부터 출현한다.

이 시각의 기능으로부터 강한 향기가 방출되어 아르테미스 여신이 사냥하는 모습을 훔쳐볼 수 있는 기회가 제공된다. 그녀의 손길은 우리가 말하는 사람을 놓쳐버린 이 비극적인 실패의 순간에 연관되는 것 같다.

그러나 이것이 정말로 그가 가고 싶었던 길일까? 그의 사유가 남긴 흔적들은 우리에게 부정적인 답을 들려준다. 특히 그가 마련한 정신분석에서의 무의식에 대한 준거들은 그가 철학의 전통 속에서 독창적으로 연구했으며 분석을 통해 추적될 수 있는 주체에 대해 새롭게 사유했음을 보여준다. 《보이는 것과 보이지 않는 것》에 실려 있는 몇 개의 연구노트를 보고 나는 놀라지 않을 수 없었다. 그 연구노트들이, 특히 그 중 한 가지가 우리가 여기서 다루게 될 도표와 너무도 정확히 일치하기 때문이었다. 그 연구노트는 바로 장갑의 손가락에서 안과 밖이 서로 바뀐 구조에 관한 것이다. 털이 가죽을 덮고 있는 원래 상태와 달리 겨울 털 장갑에서는 가죽이 털을 감싸고 있다. 의식의 "나는 나 자신을 바라보는 나를 바라본다"는 환상은, 안과 밖이 바뀐 응시의 구조에 기초해 있다.

2

그러면 응시란 무엇인가?

먼저 주체의 환원과정에 단절이 나타나는 최초의 소멸점(first point of annihilation)에서 시작해보자. 의식의 특권을 감소시키는 분석 속에 이 단절이 나타나며 이것에 의해 다른 준거가 필요하게 된다.

정신분석은 의식을 매우 제한된 것으로 간주하며, 의식을 이상화

(idealization)의 원리로서뿐만 아니라 '오인(méconnaissance)'의 원리로서,
시각적인 영역에 연관될 때 새로운 가치를 띠게 되는 '암점(scotoma)'
으로 규정한다. '암점'이라는 용어는 프랑스학파에 의해 정신분석에 도
입되었다. 암점이란 단순한 은유일까? 이 암점이라는 용어의 애매모호
함이 모든 시각적 충동에 영향을 미친다.

의식은 《보이는 것과 보이지 않는 것》을 통해 내가 여러분에게 보여
주고자 했던 것과 연관될 경우에만 의미를 갖게 된다. 이 책을 토대로
해서 나는 주체가 자신을 말하는 주체로 나타내는 것처럼 보이는 환상
속에 내포된 바로 그 틈새 속에 주체를 말하는 주체로서 재정립하려 했
다. 그러나 내가 여기서 논하는 것은 전의식과 무의식의 관계에 대해서
일 뿐이다. 의식의 역동성이나 주체가 자신의 텍스트인 의식에 대해 갖
는 관심은 프로이트가 강조한 대로 이론 밖의 것으로 아직도 명확히 밝
혀지지 않은 상태다.

주체가 자신의 분열에 대해 나타내는 관심은 그 분열을 결정하는 대
상 (a)라는 특권적 대상에 연관되어 있다. 대상 (a)는 최초의 분리[3]로
부터, 실재계의 접근에 의해 야기되는 자기훼손[4]으로부터 나타난다.

시각적 관계에서, 주체가 끊임없이 머뭇거리며 사로잡혀 있는 환상
은 응시라는 대상에 의존한다. 응시의 특권은 바로 이런 구조에서 생겨
난다. 그리고 이런 구조로 인해 주체는 오랫동안 응시의 특권에 의존하
고 있는 존재로 잘못 이해되어 왔다.

이것을 도식화해보자. 응시가 나타나는 순간부터 주체는 그것에 적
응하려 한다. 주체는 끊임없이 변하는 일시적인 대상이 되어버린다. 주
체는 존재의 소멸점에 이르게 되고 자신이 적응에 실패했다고 오해한

---

3) 아이가 태어날 때 겪는 어머니로부터의 분리를 의미한다.
4) 주체가 상징계로 진입할 때 거쳐야 하는 상징적 거세를 의미한다.

다. 더구나 주체가 욕망의 영역 내에서 스스로 의존하고 있다고 생각하는 모든 대상 중에서 응시는 가장 불가해한 것이다. 바로 이 점으로 인해 응시는 다른 어떤 대상보다도 잘못 이해된다. 또한 이 때문에 주체는 "나는 나 자신을 바라보는 나를 바라본다"는 의식의 환상 속에서만 자신의 소멸선을 상징화할 수 있게 된다. 물론 이 의식의 환상에서는 응시가 전혀 고려되지 않는다.

만약 응시가 의식의 토대라면 우리는 어떻게 응시를 그려볼 것인가? 물론 이런 표현이 틀린 것은 아니다. 왜냐하면 우리 역시 응시에 어떤 형태를 부여하고 있기 때문이다. 《존재와 무(L'Être et le Néant)》에서 사르트르는 응시를 타자들의 존재차원에 작용하는 것으로 간주한다. 응시가 없다면 타자들은 사르트르식 객관성의 조건들 속에 놓이게 될 것이다. 즉, 타자들은 모두 부분적으로 현실에 대한 인식을 방해하는(de-realizing) 똑같은 조건을 갖게 될 것이다. 사르트르가 말하는 응시는 나를 놀라게 하는 응시이다. 응시가 유기체들이 형성한 일종의 방사선 모양의 그물망 속에서 내가 존재하는 무(無)의 지점으로부터 세계에 대한 모든 관점을 변화시켜 세계를 정돈해주는 한, 나는 그 응시에 의해 놀란다. 소멸하는 주체인 나와 나를 둘러싸고 있는 것과의 관계를 보여주는 응시는 특권적 위치에서 나를 눈멀게 한다. 즉, 응시는 바라보는 나와 나를 대상으로 바라보는 주체의 눈으로서의 나를 눈멀게 한다. 사르트르에 의하면 내가 응시 아래 놓이게 되면 나는 더는 나를 바라보는 눈을 볼 수 없으며, 내가 내 눈을 보는 순간 응시는 사라져버린다.

이것은 정확한 현상학적 분석인가? 아니다. 내가 응시 아래 놓여 있을 때, 내가 응시를 요청하여 얻어냈을 때, 내가 그것을 응시라고 인식하지 못하는 것은 아니다. 화가들은 가면을 쓰고 있는 이런 응시를 포착한다. 이 점은 고야(Goya)를 상기해보면 쉽게 이해될 수 있다.

응시는 자신을 바라본다. 여기서 응시란 정확히 말해서 사르트르가 말하는 나를 놀라게 하고 내게 부끄러움을 느끼게 하는 응시이다. 놀람과 부끄러움이란 사르트르에게 가장 지배적인 감정이다. 사르트르의 글에서도 볼 수 있듯이 내가 접하는 응시는 보여지는 응시가 아니라 타자(the Other)의 영역에서 나에 의해 상상되는 응시다.

사르트르는 응시의 출현을 시각기관에 관련된 어떤 것이 아니라 사냥 도중에 갑자기 들려오는 나뭇잎의 바스락거림이나 복도에서 들리는 발자국 소리로 나타낸다. 그러면 언제 이 소리들이 들리는가? 이 소리들은 그가 열쇠구멍을 통해 안을 들여다보는 사람의 모습으로 자신을 드러낼 때 들린다. 응시는 엿보고 있는 그를 놀라게 하고 당황하게 하며 수치심을 느끼게 한다. 문제의 응시는 바로 나를 놀라게 하고 수치심을 느끼게 하는 타자들의 현전이다. 이 말은 응시가 주체와 주체의 관계, 즉 나를 바라보고 있는 타자들의 현전으로부터 생겨나는 기능 속에서 파악된다는 것을 의미하는 것일까? 놀라움을 느끼는 주체가 객관적인 세계와 연관된 소멸하는 주체가 아니라 욕망의 기능 속에서 자신을 유지하는 주체일 경우에만 응시가 개입한다는 사실이 명확해지지 않는가?

우리가 욕망을 사라지게 할 수 있는 것은 욕망이 여기 시각의 영역에 자리잡고 있기 때문은 아닐까?

3

시각의 영역이 욕망의 영역에 연관될 때 비로소 욕망의 기능 속에서 응시가 갖게 되는 특권이 이해될 수 있다.

주체의 기능이 데카르트적 사유에 의해 가장 순수한 형태를 띠게 된 바로 그 때 원근법(perspective optics)에 반대되는 '평면광학(geometral or flat optics)'이 개발되었다는 사실은 매우 의미심장하다.

그 당시에 많은 사람들의 호기심을 끌었던 기능을 잘 보여주는 예를 하나 소개하겠다.

내가 오늘 여러분에게 말씀드리고자 하는 것에 대해 좀 더 알고 싶은 분은 발트루쉐티스(Baltrusaïtis)의 《왜곡된 형상(Anamorphoses)》을 참조하기 바란다.

왜곡된 형상이 좋은 예가 되어주기 때문에 나는 그 기능을 내 세미나에 자주 이용했었다. 간단한 평면적(non-cylindrical)인 왜곡된 형상은 어떻게 만들어지는가? 먼저 지금 내가 들고 있는 평평한 종이 위에 그림이 그려져 있다고 가정해보자. 종이와 약간 비스듬한 각도에서 칠판을 바라보며 종이 위에 있는 그림의 각 점들을 가상의 선들을 이용해서 칠판 위에 다시 그려보자. 결과가 어떨지 쉽게 상상될 것이다. 아마 원근법의 선들을 따라 늘어나고 비틀어진 모습이 나올 것이다. 그러나 내게 그 모습을 만들어내는 데 도움을 주었던 것, 즉 내 시각의 영역에 놓여 있던 이미지를 제거해버린다 해도 내가 갖게 될 인상(impression)은 여전히 같은 것이 될 것이다. 최소한 나는 이미지의 일반적인 윤곽을 인식할 수 있을 것이고, 잘하면 처음과 같은 인식을 갖게 될 것이다.

이제 여러분에게 한스 홀바인(Hans Holbein)의 〈대사들(The Ambassadors)〉(1533년)이라는 그림의 사본을 보여드리겠다.[5] 이 그림

---

5) 홀바인(1497/1498~1543)은 뒤러와 나란히 독일 르네상스를 대표하는 대화가이며 특히 초상화가로서 세계 회화 사상 최고 거장의 한 사람으로 꼽힌다. 그는 동명의 화가 아들로 아우크스부르크에서 태어나 주로 바젤과 런던에서 활약했다. 그는 종교개혁의 와중에 에라스무스를 비롯, 당대 일류의 인문주의자들과 깊은 교류가 있었다.

　그의 〈대사들〉이라는 그림은 그가 다시 런던에 건너온 다음 해, 즉 그가 영국의 궁정화가가 되기 3년 전의 작품이다. 왼쪽은 런던 주재 프랑스 대사였던 장 드 탕드바르, 오른쪽은

을 잘 알고 있는 분들에겐 기억을 새롭게 할 기회가 될 것이고 잘 모르는 분들은 주의를 기울여 살펴보기 바란다. 잠시 후 그 그림에 대해 논의하겠다.

시각이란 일반적으로 이미지의 기능에 따라 배열된다. 이미지의 기능이란 공간 속에 있는 두 물체의 점대점 대응(point-to-point correspondence)을 의미한다. 두 물체의 관계를 정할 때 사용된 시각적 매개수단이 어떤 것이건, 그 이미지가 실제적이건 아니건 반드시 필요한 것은 점대점 대응관계이다. 시각의 영역에서 이미지의 양식은 왜곡된 형상을 만들어주는 단순한 도식, 즉 면(surface)에 연관된 이미지와 '평면적(geometral)'인 점과의 관계로 나타낼 수 있다. 빛의 경로인 직선에 의해 점과 점이 대응될 때 나오는 것은 모두 이미지라 불릴 수 있다.

이런 점에서 예술과 과학이 혼합된다. 레오나르도 다 빈치는 그가 지은 굴절광학적인 건축물들로 인해 과학자인 동시에 예술가이다. 건축에 관한 비트루비어스(Vitruvius)의 논문 역시 그런 면을 보여준다. 비뇰라(Vignola)와 알베르티(Alberti)는 원근법의 평면적인 법칙들에 대해 매우 발전적인 질문을 제기한다. 원근법에 대한 연구를 중심으로 시각의 영역에 대한 특별한 관심이 제기된다. 이 연구를 통해 시각의 영역과 그 자체가 일종의 평면적인 점이며 원근법의 한 점인 데카르트적 주체의 관계가 드러난다. 그리고 평면적 원근법(geometral perspective)을 중심으로 매우 새로운 방식으로 그림(picture)이 구성된다. 잠시 후 이 그림의 기능에 대해 살펴보자.

먼저 디드로(Diderot)에 대해 이야기해보자. 《보는 사람들이 사용하

사교(司敎)이며 동시에 각지에서 대사로 활약한 조르즈 드 세르비다. 두 대사의 개성 표현은 확실하고 명쾌하다. 사이에 놓인 도구류의 치밀한 묘사도 눈길을 끈다. 여기에 두 사람 다 가톨릭 신자인데도 프로테스탄트의 찬송가집이나 독일의 산술책을 그려놓았다.

222

한스 홀바인, 〈대사들〉, 1533년

도록 눈먼 사람들에 대해 쓴 글(Letter on the Blind for the use of those who see)》에서 디드로는 평면적 원근법에 의한 구성이 시각과는 전혀 상관없다는 점을 보여준다. 왜냐하면 시각의 평면적 영역에 거울의 허상적인 면까지 포함된다 해도 이 영역이 눈먼 사람에 의해서도 완벽하게 재구성되고 상상되기 때문이다.

평면적 원근법에서 문제가 되는 것은 보는 것(sight)이 아니라 공간의 배열이다. 눈먼 사람도 공간 영역을 실제적인 것으로 인식한다. 그는 또한 공간 영역이 멀리에서도 동시적인 행동으로 인식될 수 있다는 것을 안다. 그에게 그것은 시간의 기능, 즉 동시성(instantaneity)을 이해하는 문제다. 데카르트에게 굴절광학, 즉 눈의 기능은 두 막대기가 결합해서 만들어내는 작용으로 나타난다. 시각의 평면적 차원은 주체가 자신을 주체로서 정립하려는 최초의 관계인 거울관계에서처럼 시각의 영역이 만들어내는 것을 끊임없이 우리에게 제공해준다.

그러므로 왜곡된 형상의 구조에 원근법이 거꾸로 사용되고 있음을 인식하는 일이 매우 중요해진다.

원근법을 확립시키기 위한 장치를 발명한 사람은 바로 뒤러(Dürer)였다. 뒤러의 ‘루신다(lucinda)(왜곡된 형상을 만들어내기 위해 뒤러가 사용한 광학 기구 — 옮긴이)’는 조금 전 칠판과 나 사이에 놓였던 것에 비유될 수 있다. 그것은 이미지, 좀 더 정확히 말하면 캔버스, 혹은 격자이다. 내가 세계 속에서 보는 각 점은 직선에 의해 캔버스 위의 점으로 옮겨진다. 이 때 직선이 반드시 광선일 필요는 없으며 줄(thread)이라도 상관없다.

‘루신다(the lucinda)’는 원근법의 이미지를 정립하기 위해 도입되었다. 원근법을 거꾸로 사용하면 세계가 복원되는 것이 아니라, 처음의 이미지가 다른 면에서 왜곡되어 다르게 나타나는 것을 보게 되는 기쁨을 맛볼 수 있다. 잡아 늘여서 아무것이나 마음대로 만들 수 있는 재미있는 장난감처럼 왜곡된 이미지를 마음대로 만들어내는 이 기법에 대해 논의해보자.

뒤러가 살던 당시에 그 기법이 등장해서 성행했던 것 같다. 발트루쇄티스(Baltrusaïtis)의 《왜곡된 형상(Anamorphoses)》을 살펴보면 그 기법에 의해 그림들이 그려짐으로써 야기된 격렬한 쟁점들이 논의된다. 그리고 그 외의 다른 책들에서도 이 쟁점들이 다루어지고 있다. 투르넬(Tournelles)가(街) 근처에 있다가 지금은 없어진 미님스(Minims) 수도원에는 회랑 한쪽 벽에 파트모스(Patmos) 지방에서 활약하는 성요한의 그림이 걸려 있었다. 그런데 이 그림은 마치 우연에 의한 것처럼 구멍을 통해서만 보게 되어 있었다. 그리고 구멍을 통해 볼 경우에만 그림의 왜곡된 형태의 의미가 최대한으로 드러난다.

모든 편집증적 애매모호함은 왜곡으로 인해 발생되며 아르킴볼디(Arcimboldi)로부터 달리(Salvador Dali)에 이르기까지 모든 화가가 이 왜곡의 기법을 최대한으로 사용했다. 그러나 이 특별한 프레스코는 왜곡으로 설명되지 않는다. 원근법에 대해 평면적으로 연구할 때 시각(vision)으로 파악되지 않는 것을 보충해주는 것이 이 프레스코의 매력이다.

왜 어느 누구도 이것을 발기의 효과와 연결시키려 하지 않았을까? 휴식 상태의 성기에 새겨진 문신이 발기된 상태에서 확장된 모습을 상상해보자.

여기서 우리는 평면적 차원에 내재해 있는 결여의 기능을 상징하는, 즉 남근의 유령이 나타난 것을 상징하는 어떤 것을 볼 수 있다. 평면적 차원은 응시 영역의 일부이며 시각(vision)과 전혀 상관없다.

자, 〈대사들〉이라는 그림을 이제 한 번씩 다 돌려 보았지요? 이 그림에서 여러분은 무엇을 볼 수 있습니까? 두 인물 앞에 놓여 있는 이 이상하게 생긴, 비스듬히 매달려 있는 물체는 무엇입니까?

두 인물은 화려하게 치장하고서 얼어붙은 것처럼 뻣뻣하게 서 있다. 그들 사이에는 그림이 그려졌던 당시 허무(vanitas)를 상징하던 물체들이 놓여 있다. 그 당시 아그리파(Cornelius Agrippa)는 과학적인 목적뿐만 아니라 예술적인 목적으로《지식의 공허함(De Vanitate scientiarum)》을 썼다.

이 책에 의하면 그림 속의 물체들은 그 당시 삼학(三學, trivium)[6] 사학(四學, quadrivium)[7]으로 분류되어 과학과 예술을 상징하던 것들이었

---

6) trivium이란 원래 세 길이 만나는 교차점이다. 여기서는 세 가지 학문의 집합을 의미한다.

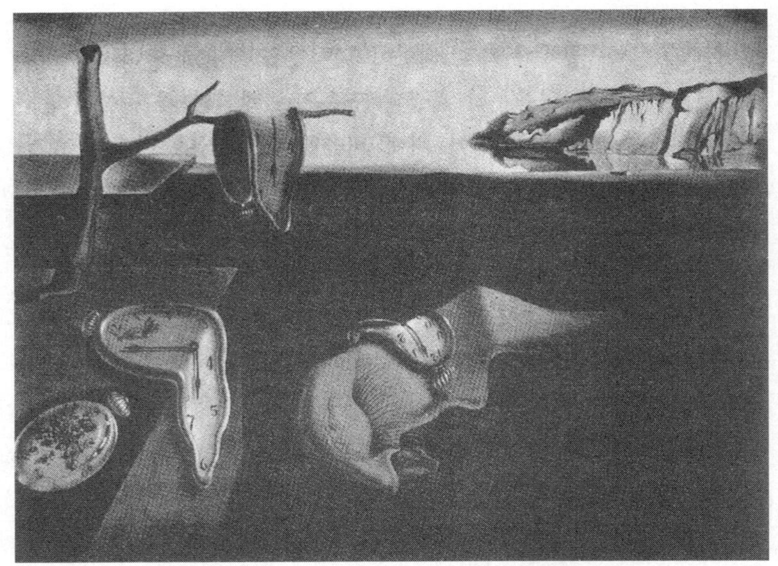

살바도르 달리, 〈기억의 고집〉, 1931년

다. 그러면 가장 매력적인 물체들로 한껏 장식된 배경 앞에 놓여 있는 이 물체는 무엇인가? 그것은 공중을 나는 것처럼 보이기도 하고 약간 기울어져 있는 것처럼 보이기도 한다. 그러나 여러분은 그 물체가 무엇인지 도저히 알 수 없을 것이다. 왜냐하면 여러분이 고개를 돌리고 그림의 매력을 회피하고 있기 때문이다.

오랫동안 앉아 있었던 이 방에서 한 번 걸어나가 보자. 막 떠나려 하면서 몸을 돌리는 바로 그 순간, 《왜곡된 형상》의 저자가 말한 대로 여러분은 이 물체가 바로 해골이라는 것을 깨닫게 된다.

물론 이 물체가 처음부터 해골의 모습으로 제시된 것은 아니다. 발트루쇄티스는 그것을 오징어 뼈에 비유한다. 그러나 내게는 그것이 노파의 비참하고 더러운 모습을 잘 나타내기 위해 달리가 고의적으로 그녀

---

7) quadrivium은 네 개의 길이 만나는 교차점이다. 여기서는 대수, 음악, 기하학, 천문학의 네 가지 학문의 집합을 의미한다.

의 머리 위에 올려놓았던 두 권의 책으로 만들어진 빵 덩어리를 나타내는 것처럼 보인다. 물론 노파가 그 사실을 모르고 있으므로 그녀는 더욱 비참하고 더러워 보인다. 또 이 그림을 보면 전경에서 날고 있는 상태로 묘사된 물체의 의미보다 덜 성적이긴 하지만 달리가 그린 녹아내리는 시계들[8]이 연상된다.

주체라는 개념이 등장하고 평면광학이 관심의 대상이었던 바로 그 당시에 홀바인은 주체의 소멸을 보여준다. 주체는 이미지로 구체화된 거세(minus-phi, $[-\phi]$)의 형태로 소멸되고 이것은 우리가 근본적인 충동들을 통해 욕망을 전체적으로 조직할 때 중심적인 역할을 한다.

그러나 시각의 기능을 좀 더 따라가보자. 그러면 시각을 토대로 해서 남근의 상징인 변형된 유령이 아니라 이 그림에서처럼 살아 맥이 뛰는 듯한, 아찔한, 확장된 응시의 기능이 나타난다.

이 그림은 다른 모든 그림들처럼 응시를 유혹하는 덫이다. 어느 그림에서나 응시의 각 점에서 응시를 찾는 바로 그 순간 응시가 사라져버린다. 다음 시간에는 이것에 대해 논의를 발전시켜보자.

질의응답

발(F. Wahl) : 당신은 사르트르처럼 다른 사람들의 응시 속에서 응시를 인식하는 것은 결코 응시를 근본적으로 경험하는 것이 아니라고 말씀하셨습니다. 당신이 이미 우리에게 대략 설명해주셨지만 욕망을 향한 응시를 인식하는 것에 대해 좀 더 상세히 설명해주시길 바랍니다.

---

8) 달리의 〈기억의 고집〉을 의미한다.

라캉 : 욕망의 변증법이 강조되지 않는다면, 왜 타자의 응시가 인식의 영역을 해체시키는지 그 까닭이 결코 이해되지 않을 것입니다. 왜냐하면 문제의 주체는 사유하는 의식의 주체가 아니라 바로 욕망의 주체이기 때문입니다. 그것이 평면적인 시점에 관한 문제라고 생각하는 분도 있겠지만 그것은 〈대사들〉의 전경에서 날아가고 있는 것, 즉 매우 다른 시선에 대한 문제입니다.

발 : 그러나, 나는 왜 타자들이 당신의 담론에 다시 등장해야 하는지 이해할 수가 없습니다.

라캉 : 그렇지만 문제는 내가 실패하지 않는다는 거지요.

발 : 당신이 주체와 실재계에 대해 말씀하실 때, 처음 듣는 사람들은 그 말들을 따로 떼어서 생각하려 한다는 점을 알려드리고 싶습니다. 그러나 그들은 그 용어들이 서로 연관되어 이해되어야 하며 지형학(topology)적으로 정의된다는 것을 조금씩 깨닫게 됩니다. 주체와 실재계는 환상의 저항 속에서 분열의 양끝에 위치해 있지요. 실재계는 어떤 면에서 저항의 경험입니다.

라캉 : 나는 각 용어가 다른 용어들과의 지형학적인 관련 속에서만 유지되며 사유의 주체 역시 똑같은 방식으로 취급된다는 점을 말씀드리고 싶습니다.

발 : 그러면 당신은 지형학을 발견이나 설명의 한 방식으로 보십니까?

라캉 : 지형학이란 분석가로서 우리의 경험에 적합한 위상을 정하는 것입니다. 그리고 이것이 나중에 형이상학적인 관점으로 채택될 수도 있습니다. 내 생각에는 메를로-퐁티가 이런 방향으로 나아가고 있습니다. 그의 책 2부에 있는 '늑대인간'과 장갑의 손가락에 대한 논의를 한 번 보세요.

카우프만(P. Kaufmann) : 당신은 응시의 전형적인 구조에 대해 말씀하셨지만 빛의 팽창에 대해서는 전혀 언급하지 않으셨습니다.

　라캉 : 나는 응시가 시선이 아니라는 점을 말씀드렸습니다. 물론 홀바인이 감히 내게 나의 녹아내리는 시계[9]를 보여주고 있는 그 날고 있는 물체에서는 그렇지 않습니다. 다음 시간에는 빛에 대해 구체적으로 말씀드리겠습니다.

(이미선 옮김)

---

9) 여기서 녹아 흘러내리는 시계는 거세를 상징하는 이미지이다.

선과 빛[1]

욕망과 그림. 정어리 통조림 이야기.
스크린. 모방. 기관.
당신은 결코 내가 당신을 바라보는 곳에서
나를 바라보지 않는다.

시선의 기능을 이해하는 데 도움이 될 여러 가지 실험을 해보자. 먼저 기관과 그에 따른 기능은 생물체의 진화단계에서 언제 나타났는가?

주체와 기관의 관계는 우리가 다루고 있는 문제의 핵심이다. 가슴, 배설물 등 모든 기관 중에서 특히 시선이 중요하다. 그리고 놀랍게도 이 시선은 생명의 출현을 의미하는 종(species)만큼이나 오래 전에 나타났다.

여러분은 동물세계에서는 이미 굴(oyster) 단계에서 시선이 출현했었다는 사실을 모른 채 무심코 굴을 먹을 것이다. 물론 이런 사실들을 아는 것이 만물의 이치를 깨닫는 데 도움은 되겠지만 우리의 논의에 관련된 것만 골라서 살펴보자.

옆쪽의 그림 중 위에 있는 삼각 도표의 의미에 대해서는 지난 시간에 내가 충분히 설명했다고 본다.

아래 도표는 15세기 말부터 17세기 말까지의 화풍을 지배했던, 원근

---

1) 이 글은 "The Line and the Light"를 옮긴 것으로 *Four Fundamental Concepts of Psychoanalysis*, tr. Alan Sheridan(New York, London : W. W. London & Company, 1981), 91~104쪽에 실려 있다.

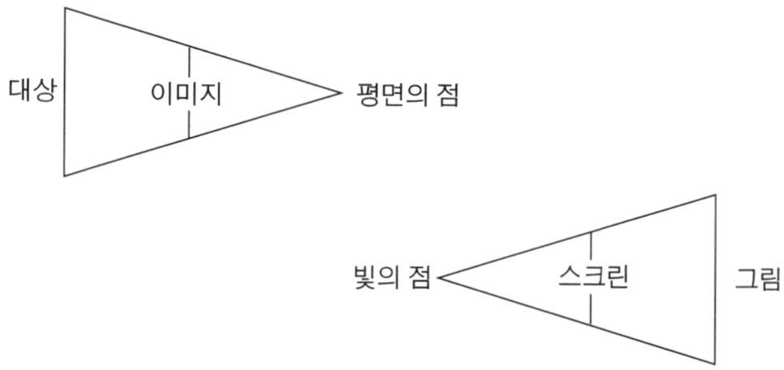

법을 거꾸로 사용한 기법을 빛의 점(point of light), 스크린(screen), 그림(picture)이라는 세 개의 광학(optics)용어로 나타낸 것이다. 왜곡된 형상을 통해 우리는 공간 속의 사물이 사실주의적으로 재현된 그림 속에서는 왜곡된 형상이 문제되지 않음을 알 수 있다. 물론 공간이라는 말에 대해서는 여러 유보조건이 있을 수 있다.

아래 도표는 어떤 광학은 시각과 전혀 상관없음을 보여준다. 그런 광학은 바로 눈먼 사람들에 의해 포착되는 것이다. 디드로(Diderot)의《보는 사람들이 사용하도록 눈먼 사람들에 대해 쓴 글(Letter on the Blind for the use of those who see)》은 앞에서 이미 언급되었다. 이 글은 우리가 시각을 통해 공간에 대해 알 수 있는 것을 눈먼 사람들이 어느 정도까지 설명하고, 재구성하고, 상상하고, 말할 수 있는지 알려준다. 눈먼 사람들이 지닌 이런 가능성을 토대로 디드로는 형이상학적 함축성을 띤 영원히 이해되지 않는 애매모호한 표현을 만들어냈다. 그리고 이런 애매모호함으로 인해 그의 글은 활기 있고 신랄해졌다.

평면적인 차원을 통해 우리는 주체가 어떻게 시각의 영역에 사로잡혀 그것에 의해 조정되는지 살펴볼 수 있다.

지난 시간에 나는 여러분에게 홀바인의 그림에서 전경에 떠 있던 기이한 물체를 숨김없이 보여드렸다. 그 물체는 일부러 보이도록 함으로써, 즉 **함정을 놓아**[2] 보는 사람인 우리를 붙잡기 위한 것이다. 간단히 말하면 그것은 주체인 우리가 문자 그대로 그림 속으로 불려 들어가서 그 그림 속에 붙잡혀 있다는 점을 명백하게, 그리고 아주 독특하게 보여준다. 지난 시간에 내가 이미 여러분에게 지적해드렸듯이 이 그림의 비밀은 허무(vanitas)와의 연관성, 예술과 과학의 공허함을 상기시키는 것들이 멋지게 차려입은 채 꼼짝하지 않는 두 인물 사이에 제시되는 방식과 연관된다. 이 그림의 비밀은 우리가 조금씩 조금씩 왼쪽으로 물러나다 뒤로 돌아서서 그 떠 있는 불가사의한 물체가 무엇을 의미하는지 알게 되는 바로 그 순간에 드러난다. 이 그림은 죽음의 머리라는 해골의 형체를 통해 우리 자신의 무(nothingness)를 나타낸다. 즉, 이 그림은 주체를 사로잡기 위해 시각의 평면적 차원을 이용하고 있으며 여전히 알 수 없는 욕망과의 관계를 보여준다.

그림 속에 사로잡혀 고정되어 있으면서 화가에게 무엇인가를 작동시키도록 촉구하는 욕망은 무엇인가? 오늘은 이 점에 대해 논의해보자.

1

시각의 영역에서 모든 것은 일종의 덫이다. 그것도 아주 이상한 방식의 덫이다. 이 점은 메를로-퐁티가 《보이는 것과 보이지 않는 것》에서 한 장의 제목을 '뒤엉킴(interlacing, intertwining)'이라 정한 것에 잘 나타나 있다. 시각의 기능이 제시하는 두 가지 면, 즉 보이는 것과 보이지 않는 것은 모두 미로처럼 보인다. 시각의 영역이 여러 영역으로 구분되면 그것들이 교차하는 정도가 더욱 더 잘 파악될 것이다.

---

2) 저자 자신의 강조.

232

내가 평면적이라 불렀던 영역에서, 줄(thread)로서 작용하는 것은 빛처럼 보인다. 지난 시간에 우리는 이 줄에 의해 우리와 대상의 각 점이 연결되는 것을 보았다. 또한 각 점이, 이미지가 배치될 스크린 형태의 조직망을 지나갈 때 빛이 하나의 줄로 작용하는 것을 보았다. 빛이 직선으로 유포된다는 것은 확실한 사실이다. 그리고 처음에는 줄로 작용하는 것이 마치 빛처럼 보인다.

그러나 이 줄에는 빛이 필요하지 않다. 곧게 펴진 줄이 필요할 뿐이다. 우리가 조금만 주의를 기울여 보여주면 눈먼 사람들이 우리 행동을 모두 따라할 수 있는 것은 바로 이런 이유에서다. 예를 들어, 눈먼 사람에게 약간 높은 물체를 손가락으로 더듬어본 후 곧게 펼쳐져 있는 줄을 따라가게 해보자. 우리는 그에게 이미지들의 배열 방식을 나타내는 표면의 형태를 손 끝 감각으로 구분하는 법을 가르칠 수 있다. 우리 볼 수 있는 사람들이 순수광학에서 크기는 다양하다 할지라도 근본적으로는 동질적인 관계인 공간에서의 점대점 대응에 대해 생각하는 것과 똑같은 방식으로 말이다. 공간에서의 점대점 대응은 결국 한 줄 위에 두 점을 위치시키는 것과 같다. 그러므로 이런 설명은 빛이 제공해주는 것에 대해 우리에게 특별히 많은 것을 알려주지 못한다.

공간을 시각적으로 구성할 때 이렇게 우리에게 보이지 않는 것은 어떻게 이해될 수 있는가? 철학의 전통적인 논쟁은 항상 이 문제와 연관된다. 이 문제에 전념했던 — 그것도 매우 뛰어나게 — 마지막 철학자인 알랭(Alain)으로부터 칸트를 거쳐 플라톤까지 거슬러 올라가 살펴보면, 모든 철학자들은 인식의 기만성에 대해 장황히 설명한다. 또한 그들은 우리가 인식에 의해 공간 속의 대상을 발견하게 되며, 그 대상을 입방체로 인식하게 되는 것은 우리와 대상 사이에 존재하는 공간상의 거리로 인해 그 입방체가 평행사변형의 외관(appearance)을 띠고 있기 때문이라는 사실을 강조하면서 그들 자신이 그 문제의 대가인 듯 굴었다. "얏! 이상도 해라! 자 보세요!(Hey presto!)"라고 요술처럼 인식에 대해 모든 것을 알려주는 듯한 이 고전적 변증법의 속임수는 그것이 바로 평면적인 시각을 다루고 있다는 사실에서 비롯된다. 평면적인 시각이란 공간 속에 있는 한 본질적으로 결코 시각적인 것이라 할 수 없는 것이다. 즉, 입방체라는 대상을 본질상 시각적인 것이라 할 수 없는 평면적인 평행사변형에 의존함으로써 인식하는 고전적 변증법은 일종의 속임수이다.

철학자들은 시각의 영역에 대해 이런 식으로 살펴본 후 자신들이 외관과 존재의 관계를 완전히 이해했다고 쉽게 착각한다. 그러나 이 외관과 존재의 관계가 갖는 본질은 다른 곳에 있다. 그 본질은 직선이 아니라 발광점, 빛의 유희, 빛이 발산되는 원천인 빛의 점에 있다. 빛은 직선으로 발산되지만 그것은 굴절되고, 확산되고, 넘치고, 채운다. 눈은 일종의 주발(bowl)일 뿐이다. 이 빛으로 인해 안구 주변에 전체적인 일련의 기관들, 기제들, 방어물들이 존재하게 된다. 홍채는 거리뿐만 아니라 빛에도 반응을 보인다. 또한 홍채는 안구 바닥에서 일어나고 있는 것들을 보호해야 하는데 어느 경우에는 이것들이 홍채에 의해 손상을 겪기도 한다. 눈꺼풀은 너무 밝은 빛에 접했을 때 먼저 깜박인다. 즉, 눈꺼풀은 얼굴을 찌푸림으로써 자신을 오무린다.

또한 눈이 반드시 빛에 민감하게 반응(photo-sensitive)해야 할 필요는 없다. 우리 모두 이 점을 잘 알고 있다. 물론 눈의 외피 전체가 여러 가지 이유로 인해 볼 수는 없지만 빛에 반응할 수는 있다. 그러나 그렇다고 해서 이것을 시각의 기능으로 단정해선 안 된다. 색소점에서는 빛을 느낄 수 있는 기능이 약간 둔화되어 있다. 색소는 어떤 면에서 눈 전체에 완전히 작용함으로써 현상을 무한히 복잡해 보이도록 만든다. 예를 들어 색소는 시홍(視紅, rhodopsin)의 형태로 추상체(錐狀體, cones)에 작용하고 망막의 여러 층에도 작용한다. 이 색소는 즉시 발견되지도 않고 명확하게 드러나지도 않는 부분적인 기능들 속에 잠시 나타났다 사라진다. 그러나 이 색소의 기능에 의해 빛에 관련된 기제들이 깊이와 복잡성, 통일성을 갖게 된다.

그러므로 주체와 빛의 관계는 이미 약간은 애매모호하다. 물론 여러분은 서로 겹쳐지려면 둘이 동시에 거꾸로 뒤집혀야 하는 두 삼각형 도표를 통해 이 점을 알았을 것이다. 이것이 바로 앞에서 지적되었던, 시각의 영역을 전체적으로 구조짓는 뒤엉킴 혹은 교차의 기능을 보여주는 첫 번째 예다.

주체와 빛의 관계를 이해하는 데 약간의 도움이 될 수 있는 짧은 이야기를 하나 예로 들어보자. 이 이야기는 빛의 장소가 평면광학에 의해 규정되는 평면적인 장소 이외의 다른 곳에 존재한다는 점을 보여준다.

이것은 실제로 있었던 이야기다. 나는 그 당시 20대 초반이었고 젊은 지식인이었으므로 당연히 어디론가 벗어나서, 뭔가 다른 것을 보고, 시골이나 바다에서 좀 실용적이며 육체적인 일에 나 자신을 던져보고 싶었다. 어느 날 나는 작은 항구에 사는 어부 가족 몇 사람과 배를 탔다. 그 당시 브리타니 지방은 지금처럼 산업화가 이루어지지 않았었고 트롤선도 물론 없었다. 어부들은 위험을 무릅쓰고 조각배를 타고 바다로 나갔다. 내가 나누고 싶었던 경험은 바로 이런 위험이었다. 그렇다고 해서 항상 위험과 흥분만 있었던 것은 아니었다. 때론 청명한 날도 있었다. 어느 날 그물을 끌어들일 때를 기다리고 있을 때, 어린 장(Petit-Jean)이 파도 표면에 떠다니는 뭔가를 발견하고 내게 일러주었다 — 어린 장 역시 다른 가족들처럼 결핵으로 아주 젊어서 죽었다. 그 당시 결핵은 어부와 같은 사회계층 모두에게 끊임없이 위협적인 존재였다. —

그것은 작은 정어리 통조림 깡통이었다. 그 깡통은 우리가 고기를 대주고 있던 통조림 산업의 한 증거물로서 햇빛을 받으며 떠다니고 있었다. 그것을 보고 어린 장이 내게 말했다. "저 깡통 보이죠? 보이세요? 그렇지만 그것은 당신을 보지 못하지요."

그는 이 일을 매우 재미있어 했지만 나는 그렇질 못했다. 나는 그 문제에 대해 곰곰이 생각해보았다. 나는 왜 그보다 덜 재미있어 할까? 그것은 흥미로운 질문이었다.

먼저, 만약 깡통은 나를 보지 못한다는 어린 장의 말에 어떤 의미가 있다면 그것은 그 깡통이 항상 나를 바라보고 있다는 이유에서다. 그 깡통은 나를 빛의 점에서 바라보고 있었다. 즉, 그것은 나를 바라보는 것이 모두 위치해 있는 점[3]으로부터 나를 바라보고 있었다. 지금 내가 은유적인 표현을 하는 것은 아니다.

그런 말이 어린 장에게는 재미있었지만 내겐 그렇지 않았던 것은 바로 그 순간 내가 지상에서 아무것도 아닌 존재로 보였기 때문이었다. 마치 무자비해 보이는 자연에 대항해서 매우 어렵게 생계를 꾸려나가는 사람들에게 비치는 나의 모습처럼, 간단히 말해서 나는 그 그림에서 빠져 있는 셈이었다. 그리고 내가 그런 익살스럽고 아이러니컬한 말을 들었을 때 즐겁지 않았던 것은 바로 이런 이유 때문이었다.

나는 이 이야기의 구조를 우리 논의의 주제로 본다. 이 구조는 눈과 빛의 자연적인 관계에서 찾아진다. 나는 평면적인 점에 위치한 끊임없이 변하는 일시적인 존재가 아니다. 물론 내 눈 깊은 곳에서 그림이 채색된다. 그러므로 그림은 내 눈 속에 있다. 그러나 나는 그 그림 속에 존재하지 않는다.

---

3) 231쪽의 아래 도표에서 빛의 점(point of light)을 의미한다.

빛이 나를 바라보고 그 빛에 의해 내 눈 깊은 곳에서 무엇인가가 채색된다. 채색되는 것은 만들어진 관계나 오랫동안 철학자들이 망설이며 숙고하던 대상일 뿐만 아니라, 인상(impression)이며 미리 나를 위해 저만치에 존재하는 것이 아닌 표현의 아른거림이다. 이것은 평면적인 관계에서 우리를 벗어나는 것, 즉 나에 의해 결코 통제될 수 없는 매우 다양하고 애매모호한 영역의 깊이를 나타낸다. 바로 이것이 나를 사로잡고, 매순간 나를 유혹하고, 내가 그림이라 불렀던 풍경을 풍경 이외의 다른 것으로 만들어버린다.

그림에 연결되는 것은 응시의 점으로서 그림과 마찬가지로 외부에 존재한다. 그러나 그림과 응시의 점[4]을 대응시키는 것, 즉 이 둘 사이에 있는 것은 평면적, 시각적 공간과는 다른 성격을 지닌 것이며 가로질러 갈 수 있어서가 아니라 불투명하기 때문에 평면적, 시각적 공간과는 정반대의 역할을 하는 것이다. 즉, 그것은 바로 스크린[5]이다.

내게 빛의 공간으로 제시된 것 중에서 응시는 항상 빛과 불투명의 유희이다. 응시는 정어리 통조림 깡통에 대한 이야기의 핵심인 빛의 번쩍거림이다. 각 점에서 스크린으로서 간섭하려는 나를 방해하고, 스크린을 넘쳐흐르는 무지개 색깔로 나타나려는 빛을 방해하는 것은 바로 이 응시이다. 요약하면 보석의 애매모호함은 항상 응시의 점에 의해 생겨난다.

그림에서 나는 스크린으로, 간섭하는 기제로 나타난다. 이 스크린은 전에 내가 눈알 모양의 얼룩, 혹은 반점이라 불렀던 것이다.

---

4) 231쪽의 아래 도표에서 빛의 점을 의미한다. 이 점은 단순한 빛의 자리가 아니라 주체에 의해 통제되지 않는 빛의 유희를 나타내는 응시의 자리이다.
5) 231쪽의 아래 도표 참조.

이것이 바로 시각의 영역과 주체의 관계다. 이 때 주체라는 말은 일반적인 의미, 즉 주관론적인 의미로 이해되어서는 안 된다. 시각의 영역과 주체의 관계는 관념론자가 생각하는 그런 관계가 아니다. 그림에 일관성을 부여하는 주체로서의 조망(overview)은 단순히 재현한다는 의미의 조망이 아니다.

우리는 조망으로서의 주체가 시각의 영역에서 하는 기능에 대해 잘못을 범하기 쉽다.

메를로-퐁티의 《지각의 현상학》에는 망막 뒤에서 일어나는 일에 대한 예가 많이 나와 있다. 그는 예를 들어 합성된 색의 원천이며 바탕의 일부인 스크린이 방해작용을 하고 이 스크린의 간섭만으로도 색이 전혀 다르게 합성된다는 점을 보여주는 훌륭한 사실들을 많은 글에서 능숙하게 끌어낸다. 이 때 색은 어떤 색조를 만들어내는, 하나가 다른 것의 뒤에서 돌고 있는 두 개의 바퀴, 혹은 두 개의 스크린에 의해 생성된다. 여기서 일반적인 의미에서 순수하게 주관적인 기능, 즉 간섭하는 중심 기제의 특성이 파악될 수 있다. 왜냐하면 실험에 사용된 요소를 주체가 다 알고 하더라도 빛의 유희는 주체가 인식하는 것과 전혀 다르기 때문이다.

바탕이나 색깔의 반영 효과를 인식하는 것은 매우 다르다. 물론 여기에도 주관적인 면이 있긴 하지만 이 주관적인 면은 매우 다르게 구성된다. 예를 들어 파란색 바탕 옆에 노란색 바탕을 놓아보자. 파란색 바탕은 노란색 바탕에 반사된 빛을 흡수함으로써 변화한다. 색이 있는 모든 것은 주관적일 뿐이다. 스펙트럼에는 색깔의 성질을 파장이나 빛의 진동 빈도와 연관시킬 수 있는 객관적인 상관물이 존재하지 않는다. 스펙

트럼에도 객관적인 것이 존재하긴 하지만 그것은 다르게 위치해 있다.

주체와 시각의 관계에 대해 말할 수 있는 것이 이것뿐일까? 이것이 주체와 그림의 관계에 대해 말할 수 있는 것인가? 분명 그렇진 않다.

주체와 그림의 관계에 대해 여러 철학자들이 접근을 시도했지만 나는 그들이 핵심을 놓쳤다고 말하고 싶다. 목적론적인 관점으로 인식을 규정하기 위해 주체가 어떻게 절대적인 조망(overview)의 위치에 놓이는지 레이몽 뤼에(Raymond Ruyer)의 《신결정론(Néo-finalisme)》을 살펴보자. 주체가 절대적인 조망의 위치에 놓여야 될 이유가 뤼에가 예로 들었던 서양장기판에 대한 인식이 무엇인지를 파악하기 위한 것이라면, 주체는 굳이 절대적으로 조망하는 위치에 놓여야 할 필요가 없다. 왜냐하면 서양장기판이란 원래 평면적 시각에 속하는 것이기 때문이다. 우리는 공간 속에서 부분들 밖의 부분들(partes extra partes)로 존재하며 바로 이 사실에 의해 대상의 인식에 대해 그런 반대의견을 제시할 수 있는 근거가 마련된다. 사물은 이런 방향으로는 도저히 환원될 수 없다.

그러나 절대적인 조망의 위치에 있는 주체의 진정한 본질이 나타나는 현상학적 영역이 있다. 이 영역은 주체가 나타나는 특권적인 지점들보다 훨씬 더 광범위하다. 비록 그런 영역의 존재가 뚜렷하게 규명될 수는 없다 할지라도 그 영역은 우리에게 필요하다. 조망이라는 현상학적 영역에서만 표명될 수 있는 사실들에 의해 나는 그림 속에서 눈알 모양의 얼룩으로 규정된다. 이 사실들은 바로 모방에 관한 것이다.

지금 여기서 모방이 야기하는 복잡한 문제들을 다룰 수는 없다. 대신 여러분에게 그 문제에 대한 전문서적 몇 권을 소개해드릴까 한다. 그 책들은 그 자체로 훌륭할 뿐만 아니라 생각할 거리를 많이 제공해준다. 나는 아직 충분히 표명되지 못한 것들을 강조하는 것으로 만족할 작정이다. 우선 모방에서 적응의 기능이 얼마나 중요한가라는 문제부터 논의해보자.

어떤 모방현상은 환경에 적응하는 자연색에 연관해서 이야기될 수 있고, 퀴에노(Cuénot)가 보여준 대로 일단 완전히 환경에 적응한 후에는 자연색이라는 것이 단지 빛으로부터 자신을 보호하는 한 방법에 지나지 않을 수도 있다. 이것에 대한 예는 무수히 많다. 녹색이 압도적인 환경에서, 녹색식물이 자라는 웅덩이에 사는 작은 동물은 빛에 의해 피해를 입게 되면 그것 역시 녹색이 된다. 그 작은 동물은 녹색으로 빛을 반사하기 위해 녹색이 되고 그 적응에 의해 빛의 효과로부터 자신을 보호할 수 있게 된다.

그러나 우리가 다루고자 하는 모방은 이것과 매우 다른 것이다. 결코 특수하다 할 수 없는, 거의 무작위로 뽑은 예를 들어보자. 아칸시페라 (acanthifera)라는 형용사가 붙어 있는 카프렐라(caprella)로 알려진 작은 갑각류가 브리오조에어(briozoaires)라는 동물들 속에 정착할 경우 그것은 무엇을 모방하는가? 이 갑각류는 식물과 유사한 동물인 브리오조에어에게서 반점을 모방한다. 브리오조에어는 여러 채색변화기를 거친다. 어느 때는 장 내에 있는 환상관이 눈알 모양의 얼룩을 형성하고, 어느 때는 그 눈알 모양의 얼룩에 채색의 중심점 같은 것이 작용한다. 카프렐라는 바로 브리오조에어의 눈알 모양의 얼룩에 적응한다. 카프렐라는 눈알 모양의 얼룩이 되기도 하고, 그림이 되기도 하고, 그림 속에 나타나기도 한다. 엄격히 말해 이것이 바로 모방의 근원이다. 그리고 이것을 토대로 주체가 그림 속에 자신을 드러내는 근본적인 차원이, 처음에 망설이며 했던 추측보다도 훨씬 정당화되어 나타난다.

카이와(Caillois)는 때로 비전문가에게서 발견되는 냉철한 통찰력으로 《메두사와 손님들》에서 이미 이 점을 언급했다. 비전문가로서의 거리가 그로 하여금 전문가들이 단순히 진술만 해놓은 것들에 내포된 의미를 파악할 수 있게 해주었는지 모른다.

채색의 영역에는 모방이 적응이라는 것을 보여주는 사실들이 있다고 주장하는 과학자들도 있다. 그러나 그 사실들이 실제로 보여주는 것은 일반적인 의미의, 즉 생존하기 위한 행위로서의 적응이 모방과는 전혀 상관없다는 점이다. 대부분의 경우 모방은 비효율적이거나 적응이 기대하는 결과와는 정반대의 방향으로 작용한다. 반면, 카이와는 모방이 실천되는 세 가지 차원을 책에서 제목으로 사용한다. 이 세 가지 차원은 변장(travesty), 위장(camouflage), 그리고 위협(intimidation)이다.

주체는 바로 이 모방에 의해 그림 속에 삽입될 수 있다. 모방이 모방 뒤에 숨겨져 있는 '사물자체(itself)'와 구분되는 한, 모방은 무엇인가를 드러낸다. 모방의 효과는 엄밀히 기술적인 의미에서 위장(camouflage)이다. 위장이란 배경과 조화를 이루는 것이 아니라 얼룩덜룩한 것들을 배경으로 해서 얼룩덜룩해지는 것이다. 마치 사람들이 전쟁에서 사용하는 위장술과 마찬가지로.

변장(travesty)에는 어떤 성적인 목적이 있다. 이 성적인 목적이 온갖 종류의 가장(disguise, masquerade)에 의해 만들어진다는 사실은 자연현상에서도 많이 발견된다. 그러나 변장에 의해, 성적인 목적과는 매우 다른 중요한 면이 형성된다. 그것은 바로 유혹이다. 변장에서 유혹이란 속임수와는 다른 것이며, 그 효과가 정확히 측정되기 전까지는 결정이 유보되어야 하는 어떤 것이다.

마지막으로, 위협(intimidation)은 주체가 자신의 외모를 과대평가함으로써 생겨나는 결과다. 여기서도 역시 상호주체성에 대해 거론하는 것은 너무 성급한 행동이다. 위협에 대해 논의할 때, 우리는 모방되고 있는 타자에 대해 너무 성급하게 생각하지 않도록 주의해야 한다. 모방이란 의심할 여지 없이 형상을 재현하는 것이다. 그러나 사실 모방이란 주체를 사로잡으려는 기능에 주체 자신이 삽입되는 것을 의미한다. 여기서 잠시 논의를 멈추자.

주체는 무의식에 의해 사로잡힌다. 먼저 무의식의 기능에 대해 살펴보자.

3

무의식의 기능에 대해 살펴볼 때, 카이와의 말이 우리에게 많은 도움이 된다. 그는 동물에게서 나타나는 모방의 사실들이 인간에게서는 예술이나 회화로 나타나는 것과 같다고 말한다. 이 말에 대해 제기될 수 있는 단 하나의 반대 의견은 카이와(René Caillois)[6]에게는 회화의 개념이 너무도 자명해서 회화 이외의 다른 것을 설명하기 위해 회화가 인용될 수 있는 것처럼 보인다는 점이다.

그러면 회화는 무엇인가? 앞에서 그림이란 주체가 자신을 주체로서 그려내는 기능이라고 말한 데는 다 까닭이 있다. 주체가 자신을 그리려 할 때, 즉 응시가 중심이 되는 어떤 것을 작동시켰을 때, 무슨 일이 일어나는가? 화가가 그림 속에서 주체가 되고 싶어 하며, 주체로서, 즉 응시로서 우리에게 군림하려 하므로, 회화는 다른 것들과 구분되어야 한다고 누군가는 말했다. 이 말에 대해 예술작품은 일종의 대상이라는 점을 강조함으로써 반론을 제기하는 사람도 있다. 물론 이 두 가지 주장 모두 조금은 옳다. 그러나 이 두 주장에 의해 문제가 다 해결되진 않는다.

이제 그림에는 응시가 항상 나타난다는 주제에 대해 논의해보자. 물론 화가도 이 점에 대해 잘 알고 있다. 화가의 도덕성, 추구, 탐구, 실천

---

6) 카이와의 이름은 원래 Roger Caillois인데 라캉은 여기서 그를 René Caillois라고 부르는 실수를 범한다. 이 실수에 대해서는 다음 장, "그림이란 무엇인가?" 253쪽에서 언급된다.

은 응시를 지속시키고 변형하는 것이다. 응시가 거의 없고 단순히 시선에 의해 그려진 그림이나, 사람의 모습이 전혀 없는 네덜란드파나 플랜더스파의 풍경화를 바라볼 때조차도, 우리는 각 화가에게 고유한 어떤 특성을 보게 됨으로써 응시의 존재를 느낄 수도 있다. 그러나 이런 그림들 속에서 응시를 느끼는 것은 가히 연구감이며 착각에 불과하다.

화가는 자신의 그림이 보이도록 그것을 의도적으로 관객에게 제시한다. 이 때 관객과 화가의 관계에서 그림의 기능은 응시와 연관된다. 그러나 그림과 응시의 관계에서 그림이 응시를 유혹하는 덫의 역할을 하진 않는다. 물론 처음에는 그렇게 보일지도 모른다. 화가 역시 배우처럼 다른 사람들이 자신을 보아주기를 바란다고 생각될 수도 있다. 그러나 나는 그것에 동의하지 않는다. 물론 나도 보는 사람의 응시와 그림에 어떤 관계가 있음을 인정한다. 그러나 실제로 그 관계는 훨씬 복잡하다. 화가는 자신의 그림 앞에 서 있는 사람, 즉 관객에게 다음과 같이 말한다. "보고 싶으세요? 자, 이걸 한 번 보세요!" 그는 관객의 눈을 충족시켜줄 수 있는 것을 제공하지만, 관객이 마치 무기를 내려놓듯이 응시를 내려놓도록 그를 그림 속으로 끌어들인다. 이것이 바로 그림이 지닌, 달래고 진정시키는 효과다. 응시가 아니라 시선에, 그 응시를 포기하도록 하는, 즉 내려놓게 하는 무엇인가가 제공된다. 그림은 관객의 응시를 유혹하는 덫이 아니라 그에게 응시를 내려놓게 만든다.

문제는 표현파의 그림이 이런 식으로는 설명되지 않는다는 것이다. 표현파 그림은 응시가 요구하는 만족, 즉 프로이트가 충동과 연관시켜 사용했던 의미의 만족을 통해 무엇인가를 제공해준다. 이 점이 표현파의 두드러진 특징이다.

다른 말로 표현하면, 이제 기관으로서의 눈의 위상에 대해 문제가 제기되어야 한다. 기능이 기관을 만든다고 말하는 사람도 있다. 그것은 정말 터무니없는 이야기다. 기능은 기관에 대해 아무런 설명도 하지 못한다. 유기체의 기관은 어느 것이나 매우 다양한 기능을 가진다. 눈에서도 역시 여러 기능이 동시에 나타난다. 눈의 분별기능은 '중심와(中心窩, fovea)'[7]에서 최대한으로 나타난다. 그러나 중심와를 제외한 망막의 다른 부분에서는 이와 반대되는 일이 일어난다. 어떤 사람은 그 부분을 암점과 같은 기능을 하는 장소로 구분하는 실수를 범한다. 그러나 그곳에서도 역시 염색체 교차가 발견된다. 왜냐하면 그 부분이 원래 희미한 빛에서도 사물을 인식할 수 있도록 만들어졌기 때문이다. 그러므로 빛의 효과를 인식할 수 있는 최대한의 가능성을 제시해주는 곳은 뜻밖에도 전혀 빛을 인식하지 못할 것 같은 바로 그 부분이다. 오등성이나 육등성 크기의 별을 보고 싶다면 그것을 똑바로 바라보아서는 안 된다. 그것은 눈을 한쪽으로 고정시킬 때만 보인다. 중심와로는 관찰될 수 없는 별이 암점으로 흔히 알려져 있는 부분을 통해 관찰되는 이 이상한 현상은 아라고(Arago) 현상이라 불린다.

그러나 눈의 이런 기능들이 기관으로서 눈의 특성을 다 보여주진 못한다. 유기체가 기관의 위치에서 벗어나는 최선의 방법은 본능이므로 기관을 본능에 연관시켜 말하는 것은 잘못이다. 동물 세계에서는 유기체가 기관을 과도하게 발달시키는 경우도 많이 있다. 유기체와 기관의 관계에서 본능의 기능은 도덕성이라 정의되었던 것 같다. 본능의 사전 적응 능력은 매우 뛰어나다. 유기체에서 놀라운 점은 유기체가 자신의 기관으로 무엇이든지 할 수 있다는 것이다.

무의식을 언급할 때, 내가 다루는 것은 기관과의 관계다. 무의식을 정확하게 정의하면, 그것은 성(性, sexuality or sex)에 관련된 문제가 아

---

7) 중심와란 망막에서 가장 잘 볼 수 있는 지점이다.

244

니다. 무의식은, 실재계에 결여되어 있어서 성적인 목표 속에서나 획득될 수 있는 남근(phallus)과의 관계에 대한 문제다.

무의식과 연관돼서 그 기관, 즉 남근이 다루어지는 한, 시선이 어느 정도까지 이와 비슷한 변증법에 붙잡혀 있는지 드러나게 된다. 이 때 남근이란 주체가 거세 콤플렉스를 통해 자신이 남근으로 부적합하다는 것을 깨달음으로써 결정된다.

시선과 응시의 변증법 속에서 이 둘은 일치하는 것이 아니라 서로를 유혹한다. 사랑을 하면서 나를 봐주기를 원할 때, 내게 매우 불만스럽고, 항상 결핍되어 있는 것은 "내가 나를 바라보는 곳에서 당신은 나를 바라보지 않는다"는 점이다.

반대로, "내가 보는 것은 결코 내가 보기를 원하는 것이 아니다". 화가와 관객의 관계는 실물 같은 착각을 일으키게 하는 속임그림(trompe-l'oeil)의 유희다. 이 말에 가려져 있는 실체가 있다는 의미가 함축되어 있는 것은 아닐까라는 의문이 생길 수도 있다. 그러나 이 말에는 비유법이 포함되어 있지 않다.

제우시스(Zeuxis)와 패러시오스(Parrhasios)에 대해 전해오는 이야기를 살펴보자. 제우시스는 포도를 그려 날아가는 새들을 유혹함으로써 처음에는 우위를 차지하는 것처럼 보인다. 중요한 점은 그가 그린 포도들이 완벽한 포도였다는 것이 아니라 새들의 눈이 그것에 속았다는 것이다. 패러시오스는 벽에 베일을 그려 제우시스를 이긴다. 그 베일 그림은 너무도 실물과 같아서 제우시스는 패러시오스에게 몸을 돌리고 "자, 이제 베일 뒤에다 당신이 그려놓은 그림을 보여주세요"라고 말했던 것이다. 이것은 시선에 대한 응시의 승리이다.

다음 시간에 시선과 응시의 기능에 대해 다시 논의하자.

질의응답

사푸앙(M. Safouan) : 제가 그림에 대한 논의를 잘 이해했는지 모르겠습니다만, 시선이 응시에게서 위안을 찾습니까?

라캉 : 외관과 그 너머의 변증법에 대해 다시 이야기해봅시다. 외관 너머에 본질상 아무것도 존재하지 않는다면, 그곳에는 바로 응시가 존재합니다. 시선이 기관으로 자리잡는 곳은 바로 이런 관계 속에서입니다.

사푸앙 : 외관을 넘어선 곳에는 결여 혹은 응시가 존재합니까?

라캉 : 충동이 시각의 영역에서 작용하는 한, 다른 모든 영역에서도 발견되는 대상 (a)의 기능이 시각의 영역에서도 나타납니다.

대상 (a)는 주체가 자신을 주체로 만들기 위해 자신으로부터 분리시킨 기관입니다. 이것은 결여, 즉 결여되어 있는 남근의 상징으로 작용합니다. 그러므로 대상 (a)는 먼저 분리 가능한 대상이어야 하며 둘째, 결여와 연관됩니다. 이것에 대해 잠시 설명드리겠습니다.

구강기에 주체가 떨어져 나온 것이 그에게 아무 의미도 갖지 않는 한, 그것은 무(無)입니다. 식욕감퇴 신경증(anorexia nervosa)에서 아이가 먹는 것은 무입니다. 이 점에 의해 어떻게 이유(weaning)의 대상이 거세의 차원에서 결핍으로 작용하는지 간접적으로나마 이해될 수 있습니다.

항문기는 한 대상으로 다른 대상을 나타내는, 즉 남근을 대변으로 대체하는 은유의 장소입니다. 그래서 항문기의 충동은 봉헌, 즉 선물의 영역에 속합니다. 부족한 상태로 붙잡혀 있는 곳, 결여의 결과로 받아야 될 것을 주지 못하는 곳에서, 우리는 항상 다른 것을 줄 수 있을 뿐입니다. 바로 이런 까닭에 사람이 도덕적인 면에서 항문기에 빠져 있습니다. 그리고 이 점이 특히 유물론자에게 잘 적용될 수 있을 것입니다.

시각의 차원은 더 이상 요구(demand)의 차원이 아니라 타자의 욕망의 차원입니다. 그것은 무의식의 경험에 가장 가까운 주문적(呪文的)인 충동의 차원에서도 마찬가지입니다.

일반적으로 응시와 우리가 보고 싶어 하는 것의 관계에는 유혹이 따릅니다. 주체는 자신이 아닌 다른 것으로 제시되고 우리가 그에게 보여주는 것은 그가 보고 싶어 하는 것이 아닙니다. 바로 이런 방식으로 시선은 대상 (a)로서, 즉 결여($-\phi$)의 차원으로 작용합니다.

(이미선 옮김)

그림이란 무엇인가[1]

존재와 그것과 비슷한 존재. 스크린의 유혹.
길들여진 응시(Dompte-regard)와 속임그림[2]
뒤를 향한 시선. 제스처와 붓놀림.
보여지도록 제시하는 것(le donner-à-voir)과 부러움(invidia)[3]

지난 시간에 다루었던 시각의 영역에 대해 계속 논의해보자. 시각의 영역에서 욕망의 중심에 놓여 있는 결여를 상징하는 대상 (a)를 규정하기는 무척 어렵다. 그러나 나는 이것을 $(-\phi)$라는 공식으로 나타낸다.

잘 보일지 모르겠지만 평상시처럼 나는 칠판에 관련 사항을 몇 가지 표시해 두었다. 시각의 영역에서 대상 (a)는 응시이다. 이것을 나는 괄호로 묶어서 다음과 같이 나타냈다.

$$\begin{cases} \text{자연 속에서(in nature)} \\ \text{결여로 존재한다(as} = (-\phi)) \end{cases}$$

---

1) 이 글은 "What is a Picture?"를 옮긴 것으로 *Four Fundamental Concepts of Psychoanalysis*, tr. Alan Sheridan(New York, London : W. W. London & Company, 1981), 105~119쪽에 실려 있다.

2) 'dompter'라는 동사는 '길들이다', 또는 '완화하다'를 의미한다. 그러므로 이 말은 응시가 그림과 같은 어떤 대상에 의해 길들여지는 상황을 나타낸다. 라캉은 길들여진 응시(dompte-regard)라는 말을 속임그림(trompe-l'oeil)이라는 개념의 짝으로 만들었다. 물론 'trompe-l'oeil'는 이제 영어 어휘 속에 편입되어 널리 사용되고 있다.

3) 'Donner-à-voir'는 문자 그대로 '보여지도록 제시한다(to give to be seen)'는 말이므로 결국 '공공연하게 보인다(to offer to the view)'라는 의미다. '부러움(envy)'으로 해석되는 'invidia'는 라캉이 지적한 대로 '본다'를 의미하는 'videre'에서 유래되었다.

이미 자연 속에 존재해 있으면서 응시를 인간과 상징계적으로 연관시키는 어떤 것은 실제로 파악될 수 있다.

나는 이 공식 아래에 전에 이미 소개했던 두 개의 삼각 도표를 그려 놓았다. 첫 번째는 평면적인 차원에서 우리의 자리에 재현의 주체가 들어가 있는 도표다. 두 번째는 나를 그림으로 바꾸어버리는 도표다. 오른쪽 선 위에 첫 번째 삼각형의 정점인 평면적인 주체의 점이 위치해 있다. 그 선에서 나 자신은 또한 응시 아래 놓여진 그림으로 변해서 두 번째 삼각형의 정점에 표시되어 있다. 이 두 도표는 시각의 영역에서 작동할 때와 마찬가지로 서로 겹쳐 있다.[4]

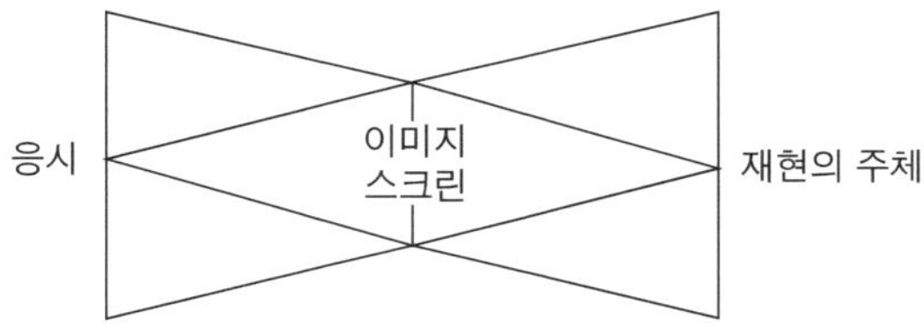

1

시각의 영역에서는 응시가 외부에 존재하고, 나는 보여진다. 즉, 나는 그림이다.

이것은 주체가 시각의 영역에 편입될 때 나타나는 기능이다. 시각의 영역에서 나를 결정하는 것은 외부에 존재하는 응시이다. 나는 응시를 통해 빛으로 들어가며 이 응시로부터 그 빛의 효과를 얻는다. 그러므로 응시는 빛을 구체화하고 나를 사진-찍는(photo-graph) ― 가끔 나는 이

---

4) 앞 장, "선과 빛" 첫 부분에 나와 있는 두 도표를 겹쳐서 그려놓은 것이다. 231쪽에 있는 두 도표를 참조하고 이 도표와 대조하기 바란다.

단어를 분절해서 사용한다―도구라 할 수 있다.

여기서 중요한 것은 재현에 대한 철학적 문제가 아니다. 철학적 관점에서 보면 내가 재현되었을 때, 나는 그것에 대해 잘 알고 있다고 확신한다. 즉, 그것은 재현에 불과하며 사물 너머에는 사물 자체가 존재한다는 점을 알고 있는 의식으로서 나 자신을 확신한다. 예를 들면, 현상 뒤에는 본체가 있다. 그러나 나는 그것을 내 마음대로 할 수 없다. 칸트의 말대로 나는 '초월적인 범주들(transcendental categories)'을 통제할 수 없다. 오히려 그것들이 내게 사물을 그 나름대로 받아들이도록 강요한다. 그러나 실제로는 그것도 괜찮다. 모든 것이 가장 좋은 방향으로 풀려나간다.

내 생각에 사물은 표면과 그 너머에 있는 것 사이의 변증법에 머물러 있지 않다. 먼저 자연계에조차도 존재가 자신을 적응시키는 존재의 분열, 이분(bi-partition)이 존재한다는 사실부터 시작해보자.

이것은 궁극적으로 모방이라는 큰 제목 아래 포함될 수 있는 다양한 형태의 모방들에서 찾아볼 수 있다. 그리고 이것이 바로 성적인 결합과 목숨을 건 투쟁에 매우 명백히 작동하는 요소이다. 두 상황에서 존재는 존재와 그것과 유사한 존재, 존재 자체와 존재가 타자에게 부리는 허세로 분열된다. 대개 동물의 수컷에게서 볼 수 있는 과시나 싸움을 시작하기 전에 위협의 표시로 얼굴을 찌푸리고 몸을 크게 부풀리는 경우에, 존재는 가면, 유사한 것, 덮개, 방패와 같은 역할을 담당하기 위해 벗어던진 껍질과 비슷한 어떤 것을 제 스스로에게 제시하거나 혹은 타자로부터 부여받는다. 이런 분열된 형태의 자신을 통해서, 혹은 타자나 자신과 비슷한 존재를 만들어냄으로써 존재는 삶과 죽음의 효과 속에 작동할 수 있게 된다. 자신과 유사한 존재를 만들어내는 것은 존재를 소생시키는 결합인 생식을 통해 이루어진다.

250

그러므로 유혹이 중요한 역할을 한다. 남성과 여성을 결합시키는 양극의 끌림에서 임상적으로 발견되는 것은 변장(travesty)이다. 남성과 여성의 가장 격렬한 만남은 가면의 중개를 통해 이루어진다.

인간 주체 혹은 인간의 본질인 욕망의 주체만이 동물과 달리 이 상상계적인 상태에 전적으로 사로잡히지 않는다. 그는 상상계적인 관계 속에 자신을 집어넣는다. 그러면 주체는 어떻게 그럴까? 스크린의 기능을 분리시켜 그것으로 유희를 하는 한 주체는 상상계적인 상태에 전적으로 사로잡히지 않는다. 실제로 인간은 응시가 그 너머에 존재하는 가면으로 유희를 벌이는 방법을 알고 있다. 스크린은 이 유희에서 중개의 장소다.

지난 시간에 나는 《지각의 현상학》에서 메를로-퐁티가 제시한 예들에 대해 언급했었다. 겔프(Gelb)와 골트슈타인(Goldstein)의 실험들을 기초로 하여 적절히 선택된 예들을 통해 우리는 지각의 차원에서 사물이 스크린에 의해 어떻게 실제적인 것으로 재확립되는지 볼 수 있다. 우리가 빛의 효과에 의해 지배되었을 때, 즉 응시를 유도하는 빛줄기에 완전히 사로잡혀 그 빛줄기가 흐릿한 우윳빛 추처럼 보여 그것이 무엇을 비추는지 전혀 알 수 없게 되었을 때, 여기에 작은 스크린을 집어넣으면 이 스크린이 빛에 의해 비춰지긴 했지만 보여지진 않던 것 사이에 끼어들어 흐릿한 우윳빛을 없애고 감추어져 있던 대상을 드러내 보여준다.

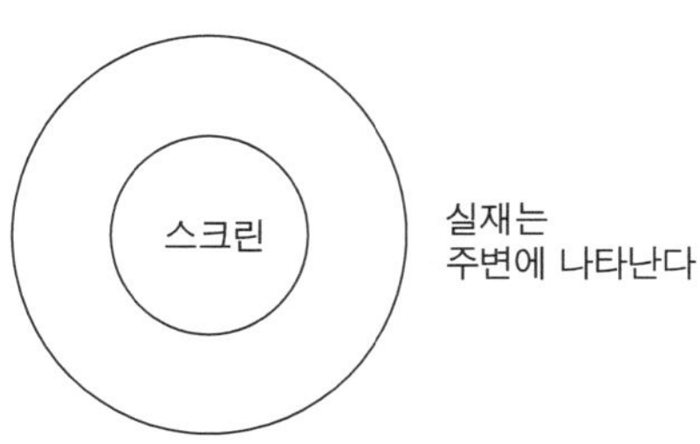

이 현상은 지각의 차원에서 욕망과 실재의 관계 속에서 발견된다. 욕망과의 관계에서 실재는 중심이 아니라 주변에 나타난다.

이것은 그림 그리기에서는 거의 인식되지 않았던 특징 가운데 하나다. 그러나 그림에서 구성, 화가가 만들어낸 면을 분할하는 선들, 희미해진 흔적들, 강한 선들, 이미지가 자신의 모습을 드러내는 골격들(frames)을 찾아내는 것은 매우 재미있는 게임이다. 나는 이런 것들이 매우 훌륭한 어떤 책에서 '구조틀(framework)'이라는 용어로 불린 것을 보고 매우 놀랐다. 왜냐하면 이 구조틀이라는 용어로는 골격들이 지닌 주된 효과를 잘 나타낼 수 없기 때문이다. 그림이 다른 어떤 것보다도 훨씬 예시적이라는 이유로 그 책의 뒷면에 주제를 알 수 있도록 동그라미 표시가 되어 있는 루오(Rouault)의 그림이 실린 것은 일종의 아이러니인 것 같다.

물론 그림에는 빠져 있으면 누구나 알 수 있는 것이 있다. 그러나 인식에서는 그렇지 않다. 인식을 빠져나가는 것은 시각에서 시선의 분열시키는 힘이 최대한으로 발휘되는 중심영역이다. 모든 그림에 이 중심영역은 없어져서 구멍 — 그 뒤에 응시가 존재해 있는 눈동자의 반영 — 으로 대체될 수밖에 없다. 결과적으로, 그리고 그림이 욕망과 관련을 맺는 한 중심스크린의 위치는 항상 그림의 앞쪽에 표시되고, 나는 평면적인 차원의 주체로서 무시된다.

이런 까닭에 그림은 재현의 영역에 속하지 않는다. 그림의 목적과 효과는 다른 곳에 있다.

2

시각의 영역에서 모든 것은 대립적으로 작용하는 두 용어로 표현된다. 사물 쪽에 응시가 존재한다. 즉, 사물들이 내게 시선을 던지고(look at), 나는 그것들을 바라본다(see). 복음서에서 강조되고 있는 "그들에게는 보지 않기 위해 눈이 있다"는 구절의 의미는 바로 이런 식으로 이해되어야 한다. 그렇다면 무엇을 보지 않기 위해서인가? 정확히 말해서 사물들이 그들을 보고 있다는 것을 보지 않기 위해서다.

바로 이 점이 내가 우리 논의에 카이와(Roger Caillois)가 제시해준 모방을 통해 그림을 끌어들인 이유다. 동물 차원에서 모방은 인간에게서는 그림 속에 작용하는 기능과 비슷하다. 여러분 모두 지난 시간에 내가 그를 르네(René)[5]라고 부른 말실수를 범한 사실을 기억하고 있을 것이다. 내가 왜 그랬는지는 아마 하늘이 알 것이다.

물론 지금은 화가의 정신분석을 시작할 계제가 아니다. 그것은 너무도 다루기 힘든 문제일 뿐만 아니라 듣는 사람들의 강한 반발을 불러일으킬 수도 있다. 또한 내가 하는 작업은 결코 미술비평이 아니다. 얼마 전에 나와 매우 친한, 내가 그의 의견을 중시하는 어떤 사람이 말하기를 내가 미술비평 비슷한 것에 대해 이야기했을 때 매우 당황했었다고 한다. 물론 그것은 위험한 일이고 나는 그런 혼동을 주지 않으려고 노력할 것이다.

주체를 정립하는 구조의 변화로 야기된 회화상의 변화에 나타난 목적이나 책략들, 그리고 여러 기법들은 어떤 공식으로도 망라될 수 없다. 물론 여러분은 내가 지난 시간에 그림에는 어떤 응시의 길들여짐, 즉 보는 사람이 항상 그림에 의해 응시를 내려놓도록 유도된다는 점을 천명한 후 즉시 표현주의가 바로 응시에 호소하고 있다고 말한 것을 기억할 것이다. 이해가 잘 안 된 분을 위해 다시 설명해보겠다. 나는 지금

---

5) 앞 장, "선과 빛" 242~243쪽 참조.

레오나르도 다 빈치, 〈성 안나와 성 모자〉의 밑그림, 1498년경

레오나르도 다 빈치, 〈성 안나와 성 모자〉, 1516년

뭉크(Munch), 앤서(James Ensor), 쿠뱅(Kubin)과 같은 화가들의 그림이나 지리적으로 보았을 때 재미있게도 마치 포위하고 있는 것처럼 우리 시대에 파리에만 집중되어 있는 그림에 대해 말하는 것이다. 언제나 이 포위가 풀리는 것을 보게 될까? 최근에 이야기를 나누었던 마송(André Masson)의 말을 빌리면, 그것이 아마 가장 급한 문제일 것이다. 좋다! 그러나 이런 말들을 한다고 해서 내가 어떤 특정한 시기에, 어떤 특정한 화가에게, 어느 특정한 순간에 회화의 기능이 어떠했는가를 파악하는 비평이라는 끊임없이 변화하는 역사적인 게임을 시도하는 것은 결코 아니다. 내가 이야기하고 싶은 것은 미술의 기능에 대한 급진적인 원리일 뿐이다.

메를로-퐁티는 지금까지 사유에 의해 이루어져왔던 시선과 정신의 관계를 전복시키는 작업을 회화에서부터 시작한다. 그는 자신이 화가의 붓에서 비처럼 쏟아지는 "그 작은 파란 점들, 갈색 점들, 흰 점들"이라고 불렀던 세잔의 그림을 출발점으로 삼아 화가의 기능이 우리를 주체의 위치에 묶어두었던 재현의 영역을 구성하는 철학자의 기능과 매우 다르다는 것을 보여주려 했다.

그러면 화가의 기능은 어떤 것인가? 그것은 우리를 어디로 이끄는가? 그것은 프로이트 이래 많은 학자들이 발전시켜온 정신분석이라는 영역에 프로이트에게는 매우 대담한 것으로, 그 이후의 사람들에게는 뻔뻔스럽게까지 여겨질 새로운 형태를 부여한다.

프로이트는 예술적인 창조에 진정한 가치를 부여하는 것이 무엇인가라는 문제를 자신이 풀어보려는 것은 아니라고 무한한 경의를 표하면서 누누이 강조했다. 그러나 그가 화가와 시인에 대해 논할 때, 그의 평가가 멈추는 지점이 있었다. 그는 보거나 듣는 모든 사람들에게 예술적 창조의 가치가 무엇인지 말할 수가 없었다. 그 점에 대해 그가 모르기 때문이었다. 그럼에도 불구하고 레오나르도에 대해 연구할 때, 그는 화가의 창조작업에서 독창적인 환상이 어떻게 작용하는지 알아내려 했다. 프로이트는 엉켜진 다리에서 두 개의 몸체가 피어난 것처럼 보이는 루브르 박물관에 소장되어 있는 그림[6]이나, 런던에 소장되어 있는 밑그림[7] 속에서 레오나르도와 두 어머니의 관계를 찾아내려 한다. 그렇다면 우리도 프로이트와 같은 방향으로 보아야 하는가?

아니면 우리는 예술창조가 재현표상(representative of representation)을 끌어내는 것처럼 보인다는 사실에서 예술창조의 원리를 찾아야 할까? 내가 그림과 재현을 구분할 때, 여러분에게 보여주고자 했던 것이 바로 이 점이었던가?

물론 그렇진 않다. 너무도 드물게 나타나서 그림의 기능으로 거의 자리잡지 못한 몽상적인 그림(a dream painting)을 제외하고는 말이다. 아마도 이것은 정신병리학적 예술로서나 나타낼 수 있는 한계일 것이다.

화가가 창조해낸 것은 매우 다르게 구성된다. 이제 우리는 리비도와의 관계에서 구조를 파악해낼 수 있을 정도까지, 예술창조에 수반되는 것이 무엇인가라는 문제를 이전보다 더 나은 환경에서 제기할 수 있게 되었다. 왜냐하면 여러 새로운 공식들이 이 질문에 대해 더 훌륭한 답을 제시해줄 것이기 때문이다. 내게 그 문제는 프로이트의 말대로 승화(sublimation)로서의 창조, 즉 사회에서 예술창조가 갖는 가치에 대한 것이다.

프로이트는 화가의 순수한 욕망창조가 부수적인 만족이라 할 수 있는 상업적 가치를 띠게 되는 것은 그 효과가 사회나 그 사회의 일부에 공헌하는 측면이 있기 때문이라고 모호하지만 정확하게, 단지 작품의

---

6) 레오나르도 다 빈치의 〈성 안나와 성 모자〉(1516) 그림을 말한다.
7) 〈성 안나와 성 모자〉의 밑그림(1498년경), 런던 국립회화관에 소장되어 있다.

성공 여부에만 관심을 두면서 주장한다. 작품이란 자신의 욕망을 이용해서 먹고 사는 사람[8]도 있다는 점을 보여줌으로써 다른 사람들을 달래고 진정시키는 것일 수도 있다. 그러나 이 점이 사람들을 흡족하게 만족시키려면 사유하고자 하는 욕망을 만족시켜줄 다른 효과가 필요하게 된다. 그것은 누군가의 말처럼 정신을 고양시키는, 즉 포기를 부추기는 것이다. 여기에 길들여진 응시를 암시하는 것이 보이진 않습니까?

내가 지난 시간에 말한 대로 길들여진 응시는 속임그림의 형태로 제시된다. 이런 의미에서 나는 그림의 기능을 매우 다른 것으로 구분하고자 하는 전통과 반대 방향으로 나아가고 있는 것처럼 보일지도 모른다. 나는 제우시스와 패러시오스의 작품들에 내포된 대립관계 속에 유혹의 본질적 기능과 속임그림의 기능이라는 두 차원이 애매모호하게 존재한다는 것으로 내 이야기를 끝마쳤었다.

새들이 제우시스가 그린 그림을 실제로 먹을 수 있는 포도로 착각하고 그 그림으로 달려들었다고 해서, 그 포도들이 우피지(Uffizi) 지방에 있는 카라바치오(Caravaggio)의 '박쿠스(Bacchus)'가 들고 있는 바구니 속 포도들처럼 그렇게 훌륭하게 재현되었다는 것을 의미하진 않는다. 만약 포도가 그렇게 그려졌다면 새들이 속지도 않았을 것이다. 그렇게 아주 비슷하게 묘사된 포도를 새들이 보아야 할 이유가 없기 때문이다. 그렇다면 새들에게 포도를 나타내는 것에는 뭔가 훨씬 단순화된 기호 같은 것이 있어야 된다. 패러시오스가 보여주는 반대의 예를 통해 만약 우리가 누군가를 속이고자 할 때, 그 사람에게 제시해야 할 것은 베일을 그린 그림, 즉 그 뒤에 무엇이 있는지 물어보게 만드는 유혹이라는 점이 분명히 드러난다.

---

8) 예술가를 말한다.

플라톤이 왜 그림이라는 환상을 반대했는지 아마도 이 작은 이야기에 의해 설명될 수 있을 것이다. 그림이 대상에 환상적인 상응물을 부여한다는 점은 중요치 않다. 물론 플라톤은 그렇게 말하고 있는 것처럼 보이지만 말이다. 중요한 것은 그림 속의 속임그림이 마치 다른 것인 양 가장한다는 점이다.

속임그림에서 우리의 마음을 끌고 우리를 만족시켜주는 것은 무엇인가? 우리의 관심을 끌고 우리를 즐겁게 하는 때는 언제인가? 응시를 조금 이동시킴으로써 재현이 응시와 함께 작용하지 않으며 재현이 단지 속임그림에 불과하다는 사실을 깨닫는 바로 그 순간 우리는 즐거워한다. 바로 그 순간 재현은 보였던 것과는 다른 어떤 것처럼 보이기 때문이다. 그림이 겨루는 것은 외관이 아니라 외관 너머에 존재하는 이데아다. 마치 그림이 자신의 철학적 행위와 겨루는 양 플라톤이 그림을 공격했던 이유는 그림에 외관을 부여하는 것이 이데아가 아니라 바로 그림이라는 사실을 그림이 보여주기 때문이었다. 즉, 플라톤이 그림을 공격한 것은 그림에서 이데아의 존재가 부인되기 때문이었다.

이 다른 것이 바로 대상 (a)(the petit a)이며, 이것을 중심으로 속임그림이 중심적인 역할을 하는 전투가 전개된다.

역사의 흐름에서 화가의 위치를 구체적으로 나타내고자 할 때, 실재계에 속해 있고 항상 뭔가를 빌려줄 수 있는 것의 원천이 바로 화가라는 사실이 드러난다. 이제 화가는 더는 귀족 후원자들에 의존하지 않는다. 그러나 화상(畵商)이 출현했다 해서 상황이 근본적으로 변화된 것은 아니다. 화상 역시 일종의 후원자이며, 결국은 같은 종류의 후원자이다. 귀족 후원자 이전에는 교회가 화가들에게 성화(聖畵)를 그리게 함으로써 생계를 꾸려갈 수 있도록 해주었다. 화가에겐 항상 재정적인 후원을 해주는 누군가가 뒤에 있으며, 이 때문에 창조자로서 화가는 항상 대상

(a)의 문제, 혹은 그것을 a로 축소시키는 문제로 대화를, 혹은 그림 그리기를 시작한다. 어떤 차원에서는 대상 (a) (object a)보다 그냥 'a'가 더 신비롭게 보일지도 모른다.

그러나 'a'가 사회 속에서 어떻게 영향을 미치는지 살펴보는 것이 훨씬 더 도움이 될 것이다.

다프니스(Daphnis)의 둥근 천장에 그려진 의기양양한 예수상이나 비잔틴 모자이크와 같은 성화에는 의심할 여지 없이 응시 아래 우리를 붙잡아두는 효과가 있다. 그러나 우리가 이런 사실을 파악하는 것으로 만족해버린다면 성화를 그린 화가의 동기나 성화가 제시됨으로써 충족되는 동기가 결코 밝혀지지 않을 것이다. 물론 그것은 응시와 관련이 있지만 그 이상의 것이 존재한다. 성화의 가치는 그것이 그리고 있는 신 또한 그것을 바라보고 있다는 사실에 의해 결정된다. 성화는 신을 기쁘게 하기 위한 것이다. 이런 면에서 화가는 일종의 제단 위에서 일하고 있는 셈이다. 그는 신의 욕망을 불러일으킬 수 있는 사물들, 이미지들을 선택하여 작업한다.

사실 신이 이 이미지들의 창조자다. 우리는 이것을 《젤렘 엘로힘 (Zelem Elohim)》[9]과 창세기에서 볼 수 있다. 그리고 성상파괴론자들이 신은 이것에 대해 신경쓰지 않는다고 주장할 때조차도 그 사고에는 이 점이 여전히 간직되어 있다. 신은 분명히 이것에 대해 초연하다. 그러나 나는 오늘 아버지의 이름들(the Names-of-the-Father)이라는 영역에 나타나는 한 중요한 요소, 즉 이미지로는 나타낼 수 없는 협약이 체결될 수 있다는 점을 밝히는 방향으로 논의를 진행하고 싶진 않다. 우리가 존재하는 이곳에서 이미지는 신과 우리를 연결시키는 매개자이다.

---

9) Elohim은 신, 하느님을 의미한다.

야훼가 유태인에게 우상 만드는 것을 금한 것은 그 우상들이 다른 신을 기쁘게 하기 때문이다. 어떤 면에서 신이 이미지를 통해 의인화(擬人化)될 수 없는 것은 신의 본성에 의해서가 아니라 신을 의인화하지 않도록 신으로부터 요청받은 인간에 의해서다. 그 점에 대한 논의는 이것으로 충분하다.

이제 '사회적(communal)'인 단계로 넘어가보자. 먼저 레판토(Lepanto) 전투와 같은 온갖 종류의 전투가 그려져 있는 도제스(Doges) 궁의 큰 홀로 가보자. 종교적 차원에 이미 나타나 있던 사회적 기능이 이제는 명백하게 드러난다. 누가 이곳에 오는가? 바로 레츠(Retz)가 '대중(les peuples)'이라 불렀던 관객들이 이곳으로 몰려온다. 그러면 관객들이 이 많은 그림들 속에서 보는 것은 무엇일까? 그림들은 관객들이 없을 때 이 홀에서 사고하는 사람들의 응시[10]를 본다. 그림 뒤에 있는 것은 바로 그들의 응시다.

그 뒤에는 항상 많은 응시가 있다고 말할 수도 있을 것이다. 앙드레 말로(André Malraux)가 현대라고 구분한 시대가 도래했다 할지라도 이 점에 대해 새롭게 덧붙여진 것은 없다. 현대는 말로가 '유례없는 괴물'이라 불렀던 것, 즉 자신이 단 하나의 응시임을 주장하는, 화가의 응시에 의해 지배된다. 뒤에는 항상 하나의 응시가 있었다. 그러면 가장 미묘한 질문을 던져보자. 이 응시는 어디에서 오는 것일까?

---

10) 예술가의 응시를 의미한다.

이제 다시 세잔의 〈작은 파란 점들, 하얀 점들, 갈색 점들〉이나 메를로-퐁티가 《기호들(Signes)》에서 보여주는 재미있는 예, 즉 마티스(Matisse)가 그림 그리는 장면이 나오는 느린 속도의 이상한 영화로 되돌아가보자. 중요한 것은 마티스 자신도 그 영화를 보고 당황했다는 점이다. 메를로-퐁티가 그 영화에서 주목하는 것은 붓놀림 하나 하나가 화가의 가장 철저한 숙고의 결과라는 우리의 가정과 달리 화가의 붓놀림이 시간이 지남에 따라 점점 커진다는 패러독스이다. 그는 붓놀림 하나 하나가 화가의 가장 완벽한 숙고의 결과라는 가정은 일종의 환상이라고 말한다. 그림이라는 기적을 만들어내는 붓놀림이 화가의 붓 끝에서 비처럼 쏟아질 때 일어나는 일은 화가의 심사숙고의 결과인 어떤 선택이 아니라 다른 것이다. 이 다른 것이 무엇인지 공식화할 수는 없을까?

이 질문이 내가 빗줄기 같은 붓놀림이라 부른 것과 좀 더 근접해지는 것은 아닌가? 만약 새가 그림을 그린다면 새는 자신의 깃털을 다 뽑아버리고, 뱀은 비늘을 벗겨버리며, 나무는 나뭇잎을 떨어뜨려서 자신을 그리진 않을까? 이와 같은 행위는 바로 응시를 내려놓는 첫 번째 행위와 비슷하다. 최고의 행위(sovereign act)란 물화되고 이 최고성 때문에 진부해지고, 제외되고, 효력이 없어지게 된다. 그러므로 어떤 원인에서 발생된 최고의 행위이건 이런 결과가 나타나기 전에 제시되어야 한다.

화가의 붓놀림은 행동을 종식시키는 어떤 것이라는 점을 잊지 말자. 여기서 퇴행이라는 용어에 새로운 의미를 부여하는 어떤 것이 나타난다. 그것은 스스로 자극을 만들어내는, 반응이라는 의미에서의 동기(motive)이다.

시각의 영역에서는 타자와의 관계가 최종적인 순간에 명확히 규정된다. 기표와 말해진 것 사이의 동일시적인 변증법은 신속하게 앞으로 나아가지만 시각의 영역에서는 그림과 보여진 것 사이의 변증법이 종결된다. 그래서 어떤 새로운 지식이 나타날 때 그 이전의 지식의 종결은 보는 순간(moment of seeing)으로 불린다.

최종적인 순간에 의해 제스처와 행위가 구분된다. 붓놀림은 제스처를 통해 캔버스에 가해진다. 제스처가 그림에 항상 존재한다는 사실이 너무도 확실해서 '인상(impression)'이나 '인상주의'와 같은 용어들이 함축하는 것처럼 그림이 다른 형태의 행동보다 제스처와 밀접하게 연관된 것으로 느껴진다. 그림 속에 재현된 모든 행위는 일종의 전투 장면처럼 보인다. 그림에는 제스처를 위해 어쩔 수 없이 만들어진 연극적인 요소가 들어 있다. 제스처 때문에 비유적인 표현일지 모르지만, 그림은 뒤집어볼 수 없다. 투명한 물건을 뒤집어본다 해도 즉시 그것이 왼쪽과 오른쪽이 뒤바뀐 상태임이 드러난다. 손의 제스처 방향에 의해 충분히 왼쪽 오른쪽이 구분되기 때문이다.

그러므로 응시는 욕망이 줄어드는 가운데 작용한다. 그러나 이것이 어떻게 표현될 수 있는가? 주체는 그것을 전혀 인식하지 못한다. 그는 원격조정에 의해 작동된다. "인간의 욕망은 타자의 욕망이다"라는 무의식으로서의 욕망에 대한 공식을 변형하면, 그것은 '보여주기(the showing, le donner-à-voir)'로 끝나는, 일종의 '타자 측(on the part of)'의 욕망에 대한 문제다.

바라보고 있는 사람 쪽의 시선에 어떤 욕망(식욕, appetite)이 없다면, 어떻게 '보여주기'가 어떤 것을 충족시킬 수 있겠는가? 반드시 충족되어져야 할 이런 시선의 욕망에 의해 그림의 최면적(hypnotic)인 가치가 만들어진다. 이 최면적인 가치는 우리가 생각하는 것보다 훨씬 낮은 차원에서, 즉 시선이 기관으로서 하는 진정한 기능인 탐욕으로 가득 찬 시선, 사악한 시선에서 찾아져야 한다.

사악한 시선의 기능이 보편화되어 있는 반면, 놀랍게도 축복을 하는 시선인 좋은 시선이 있다는 사실을 알려주는 것은 전혀 없다. 이 말은 눈에는 원래부터 분열시키는 치명적인 기능이 있다는 것을 의미한다. 이 분열 능력은 명확한 시각보다 훨씬 더 멀리까지 영향을 미친다. 사람들은 시선이 동물에게서 우유를 고갈시켜버리고 병이나 불행을 초래하는 힘이 있다고 믿는다. 이런 믿음은 이전의 다른 시대와 마찬가지로 우리 시대에, 그것도 가장 문명화된 국가들에 만연해 있다. 시선에 부여된 힘을 가장 잘 보여주는 것은 바로 '부러움(invidia)'이다.

'부러움'은 본다는 의미의 동사 'videre'에서 유래한다. 우리 분석가들에게 부러움의 가장 좋은 예는 어거스틴(Augustine)의 책에서 발견된다. 그 책에서 그는 갈기갈기 찢을 것처럼, 동생에게 독과 같은 영향을 미칠 독살스러운 시선으로 어머니의 품에 안겨 젖을 먹고 있는 동생을 바라보는 어린아이의 운명, 즉 자신의 전 운명을 요약하고 있다.

응시로서의 부러움이 어떤 기능을 하는지 이해하려면 먼저 부러움과 질투를 혼동해서는 안 된다. 그 어린아이가, 혹은 누구건, 부러워하는 것은 그가 원하는 것(avoir envie)이 결코 아니다. 동생을 바라보는 어린아이가 아직도 어머니의 품에 안겨 젖을 먹을 필요가 있다고 누가 말할 수 있겠는가? 부러움이란 부러워하는 사람이 그 본질에 대해 아무것도 모르면서 자신에게는 아무 소용도 없는 것들을 다른 사람들이 소유할 때 생겨난다.

자신의 결여를 상기시키는 완전함을 보여주는 이미지 앞에서, 자신을 충족시켜주지 못하던 분리된 대상 (a)가 다른 사람이 그것을 소유했을 때는 그를 충족시켜줄 수 있다는 생각에, 주체를 창백하게 하는 부러움이 진짜 부러움이다.

그림이 지닌 길들이고, 개화시키고 매혹하는 힘을 파악하고 싶다면 응시에 의해 절망적이 된 이런 시선의 영역, 즉 부러움에 대해 살펴보아야 한다. 'a'와 욕망의 깊은 관계는 전이의 문제에 대해 논할 때 한 예로 다루어질 것이다.

질의응답

토르(M. Tort) : 당신이 제시했던 제스처와 보는 순간의 관계에 대해 좀 더 설명해주시기 바랍니다.

라캉 : 제스처란 무엇일까요? 예를 들어 위협하는 제스처는 무엇일까요? 그것은 싸움을 중단시켜버리는 일격이 아닙니다. 제스처란 잠시 붙잡아서 멈추도록 행해지는 어떤 것입니다.

그것의 논리적인 결론에 대해서는 나중에 말씀드리지요. 그러나 제스처란 위협하는 몸짓으로서 그 결과가 나중에 나타납니다.

붙잡다(arrest)라는 용어로 정의되며 그 의미가 나중에 발생하는 바로 이런 특별한 순간성에 의해 제스처와 행위가 구분됩니다.

베이징 가무단이 최근 방문했을 때 보셨는지 모르겠지만, 그 가무극에서 발견되는 놀라운 점은 싸움을 묘사하는 방식입니다. 사람들은 옛날과 똑같은 방식으로, 진짜 일격보다 제스처를 더 많이 사용하면서 싸웁니다. 물론 그 쇼에서도 제스처가 절대적으로 우세합니다. 발레와 같은 이런 싸움에서는 어느 쪽도 상대편에게 손을 대지 않으며, 온갖 제스처를 펼치며 다른 공간으로 옮겨 다닙니다. 전통적인 전투에서는 이 공간들 역시 위협의 수단으로서 효과를 나타낼 수 있기에 무기와 같은 가치를 지니지요. 원시인들이 얼굴을 찡그리며, 무시무시한 가면을 쓰고, 무서운 제스처를 하며 전투에 임했다는 사실은 누구나 알고 있습니다. 그렇다고 이런 것들이 전부라고 생각해서는 안 됩니다. 일본인과 싸울 때 미국 해병들은 되도록 얼굴을 많이 찡그리라는 지시를 받았답니다. 최근의 여러 무기들도 일종의 제스처로 간주될 수 있습니다. 우린 그 무기들이 단지 제스처로만 남아 있기를 바랄 뿐이지요.

그림의 신빙성은 색깔이 배설물에서 얻어진다는 사실에 의해 인간에게서는 감소됩니다. 내가 앞에서 깃털을 다 뽑아버리는 새들에 대해 언급했던 것은 우리에겐 이런 깃털이 없기 때문입니다. 화가에게는 작은 더러운 퇴적물, 병치된 연속적인 더러운 점들의 창조 외에는 달리 할 일이 없을 것입니다. 우리가 과시적인 행위로서의 제스처인 시각적인 창조를 하게 되는 것은 바로 이런 면을 통해서입니다.

이런 설명이 만족스럽습니까? 당신이 내게 질문했던 것이 이것입니까?

토르 : 아닙니다. 나는 당신이 전에도 언급했고, 당신이 어디에선가 언급했던 논리적인 시간을 전제로 하는 순간성에 대해 더 설명해주길 바랐습니다.

라캉 : 내가 거기서 주목한 것은 제스처의 최종적인 포착의 순간과 동일시적 변증법이 성급하게 일어나는, 보는 순간 사이에는 단절이 존재한다는 점입니다. 이 단절은 가짜 동일시를 의미합니다. 포착의 순간과 보는 순간은 겹치지만 결코 동일하진 않습니다. 하나는 초기의 것이고 다른 하나는 최종적인 것이기 때문입니다.

시간 부족으로 충분한 설명을 드리지 못했던 것에 대해 좀 더 말씀드리겠습니다.

제스처를 완결하는 이런 응시의 최종적인 시간은 사악한 시선과의 관계 속에 포함될 수 있습니다. 응시는 본질적으로 행위를 종식시킬 뿐만 아니라 그것을 자유롭게도 합니다. 내가 전에 언급했던 춤들을 예로 들어봅시다. 그 춤들은 배우들이 얼어붙은 태도로 멈추어 있는 일련의 포착의 순간에 의해 중단됩니다. 여기서 일격(thrust), 혹은 행위를 포착하는 순간이란 무엇일까요? 그것은 단순히 사악한 시선을 보호하기 위해 그것에서 응시를 없애버리는 문제라는 점에서 매혹적인 효과입니다. 사악한 시선이란 행위를 포착해서 문자 그대로 생명력을 죽여버리는 효과를 지니고 있습니다. 주체가 제스처를 정지하고 멈추어 있는 순간, 그는 굴복당하고 맙니다. 이런 최종적인 지점에서의 반생명, 반행위적인 기능이 파시넘(fascinum)이며, 이 파시넘의 영역에서 응시의 힘이 직접 행사됩니다. 보는 순간은 상상계와 상징계를 결합하는 봉합선으로서 개입할 뿐입니다. 그리고 그것은 파시넘 속에 포함되는 서두름, 일격, 전진적인 행위로 불리는 순간적으로 진행되는 변증법 속에서 다시 시작됩니다.

내가 강조하고 싶은 점은 시각의 영역과 주문적(呪文的), 직업적인 영역이 완전히 구분되어야 한다는 것입니다. 시각의 영역에서 주체가 항상 불확정적인 것은 아닙니다. 주체는 엄격히 말해서 응시에 의해 도입된 매혹적인 요소, 즉 a를 단절시키는 바로 그 분열에 의해 결정됩니다. 좀 더 만족스러운 답이 되었습니까? 아니면 완전히 만족하셨나요?

토르 : 거의 만족합니다.

발(F. Wahl) : 당신은 사악한 시선처럼 지중해 문명에 속해 있으면서 예방적인 기능을 지닌 한 시선에 대해 전혀 말하지 않았습니다. 그것은 여행을 하는 동안 지속되며, 포착이 아니라 행위에 연관된 보호기능을 가지고 있습니다.

라캉 : 뿔이건, 혹은 산호로 만든 것이건, 혹은 바로(Varro)의 설명처럼 왜곡된 물체(turpicula res)와 같이 매우 선명한 외관을 지닌 수많은

다른 것들이건 그런 것들에 병을 예방하는 능력이 있다고 믿는 것은 대 증요법적인 것일 뿐입니다. 내 생각에 그런 것은 바로 남근입니다. 시선이 자연계에서처럼 유혹하는 기능뿐만 아니라 악의에 가득 찬 공격적인 기능을 띠게 되는 것은 바로 인간의 욕망이 거세에 기초하고 있기 때문입니다. 우리는 그런 것들 속에서 이런 시선에 대항하는 반대 시선이 나타나는 부적과 같은 형태들을 발견할 수 있습니다. 이것은 일종의 동종요법이라 할 수 있습니다. 그래서 간접적으로 소위 예방적인 기능이 도입되었던 것입니다.

나는 성경에는 시선이 축복을 베푸는 그런 구절들이 반드시 있으리라 생각했었습니다. 혹시 이건 아닐까 하고 내가 잠시 망설이던 구절들이 몇 있긴 했지만 나는 아니라는 결론을 내렸습니다. 시선에 예방적인 기능이 있다고 해서 그것이 호의적이라는 것을 의미하는 것은 결코 아닙니다. 시선은 악의적입니다. 성경에, 심지어는 신약에조차 좋은 시선이란 결코 존재하지 않습니다. 사악한 시선만이 만연해 있을 뿐입니다.

밀러(J. A. Miller) : 최근에 여러 번 당신은 주체가 양이나 치수로 나타낼 수 있는 영역, 즉 데카르트적인 공간에 위치할 수 없다고 설명했습니다. 반면에 당신은 메를로-퐁티의 연구가 당신의 것과 일치한다고 말했습니다. 당신은 그가 무의식의 준거점을 마련했다고까지 주장했습니다.

라캉 : 나는 그렇게 말한 적이 없습니다. 그의 책에서 발견되는 무의식에 대한 몇 가지 언급 때문에 그를 내 영역으로 끌어들일 수도 있다고 암시했을 뿐입니다. 그렇지만 그것도 확신할 수는 없습니다.

밀러 : 계속된 질문입니다만 만약 메를로-퐁티가 데카르트적인 공간을 전복시키려 하고 있다면 그것은 타자와의 관계에 어떤 초월적인 공간을 마련하고자 하는 것입니까? 그것은 소위 상호주체성의 영역, 혹은 소위 대상 이전의 초기 원시적인 세계에 접근하기 위한 것입니다.

이런 점으로 보아 혹시《보이는 것과 보이지 않는 것》때문에 당신이 《현대(Les Temps Modernes)》에 메를로-퐁티에 관해 썼던 여러 편의 논문을 수정한 것은 아닌가요?

라캉 : 전혀 그렇지 않습니다.

(이미선 옮김)

IV
페미니스트 이론

남근의 의미작용[1]

우리는 무의식적인 거세공포가 매듭(남근)의 기능을 갖고 있다는 사실을 알고 있다.

(1) 그것은 우선 정신분석학적 의미에서 징후들을 역동적으로 구조화시킴으로써 매듭(남근)의 역할을 한다. 거세공포는 신경증, 도착(perversion), 정신병 등에서 분석될 수 있다.

(2) 거세공포는 또한 (인간의) 발전단계를 규제함으로써 징후를 구조화시키는 자신의 첫 번째 역할을 설명해낼 수도 있다. 거세공포는 주체에게 무의식적 지위(unconscious position)를 부여한다. 무의식적 지위가 부여되지 않는다면 주체는 자신의 성이 갖는 이상적 형태와 자신을 동일시할 수 없을 뿐 아니라 성적 관계에서 중대한 위험을 무릅쓰지 않고는 상대방의 요구에 응할 수 없다. 또한 이러한 관계 속에서 만들어지는 어린아이의 욕구에도 성공적으로 답할 수 없는 것이다.

성에 관한 가정들은 이미 그 내부에 모순을 간직하고 있다. 왜 남녀의 구별을 특징짓는 자질들이 박탈의 위협을 전제로 하는 거세의 측면에서만 고려되어야 하는가? 프로이트는 《문화와 그 불만》에서 인간의

---

1) 〈남근의 의미작용〉은 원래 "Die Bedeutung des Phallus"라는 제목으로 뮤니히의 Max-Planck 연구소에서 행해진 강연이다. 불어 제목은 "La signification du phallus"이고 여기 이 글은 셰리단(Alan Sheridan)이 영역한 "The signification of the phallus"를 옮긴 것이다.

성을 근본적으로 설명하기 어려운 것으로 만드는 방해물들에 대해 이야기한다. 그의 후기 글들 가운데 하나는 남성의 무의식 속에서 일어나는 거세공포와 여성의 무의식 속에서 발생하는 페니스 선망(penis envy)에 관한 최종분석으로도 설명되지 않는 것에 대해 논하고 있다.

이것은 유일한 난국(aporia)은 아니지만 프로이트 체계와 거기에서 기원한 초심리학(metapsychology)이 인간경험을 설명하는 데 있어 부딪히는 첫 번째 난국이다. 이 난국은 생물학적으로 이미 주어져 있는 것에 의해 해결되지 않는다. 오이디푸스 콤플렉스를 구조화시키는 데에 신화가 그 근간을 이룬다는 사실만으로도 우리가 지금 생물학적인 것이 아닌 상징적 질서를 다루고 있다는 점이 충분히 증명될 수 있다.

이런 경우 발생학적인 기억에 의존하는 것은 단순히 논의를 단순화하기 위한 방편일 뿐이다. 기억은 그 자체로 토론되어져야 할 것으로 남아 있을 뿐, 스스로 아무 문제도 해결할 수 없기 때문이다. 아직도 해결되지 않은 것은 이러한 질문이다. 거세가 근친상간을 벌하기 위한 것으로 원초적인 법칙(primordial law) 속에 포함되어 있다면 부친 살해와 원초적 법칙 사이에는 어떤 관계가 있는 것인가?

어떤 토론이든지 임상적 사실을 기초로 해야만 의미를 갖게 된다. 임상적 사실들은 남녀의 해부학적 차이를 고려하지 않고서도 주체와 남근 간의 관계를 드러낼 수 있다. 바로 이 점 때문에 특별히 여자의 경우 주체와 남근 간의 관계를 해석하는 데 어려움이 따른다. 해석상의 난점은 다음과 같은 4가지 표제로 표현될 수 있다.

(1) 왜 어린 소녀는 잠시 동안이라도 자신이 거세되었다고 느끼는가? 이 때의 거세는 처음에는 어머니에 의해서(이 점이 중요하다) 이후에는 아버지에 의해 남근을 빼앗겼다는 의미이다. 하지만 이러한 방식으로 인간은 거세 속에서 정신분석학적 의미에서의 전이(transference)

를 인식해야 한다.

(2) 왜 남성과 여성 모두가 어머니를 보다 근원적 의미에 있어서 남근을 소유한 남근적 어머니로 간주하는가?

(3) 위의 두 질문들과 연관하여 고찰해야 할 것은 왜 거세가 갖는 의미작용이 징후형성과 관련을 가질 경우에만 즉 어머니가 거세되었다는 사실을 발견했을 때에야만 완전한(임상적으로 명확한) 영향력을 갖게 되는가 하는 질문이다.

(4) 이러한 세 가지 문제들은 결국 인간의 성장단계에 있어 남근기(phallic stage)에 대한 문제를 야기한다. 남근기라는 용어 속에서 프로이트는 처음으로 성기(genital)의 성숙을 이야기했다. 한편으로 그것은 남근적 속성이 갖는 허구적 지배에 의해서 또 수음적인(masturbatory) 희열(jouissance)에 의해 특징지어진다. 여성의 경우 이 희열은 음핵에 한정되어 음핵이 남근의 기능으로 제시되기도 한다. 그러므로 남성과 여성 모두가 남근기 즉 오이디푸스 단계가 끝날 때까지는 (여성의) 질을 (남성의) 성기가 침입하는 장소로 간주하는 모든 본능적 묘사들을 배제하는 것처럼 보인다.

이러한 무지는 의심스럽게도 전문적 의미에 있어서 오인(méconnaissance)과 같은 것처럼 보인다. 게다가 그것이 때때로 허구적인(false) 것으로 보인다는 점에서 더욱 그렇다. 이것은 롱구스(Longus)[2]의 텍스트 속에 있는 우화를 증명해주는 것이 아닌가? 다프니(Daphnis)와 클로에(Chloe)의 사랑의 성장이 어느 경험 많은 여인의 비결 전수에 종속될 수 있다는 그 얘기 말이다.

---

2) 롱구스(Longus) : 서기 2세기에서 3세기까지 활약했던 그리스의 작가. 《다프니와 클로에에 관한 목가적 주제들(The Pastoral Matters Concerning Daphnis and Chloe)》이란 작품을 남겼다. 로망스 작가로 후에 유럽 예술이나 문학, 음악에 큰 영향을 미쳤다.

그래서 몇몇 사람들은 남근기를 억압의 결과로 간주해왔고 억압 속에서 남근적 대상에 의해 가정되는 기능은 징후로 여겨왔다. 어떤 징후인가?라는 질문이 제기될 때 문제가 발생한다. 혹자는 공포증(phobia)이라고 말하고 다른 사람들은 도착이라고 이야기하며 또 다른 사람들은 도착과 공포증 둘 다를 이야기한다. 공포를 일으킨 대상이 연물로 전환되는 흥미로운 변환들이 일어나지만 그것이 흥미로운 이유는 (변환들 자체가 아니라) 구조 속에서 변환들이 차지하는 위상의 차이 때문이라는 점에서 세 번째의 의견이 타당성을 갖는다. 그러나 이러한 차이를 대상관계(이론)의 관점에서 정립해야 한다고 주장하는 것은 무의미한 일이 될 것이다. 사실상 주체에 대해서 부분대상(part-object)이란 개념만큼 근사한 것은 없다. 하지만 불행하게도 오늘날 이 개념은 그 편리함 때문에 칼 아브라함(Karl Abraham)이 소개하기 시작한 이래로 한번도 비판의 대상이 되지 못했다.

1928년에서 1932년 사이에 씌어진 텍스트들에서 발견되지만 이제는 아무도 논의하지 않는 남근기라는 개념은 학설에 대한 애착을 다시 보여주는 하나의 예가 된다. 미국으로 오면서 정신분석학은 더 이상 남근적인 것이 아니라 타락한 것, 즉 거세된 것이 되어버렸다.[3] 그 결과 우리가(또는 정신분석학이) 이전에는 가지고 있었으나 지금은 상실해버린 것에 대한 동경심(nostalgia)이 생겨난다.

논의의 명확성만을 위해 논쟁을 단순히 요약하기만 하는 것은 헬레네 도이취(Helene Deutsch), 카렌 호니(Karen Horney), 어네스트 존스(Ernest Jones)에 의해 제기된 진지하고도 다양한 입장들을 왜곡하는 결과를 초래할지 모른다.

---

3) 정신분석학의 미국으로의 이주는 아이가 어머니의 거세를 발견하는 것에 비유될 수 있고 그 발견은 남근기가 끝났음을 말해준다.

존스가 주체에 관해 이야기한 3편의 연속적인 글은 그가 만들어낸 '성적 욕망의 사라짐(aphanisis)'이라는 개념의 발전을 살펴보는 데 유용하다. 거세와 욕망 간의 관계를 올바르게 정립하는 데 있어서 그는 자신의 무능력을 입증하고 말았지만 오히려 그의 실패로부터 우리가 그 개념들을 파악할 수 있는 실마리가 생겨났다.

특별히 재미있는 것은 그가 프로이트의 편지 속에서 프로이트와는 다른 입장을 발췌해내는 방식이다. 존스는 난해한 영역에서 훌륭한 모델을 제시한 셈이다.

그러나 문제는 여기서 끝나지 않는다. 존스가 천부적인 권리가 평등하다고 다시 이야기할 때 그는 스스로를 거스르고 있는 것처럼 보인다. (성서의 하느님이 남자와 여자를 만들었다고 자신의 변론을 종결시킴으로써 그는 승리를 구가하지 않았던가?) 사실 남근이 어머니의 몸 속에 있는 내적 대상(internal object) (이 용어는 멜라니 클라인Melanie Klein에 의해 밝혀진 허구적 환상들이 갖는 기능을 뜻한다)으로 존재해야 한다고 주장하면서 남근의 기능을 부분대상(part-object)으로 정상화(normalize)하려 할 때 그가 얻게 되는 것은 무엇인가? 또 이러한 환상들이 오이디푸스 콤플렉스가 형성되는 어린시절에 생긴 것이라는 클라인의 생각과 존스의 논의가 별로 다를 것이 없다면 여기서 얻을 수 있는 것은 무엇인가?

프로이트가 명백히 모순된 입장을 갖도록 만든 것이 무엇인가라는 질문을 해봄으로써 그 문제를 재점검해보는 것이 좋을 것 같다. 그의 위대성은 무의식적 현상이 갖는 질서를 처음으로 인식한 점에 있다. 반면 무의식적 현상들이 갖는 본질을 적절하게 파악하지 못한 그의 추종자들은 자신들이 나아가야 할 길을 알지 못하고 방황하거나 또는 프로이트를 통해 방황의 정도를 줄여야 하는 운명에 처해 있다.

276

다음과 같은 주장들에 근거하여 몇 가지 결과들을 도출해낼 수 있다 (나는 지난 7년간 내가 해왔던 것이 프로이트 작품에 대한 주석에 지나지 않는다고 생각한다). 근본적으로, 현대의 언어분석에 있어 분석 가능한 현상들을 파악하려면 기의와 반대되는 기표라는 개념이 꼭 필요하다. 비록 기표라는 개념을 참고하지 않았지만(기표라는 개념은 프로이트 이후에 나온 것이기 때문에) 프로이트의 무의식의 발견은 범위를 인식할 수 없는 영역이 갖는 기능을 이미 예기해주었다는 점에서 위대한 것이다. 오히려 프로이트의 발견이 기표/기의라는 대립구조가 갖는 함축된 의미들을 완전히 드러내어 보여주기 때문이다. 함축된 의미란 이런 것이다. 기표는 실제적인 사물들이 언어의 법칙에 종속되어 기의가 되도록 하는 데 결정적인 역할을 한다. 사물들은 횡선 아래로 내려가 기의가 된다.

사물들을 기의로 만들어내는 기표는 이제 인간의 새로운 존재조건이 된다. 말을 해야만 인간이 될 수 있으며 인간 속에서 또 인간을 통해서 무의식이 말을 한다는 점에서 그렇다. 이제 인간의 분석은 언어구조가 만들어내는 효과에 의존하게 되고 인간은 언어가 갖는 하나의 자료에 불과하다. 언어구조는 인간 속에서 반향되지만 개념들로 이루어진 심리학이나 발화와의 관계로 환원될 수 없다.

이런 점에서 무의식의 발견이 초래한 결과들은 이론적 측면에서는 아직 조금도 파악되지 못하고 있다고 할 수 있다. 하지만 실천적 측면에서 무의식의 발견이 가져온 효과는 그것이 퇴행의 형태를 띠고 있을 때에만 우리가 느끼는 것보다 훨씬 많은 결과들을 가져올 수 있다.

한 가지 명확하게 해두어야 할 것은 인간이 기표 그 자체와 관련을 갖고 있다는 사실이 흔히 말하는 '문화주의자'들의 입장과는 다르다는 것이다. 예를 들어 문화주의적인 입장이란 프로이트에 의해 여성주의

적 입장이라고 묘사된 어떤 입장을 가지고 남근에 관한 논쟁에 임하는
카렌 호니에게 기대되었던 것이다. 인간이 기표와 관련을 갖고 있다는
것은 단순히 인간과 사회적 현상으로서의 언어가 연관 관계가 있다는
의미가 아니다. 기표와의 연관성이란 문제는 우리가 이미 잘 알고 있으
며 이데올로기적 효과들을 만드는 정신발생학(psychogensis)으로 해결
되지 않는다. 그 문제는 형이상학적 개념으로 완전히 대체될 수도 없는
것이다. 형이상학적 개념은 '정서(affect)'라는 말을 통해 너무나 보잘것
없는 형태로 전달되는 구체적인 것에만 의존함으로써 논점을 회피하기
때문이다.

인간이 기표와 관련을 가진다는 말이 뜻하는 것은 프로이트가 꿈에
관한 분석에서 무의식이라 부른 타자의 무대(ein andere Schauplatz)를 지
배하는 법칙의 재발견이다. 무의식이란 언어를 형성하는 매우 불안정
한 요소들의 연쇄 속에서 발견되는 효과다. 그것은 결합(combination)과
대체(substitution)라는 기표의 이중운동을 통해 규정되며 환유와 은유에
의해 기의를 생성한다. 무의식은 주체를 형성하는 결정적 효과인 것이
다. 이런 시도로부터 수학적 의미에서 하나의 위상(topology)이라 불릴
만한 것이 나타난다. 물론 이러한 위상이 없다면 우리는 정신분석학적
의미에서 징후의 구조를 인식할 수 없다.

무의식은 타자(Other) 속에서 말한다. 그것은 발화에 의존하여야만
환기되는 바로 그 장소를 지시한다. 중요한 것은 지시가 타자에 의해서
이루어지고 발화도 타자가 개입해서 그것과 관련을 맺을 때만 가능하다
는 것이다. 주체가 들을 수 있는가의 여부와 관계 없이 무의식이 타자
속에서 말한다면 그것은 주체가 바로 그 타자 속에서 자신의 의미를 실
행하기 때문이다. 주체의 의미화 작용은 기의를 만들어내려는 어떤 시
도보다도 앞서 있는 것이다. 주체가 바로 그 장소 즉 무의식 속에서 형

성된다는 말은 주체는 형성되기 위해서 분열(splitting/Spaltung)을 그 대가로 치러야 한다는 뜻이다.

남근이 자신의 기능을 드러내는 곳이 바로 여기다. 프로이트적 의미에서 남근은 허구적 효과를 불러일으키는 현상이 아니다. 또한 남근은 그 자체로 현실과의 연관성을 강조하는 대상(부분대상, 내적 대상, 좋은 대상, 나쁜 대상 등)도 아니다. 남근이 남성성기나 음핵 같은 신체의 기관을 상징하는 것이라고 주장하는 것은 더욱 진실이 아니다. 프로이트가 고대사람들의 형상(simulacrum) 속에 나타난 남근을 이야기한 것도 우연한 일은 아닌 것이다.

남근은 기표다. 이 때의 기표란 분석이 갖는 상호주관적인 경제 속에서 남근이 신비 속에서 수행해왔던 기능들의 베일을 벗기는 역할을 한다. 남근은 기의가 갖는 효과들을 온전히 명명할 수 있는 기표다. 왜냐하면 기의가 갖는 효과들이 이미 기표에 의해 규제되기 때문이다.

기의가 갖는 효과들이 기표에 의해 규제된다는 것은 무슨 뜻인가? 인간의 욕구(need)가 인간이 말을 한다는 사실과 분리될 수 있을 때 효과들이 생겨난다. 다시 말하면 욕구가 요구(demand)에 종속되는 한 주체는 소외를 겪게 된다는 것이다. 이것은 주체가 현실적으로 독립성을 갖지 못한다는 뜻이 아니라(신경증이론에서 나타나는 의존성이라는 개념처럼 다른 것에 의존한다는 의미가 아니다) 오히려 그 자체로 의미연쇄 속에 편입된다는 것을 의미한다. 이제 주체의 메시지는 나 아닌 타자의 장소로부터 흘러나오게 된다.

욕구에서 소외된 것은 1차 억압(primal repression)을 이룬다. 1차 억압은 규정될 수 없는 것이다. 그러므로 1차 억압을 규정하려는 모든 시도는 가설에 불과하다. 그것은 요구의 차원으로 환원될 수 없는 것으로 인간이 욕망의 형태로만 경험할 수 있는 잔여물이다. 정신분석학적 경

험에서 도출되는 현상학이 보여주려는 것은 욕망이 모순적이고도 일탈
적이며 변덕스럽고 말썽스러워서 욕구와 구별된다는 점이다. 이와 같
은 사실은 너무나 강력하게 입증되어 왔기 때문에 소위 도덕가라는 사
람들에게도 항상 명확한 형태를 띠고 나타났었다. 초기 프로이트주의
도 이러한 사실에 의존했던 것처럼 보인다. 하지만 역설적이게도 정신
분석학은 해묵은 난해주의(obscurantism)의 앞장에 서서 그러한 사실을
부인하려 한다. 게다가 이론적이거나 실천적인 측면에서 욕망을 욕구
로 환원시킬 수 있다는 이상(ideal)을 가지고 그러한 사실을 부인하려
할 때 우리는 더욱 진저리가 나게 된다.

이것이 왜 우리가 요구의 문제로부터 시작하여 이러한 문제들을 분
명하게 논의해야 하는가에 대한 이유다. 요구를 적절히 규정짓는 특징
들은 욕구불만(frustration)[4]이라는 개념으로 환원될 수 없기 때문이다
(프로이트는 결코 욕구불만이라는 개념을 사용하지 않았다).

요구란 특정한 대상이 충족되면 만족될 수 있는 것이 아니라 근본적
으로 현존이나 부재에 관한 것이다. 그러므로 요구는 어머니와의 원초
적인 관계 속에서 드러난다. 어머니와의 원초적 관계란 결국 타자
(Other)와의 연관성을 의미하게 되어 그 관계 속에서 단순한 욕구 충족
은 불가능해진다. 요구는 이미 욕구를 만족시킬 수 있는 특권을 가진
타자를 상정하지만, 다시 말해 타자가 자신의 요구를 만족시켜줄 수 있
을 것이라 생각하지만, 타자가 소유하고 있어야 할 특별한 재능인 사랑
은 타자인 어머니 자신도 가지고 있지 못하다. 왜냐하면 사랑은 욕구가
아닌 요구로 나타나 욕구를 충족시키는 특정한 대상들을 빼앗아버리는

---

4) 요구는 욕구불만을 해소시킬 수 있는 특별한 만족이 주어지면 사라져버리는 것이 아니다.
대상의 개별성이나 특이성이 야기하는 만족으로 환원될 수 없다는 의미에서 요구는 욕구를
넘어선다.

특권을 소유하고 있기 때문이다.

요구는 욕구를 충족시킬 수 있는 대상을 사랑하는 사람의 현전이나 부재로 바꿈으로써 모든 사물에게 부여될 수 있는 사물의 특이성(particularity)을 빼앗아버린다. 이제 욕구를 충족시키려는 (특정한) 만족들은 단지 사랑의 형태로 나타나는 요구의 차원으로 변화된다. (이 모든 사실은 분석가이자 양육가들이 관심을 가지고 있는 아이 양육의 심리학에서 명백히 드러난다.)

요구에 의해 사상되어버린 욕구의 특수성은 필연적으로 요구를 초월한 형태로 다시 나타난다. 사실 특수성은 다시 나타나지만 사랑에의 요구가 그 특성으로 소유하고 있는 무제한성(unconditioned element)도 구조적으로 포함하고 있다. 욕망은 단순히 부정의 부정이 아닌 반전(reversal)에 의해서 욕구의 특수성을 없애버리려는 요구가 미처 환원시키지 못한 잔여물로 자신의 모습을 드러낸다. 욕망은 순수한 결핍이 갖는 힘인 것이다. 욕망은 요구가 갖는 무제한적인 특성을 절대성으로 대체한다. 사랑의 요구는 특정한 욕구의 만족을 거부하는 것이지만 절대성으로 나타나는 욕망은 요구가 함축되고 있는 기의로서의 체계까지도 와해시킨다. 그러므로 욕망은 만족을 위한 욕구도, 사랑에의 요구도 아닌, 요구에서 욕구를 뺀 차이로부터 발생하는 것이며 동시에 양자분열의 현상 그 자체다.

성적인 관계(sexual relation)는 어떻게 욕망이라는 순환계 속에 자리를 잡게 되는가? 그것은 욕망 속에서 자신의 운명을 다하게 된다. 왜냐하면 욕망의 순환계 속에서 성적인 관계는 이중의 의미화(doubly signifying)를 통해 불가해한 (상호 보충적) 관계를 만들어내기 때문이다. 성적인 관계는 다시 등장하는 요구나 모호함의 형태로 이중의 의미화를 행한다. 그것은 성적인 욕구충족을 목표로 하는 주체에게 사랑을 요구하게 되고, 욕구를 넘어 요구 속에서 상대방의 사랑의 증거를 구하려 함으로써 애매모호함을 발생시킨다. 상대방으로부터 성적 만족과 사랑을 구하려는 상호관계 속에서 발생하는 균열은 주체나 타자가 욕구주체나 요구를 불러일으키는 사랑의 대상에 그쳐서는 안 된다는 것을 보여준다. 서로에게 인정받고 싶어 하는 사랑의 요구는 서로의 요구를 완전히 채워주기는커녕 오히려 주체를 욕망의 회로 속으로 밀어넣는다.

정신분석학적 측면에서 볼 때 주체의 성생활에서 나타나는 모든 왜곡된 양상들 속에는 바로 이 욕망이 숨어 있는 것이다. 욕망이 갖는 끝없는 결핍상태는 주체가 영위할 수 있는 행복을 만들어내는 근본조건이다. 그러므로 욕망의 근본적 특징인 채워질 수 없는 결핍을 감추기 위해 욕망에 관한 논의를 성기의 차원으로 한정시켜버리는 것은 바람직하지 못하다. 왜냐하면 미숙한 것으로부터의 성장이란 개념으로[이것은 결국 (타자의) 욕망을 현실물로 단순히 대치하는 결과일 뿐인데] 욕망의 문제를 해결하려는 논의는 그것이 아무리 잘 조직되어 있다 할지라도 사기(fraud)에 불과한 것이기 때문이다. 이런 측면에서 프랑스 분석가들이 성기의 봉헌(genital oblativity)이라는 위선적인 개념으로 도덕적 해석이 유행하는 데 한몫을 했다는 사실이 지적되어야 한다. 도덕적 해석은 지금은 구세군 성가대의 반주에 맞추어 세계 각처에 퍼져 있다.

어떤 경우에도 인간은 결핍 없는 완전한 존재가 될 수 없다('완전한 인간성'이란 현대 심리요법이 가정하고 있는 또 다른 잘못된 전제이다). 오히려 인간은 운명적으로 주체가 기표와 맺는 관계처럼 압축과 전치의 유희에 사로잡혀 있다.

남근(phallus)은 특권을 가진 기표(privileged signifier)이며 의미작용을 가능하게 하는 횡선(bar)을 표시한다. 횡선 속에서 차이를 만들어내는 기호와 욕망이 결합된다.

남근이라는 기표는 실제적인 성적 결합 속에서 감지될 수 있는 가장 확실한 것일 뿐 아니라 글자 그대로 가장 상징적 의미를 가진 것이기도 하다. 왜냐하면 남근은 언어학적 측면에서 볼 때 연사(copula)(예를 들어 be동사처럼 주부와 서술부를 연결하는 — 옮긴이)와 같은 것이기 때문이다. 또한 남근은 그 팽창성(turgidity)으로 인하여 생식을 나타내는 강력한 분출의 이미지를 보여줄 수도 있다.

그러나 남근에 관한 모든 묘사들이 단순히 무시해버린 것은 남근은 억압되어 있을 때 즉 자신의 모습을 드러내지 않을 때(veiled)에만 그 기능을 다할 수 있다는 사실이다. 남근은 의미작용의 연쇄 속으로 편입되기 위해서 스스로를 감추어야 하고 스스로를 감출 수 있을 때에야 비로소 기표의 기능을 가질 수 있다.

남근은 스스로 사라짐으로써만 자신을 지양(Aufhebung)된 기표로 제시할 수 있다. 이것이 왜 고대의 신비의식 속에서 남근이 자신을 적나라하게 드러내는 바로 그 순간 수치(shame)의 신이 등장하게 되는가에 대한 이유이다(Villa di Pompeii의 소벽에 그려져 있는 유명한 그림 참조).

수치의 신의 손아귀에서 남근은 저항선(bar)이 된다. 의미에의 저항을 나타내는 횡선은 기의에 일격을 가해 기의를 의미 연쇄 속에서 추방되어야 할 것으로 규정해버린다.

주체가 기표에 의해 비로소 확립될 수 있다는 말은 남근이 언어구조로부터 자신의 기능을 부여받는다는 의미이다. 주체에게 발생하는 거세(Spaltung)를 통해 남근은 기표가 되고 남근의 개입으로 말미암아 주체는 분열을 겪게 된다. 다시 말해

(1) 주체는 자신이 나타내고자 하는 모든 것을 억압(barring)할 때 비로소 자신을 드러낼 수 있다. 주체가 스스로 (타자의) 사랑을 요구하기 때문이다. 타자가 자신의 요구를 만족시켜줄 수 있다고 생각하는 것은

망상에 불과하지만 그 망상을 단순히 문법적인 것에 한정시켜 무시해버릴 수는 없다. 주체의 분열로 인해 발생하는 욕망은 인식적 언어를 벗어나기 때문이다.

(2) 주체는 남근을 억압함으로써 상징적 질서로 들어가 기표가 되고 바로 이 (억압된) 언어 때문에 무의식이 발생한다.

기표의 위치를 획득한 남근은 욕망을 조바꿈한다.

남근이라는 개념을 파악하는 데 도움을 주기 위하여 남근을 연산식으로 표시해보거나 또 우리 모두가 겪었음직한 경험에 비추어 생각해보기로 하자. 그렇지 않으면 나의 설명이 너무 길어질 우려가 있다.

남근이 기표라면 주체는 타자를 통해서만 남근에게 접근할 수 있다. 남근이 타자의 욕망을 조절하는(가능하게 하는) 억압된(veiled) 기표이기 때문에 주체는 욕망이 타자(Other)의 욕망이라는 사실을 인정해야 한다. 하지만 타자 또한 그것이 주체인 한 의미작용을 가능하게 하는 거세에 의해 분열되어 있다.

심리학에 기원을 두고 있는 사건들은 남근이 갖는 의미화 기능을 증명해줄 수 있다.

아이는 처음부터 어머니가 남근을 소유하고 있다고 느낀다는 클라인의 주장은 남근의 기능을 고려할 때 더욱 정확히 기술될 수 있다. 하지만 아이는 성장함에 따라 요구와 욕망의 변증법을 경험하게 된다.

사랑에의 요구는 욕망의 기표가 가져오는 결핍으로 고통을 겪을 뿐이다. 어머니가 욕망하는 것이 남근이라면 아이는 어머니의 욕망을 채워주고자 스스로 남근이 되려고 한다. 그러므로 욕망에 내재하는 분열이 이미 타자의 욕망 속에서 자신의 모습을 드러내고 있다고 할 수 있다. 왜냐하면 주체는 실제적으로 남근에 대응할 만한 어떤 것을 타자에게 제시하는 것으로 만족할 수 없기 때문이다. 사랑에의 요구가 관련되는 한 주체가 실제로 남근을 소유하고 있는가의 여부는 중요하지 않다. 사랑에의 요구는 주체가 남근이 되어야 한다고 요구하기 때문이다.[5]

임상적인 경험이 우리에게 보여주는 것은 타자의 욕망이 주체에 결정적인 영향을 미친다는 것이다. 타자의 욕망이 결정적으로 중요한 이유는 주체가 그것을 통하여 자신이 실제로 남근을 소유하고 있는가의 여부를 알게 되기 때문이 아니라 어머니가 남근을 소유하고 있지 않다는 사실을 깨닫기 때문이다. 어머니가 남근을 소유하고 있지 않다는 것을 깨닫는 경험 없이는 공포증(phobia)과 같은 징후나 페니스 선망(Penisneid)과 같은 구조적 결과들이 아이에게 영향력을 미칠 수 없다. 왜냐하면 그것들은 거세공포와 관련을 가진 것이기 때문이다. 어머니가 거세되었다는 것을 깨닫는 순간부터 남근을 나타내는 기표는 욕망을 드러내는 표지가 되고 욕망은 거세공포나 또는 자신이 가지지 못한 것에 대한 동경과 결합한다.

물론 이 순간에 개입하는 아버지의 법이 아이의 미래를 결정한다.

하지만 남근은 남성과 여성과의 관계를 지배하는 구조를 보여주기도 한다.

이러한 관계들은 "스스로 남근이 되기 원하는 존재"(to be)와 "남근을 가지고 있다고 생각하는 존재"(to have)에 관한 논의를 불러일으킨다. 이러한 논의들은 전혀 다른 두 가지 결과를 초래한다. 주체가 남근이 되고자 할 때 남근은 주체에게 현실(reality)을 제공하지만 기표의 연쇄 속에서 만들어지는 현실은 남성과 여성의 생물학적 구별을 보여주는 기의로 작용하지 못해 남근의 소유/비소유에 관한 논의를 무화시킨다.[6]

---

5) 주체는 (타자에게) 사랑받기를 원하고 동시에 타자의 욕망을 채워줄 남근이 되고 싶어 한다.

6) 오히려 남근이라는 기표는 남성과 여성의 관계가 단순히 (남성 성기의) 소유/비소유의 대립구조로 환원될 수 없다는 것을 보여준다.

남근의 소유/비소유에 관한 논의를 벗어나 스스로 남근이 되기를 원하는 여성은 기표적 현실에 접하여 자신의 (남성 성기의) 결핍을 위장한다. 그녀는 남근을 보호하기 위해 또 자신의 남근 결핍을 위장하기 위해 마치 자신이 남근을 가지고 있는 것처럼 '보이도록(to seem)' 한다. 그녀는 스스로 남근이 되려는 목적을 가지고 자신의 행동을 모두 그 목적에 맞는 이상적이고도 규정적인 형태로 투사시킨다. 그러나 그 이상은 곧 불가능한 것으로 드러난다. 왜냐하면 여성은 단지 성적 결합이라는 우스꽝스런 행위(comedy) 속에서만 남근이 될 수 있기 때문이다. (성적 결합이 우스꽝스러운 이유는 여성이 타자의 욕망의 대상이 되지 못하고 단지 남성의 성적 만족의 대상으로 간주되기 때문이다—옮긴이)

그러나 서로가 서로에게 남근이 될 수 있다는 이상은 쉽게 사라지지 않고 서로를 만족시켜줄 수 있는 사랑에의 요구로 변화된다. 여기서 주의해야 할 점은 욕망이 다시 요구로 환원된다는 사실이다.

여성은 자신의 결핍을 감추기 위해 스스로를 위장함으로써 남근이 되려 하지만 위장 과정 속에서 남성과는 다른 자질 즉 자신의 변별성(essential feminity)을 상실해버린다. 변별적 주체로 탄생하기 위하여 남근이 되려 했던 여성은 남근으로 인정되는 순간 다시 말해 타자의 욕망을 가리키는 기표가 되는 순간 역설적이게도 자신의 변별성을 상실하게 된다. 타자의 욕망의 대상이 되기를 원하고 타자에게 사랑받기를 갈구했던 여성은 자신의 소망이 이루어지는 순간 자신이 아닌 타자가 되는 것이다. 그녀는 자신의 사랑에의 요구를 전달할 대상을 남성의 육체에서 발견한다. 그러나 잊어버려서는 안 될 것은 육체의 기관이 욕망의 기표가 될 수 없다는 사실이다. 의미화 작용을 수행해주리라 기대되는 육체의 기관은 단지 스스로가 연물(fetish)임을 보여줄 뿐이다. 사랑의 경험은 그녀에게서 대상이 부여해주는 허구적 충만성을 빼앗아버리고 그 자리에 욕망이라는 기표가 들어서도록 한다. 여성이 충족될 수 없는 성적 욕구들 즉 불감증까지도 비교적 잘 견디어낼 수 있는 이유가 여기에 있다. 그러나 여성은 남성에게서 자신의 욕망의 기표를 발견하기 때문에 그녀의 욕망은 남성에 비해 덜 억압되어 있다.[7]

반면 남성의 경우 요구와 욕망의 변증법적 결합은 특이한 방식으로 사랑을 평가절하하는 결과를 초래한다(우리는 프로이트가 이러한 결과들을 확실하고도 정확하게 파악하고 있었다는 사실에 다시 놀랄 뿐이다).

남근이라는 기표는 여성이 사랑의 관계 속에서 스스로 가지고 있지 않은 것도 줄 수 있도록 만든다. 실제로 남성은 여성과의 관계 속에서 사랑에의 요구를 충족시키고자 한다. 그러나 남근은 고정될 수 없는 기표이기 때문에 남성의 욕망은 늘 또 다른 여성을 향하게 되고 남성에게 여성은 처녀이거나 창녀일 뿐이다. 성적 대상으로서의 여성은 곧 애정의 대상으로 변모되고 남성의 욕망은 또 다른 여성을 향하게 되는 원심운동이 생겨난다. 계속해서 여성의 남근으로 남으려는 남성에게 불능(impotence)은 참을 수 없는 것이 된다. 반면 남성에게는 자신의 욕망이 억압된다는 사실이 여성의 경우보다 더 중요하게 인식된다.

그러나 늘 다른 여성을 원하는 배신행위(infidelity)만으로 남성의 기능을 모두 설명할 수 없다. 자세히 살펴보면 배신행위란 남성에게만 고유한 것이 아니기 때문이다. 상대방의 남근이 되기를 원하는 욕망과 남근을 소유하려는 욕망은 여성의 기능 내에서도 똑같이 서로 교차(redoubling)하고 있다. 남성 자신도 타자의 욕망에 의존하는 한 이상적인 남근이 될 수 없다. 왜냐하면 여성의 결핍을 보충해주는 것처럼 보

---

7) 그녀는 결코 획득할 수 없는 남근 대신에 남성이 제공해 준 또 다른 남근 즉 아이를 쉽게 소유할 수 있기 때문이다.

이는 바로 그 순간에도 남근은 결코 완전할 수 없기 때문이다.

　남성의 동성애(homosexuality)는 남근이 되려 하거나 남근을 소유하려는 욕망이 억압됨으로써 발생한다. 반면 여성의 동성애에서 중요한 것은 사랑에의 요구를 강화시키는 실망감이다. 이러한 논의는 여성이 스스로를 위장함으로써만 자신을 드러낼 수 있다는 견지에서 자세히 검토되어야 한다. 위장이란 거부된 요구들을 나름대로 해결하는 자기동일화(identification)의 압도적 방식이기 때문이다.

　여성성(feminity)은 위장을 통해 스스로를 보호하며 위장은 남근의 억압으로부터 발생한다. 그러므로 이러한 사실은 인간주체에 내재한 남성적 기질들을 여성적인 것처럼 '보이게 하는' 이상한 결과를 초래한다.

　이것과 연관하여 아직 한 번도 분명하게 설명된 적은 없지만 프로이트의 통찰의 깊이를 다시 증명해주는 특징적인 사실들을 더듬어볼 수 있다. 왜 그는 단 하나의 리비도만이 존재한다고 말했는가? 왜 그는 그것을 본질적으로 남성적인 것으로 간주했는가? 남근이라는 기표에 의해 가능해지는 욕망은 인간존재의 가장 심오한 곳, 즉 성적인 차이를 넘어서 있는 보다 근원적인 지점에서 드러난다. 물질계를 구성하는 원칙(Nous)과 존재자들에게 일관성을 부여하고 그들을 서로 연결시키는 결합원칙(Logos)이 인간의 육체로 스며드는 곳에서 인간의 가장 심오한 차원을 여는 욕망이 드러난다.[8]

(민승기 옮김)

---

8) 결국 두 원칙 모두 인간과는 다르지만 인간에게 스며들어 있는 타자(Other)의 기능을 수행한다. 이것은 욕망이 타자의 욕망이라는 진술을 다시 떠올리게 한다.

신, 그리고 그̄ 여성의 '희열'[1]

> 읽기-사랑하기, 미워하기, 유물론자들.
> 존재의 희열. 다형적 남성, 성도착자.
> 신비주의자들.

오늘 나는 언어를 사용하는 인간의 경우 성과 성의 대립관계란 존재하지 않는다는 중요한 사실에 대해 얘기하려 한다. 이러한 사실이 전제되어야만 존재하지도 않는 성과 성의 대립관계를 보충하기 위한 노력들이 진술될 수 있기 때문이다.

지금까지 오랫동안 나는 이런 논의의 첫걸음으로 "하나라는 어떤 것이 있다(There is something of One)"라는 전제를 단호하게 버려왔다. "하나라는 어떤 것이 있다"라는 말은 가장 간단히 말한다 해도 그리 단순하지 않다. 정신분석에서, 아니 좀 더 분명히 말해 프로이트의 담론에서 그것은 둘이 녹아 하나가 되는 용해, 즉 에로스의 개념에서 출발한다. 그 에로스는 거대한 다수로부터 차근차근히 하나를 만들어가는 경향이기도 하다. 그러나 여기 있는 여러분 모두는 틀림없이 다수지만 하나로 용해되지 않으며 결코 그렇게 될 수도 없다는 것을 분명히 알고 있다. 날마다 언어로 의사를 전달할 수밖에 없는 우리이기에 더욱 그렇다. 그래서 프로이트도 에로스가 하나됨을 막는 또 다른 요소로 먼지로

---

1) 〈신, 그리고 그̄ 여성의 '희열'(God and the *Jouissance* of *The* Woman)〉은 1982년에 Jacqueline Rose가 영역한 *Feminine Sexuality* 속에서 옮긴 것이다. 원래 이 글은 라캉이 1972~1973년 펴낸 *Encore*의 세미나 XX, 6장에 실려 있던 것이다.

되돌아가는 죽음의 신, 타나토스를 떠올려야 했다.

다행히도 난자와 정자라는 두 개의 씨앗이 발견되어 프로이트는 이런 은유를 사용할 수 있었다. 이 두 개가 용해되면 무엇이 되는가? 새로운 인간의 탄생, 그런데 이 일은 두 개가 하나로 되는 감수분열 없이는 일어나지 않는다. 아주 분명한 지움, 즉 둘 중 하나는 접합 이전에 어떤 영향을 받아 마지막 작업에서 어떤 요소들이 지워진다는 것이다.

다른 때보다 오늘 논의에서는 생물학적 은유가 그리 많이 나오지 않을 것이니 여러분은 긴장을 풀어도 좋다. 자, 만약 내가 언급했듯이 무의식이 진정 언어처럼 구조되어 있다면 우리는 언어의 차원에서 이 '하나'라는 것에 의문을 제기해야 한다. 이 '하나'는 수세기에 걸쳐 끊임없이 들려왔던 소리이다. 새삼 네오-프라토니스트들(neo-platonists)을 떠올릴 필요가 있을까? 전 체계를 아주 간단히 언급할 필요는 있겠지만 그것도 나중에 하자. 오늘은 이 문제가 어떻게 정확히 우리의 담론 속에서, 우리가 에로스의 영역에서 경험하고 새롭게 열어놓은 전망 속에서, 언급될 수 있고 또 언급되어야만 하는지를 분명히 밝혀보자.

우선 "하나라는 어떤 것이 있다"라는 전제는 오직 '하나'만이 존재한다는 것을 강조하는 데서 출발했음을 떠올리자. 그렇게 해야 사랑이라고 불려 온 것의 핵심을 파악할 수 있다. 우리 역시 수세기 동안 불려 온 바로 그 이름으로 그것을 부를 수밖에 없기 때문이다. 우리가 분석에서 다루는 것은 오직 이것뿐이고 그건 어디 다른 길로는 찾아오지 않는다. 그것은 내가 전이관계 속에서 지지할 수밖에 없는 어떤 것을 "모든 것을 안다고 가정되는 주체"라는 공식에 의해 구분해낼 수 있도록 하는 이상한 길이다. "하나라는 어떤 것이 있다"라는 전제가 사랑과 구별될 수 없는 한.

여기서 여러분 사이에서 유행될 수도 있는 새 문장을 하나 소개하지 않을 수 없다. 나는 내가 안다고 가정하는 그 남자를 사랑한다는 것이다. 지난번에 여러분은 내가 주춤 물러서고, 사랑의 편인지 증오의 편인지 방황하고, 한 의미에서 다른 의미로 갈까말까 망설이는 것을 보았다. 당신들에게 객관적인 표현에 확신을 내리지 않는 읽기를 권유하면서 그리고 그것은 오해를 풀어주고 그 이상도 그 이하도 하려 하지 않는 사람을 막아서는 안 될 것이다. 만약 그 객관성을 권위 있는 것으로 여긴다면 그것은 자신의 지식을 가정해보지 않는 것이다. 만일 내가 그들이 나를 미워한다고 말한다면 그것은 그들이 내가 지식을 가지고 있다고 가정하지 않는다는 의미다.

그리고 정말이지 어떻게 안 그럴 수 있는가. 그것이 읽기라고 부르는 것의 전제조건이라면 당연히 그럴 수밖에 없다. 결국 아리스토텔레스가 아는 것에서 내가 무엇을 추정해내겠는가? 아마도 그가 알리라고 가정하는 나의 지식을 줄일수록 나는 그를 더 잘 읽는 셈인지도 모른다. 그런 것이 읽기를 엄격히 시도해볼 때의 조건이요, 내가 나 자신을 외면하지 않는 단 하나의 조건이다.

한 번 읽으라고 해서 언어의 짜임새 속을 들여다보니 그건 위아래 엎치락뒤치락 짜여 있다. 그러고는 그게 소위 글쓰기라는 거다. 그래도 우리는 그걸 무시할 수 없다. 그러니 정확한 표현이 아닐는지 모르겠는데 철학적이라는 명목으로 사유되어 세세년년 사랑이라는 주제에 대해 이러쿵저러쿵 해온 것에 어떤 반응을 보여주지 않으면 그건 모욕일 것이다.

오늘 이 자리에서 그 문제를 전반적으로 살펴보려는 것은 아니다. 여러분의 희미한 얼굴을 보며 나는 여러분이 철학에서 신의 사랑이 어떤 위치를 차지한다는 것을 들었으리라 생각해본다. 비록 간접적이지만 이것은 정신분석담론이 무시할 수 없는 중요한 사실이다.

그것은 생트 앤느에서 이렇게 작은 책으로 엮어냈듯이 내가 제외되었을 때 말해진 어떤 것을 떠올리게 만든다. 사실 나는 '제외된' 게 아니라 후퇴했다. 이 두 가지는 아주 다른 문제지만 뭐 그게 그리 중요한 건 아니다. 그게 여기서 문제되는 건 아니니까, 특히 나의 지형학에서 '제외된'이란 단어는 아주 중요하다. 어떤 선의를 가진 사람들은 ― 늘 악의를 가진 자들보다 더 나쁜데 ― 내가 우리에게 친숙한 선한 옛신 같은 '타자'를 남성과 여성 사이에 두었다는 소릴 듣고 깜짝 놀랐다 한다. 그들은 그저 간접적으로 그 소리를 들었을 뿐인데 그것을 여기저기 전파시켰다. 그리고 맙소사, 이 사람들은 적절히 표현해서 '순수한' 철학적 전통에 속해 있다. 그들은 유물론을 주장하는 사람들이기도 한데, 내가 그걸 '순수하다'고 하는 이유는 유물론보다 더 철학적인 것은 없기 때문이다. 유물론은 철학에서 사랑에 관한 논의 전체를 압도한다고 알려진 이 신을 마땅히 경계해야만 한다(신만이 그 이유를 아시겠지만). 그래서 나는 그들의 열띤 간섭 덕택에 재충전된 관객이 되었고 그들은 어딘지 좀 초조해지기 시작했다.

1957년 《에크리(Écrits)》에 실린 〈문자가 갖는 권위(The Agency of the Letter)〉에서 나는 언어가 거주하는 공간으로서 '타자'를 논의했다. 그런데 그것이 우리의 선한 옛신을 세속화하기보다 몰아낸 셈이 되지 않았나 싶다. 그 결과 지난 세미나들 가운데 어떤 부분에서 신이 존재하지 않는다는 논리를 세웠다고 사람들이 찬사를 보내왔다. 분명히 그들은 들었다. ― 그들은 들었다. 그러나 불행히도 그들은 이해했다. 그리고 그들이 이해한 것은 조금 성급했다.

하지만 오늘 내 목표는 이 선한 옛신이 존재함을 분명하게 보여주려는 것이다. 그가 존재하는 방식이 모든 사람을 기쁘게 하지는 않을 것이다. 특히 내가 오랫동안 얘기해왔듯이 신의 존재 없이도 나보다 훨씬 더 일을 잘 할 수 있는 신학자들의 경우엔 한층 더 그럴 것이다. 불행히도 나는 지금 '타자'를 다루고 있기에 그들과 아주 똑같은 위치에 있지 않다. 이 '타자'는 단 하나일 터이지만 다른 성(性)으로 여겨지는 것과 어떤 관계를 맺는다.

이런 상황에서 지난번에 얘기했던 '정신분석윤리학'(SVII)의 해(年)에 나는 궁정풍 사랑(courtly love)에 대해 언급을 하지 않을 수 없었다. 그게 무엇인가?

궁정풍 사랑이란 사랑의 장애물이 바로 인간인 척하여 둘 사이에 성적인 관계가 없는 것을 세련된 방식으로 보충하는 것이다. 그것은 정말이지 지금까지 시도된 것 가운데 가장 불안정한 것이다. 하지만 우리는 어떻게 그것이 가짜임을 드러낼 수 있는가?

유물론자들은 궁정풍 사랑이 봉건주의 시대에 나타났다는 역설 때문에 흔들리지 말고 오히려 그 역설 속에서 궁정풍 사랑이 어떻게 그 사람에 대한 충성과 정절의 담론 속에 뿌리내리고 있는지를 보아야 한다. 물론 이 역설은 그것을 과시하는 멋진 기회를 제공해준다. 결국 그 사람은 늘 주인의 담론으로 나타난다. 자신의 모든 걸 다 바친다는 의미에서 남성에게 그 여성은 오직 단 하나의 여성주체이다. 그리고 그에게 궁정풍 사랑은 성적인 관계의 결여를 우아하게 메우는 단 하나의 길이다.

내가 후에 장애물이라는 것을 다루게 되는 것은 이런 문맥에서다. 훗날. 오늘은 다루어야 할 것이 따로 있으니까. 오늘 다루는 것은 아리스토텔레스적인 의미에서 장애물이라 불리는 그런 영역이다(누가 무어라 해도 나는 루델Geoffrey Rudel보다 아리스토텔레스를 더 좋아한다).

〔……〕

내가 이 장애물이라는 문제를 들고나설 때 여러분이 아리스토텔레스의 이론을 읽어보면 모든 게 좀 더 분명해질 것이다. 특히 《수사학》의 한 부분과 《총론들》의 두 부분을 계속 읽어보면 내가 $\exists x.\ \overline{\Phi x}$ 등등 네 가지 공식을 아리스토텔레스와 다시 결합시키면서 얻어낸 것들을 정확히 이해할 수 있을 것이다.

끝으로 그 주제에 관한 마지막 논의, 왜 유물론자들은 내가 신을 제3의 위치에 놓는 것에 분개하면서 인간의 사랑문제에서는 분개하지 않는가? 결국 삼각관계에 관한 어떤 것은 유물론자들도 늘 알고 있지 않은가?

그러니 계속 나가보자. 내가 여기서 당신에게 이야기하고 있을 때 내가 무엇을 말하고 있는지를 내가 모른다는 증거란 없다는 사실에 기초하여 계속 논의를 진행해보자. 이 책을 시작부터 끝까지 그릇된 궤도에 올려놓는 것은 그들이 내가—무엇이든 가능한 것을 추구하는 그들이 존재론, 아니 그것과 맞먹는 어떤 체계를 내가 가졌으리라 추측하는 것이다.

$$[\cdots\cdots]$$

그런데도 아직 나는 사유 속에 살고 그것과 상호관련 속에서 다루어지는 소위 철학적 전통이란 것에 따른 논리체계를 싫어한다. 철학적 전통 대신 우리는 '희열(Jouissance)'에 의해 좌우된다는 것을 분명히 주장한다.

사유는 '희열'이다. (정신)분석담론이 보여주는 것은 존재의 철학에서 이미 친숙해진 것으로 존재의 '희열'이라는 게 있다는 사실이다.

만일 내가 여러분에게 《니코마코스 윤리학(Nicomachean Ethics)》[2]에

---

2) 아리스토텔레스의 책 제목. 그리스의 철인 소크라테스, 플라톤, 아리스토텔레스는 각기 선과 도덕적 삶에 대한 분석을 내린다. 소크라테스는 처음으로 선, 미덕, 정의의 의미와 기준을 세울 것을 의식했고, 플라톤은 이에 대한 대답으로 변치 않고 순수한 절대형식을 기준으

관해 얘기한다면 그것은 이것의 조짐이 거기에 있기 때문이다. 아리스토텔레스의 노력과 그 뒤에 오는 그런 류의 모든 시도는 존재의 '희열'이 무엇인가를 찾으려는 작업이었다. 성·토마스 같은 이는 이것에서 루셀롯 수도원장이 일컬었듯이 사랑의 육체론이란 걸 힘들이지 않고 빚어냈다. 즉 모든 걸 고려해볼 때 우리가 인식하는 첫 번째 존재는 우리 자신의 존재고 우리 자신을 위한 모든 것은 최상의 존재, 즉 신의 '희열'이 될 것이다. 간단히 말하면 신을 사랑하면서 우리가 사랑하는 것은 바로 우리 자신이다. 그리고 먼저 우리 자신을 사랑함으로써 — 편리한 자비심이라고도 할 수 있지만 — 우리는 신에게 적절한 충성을 바친다.

존재 — 그 용어를 꼭 써야만 한다면 — 에 반대되는 것은 '의미(signifiance)'라는 것이다. 그리고 나는 이 '의미'가 희열, 즉 육체의 희열에서 시작된다는 것을 인정하는 것이 어떻게 유물론의 이상을 배반하는 것으로 해석되는지 알 수 없다(그것이 개념적 구도의 한계를 벗어나기에 나는 '이상'이라고 부른다).

그러나 데모크리토스 이래로 육체는 충분히 유물론자가 아닌 것 같다는 것을 여러분은 안다. 여러분은 원자로 구성되고, 보고, 냄새맡고, 그에 따른 모든 것 등 전체가 이 원리에 의해 작용한다. 모든 게 절대적으로 이에 매달린다.

때로 아리스토텔레스가 데모크리토스를 인용하는 것은 우연이 아니다. 비록 혐오하는 척하지만 그는 데모크리토스에 근거를 두기 때문이다. 사실 원자는 '의미'의 떠도는 요소에 불과하다. 정말이지 부유하는

로 삼아 모든 사람들이 그것을 따르고 닮아갈 것을 제시했다. 아리스토텔레스는 예술, 과학, 직관, 지혜 등 영역마다 각기 다른 종류의 선을 인정하고 최고의 선은 개인에게는 윤리학, 사회적으로는 정치학이라 규정했다. 이 둘의 관계는 공존인데 그에게 선은 인간이 자연스럽게, 미덕에 맞게 목표를 달성해나가는 것이고, 행복은 인간이 욕망을 합리적으로 조화 있게 충족시키는 것이었다. 이런 내용을 담은 책이 《니코마코스 윤리학》이다.

무더기에 지나지 않는다. 여러분이 정말 문제를 일으키지 말고 오직 요소를 요소답게 만드는 것, 즉 그것이 독특하다는 사실만 유지한다면 우리가 조용히 제시해야 할 게 있는데 그것은 타자라는 것, 즉 차이라는 것이다.

자, 이제 이 육체의 '희열'. 만약 성적 관계란 게 없다면 우리는 그 관계 속에서 그것이 무슨 목적에 봉사하는가를 볼 필요가 있다.

모든 x가 Φx의 기능을 하는 입장부터 시작하자. 남성의 입장이다.

대체로 사람은 선택에 의해서 이 입장을 취한다. 여성도 그런 선택을 자유롭게 내릴 수 있다. 남근을 가진 여성이 있다는 것은 누구나 다 안다. 그리고 이 남근의 기능은 남성들이 동성애의 관계를 갖는 것을 막지도 못한다. 그러면서도 그들이 스스로를 남성이라 자처하고 여성에게 도전하게 만드는 것도 이 기능이다. 남성에 대해 간략히 생각해보자. 오늘의 주제는 어디까지나 여성에 관한 것이고 지금까지 충분히 그렇게 해왔으므로, 남성은 거세가 부족해서, 즉 남근적 기능에 아니오라고 말하는 어떤 것이 부족하여 여성의 육체를 즐기며 사랑할 기회를 놓친다고 들어왔다.

그것이 분석적인 경험의 결론이다. 이 조건이 충족되지 않을지라도 그것은 그가 여러 가지 방식으로 여성을 욕망하는 걸 막지 못한다. 그는 그녀를 욕망할 뿐 아니라 사랑과 흡사한 온갖 행위를 그녀에게 행한다.

프로이트가 주장한 것과는 반대로 여성에 도전하거나 여성에 도전한다고 믿는 것은 남성이다. 이 때 남성이란 말하는 존재임에도 불구하고 어찌할 바 모르면서 스스로를 남성이라 생각하는 자를 뜻한다. 이 문제에 한해서 증거는 충분하다(지난번에 나는 이것을 con-victions라고 했다). 그것을 제외하고 그가 도전하는 것은 그의 욕망의 원인, 즉 '오브제 아(objet a)'라고 이름 붙인 욕망을 일으키게 만드는 대상이다. 그것이 사랑의 행위이다. 그 용어가 뜻하듯이 사랑하는 행위는 시(詩)이다. 시와 행위 사이에 하나의 세계가 있을 뿐이다. 사랑의 행위는 말하는 존재의 경우 남성성이 갖는 수많은 도착(perversion)으로 설명될 수 있다. 프로이트의 담론에 따르면 그것보다 더 강한 것도 없고, 더 옹골찬 것도 없고, 더 엄한 것도 없다.

그러면 여성의 입장은 어떤 것인가를 감히 나 자신의 입을 빌려 여러분에게 소개해야 하나보다. 게다가 시간이 반 시간밖에 남지 않은 것 같다. 글쎄, 그건 하나 아니면 다른 하나다. ─ 내가 쓰는 것이 아무 뜻도 없다거나 내가 $\nabla x\Phi x$라고 쓸 때 "전체(혹은 하나)가 아니다"로서 읽혀질 수량사와 관계되는 이 설명 안 된 기능. 어떤 말하는 존재가 여성의 깃발 아래에 줄을 설 때 그것은 "그것들이 몽땅 다 남근적 기능 안에 위치되는 것은 아니다"로 구성된 존재임을 말한다. 그…… 그 무엇이라고? 아, 그 여성. 그걸 규정하는 것이 바로 이것이다. 즉 '그 여성(The Womany)'이란 오직 그(the)에 빗금이 쳐지고서만 쓰일 수 있다. 정관사(the)가 전체, 하나 등 보편성의 의미를 띤다고 볼 때 여성 앞에는 오직 빗금쳐진 형태로밖에 올 수 없다는 것이다. 그 여성(The woma)과 같은 것은 없다. 왜냐하면 그녀의 **본질** ─ 이미 이 용어를 위험에 몰아넣었는데 그것에 관해 무엇하러 두 번 생각하랴 ─ 그녀의 본질은 전체(혹은 하나)가 아니라는 것이다.

[……]

나의 제자 가운데 여러 사람들이 기표의 결핍에 대해 혼란을 일으켜 왔다. 기표의 결핍이라는 기표, 그리고 남근에 관한 여러 가지 혼동, 그럼에도 불구하고 내가 의미하는 '그(the)'는 기표, 공통되고 피할 수 없는 것이기까지 한 기표다. 일찍부터 나는 남성과 '그 여성'에 대해 얘기를 해왔다. 이 the는 기표이다. the는 결국은 무엇인가로 채워지고 위치가 표시되게 마련인 기표의 운명을 보여주는 것이기도 했다. 그러나 이 'the'는 기표이기에 어떤 것을 의미할 수 없고 그저 '그 여성'의 위치를 '전부가 아닌 것'으로 만드는 기표에 불과하다. 그래서 '그 여성'이란 것은 없다.

여성은 단어의 본성이기도 한 사물의 본성으로부터 제외될 때에만 비로소 존재한다고 할 수 있다. 그리고 그 순간에 그들이 실컷 불평할 것이 있다면 그것은 그들이 자기가 무엇을 말하는지 모른다는 것이고 그것이 그들과 내가 다른 전부이다.

그럼에도 불구하고 만일 그녀가 사물의 본성에 의해 제외된다면 '전부가 아닌 존재' 속에서 그녀는 남근적 기능이 '희열'이라고 이름 붙인 것과 연관하여 분명히 덧붙여지는 '희열'을 갖는다.

나는 여기서 '덧붙여지는(supplementary)'이라고 말했다. 만일 내가 보완적(complementary)이라고 말했다면 우리는 어디에 존재할 것인가! 곧장 '전부(all)' 속으로 떨어질 것이다.

여성들은 문제의 '희열'에 매달린다―그들 가운데 아무도 '전부가 아닌 존재'에 매달리지 않는다. 그리고 맙소사, 보통 말해지는 것과 달리 대부분의 경우 남성을 소유한 것은 그럼에도 불구하고 그들이라는 것을 인정해야 한다.

내가 그런대로 잘 알고 있는 남성들 가운데 여기에는 나타나지 않은 보통의 남성들은 여성을 '부르주아지'라고 부른다. 바로 이것이다. 줄 줄 뒤를 따라다니는 것은 남성이지 여성이 아니다. 라블레[3] 이래로 쭉

---

3) 라블레(François Rabelais, 1494?~1553) : 프랑스의 의사, 풍자작가, 사제. 부유한 지주의 아들로 태어난 그는 법률을 공부하고 사제가 되기 위해 수학했으며, 의학을 공부해 1532년에는 리용의 병원에서 의사로 일했다. 그러나 그의 진짜 재능은 당대 최고의 지성인, 에라

우리는 그녀가 그녀의 남성이라고 부르는 남근이 그녀에게 무관한 게 아니라는 것을 알아왔다. 오직, 사실은 이게 문제의 전부인데, 그녀만이 여러 가지 방식으로 이 남근에 도전해왔고 그것을 자기 것으로 지켜왔다. 남근적 기능에서 그녀가 '전체가 아닌 존재'라는 것은 그녀가 그 속에 전혀 존재하지 않는다는 것이 아니다. 그녀는 그 속에 전혀 존재하지 않는 게 '아니다'. 그녀는 바로 그 속에 있다. 그러나 거기엔 무언가가 더 있다.

이 무언가가 더 있다(something more)는 것은 너무 빨리 발음해버리지 않게 조심해야 한다. 나는 지금 시간이 없어 그것을 더 나은 방식으로 표현하지 못하고 있다.

'희열'이라는 게 있다. 우리는 지금 '희열'이라는 걸 다루고 있는데 육체의 '희열', 그걸 표현할 수 있다면 아마도 그건 '남근을 넘어서(beyond the phallus)'일 것이다. 이 말은 꽤 그럴듯하고 여성해방 운동에 어떤 계기를 줄 수 있을 것이다. 남근을 넘어서 '희열'이라는 것……

때로 여성들을 뒤흔드는(secouer) 무언가가 있거나 여성들을 도와주는(secourir) 무언가가 있을 수 있다는 것을 여러분은 알아차렸을 것이다. 그리고 당연히 나도 여기저기서 만나는 남성들에게 얘기를 하는데 다행히 그들을 대부분 잘 알지 못한다는 사실이 내가 선입관을 갖지 않게 해주는 데 도움이 되었다. 여러분의 서재에는 없을 것 같지만 나는 늘 블로흐와 폰 바르트부르크의 《사전》을 뒤적이는 데 기쁨을 느끼곤 한다. 여기서 이 두 단어(secouer와 Secourir)의 어원을 찾으면 그 둘 사

스무스에게 편지를 하면서 발견되어 첫 소설 *pantagruel*을 발표했다. 독백, 대화, 액션 등 단어만으로도 풍요한 환상의 세계를 창조한 그는 르네상스 시대의 지적, 도덕적, 정치적 편견을 코믹하게 풍자했다. 코믹한 걸작, *Gargantua & Pantagruel*(4편의 소설로 구성)이 유명하며, 가장 심오한 작품으로 *Tiers livre*가 있고, 볼테르, 발자크 등 후세 작가들에 영향을 주었다.

이의 관계를 알 수 있을 것이다. 그러나 그건 우연히 일어나는 것은 아니다.

'그 여자'란 존재하지 않고 아무것도 의미하지 않는데 그녀에게만 있는 '희열'이라는 게 있다. 그녀에게 고유한 '희열'이라는 게 있고 그것에 관해 그녀는 아무것도 모른다. 그것을 경험하는 것 외엔. 그녀는 꼭 경험하는 만큼 알 뿐이다. 그녀는 그것이 일어날 때 물론 그것을 안다. 그건 그들 모두에게 일어나지는 않는다.

여기서 소위 불감증이란 것으로 이 문제의 결말을 내리고 싶지는 않다. 비록 남녀관계를 설명할 때는 형식을 취해야 할지라도. 그것은 아주 중요하다. 불행히도 프로이트의 담론에는 궁정풍 사랑에서처럼 문제 전체가 공연히 혼란만을 야기시키는 하찮은 사유들로 뒤덮여버렸다. 클리토리스의 오르가슴이나 최상의 이름을 붙여 '그 희열'에 대한 하찮은 애기들로 말이다. 사실 오늘 내가 여러분을 끌어들이려고 시도한 논의는 지금까지 언급된 적이 없는 '타자'라는 것이다.

나의 이런 주장에 설득력을 부여하는 것은 여성이 이 '희열'에 대해 아무것도 모른다는 것이다. 그렇게도 애원했는데 — 지난번엔 여성 분석자들에게도 부탁했지만 — 무릎을 꿇고 애원하며 그게 어떤 것이냐고 물어도 한마디도 안 해주었다! 우린 전혀 어떤 애기도 들을 수가 없었다. 그래서 하는 수 없이 이 '희열'을 '음부의(vaginal)'라고 부르고 자궁입구의 아래쪽에 대해 애기하고 그 외 다른 바보 같은 애기를 할 수밖에 없었다. 만일 정말 그녀가 그것을 경험할 뿐 그게 무엇인지 모른다면 우리는 이 악명 높은 불감증에 의혹을 던질 수도 있으리라.

이것은 그 자체로 멈추어 숙고할 만한 완벽한 주제, 하나의 문학적 주제다. 스무살 이래로 나는 오직 사랑이라는 주제를 놓고 애기한 철학자들을 탐색해왔다. 처음부터 이 문제에 몰입했던 것은 물론 아니다.

애초엔 루셀롯 수도원장의 연구를 통해 조금씩 흥미를 느끼기 시작했으며 점차 육체적 사랑과 정신적 사랑이란 것에 흠뻑 빠져들기 시작했다. 길슨(Gilson)이 이 두 가지 대립에 대해 그리 깊은 사유를 하지 않았다는 사실도 알아냈다. 그는 루셀롯 수도원장이 그 대립을 제대로 해결하지 못해 발견도 아닌 발견을 했다고 믿었고 사랑이란 아리스토텔레스에게나 성 버나드에게나 그들이 쓴 사랑과 우정에 관한 장(章)을 잘 읽으면 모두 정신적인 것이라고 믿었다. 여기 앉아 있는 분들은 그동안 문학이 이 주제에 대해 얼마나 많이 쓰고 또 써왔는지 너무도 잘 알 것이다. 예를 들어 데니 드 루즈망(Denis de Rougement)이 쓴《사랑과 서구세계》란 책을 살펴보자. 전부 사랑에 관한 얘기다! 또 다른 예를 들어볼까. 청교도인 니그랑(Niegrens)이 쓴《에로스와 아가페》역시 어느 책 못지않게 잘 쓰인 것이다. 그 사랑 얘기는 이렇게 되풀이되다가 마침내 신의 재림을 얘기한 기독교 교리에서 끝난다.

여성들이 쓴 순수한 글 가운데에도 사랑 얘기는 숨겨져 있다. 여기서 나는 어떤 분의 도움으로 얻게 된 단서 하나를 제공하려 한다. 그 글 속에서 내 논의의 위치를 발견한 그 사람의 이름을 꼭 기억하고, 사서 읽도록 여기에 쓰면 그는 베긴 사람으로 흔히 신비주의자라고 불리는 당베르(Hadewijch d'Anvers)이다.

나는 지금 페기(Péguy)[4]와 같은 의미로 '신비'란 단어를 쓰고 있지는 않다. 신비함이란 결코 정치성이 없는 단어가 아니다. 그것은 아주

---

4) 페기(Charles Péguy, 1873~1914) : 프랑스 시인이며 작가로 1차 세계대전이 일어나기 전 20년 가량 프랑스의 지적인 선구자 가운데 한 사람. 가난한 노동자 집안에서 태어나 장학금으로 공부하였다(파리 The École Normale Supérieure에서 철학 공부). 그의 시는 종교적인 신비주의로 가득 차 있다. 잔다르크를 찬양한 시, 〈Le Mystére de la Charité de Jeanne d'Arc〉(1910)가 있고 〈Eve〉(1913), 산문으로 〈Notre Jeunesse〉(1910), 〈Victor-Marie〉, 〈Comte Hugo〉(1911)가 있다.

진지한 의미를 담고 있고 그것에 관해 가르친 분들 몇몇을 꼽을 수 있는데 대부분이 여성이거나 십자가의 성 요한 같은 아주 고귀한 분들이다. 성 요한처럼 남성일지라도 '전부' $\forall x \Phi x$의 입장에 서지 않고 '전부가 아닌 것'의 입장에 설 수도 있다. 여성들 못지않게 선한 남성들도 있는 것이다. 그런 일은 분명히 일어나고 그래서 똑같이 선하게 느낀다. 그럼에도 불구하고 난 그들의 남근에 대해서는 언급하지 않겠다. 그들은 이 문제에 부딪쳐 당혹감을 느끼면서도 뭔가를 알아챈다. 그들은 남근을 넘어서는 '희열'이라는 게 분명히 있다고 느낀다. 그것이 우리가 신비한 것이라고 부르는 것이다.

내가 이미 얘기했듯이 실레시우스(Angelus Silesius)처럼 신비주의자들에게 공감을 느끼면서도 남근적 기능의 편에 서는 사람들도 많다. 자신의 숙고하는 시선과 그를 바라보는 신의 시선을 혼동하는 것은 도착적인 '희열'이 그 속에 들어 있기 때문이다. 당베르의 경우 역시 성 테레사와 비슷한데 이를 확인하려면 로마에 가서 베르니니(Bernini)[5]의 조각상을 보기만 하면 된다. 그녀가 바로 그 희열을 느끼고 있음은 의심의 여지가 없다. 그러면 그녀의 '희열'은 무엇이고 그건 어디에서 오는가? 신비주의자들은 분명하게 증언한다. 그것이 무엇인지 알 수는 없고 오직 경험할 뿐이라고.

이 신비한 분출은 나태한 애깃거리도 의미 없는 수다도 아니고 사실

---

5) 베르니니(Giovanni Lorenzo Bernini, 1598~1680) : 이탈리아의 화가, 건축가, 조각가. 25세 때, 미술애호가 교황 우르바누스 8세를 알현하고 그의 지원으로 창조력을 마음껏 분출시켰다. 다프네가 월계수로 변하는 순간을 포착한 조각, 〈아폴론과 다프네〉〈나보나 광장의 분수〉〈성 베드로 대성당의 광장〉을 건축했으며, 〈성 테레사의 '희열'〉은 무아의 경지를 포착한 예술가의 뛰어난 감정이입으로 유럽 미술에서도 가장 깊이 사람의 마음을 울리는 작품 가운데 하나다. 천사가 뜨거운 금화살로 그녀의 가슴을 계속 찍어 고통이 심했으나, 생애 최고의 종교적 황홀감에 빠진 정경으로 하느님이 영혼에 주신 친절한 애무를 상징한다.

조반니 로렌초 베르니니, 〈성 테레사의 '희열'〉, 1645~1652년

은 여러분이 읽을 수 있는 최선의 것이다. 이 최선의 읽을거리 속에 자
크 라캉이 쓴 《에크리(Écrits)》도 첨가했으면 한다. 그 책을 읽고 온 여
러분은 모두들 내가 신을 믿는다고 확신할 게 분명하다. 나는 여성의
'희열'을 믿는다. 여러분이 나의 적절한 설명이 있을 때까지 '그 이상
의 어떤 것'에 베일을 드리운다는 조건 아래, 그것이 '그 이상의 어떤
것'인 한.

19세기 말, 프로이트가 살았던 시절에 차르코(Charcot)의 모임에 나
오던 각 분야의 중요한 분들과 또 그 외의 사람들은 그 신비한 것을 성
교의 문제로 축소시키려 했다. 그러나 조심스레 살펴보면 그게 그런 식
으로 축소될 성질의 것이 아님을 알게 된다. 경험은 하지만 결코 알 수
없는 이 '희열'은 우리를 실존(ex-istence)의 길 위에 올려놓는 어떤 것
이 아닐까? 그렇다면 여성적 '희열'이 보여주었듯이 그것을 '타자'의
한쪽 얼굴, 즉 신의 얼굴로 해석하면 왜 안 되는가?

이 모든 것이 '의미(signifiance)'가 존재하기 때문에 가능하기에 이
존재는 내가 대문자 O로 표기한 '타자'의 장소에만 나타난다. 그래서
우리는 사건의 왜곡된 모습만을 볼 수 있다. 그리고 바로 그 타자 속에
서 아버지의 기능은 거세가 지칭하는 기능으로 각인되기에 우리는 이것
이 두 신을 위한 것도 아니지만 결코 한 신만을 위한 것도 아님을 알 수
있다.

키에르케고르가 하찮은 유혹의 이야기에서 존재를 발견한 것은 우
연이 아니다. 그것은 거세에 의해, 그가 응하고 있다고 믿는 사랑을 포
기함으로써 가능해진다. 그렇다면 왜 레진느(Régine)[6] 역시 존재해선
안 되는가? 아마도 인간이 '프티 a'[7]에 의해 일어나는 게 아니라 즉시

---

6) 레진느(Régine) : 덴마크의 철학자, 키에르케고르의 애인.

일어나는 선에 대한 욕망에 이르는 길은 레진느의 중재를 통해서였으
리라.

(권택영 옮김)

---

7) 프티 a : 주체가 상상계에 머무를 때는 대상이 자신의 욕망을 완전히 채워줄 것이라고 믿는
다. 그러나 상징계에 진입하면 대상이 욕망을 충족시키지 못함을 깨닫는다. 이 허구화된 대
상이 '오브제 a'로서 인간에게 끊임없이 욕망을 불러일으키는 동인이다.

사랑의 편지[1]

프티 a와 $S(\phi)$를 합치고 가르기. 배제된 성[2]

목적 없이 말걸기.

정신분석은 우주학이 아니다.

'희열'에 관한 지식.

$$
\begin{array}{|cc|cc|}
\hline
\exists x & \overline{\Phi}x & \overline{\exists}x & \overline{\Phi}x \\
\forall x & \Phi x & \overline{\forall}x & \Phi x \\
\hline
\end{array}
$$

내가 칠판에 위의 것을 쓰자마자 여러분은 그게 뭔지 다 안다고 생각할지 모른다. 그러나 너무 그리 속단하지 말았으면 싶다.

오늘 나는 지식에 관해 얘기를 하려고 한다. 사회적 연결을 도모하는

---

1) 〈사랑의 편지(A Love Letter)〉는 1982년에 Jacqueline Rose가 영역한 *Feminine Sexuality* 속에서 옮긴 것이다. 원래 이 글은 라캉이 1972~1973년 펴낸 *Encore*의 세미나 XX, 7장에 실려 있던 것이다.

2) 배제된 성(Outside Sex) : 대립적인 성 관계에서는 생각할 수 없는 성, 상징적 우주로부터 배제된 성, 즉 상대방이 자신의 욕망을 완전히 채워주리라 믿지만 이 Jouissance는 늘 흘러 넘친다. '흘러넘침'은 남녀가 보완의 관계에 있지 않음을 뜻한다.

3) $\exists x \ \overline{\Phi}x$; not all　　$\overline{\exists}x \ \overline{\Phi}x$; not not all

　$\forall x \ \Phi x$; all　　$\overline{\forall}x \ \Phi x$; not all

것으로 내가 보여준 네 가지 담론의 묘사에서 S_2라고 써서 나타냈던 지식 말이다. 나는 왜 이 숫자 2가 S_1이라고 묘사되는 순수한 기표와의 관계에서 그저 부차적이 아닌, 그 이상인가를 전달하고자 한다.

칠판에 이미 써놓은 이상 이제 위 그림에 대해 간단히 살펴보자. 다른 곳에서는 위 그림을 마련해본 적도 없고 써본 적도 없음을 고백한다. 위 그림 역시 지금까지 그래왔듯이 상당한 오해를 불러일으킬 것이고 만일 그렇지 못한다면 하나의 예문으로서 내 기억에 남지도 않으리라.

사실 분석담론 같은 것은 의미에 목표를 둔다. 분명히 여러분 각자에게 내가 전할 수 있는 것이 있다면 여러분은 이미 어느 정도 의미를 흡수하고 있는 중이라는 것이다. 그러나 이 의미는 여러분의 경험에 의해 한계를 지닌다. 철저히 포괄적인 의미란 없다는 너무도 당연한 얘기다. 분석담론이 드러내는 것은 이 의미가 허구(혹은 유사의미)에 지나지 않는다는 철학이다.

만일 분석담론이 이 의미가 성적인 것이라고 지적한다면 그것은 오직 한계를 고려하면서 그렇게 할 수 있을 뿐이다. 이미 강조했듯이 "말은 하나의 말이 아니다"라는 것을 고려치 않고는 어떤 마지막 말도 없다. 라 퐁텐은 어딘가에서 "대답이 없음이 대답이다"라고 말했다. 의미는 그것이 실패하는 방향을 지시한다.

여러분이 속단을 내리지 않도록 하는 데 이 정도면 충분하리라. 그리고 신중함, 혹은 그리스어에서 말해지듯 의도를 가지고 지시되는 모든 훈계를 고려하고서 언어란 게 지금 칠판 위에 씌어진 것이다. 언어는 많은 사물을 진술하면서도 분석담론이 우리에게 말하도록 허락하는 것은 포착하지 못한다.

우선 그림의 위쪽에 네 개의 공식이 적혀 있다. 오른쪽에 두 개, 왼쪽에 두 개, 어떤 성(性)이든 말하는 존재는 이쪽 아니면 저쪽에 새겨진다. 왼쪽 밑에 $\forall x \Phi x$라고 씌어진 것은 남성은 자신을 남근적 기능을 통해서 묘사한다는 것을 의미한다. 그런데 그 남근적 기능은 x의 존재 속에서 그 한계를 찾는다(즉 $\exists x$이다). 그리고 또 x의 기능을 통해서 Φx는 $\exists x \overline{\Phi x}$가 된다. 즉 의미의 거부란 뜻으로 ‾를 긋는다. 이것이 소위 아버지의 기능이라는 것이다. 그 아버지의 기능에서 Φx에 대한 부정(不正)인 $\overline{\Phi x}$가 생긴다. 그리고 $\overline{\Phi x}$는 거세를 통해서 결코 묘사될 수 없는 성적 관계를 보충한다. 따라서 이런 경우 Φx를 완전히 부정하지 않게 앞에 $\exists x$를 붙임으로서 "전체는 아니다"가 된다.

반대로 여러분에게는 말하는 존재로서 여성의 몫이 있다. 프로이트의 이론에 따르면 모든 말하는 존재는 누구든지, 남성적 속성이 있든지 없든지(그 속성이란 게 아직 규정되어야 하는 것이지만) 오른쪽에 자신을 새겨넣는다. 그렇게 하면 그들은 선택에 의해 Φx의 편에 서거나 Φx의 일부가 되지 않거나 하여 보편성이란 걸 잃고 전부가 아닌 것이 된다.

오직 이것들이 언어 속에서 형성되는 남성 혹은 여성이라 불리는 것에 대해 내릴 수 있는 정의의 전부다.

위 그림에서 위아래로 그어진 수직선을 남성과 여성을 가름한다는 의미에서 좀 추상적이지만 인성(人性)이라 부른다면 그 선과 만나는 수평선 그 아래쪽에 대해 잠깐 생각해보자. 남성쪽은 $\$$라고 표기하는데 그건 어떤 식으로든 특권을 갖지 않기 위해서다. 그리고 기표로서 그것을 뒷받침하고 S_1이라고도 상징되는 $\emptyset$가 있다. 이것은 모든 기표들 가운데서 기의가 없는 기표다. 그리고 결코 의미에 이를 수 없음을 상징하는 기표다. 반쪽 의미, 그 자체로서 무의미, 혹은 원한다면 의미의 거역이기까지 하다. 이 $\$$는 이렇게 기표에 의해 복사되고 그 근본이 그 기표에 속했던 것도 아니다. 그래서 그것은 빗금의 다른 측면에 씌어진 대상으로서의 타자(object a)의 짝으로서, 대상으로서의 타자와 늘 관계를 맺을 뿐이다. 그것은 매개에 의하지 않고는 욕망의 원인으로서 성적 대상인 ‘타자’에 결코 이르지 못한다. $\cancel{S}$와 a를 점선으로 연결시킨 내 다른 그림에서 표시된 것처럼 이것은 그저 하나의 환상에 불과하다. 인식 주체는 이 환상 속에 사로잡히는데 프로이트 이론이 현실원칙이라고 당당히 부른 것처럼 이 환상은 현실에서 지지를 받는다.

이제 다른 측면을 보자. 올해에 나는 프로이트가 이루어놓은 “여성은 무엇을 원하는가”라는 문제를 다시 생각해보고 있다. 프로이트는 남성적인 것 외에 다른 리비도는 없다고 주장했다. 무슨 뜻인가? 그렇게 되면 그것이 아닌 어떤 전 영역, 무시할 수 없는 어떤 영역이 무시된다. 이것이 여성의 지위에 도전하는 온갖 존재들의 영역이다. — 정말 이 존재가 그녀의 운명에 관한 한 어떤 것에든지 도전한다고 생각해보라. 게다가 그녀는 정확치 못하게 ‘그 여성’이라 불린다. 전에 강조했듯이 그 여성의 그(the)가 ‘전부가 아닌 것’에 의해 구성되는 것인 이상 그렇게 쓰일 수 없다. 빗금을 긋지 않는 ‘그’란 있을 수 없다. 이 T$\cancel{h}$e 는 역시 빗금이 쳐진 기표 O와 연결된다.

‘타자’는 진실이 비틀거리는 그런 장소만은 아니다. 그것은 여성이 필연적으로 무엇과 연결되는지를 나타낸다. 분명히 그것은 산발적으로 모습을 나타내고 그래서 지난번에 그들의 기능을 은유로 표시했었다. 성적 관계에서 자신의 존재를 타자로서 드러내는 여성은 무의식이라 불리는 것과의 관계에서 이 ‘타자’와 연결되는 어떤 것이다. 이것이 오늘 내가 좀 더 분명히 조명하려는 것이다.

여성은 이 타자의 기표에 연결된다. 타자인 이상 그것은 늘 타자로서 남을 뿐이다. “타자(the Other)의 타자(Other)는 없다”[4]는 내 말을 여러

---

4) 타자의 타자는 없다 : 타자는 영원히 주체의 욕망을 충족시키지 못한다.

분이 떠올리지 않을까 생각해본다. 말해질 수 있는 기표의 모든 것이 기의가 되는 곳으로서 타자는 그 근본에서 '대타자(the Other)'이다. 그 것이 기표에 괄호를 붙이고 '대타자'에 빗금을 긋는 이유다. 이렇게 — S(∅).

어떻게 우리는 '대타자'가 어느 곳에서인지 다른 반쪽, — 그건 대략 생물학적 부분이라고 해도 좋다 — 말하는 존재들의 다른 반쪽과 연결 되는지 알 수 있는가. 그건 칠판에 The로부터 그어진 화살표에 의해 나 타냈다. 이 The 는 말해질 수 없다. 여성에 관해서는 아무것도 말해질 수 없다. 여성이 S(∅)에 연결된다는 것은 이미 그녀가 분열되어 있다는 것을 의미하고 또 한편으론 Φ에 연결되기에 전부가 아니라는 것을 뜻 한다.

Φ는 기의를 갖지 못하는 기표, 남근적 '희열'[5]에 의해 남성 속에 존립 하는 기표라고 내가 규정하는 남근이다. 그것이 무엇인가? — 그것은 자 위행위의 중요성에 의해 충분히 강조된 바보의 '희열'과는 다른 것이다.

이제 여러분이 정신을 차리게 사랑에 관해서만 얘기하겠다. 곧장 말 하련다. 그러나 내가 사랑에 관해 여러분께 말하겠노라 단언한 것의 요 점은 무엇인가. 분석담론을 하나의 과학과 같은 것으로 보려는 시도를 거의 따르지 않을 경우.

이 '과학과 같은 것(something of a science)'이란 말은 여러분이 거의 들어본 적이 없을 것이다. 물론 과학적 담론은 갈릴레이에서 전환점을 맞아 형성되기 시작했다는 것을 정당성을 열거하며 당당히 말할 수 있 던 때가 있었다. 이것은 나도 지적했고 여러분도 알고 있다. 내가 이것

---

5) 남근적 '희열' : Jouissance가 아닌 남성적 희열은 바보의 '희열'이다. 그것은 흘러넘침이 아니고 상대방을 대립적 관계로 보아, 완벽한 충족을 믿는다.

을 하도 강조해서 여러분 가운데는 그 근본으로 되돌아갈 분도 있으리라. 마치 코이레(Koyré)[6]의 작업처럼 말이다.

과학적 담론의 맥락 속에서는 이제 내가 제시할 두 가지 항목을 평등하게 제시하기가 매우 어렵다.

한편으로 이 담론은 여기 관련된 관점에서 볼 때 가제도구라고 분류할 각종 기구들을 나타나게 했다. 이것은 그 범위가 우리가 인식하고 있는 것보다 훨씬 더 크다. 즉 기구들이란 현미경에서부터 라디오, TV에 이르기까지 우리가 살아가는 데 필수적인 요소들이다. 현재로서는 그 범위가 얼마나 되는지 어림할 수도 없다. 그러나 그렇다고 해도 이것을 사회적 연결의 형태를 결정짓는 과학적 담론의 부수적 차원으로 볼 수는 없다.

반면에 사물의 유동적 측면으로서 지식의 전복이라는 게 있다. 지금까지 지식의 문제에 있어서 성적인 연결이 개입되지 않고는 생각되어진 게 하나도 없었다. 하다못해 고대 지식이론의 주체들까지도 그 문제를 의식하고 있었다.

예를 들어 능동적이라는 용어와 수동적이라는 용어를 생각해보자. 이 두 용어는 형식과 물질의 관계로서 사유되어온 모든 것을 지배한다. 이 관계는 너무도 근본적이고 플라톤이나 아리스토텔레스가 사물의 본질을 논의할 때마다 언급해왔다. 이런 제안들은 오직 성적인 관계를 진술할 길이 없어 이를 보충하려는 환상에 의해 이루어져온 것이다.

이상한 것은 그럼에도 불구하고 비록 모호한 것이라 해도 어떤 것이 이 조야한 이분법으로부터 나왔다는 것이다. 이 양극화는 물질을 수동적인 것으로, 형식을 생기를 불어넣는 주체적인 것으로 만든다. 그런데

---

6) 코이레(Koyré) : 프랑스 철학자, 헤겔의 텍스트를 번역한 《예나 시대의 헤겔》이 있다.

이 삶을 불어넣는 것, 이 능동성은 오브제 a로서 무언가를 활성화한다. 무언가를? — 아무것도 활성화시키지 않는다. 그것은 타자를 자신의 영혼으로 삼는다.

신(神)에 대한 생각이 시대에 따라 변모하는 방식을 보라. 여기서는 기독교적인 믿음의 신이 아니라 아리스토텔레스의 신, 즉 변함없는 동인이요, 최상의 영역을 차지하는 자이다. 그만 못한 존재들이 최선을 다해 그 존재만큼 위대해지려 애쓰는 목표, 그런 존재가 있어야 한다는 생각이 아리스토텔레스의 《윤리학》에 나오는 선(善)사상의 근원이다. 이 사상의 핵심을 파악하려면 이 책을 잘 봐야 한다. 이제 칠판 위에 그린 그림에 입각해서 이 문제를 따져보자. 아리스토텔레스에게는 분명히 신비적인 지고의 존재요, 변화든 생성이든, 움직임이든 자리바꿈이든, 어떤 움직임을 있게 하는 이 부동의 영역은 여기서 어떤 자리에 위치하는가, '타자'의 '희열'이라는 불투명한 자리, 만약 여성이란 게 존재한다면 그녀가 차지하게 될 타자의 '희열'이라는 자리다.

그녀의 희열이 근본적으로 타자의 위치를 점유할 때 여성은 인류의 선(善)으로서만 오직 분명히 표현되어온 어떤 길을 따라 옛사상 속에서 진술되어온 모든 글들보다 더 위대하게 신과 관련될 수 있다.

나의 가르침은 분석담론에서 적힐 수 있고 공식으로 표시될 수 있는 부분에 목표를 두는 만큼 a와 O를 분리시키는 것이다. 그런 분리는 앞의 것을 상상계에, 그리고 뒤의 것은 상징계에 속하게 함으로써 이루어진다. 그리고 상징계가 신으로 만들어지는 것을 지지한다는 것은 의심의 여지가 없다. 상상계가 비슷한 것을 비슷하게 반영하는 것에 의해 지지되는 것도 분명하다. 그럼에도 불구하고 a는 S(∅) 아래 씌어 있는데도 그것과 혼동을 일으키고 그것은 존재의 기능이 주는 압력에 의해 그리된다. 절단과 분열이 요구되는 것은 이 부분이다. 그리고 정신분석이 심리학과 다른 것도 분명히 이 부분에 있다. 심리학은 이런 분열을 막는 것이기 때문이다.

이 지점에서 나는 조금 전에 여러분을 위해 쓴 것을 읽어드리면서 잠깐 휴식을 취하고 싶다. 무엇에 관해서? 사랑에 대해서. 이것을 어느 곳에서부터 얘기하는 게 가능할까?

분석담론으로는 근본적으로 모든 게 사랑에 관한 이야기에 지나지 않는다. 과학적인 담론의 발견이 분명히 표현하는 것을 가능케 해온 것에 비추어볼 때 지금까지 사랑이 어떻게 우리를 피해 도망쳐왔는지를 따지는 것도 순전히 시간낭비가 될 것이다. 분석담론이 드러내는 것은—결국은 왜 그것이 과학적 담론의 어느 지점에서 나타났느냐의 문제이기도 한데—사랑에 관해 얘기하는 것이 그 자체로 '희열'이라는 것이다.

이것은 피분석자의 담론 법칙인, 어느 것을 말함으로써 여러분은 쾌락원리에 이른다는 아주 명백한 효과에 의해, 그리고—아리스토텔레스 윤리학의 기본인 더 높은 영역으로 상승하려는 어떤 욕구 없이—가장 직접적인 길에 의해, 확실하게 확인된다.

쾌락원리는 정말이지 오직 a와 $S(\emptyset)$가 합쳐짐으로써만이 이루어진다.

우리에겐 물론 O는 빗금이 쳐진 것이다. 빗금만 치면 아무것도 존재하지 않는다는 뜻은 아니다. 만일 내가 $S(\emptyset)$는 오직 여성의 '희열'을 나타내는 것이라고 못박는다면 그것은 신이 자신의 출구를 만들지 않았음을 그런 식으로 표현하는 것일 게다.

대략 이런 것이 여러분에게 이익이 되도록 내가 쓰고 있는 것이다. 그래, 무엇에 관해 내가 쓰고 있다고? 진지한 자세로 인간이 할 수 있는 단 하나의 것, 사랑의 편지이다.

소위 심리학자들, 그토록 이 모든 것을 오래 지속시켜온 그 사람들의 덕택에도 불구하고 나는 그들의 명성에 큰 도움을 주지 못한 사람 가운데 하나다. 그리고 또 아직도 나는 왜 영혼을 갖는다는 사실이 사유하는 사람들에게 폐가 되어야 하는지도 모르겠다 — 그것이 사실이라면. 만일 그게 사실이라면 그저 존재, 말하는 존재의 이름으로 불리는 그 존재가, 이 세상에서 참을 수 없는 것을 견디게 하는 것이라면 모두 다 영혼이라고 말할 수 있을 뿐이다. 말하자면 이 영혼은 환상적인 세상에서는 소외된 것이라는 뜻이다. 이 세상에서 영혼이란 오직 세상을 직면하는 데 필요한 용기와 인내를 통해서만 사유될 수 있을 뿐이다. 지금까지 영혼은 아무런 다른 뜻을 결코 가진 적이 없다는 게 그 증거다.

이 지점에서 라랑크(lalangue), 불어로 '라랑크'라는 것이 내게 도움이 된다. 그러나 흔히 그렇듯이 '그들의(d'eux)'와 '둘(deux)', '할 수 있는(peut)'과 '조금(peu)', 혹은 어떤 목적으로 한 자리에 모은 "그는 거의 할 수 없다(il peur peu)"와 같은 동음이의어로서 도움을 받는 게 아니라 그저 내가 '하나의 영혼들(on âme)'이라고 말할 수 있게 해서이다. 나는 사랑하다, 너는 사랑한다, 그는 사랑한다(j'âme, tu âmes, il âme) 따라서 이런 경우 "나는 한번도 영혼을 안 가졌다(jamais j'âmais)"라고도 쓸 수가 있다.

따라서 영혼의 존재가 문제된다. 즉 영혼이 사랑의 효과(결과)가 아니냐고 묻는 게 적절한가 하는 점이다. 사실 영혼이 영혼을 갈망하는 [l'âme âme l'âme] 연애에서 성은 없다. 성은 중요하지 않다. 영혼은 역사가 분명히 드러내듯이 동성애적인 것으로부터 나타난다.

세상을 견디어내는 것이 영혼의 인내와 용기 때문이라는 나의 말은 아리스토텔레스 같은 사람을 통해 잘 증명된다. 그는 선을 추구하는 과정에서, 세상에서 각각의 존재들은 자신들의 선을 절대존재로부터 발산되는 똑같은 선과 혼동함으로써만 가장 위대한 존재를 지향할 수 있다는 사실 앞에 당혹해한다. 그것이 절대존재를 향한 어떤 긴장을 드러내기 때문이다. 즉 아리스토텔레스가 두 존재 간의 사랑의 결속 가능성을 나타내는 게 사랑($\varphi\iota\lambda$ia)이라고 환기시킨 것은 내가 표현한 그 방식으로 똑같이 뒤집어질 수 있다. 즉 친구들이 서로 알아보고 서로 선택하게 되는 것은 절대존재와의 참을 수 없는 관계를 견디는 그들의 용기에 의해서다. 이 윤리학에서 말하는 상징적 우주로부터 배제된 성은 아주 명백해서 어디선가 모파상이 만들어낸 이상한 용어, 오흘라(Horla)[7]를 가지고 그것을 강조하고 싶다. 배제된 성(Horsexe), 그런 것이 영혼이 숙고했던 인간이다.

그러나 여성들 역시 사랑 속에서는 영혼이 가득 찬다. 즉 그들은 영혼을 위해 사랑한다. 도대체 그들이 연인 속에서 사랑하는 것이 이런 영혼이 아닌 다른 무엇이겠는가. 그럼에도 불구하고 그 연인은 철저하게 호모이고 그것에서부터 그들은 탈출할 수 없다. 이것은 오직 여성들을 그리스어로 부르듯 히스테리아라는 궁극적인 지점으로 끌어갈 뿐이거나ㅡ(여기서 궁극적이란 근거 없이 쓰이지는 않은 단어다) 혹은 남자역을 하여 그들도 역시 동성간의 성이거나 배제된 성이 된다. 그들은 그때부터 타자 속에서 스스로와 닮은 꼴을 느끼고 당혹해하지 않을 수 없기 때문이다. 결국 타자의 존재 속에서 자신의 존재는 알 필요가 없게 된다.

영혼이 생겨나게 하기 위해 여성, 그녀는 영혼과 구별되어야 한다. 그리고 이런 경우는 늘 있었다. 여성을 부르라. 그리고 명예를 벗겨내라, 여성들에 관한 역사 속에서 전해 내려온 가장 유명한 일들은 엄격히 말해 그들에 관해 얘기될 수 있는 것 가운데 가장 치욕적인 것이다.

---

7) 오흘라(Horla) : 모파상이 만든 단어. 분명히 있으나 눈에 잡히지 않는 존재로서 가상의 존재, 공포스러운 존재라는 뜻이다.

진실로 여성은 그라치의 어머니인 코르넬리아의 명예를 떠나왔다. 코르넬리아에게 조금의 배려도 해준 적이 없는 분석자들에게 그녀에 관해 얘기해봤자 별 의미가 없다. 그러나 만일 당신이 그들에게 어느 한 코르넬리아에 관해 얘기한다면 그들은 당신에게 그건 그녀의 애들인 그라치 일가를 위해 그리 좋을 게 없다고 말할 것이다. ― 그들은 죽는 날까지 허풍스런 거짓말쟁이들이 될 것이다.

그것이 즐거움(âmusement)이라는 내 편지의 시작이었다.

앞에서 나는 궁정풍 사랑에 대한 암시를 한 적이 있었다. 그것은 동성애의 '즐거움'이 지고의 타락, 일종의 봉건주의라 불리는 불가능한 나쁜 꿈 속으로 타락했을 때 나타난 것이었다. 그런 깊은 정치적 퇴락 속에서 이제 여성으로서 정말 더는 할 것이 없었다는 것이다. 궁정풍 사랑이 고안된 것은 흔히 말하듯 역사가 정-반-합으로 이루어진 결과가 아니란 뜻이다. 그리고 물론 그 후에도 종합의 기미는 없었다 ― 결코 없다. 궁정풍 사랑은 역사 속에서 유성처럼 불타올랐고 우리는 그 이후 그에 따른 모든 장식들이 소위 옛 열광의 부활 속에서 되돌아오는 걸 지켜보았다. 궁정풍 사랑은 하나의 수수께끼로 남아 있어 왔다.

잠깐 옆길로 새보자. 하나가 둘로 만들어지면 원래로 되돌아가는 법은 없다. 결코 하나로 되돌아가지도 않고 새로운 하나로 되지도 않는다. 합(合)이란, 철학이 꾸는 달콤한 꿈에 지나지 않는다.

궁정풍 사랑이 불타오른 뒤 전혀 다른 진영으로부터 다시 한번 근원을 향한 헛된 시도를 하려는 움직임이 있었다. 그것이 바로 옛 영혼의 추구와 무관한 과학적 담론이란 것이었다.

그리고 오직 이것이 말하는 존재가 아직도 아무 목적 없이 말하면서 시간을 보낸다는 사실을 객관화하는 정신분석학을 일으킬 수 있었다. 그것은 아직도 가장 덧없는 목적을 위해 얘기한다. 인구통계적으로 해결되어야 하는 결론에 이르는 한 그것은 그저 가장 덧없는 순간의 목적 밖에 지니지 못한다.

이것은 어떤 방식으로도 남성의 여성에 대한 관계를 간추리지 못했다. 프로이트의 천재성은 그 사실을 감지한 데 있다. 프로이트, 그 이름은 웃음인데 ─ Kraft durch Freud〔프로이트(기쁨)를 통한 힘〕─ 그는 여러분을 위한 프로그램을 만들었다. 그것은 역사의 성스러운 소극 속에서 가장 즐거운 도약이었다. 아마도 이런 전환점은 아직도 계속되지만 우리는 '타자'에 대한 무언가를 힐끗 볼 수도 있으리란 것이다. 그 타자라는 게 바로 여성이 대적해야 할 것이기 때문이다.

나는 이제 이미 분명하게 보여졌으나 그런 직관으로 인도하는 길을 탐색하면 한층 더 분명해질 것에다 본질적으로 뭔가를 보완하고 싶다.

보여진 것이지만 남성의 편에서만 보여진 것, 그것은 그가 연결시킨 게 '오브제 아'이고, 그래서 성적 관계에서 그가 깨달은 것은 모두 환상에 불과하다는 것이었다. 그것은 물론 신경증 환자들과의 문제였다. 그들은 어떻게 사랑을 나누나? 그것이 모든 연구의 출발이었다. 그래서 거기에는 도착적인 성향이 없는 게 아니었다. ─ 그런 것이 내가 말하는 '오브제 아'를 뒷받침한다. 말해진 도착성이 무엇이든지 그 a는 그들의 원인으로서 남아 있다.

재미있는 것은 프로이트는 도착성들을 여성의 근원적 속성들로 간주했다는 것이다. 《세 편의 수필(Three Essays)》을 보라. 남자일 경우 그는 자아도취적으로 자신을 뒷받침해주는 역할을 자기 짝에게서 찾는다는 게 그 글 속에 분명히 드러나 있다.

그러나 도착증이란 게 사람들이 생각하듯 신경증에서만 나타나는 게 아니라는 것이 그 후에 밝혀진다. 신경증이란 도착증이 아니라 꿈이다. 신경증 환자는 도착적인 성격을 조금도 갖고 있지 않다. 그들은 그저 그들이 가진 것을 꿈꿀 뿐이고 그것은 아주 자연스러운 것이다. 그렇지 않으면 어떤 식으로 자기 짝에 도달할 수 있겠는가?

그러고 나면 우리는 성도착자들을 이해하게 된다. ― 아리스토텔레스는 어떤 대가를 치르더라도 그들을 인정하지 않으려 했다. 그들 속에는 사물의 본질을 아는 지식과 연결된 행위의 전복이 있다. 그 전복은 성적인 행위를 즉시로 그것의 신실, 이름하여 그것의 무(無) 도덕성으로 이끌어간다. 앞에 영혼을 붙여 영혼도덕성(âmoralité)이다.

성적인 행위의 도덕성이란 게 추론되어왔다. 성적인 행위의 도덕성은 선에 관해 지금까지 얘기되어온 모든 것 속에 암시되어 있다.

그리고 그것은 오직 말하기 편리하게 도덕성이 무엇인가를 받아들이는 칸트에게서 끝난다. 이것이 내가 〈사드와 함께 있는 칸트(Kant with Sade)〉(*Écrits*, 1963)란 글에서 논의했던 부분이다. ― 즉 도덕성은 그것이 사드임을 받아들인다.

내키는 대로 사드라는 이름을 써도 상관없다. 그 주제에 대해 끝없이 써댔던 불쌍한 바보에게 바치는 의미에서 대문자로 써도 좋고, 옛 불어로 그 단어의 뜻인 마침내 잘 어울리게 된다는 의미로 소문자로 써도 좋다. 아니 사드(çade)라고 쓰면 더욱 좋다. 도덕성은 무의식(id)의 차원, 바로 그 앞에서 멈춘다고 하니까(id는 불어로 le ça이다). 다시 말해 이 모든 것이 보여주는 것은, 사랑이란 불가능하고 성적 관계란 무의미 속으로 침잠되고 그럼에도 불구하고 우리가 '타자'에 대해 느끼는 관심은 조금도 줄어들지 않는다는 사실이다.

결국 문제는 남성이 모두 다 취할 수 없는 여성적 '희열'이란 게 무엇으로 구성되어 있든지 간에, 아니 나는 여성적 '희열'이라는 그런 게 도대체 남성이 취할 수 있는 것인지조차 의심스럽지만 ― 그녀의 지식이 어디에 있는지 아는 것이다.

만일 무의식이 우리에게 어떤 것을 가르쳤다면 그것은 우선 이런 것이다. 즉 '타자' 속 어딘가에서 그것은 안다는 것이다. 그것은 명확하게 안다. 왜냐하면 그것은 인식주체를 구성하는 기표들에 의해 지탱되기 때문이다.

이제 이것이 우리를 혼돈으로 이끈다. 영혼이 풍요한 사람이라면 세상의 모든 이들이 자신이 무엇을 해야만 하는지 모른다고 생각하지는 않을 것이기 때문이다. 아리스토텔레스가 사람들이 자신의 선을 추구하는 데 모범이 되도록 부동의 영역으로 그의 신을 내세웠다면 그 때 그 신은 지켜야 할 선이 무엇인가는 알아야 한다. 과학적 담론이 끌어들인 틈새는 우리에게 그 신(神) 없이 하라고 강요한다.

그 이유를 알 필요는 없다. 우리는 아리스토텔레스가 출발했던 그런 근원적인 지식을 더 이상 필요로 하지 않는다. 중력의 효과를 설명하기 위해서 우리는 돌이 어디에 떨어져야 하는지 그 돌한테 알아내라고 할 수는 없다. 영혼을 동물에게 귀속시켜 우리는 지식을 육체의 뛰어난 행위로 만든다 — 아리스토텔레스가 크게 과녁을 빗나가지 않았음을 주목하라 — 육체가 행위를 돕는 것을 제외하고, 그리고 어딘가에 육체의 활력이 영혼을 불러내어 그 힘에 의해 지탱되는 것을 제외하고.

여기서 분석은 우리를 궁극적인 원인에 되돌려서는 적어도 말하는 존재에 관한 모든 것에게 실체는 하나의 질서, 즉 환상적인(상상계에 사로잡힌) 하나의 질서라는 것을 우리로 하여금 말하게 해 혼돈을 증가시킨다. 이것이 어떻게 어떤 식으로 과학적 담론을 만족시키겠는가?

분석담론에 따르면 자신이 말하고 있음을 아는 동물이 있다. 그리고 그들은 기표 속에 살아 그가 그것의 주체가 된다. 그 때부터 모든 게 환상의 차원에서 그를 위해 놀이를 한다. 그러나 환상은 아주 완벽하게 분해되어 그가 행동할 때 그가 생각하는 것보다 훨씬 더 많이 안다고 생각하게 만든다. 그러나 그것이 사실이라 할지라도 그것만으로 우리가 우주학의 윤곽을 그릴 수 있는 것은 아니다.

그것이 '무의식'이라는 용어가 지닌 영원한 모호성이다. 분명히 무의식은 말하는 존재 속에는 그가 행동하는 것보다 더 아는 무언가가 어딘가에 있다고 가정한다. 그러나 그것이 세상을 그리는 모델이 되기는 어렵다.

정신분석학은 과학적 담론에서 그 가능성을 찾는 한 우주학이 아니다. 비록 인간은 그의 앞에 그 거대한 혼동, 그가 통과해야만 하는 그 혼동의 공간이 다시 나타나는 것을 꿈꿀 수 있을지 모르지만—그 혼동이란 그를 영혼으로 만들고 무엇인가가 그것을 기꺼이 사랑하려 할 때 사랑스러울 수 있는 어떤 것이다.

내가 말했듯이 여성은 남성 속에서 오직 남성의 영혼이 지식을 지향하는 방식을 사랑할 뿐이다. 그러나 남성이 의존하는 지식이란 '희열'이란 것이 있다는 사실을 받아들일지 어떨지 물을 수 있는 정도의 것이다. 그리고 '희열'은 여성이 그것에 관해 무언가를 말할 수 있는지 어떤지, 그녀가 그것에 관해 아는 것을 말할 수 있는지의 여부를 알 수 없도록 한다.

이런 식으로 오늘 강의의 마지막에 이르렀다. 늘 그렇듯이 그녀가 그것에 관해 무엇을 아는가를 물을 수 있는지 없는지라는 내 주제의 벼랑 끝에 이르렀다. 그것은 다음과 같은 것을 아느냐고 묻는 것과 크게 다르지 않다. 이 지점이 그녀가 출현하고 그녀가 남성과의 관계를 보충하는 전 게임을 넘어서 즐기는 마지막 지점인지 아닌지, 이 지점, 내가 대문자 O로 표시하며 '타자'라 부르는 이 지점에 대해 그 자신이 무언가 알고 있는지 아닌지. 이것 속에서 그녀는 남성과 마찬가지로 자신을 '타자'에 종속시키기 때문이다.

타자는 알고 있는가?

　옛날에 엠페도클레스라는 인물이 살고 있었다. 프로이트는 꼭 코르크마게뽑이처럼 자주 그를 사용했다. 우리는 그저 그가 쓴 글 몇 줄을 가졌을 뿐이다. 그러나 아리스토텔레스가 엠페도클레스에게 있어서 신은 근본적으로 증오라는 걸 모르기에 가장 무지한 존재였다고 말했을 때 그는 엠페도클레스의 글들이 무엇을 암시했는지 분명히 알고 있었다. 후에 기독교인들은 이것을 사랑의 폭우로 바꾸어버렸다. 그러나 불행히도 그 뜻은 이루어지지 않았다. 증오에 관해 알지 못하는 것은 사랑에 관해서도 알지 못하는 것이기 때문이다. 만일 신이 증오를 모른다면 엠페도클레스에겐 신이 인간보다도 더 뭘 모른다는 의미이다.

　이런 것은 다음과 같은 얘기를 할 수 있게 한다. 남성이 여성을 신과 혼동하여, 다시 말하면 그녀가 나타나는 곳과 혼동하여 여성에게서 몸을 돌리면 돌릴수록 그는 덜 미워하게 되고 덜 그 자신이 된다. 그리고 결국 증오 없이는 사랑이 없기에 덜 사랑하는 셈이 된다.

(권택영 옮김)

자크 라캉 연보

1901	파리에서 태어남. 파리의과대학(Paris Medical Faculty)에서 수학
1930~	1930년대 초반부터 프랑스 초현실주의 운동에 참여함.
1932	진료소장(chef de clinique)이 됨. 박사학위논문인 〈편집증적 정신병과 성격과의 관계(Paranoid psychosis and its relation to the personality)〉 출판.
1934	파리정신분석학회(the Société Psychanalytique de Paris)에 가입.
1936	매리언배드(Marienbad)에서 열린 국제정신분석학회(the International Psychoanalytic Congress)에서 '거울단계'에 대한 논문 발표.
1936~52	이후 1952년까지 프랑스 정신분석학계의 뛰어난 회원으로 활동함. 파리철학회(the Collège Philosophique, Paris)를 통해 메를로-퐁티, 레비-스트로스와 지적 교분을 쌓음.
1953	로마회의에서 발표, 이로써 파리정신분석학회 내에서 논란이 일어남. 다니엘 라가슈(Daniel Lagache)를 지지하여 새로운 프랑스 정신분석학회(Société Française de Psychoanalyse)를 창설케 함. 라캉의 세미나가 만들어짐.
1953~60	1960년대 초반까지 주로 로마회의에서 개략적으로 제시되었던 사상들—여기에는 정신분석과 언어학이 포함된다—을 계속 발전시킴.
1963	비정통적인 분석치료와 교습방법을 이유로 국제정신분석학회로부터 축출당함.
1964	자신의 분석협회를 재구성해서 파리 프로이트학교(L'Ecole Freudienne de Paris)를 세움.
1966	《에크리(Écrits)》가 출판됨. 그 후 프랑스 사회에 막강한 영향력을 미치게 되며 곧 문화적 현상이라고까지 일컬어짐.

1966~80   프랑스를 비롯 해외에서 그의 연구에 많은 관심이 모아짐.
1968   5월혁명이 일어나고 라캉은 학생들의 저항운동을 지지함. 이 해에 빈센
          느대학 정신분석학과 과장이 됨.
1980   파리 프로이트학교 해체. 프로이트적인 원인(La Cause Freudienne)을 결
          성함. 이전에 절친했던 동료들이 많이 축출됨으로써 법정투쟁 발생.
1981   사망.

자크 라캉 저작 연보

Lacan, J. (1931a) "Structures des psychoses paranoiaques", *Semaine des Hôpitaux de Paris*, Juillet, pp. 437~45.

—— (1931b) "Écrits 'Inspirés' : schizographie", *Annales médico-psychologiques* 2, pp. 508~22.

—— (1932) *De la psychose paranoiaque dans ses rapports avec la personnalité*, Paris, Editions du Seuil, 1975.

—— (1935) "Hallucinations et délire", *Evolution psychiatrique* 1, pp. 87~91.

—— (1936) "Au delà du principe de réalite", *Evolution psychiatrique* 3, pp. 67~86.

—— (1938) "La famille : le complexe, facteur concret de la pathologie familiale et les complexes familiaux en pathologie", in *Encyclopédie Française*, Paris, Larousse 8, pp. 3~16

—— (1947) "La psychiatrie anglaise et la guerre", *Evolution psychiatrique* 1, pp. 293~318.

—— (1949) "Le stade du miroir comme formateur de la fonction du Je", *Revue française de psychanalyse* 4, pp. 449~55. Translated in *Écrits* (1977) as "The mirror stage as formative of the function of the I", PP. 1~7.

—— (1953a) "Some Reflections on the Ego", *International Journal of Psycho-analysis* 34, pp. 11~17.

—— (1953b) "Fonction et champ de la parole et du langage en psychanalyse (Rapport de Rome)", *La Psychanalyse* (1956) 1, pp. 81~166. Translated in *Écrits* (1977) as "The function and field of speech and language in psychoanalyses", pp. 30~113.

—— (1953~4) *Le séminaire 1 : les écrits techniques de Freud* (Freud's Technical

Papers), Paris, Editions du Seuil, 1975.

—— (1954~5) *Le séminaire 2: le moi dans la théorie de Freud et dans la technique de la psychanalyse* (The Ego in Freudian Theory and Psychoanalytic Technique), Paris, Editions du Seuil, 1978.

—— (1955~6) *Le séminaire 3: les psychoses* (The Psychoses), Paris, Editions du Seuil, 1981.

—— (1956a) "Réponse au commentaire de Jean Hyppolite sur la Verneinung de Freud", *La Psychanalyse* 1, pp. 17~28.

—— (1956b) "Le séminaire sur 'La lettre volée'", *La Psychanalyse* 2, pp. 1~44. Translated by Mehlman, J., *Yale French Studies* 48, 1972, pp. 38~72.

—— (1956~7) "La relation d'objet et les structures freudiennes" (Summaries of Lacan's Seminar 1956~7). *Bulletin de Psychologie* (Paris) 10, pp. 426~30, 602~05, 742~43, 851~54; 11, pp. 31~34.

—— (1957) "L'Instance de la lettre dans l'inconscient ou La Raison depuis Freud", *La Psychanalyse* 3, pp. 47~81. Translated in *Écrits* (1977) as "The agency of the letter in the unconscious or reason since Freud", pp. 146~78.

—— (1957~8) "D'Une question préliminaire à tout traitement possible de la psychose", *La Psychanalyse* 4, pp. 1~50. Translated in *Écrits* (1977) as "On a question preliminary to any possible treatment of psychosis", pp. 179~225.

—— (1958) "La signification du phallus", *Écrits* (1966), pp. 685~95. Translated in *Écrits* (1977) as "The signification of the phallus", pp. 281~91.

—— (1960) "Subversion du sujet et dialectique du désir dans l'inconscient freudien", *Écrits* (1966), pp. 793~827. Translated in *Écrits* (1977) as "The subversion of the subject and the dialectic of desire in the Freudian unconscious", pp. 292~325.

—— (1964) *Le séminaire 11: les quatre concepts fondamentaux de la psychanalyse*, Paris, Editions du Seuil, 1973. *The Four Fundamental Concepts of Psychoanalysis*, trans. by Sheridan, A., Harmondsworth, Penguin, 1977.

—— (1966) *Écrits*, Paris, Editions du Seuil. Of the above essays cited in this bibliography, the following are included in the *Écrits* (1966); Lacan, 1936, 1949, 1953b, 1956a, 1956b, 1957, 1957~8, 1958 and 1960.

—— (1972~3) *Le séminaire 20: Encore*, Paris, Editions du Seuil, 1975.

—— (1974) *Télévision*, Paris, Editions du Seuil.

—— (1982) *Annuaire et texts statutaires* (Statutes of La Cause, and Lacan's writings on the analytic institution), Paris, Editions Ecole de la Cause Freudienne.

엮은이 **권택영**

경희대에서 영문학을 전공하고 미국 네브래스카대학원에서 영문학 석사와 박사학위를 받았다.
U.C. 버클리대학교 영문과에서 비평 이론을 연구했다.
'한국 라캉과 정신분석학회' 회장직을 역임했으며, 현재 경희대 영어학부 교수다.
저서로는《후기 구조주의 문학 이론》,《포스트모더니즘이란 무엇인가》,
《영화와 소설 속의 욕망이론》,《소설을 어떻게 볼 것인가》,《다문화 시대의 글쓰기》,
《라캉·장자·태극기》 등이 있고, 역서로《문학비평 용어사전》(공역),
《어느 망명 작가의 참 인생》,《정신분석비평》,《해체비평이란 무엇인가》 등이 있다.

옮긴이 **민승기**

경희대 영문학과를 졸업하고 같은 학교 대학원 영문학 석사, 박사학위를 받았다.
현재 경희대학교 영어학부 겸임교수다.
주요 논문으로〈타자의 윤리학—데리다와 레비나스〉,〈자크 라캉이라는 유령을 애도하기〉,
〈프로이트라는 욕망의 대상〉 등이 있다. 역서로《포스트모던의 조건》 등이 있으며,
저서로《라깡의 재탄생》(공저),《현대 철학의 모험》(공저),《글쓰기의 최소원칙》(공저) 등이 있다.

옮긴이 **이미선**

경희대 영문학과를 졸업하고 같은 학교 대학원에서 석사, 박사학위를 받았다.
역서로《자크 라캉》,《무의식》,《대통령을 키운 어머니들》,《도둑맞은 인생》,《프랑켄슈타인》,
《빌헬름 라이히》,《연을 쫓는 아이》,《순수의 시대》,《어린 예수》,《로스트 페인팅》,《프랭크 바움》,
《라캉의 정신분석학과 페미니즘 이론을 통한 아동문학작품 읽기》 등이 있고,
저서로《라캉의 욕망 이론과 셰익스피어 텍스트 읽기》 등이 있다.

욕망 이론

1판 1쇄 발행 1994년 1월 20일
2판 재쇄 발행 2024년 9월 20일

지은이 자크 라캉 | 엮은이 권택영 | 옮긴이 민승기·이미선·권택영
펴낸곳 (주)문예출판사 | 펴낸이 전준배
출판등록 2004. 02. 11. 제 2013-000357호 (1966. 12. 2. 제 1-134호)
주소 04001 서울시 마포구 월드컵북로 21
전화 393-5681 | 팩스 393-5685
홈페이지 www.moonye.com | 블로그 blog.naver.com/imoonye
페이스북 www.facebook.com/moonyepublishing | 이메일 info@moonye.com

ISBN 978-89-310-0214-0 03800

• 잘못 만든 책은 구입하신 서점에서 바꿔드립니다.